Herbert Pfeiffer

# Liebe zwischen den Welten

Herbert Pfeiffer

# Liebe zwischen den Welten

Roman

## Psychiatrie im Jahr 4000

R. G. Fischer Verlag

Bibliografische Information der Deutschen Nationalbibliothek:
Die Deutsche Nationalbibliothek verzeichnet diese Publikation in der Deutschen Nationalbibliografie; detaillierte bibliografische Daten sind im Internet über http://dnb.dnb.de abrufbar.


Orber Str. 30, D-60386 Frankfurt/Main

Schriftart: Palatino 11pt
Herstellung: rgf/1B
ISBN 978-3-8301-1924-1

»In der Physik versuchen wir den Leuten etwas, das vorher noch niemand wusste, so zu vermitteln, dass sie es verstehen. In der Dichtung ist es *(doch)* genau umgekehrt.«

Paul Dirac zitiert nach J. Robert Oppenheimer:
Die Biografie, Kai Bord, Martin J Sherwin;
Propyläen 3. Auflage, 2009, S. 73

# Inhaltsverzeichnis

# Mal kurz die Welt wechseln

Wenn jemand im Jahr 2020 so undiplomatisch war wie unser Held, einer attraktiven Frau auf einer Party zu sagen, dass er Psychiater ist, ging sich die Frau hundertprozentig einen Drink holen und kam nicht wieder. Weg, verschwunden, rum ums Eck. Er hatte es vermasselt und er durfte sich nicht wundern. Erstens ist ja sattsam bekannt, dass Psychiater ihre Patient:innen nur mit Psychopharmaka ruhigstellen, also sagen wir gleich vollstopfen. Zweitens nutzen ihre Therapien nichts. Und drittens weiß doch jeder gebildete Laie mehr über Psychiatrie als die Psychiater:innen selbst.

Unser abgeblitzter Herr Doktor machte auch gleich den nächsten Fehler und ließ sich ein Gespräch von einem schon von weitem erkennbaren Nerd aufdrängen, der bei Frauen ebenso wenig ankam wie er. Und von dem kriegte er es noch dicker, und zwar im Detail. Der Typ hatte nämlich die vergebliche Anmache mitgehört und rein zufällig ein Psychiater-Bashing auf Halde.

»Das ist jetzt nicht gegen dich persönlich gerichtet«, schnöselte er los, »wenn ich sage, dass Psychiater halt nur verkappte Sprachwissenschaftler sind mit einer komplexen Mathe-Physik-Phobie.«

»Kenn ich«, konterte der Psychiater, »das hast du von der ›Seite Drei‹ der Süddeutschen. Wir Psychiater sind demnach nur scheinbar empathisch, dafür aber im naiven Sinn wissenschaftsfeindlich. Wir benutzen statistische Methoden, die wir selbst nicht verstehen. Damit beweisen wir Dinge, die jeder Idiot erraten kann, wie dass eine Therapie gegen Depression nützt.«

Jetzt hatte er den Nerd auf Touren gebracht, denn der hatte den Artikel in der Tasche, seltsame Koinzidenz. Paul, unser Held, versuchte, wegzuhören und beobachtete neidvoll, wie ein athletischer Bergführertyp die von ihm vergeblich angepeilte attraktive Frau beeindruckte. Der Nerd las weiter.

»Also ich zitiere. Blah blah blah, dann hier. ›Die Psychiater:innen stellen Theorien auf, die komplett unplausibel und außerdem schlicht falsch sind.‹«

Er legte die Zeitung auf ein Steh-Tischchen und zitierte nur noch sinngemäß.

»Ihr behauptet allen Ernstes, dass man mit fünf Kriterien«, dabei zeigte er fünf fein manikürte Finger mit einem Freimaurerring, »also fünf Kriterien von möglichen, ich würde mal sagen hunderten, also mit fünf Worten eine Diagnose stellen kann.«

Mittlerweile hatten sich die attraktive Frau und der Bergführer mit anderen Gästen um die beiden gruppiert und hörten amüsiert zu. Der Nerd registrierte das gar nicht.

»Ihr seid ja richtig stolz auf euer matrizenbasiertes, sogenanntes kriterielles Diagnosesystem. Das schwebt leider klafterweit über eurem mathematischen Horizont und bildet weder die Realität ab, noch hat es irgendwelche sinnhaften Konsequenzen, außer dass die Krankenkasse zahlt. Hallo!?«

Alle applaudierten außer unserem Psychiater, der nicht so leidensfähig war, sich dieser übermächtigen Wortarmee weiter zu stellen. Doch er entkam dem Peiniger nicht, der ihm nun ins Ohr brüllte, weil die Musik lauter geworden war, dass sich seine wissenschaftlichen Kollegen für bildgebende Verfahren begeisterten, wie funktionelles Kernspin, die sie nicht im Ansatz verstanden, nur um sich damit zu habilitieren.

»Sie messen Durchblutung und Sauerstoffverbrauch und meinen, dadurch über die Zusammenarbeit von Neuronen Aussagen zu treffen. Lächerlich, geradezu irrwitzig. Das hängt zusammen wie Benzinverbrauch auf Autobahnen und Inhalt der Schwätzchen in den Ortschaften nebendran.«

Jetzt reichte es Paul. Er verließ die Party völlig frustriert und ging, einer spontanen Eingebung folgend, zum nächsten Atto-Nano-Markt. In den Auslagen musste es doch irgendein elektronisches Tool geben, das Pannen im Smalltalk mit Frauen künftig zu vermeiden half. Irgendwas mit empfohlenen Keywords und »No-Go« Keywords, Analyse der Sätze der angeflirteten Frau und Antwort per Stöpsel im Ohr wie beim FBI. Aber alles, was er sehen konnte, war der derzeitige Hauptwerbeslogan.

»Immer unserer Zeit voraus.«

Das war zumindest eine Ansage. Er würde dem ambitionierten Spruch auf den Busch klopfen.

Am nächsten Tag ging er früher von der Arbeit in der Klinik weg und direkt wieder zum Atto-Nano-Markt. Er war brummig drauf und wollte ein paar witzige Sprüche landen, noch ohne Keywordtool, und deshalb nicht ganz so zielsicher.

»Also, ich hätte gerne eine schicke Zeitmaschine.«

»Schwarz oder Grau?«, meinte der Verkäufer und lächelte säuerlich. »In welches Jahr wollen wir denn?«

Das war also wieder ins zwischenmenschliche Fettnäpfchen gegangen. Paul sah sich verlegen um, so als suchte er tatsächlich ein Produkt. Vielleicht ersatzweise einen Wecker oder eine Schutzhülle fürs Handy. Aber da waren keine Schilder für PC, Haushaltselektronik, Spiele oder Fernseher. Nein, da war nicht ein einziges Gerät, das er kannte, und alles, was er kannte, war nicht da. Nur direkt über dem Verkäufer sah er eine riesige Uhr mit Datumsanzeige: 11-3-4000. Sein Blick verharrte, versuchte aus den Zahlen schlau zu werden.

»Ja«, meinte der Verkäufer jetzt stolz. »Das ist unsere Millennium-Edition. Normalerweise werden ja nur die letzten beiden Ziffern der Jahre angezeigt, aber wo wir doch 4000 haben, ist es jetzt die ganze Zahl. Sonst wäre es ja 00 wie bei WC. Obwohl WC für ›Way Cool‹ wäre auch super, oder?«

»Stimmt die Jahres-Anzeige?«

»Wie meinen?«

»Da, die 4000?«

»Also was wollen Sie? Ihr Zeitmaschinen-Joke ist definitiv ausgelutscht. Wonach ist Ihnen?«

»Okay, ich nehme die Uhr.«

»Eine gute Wahl.«

»Ist ja doch vielleicht ein Tool für eine Zeitreise«, dachte und murmelte Paul. Der Verkäufer hörte nicht hin und machte den Papierkram fertig. Unser Held bezahlte bar. Die Dame an der Kasse nahm den 200-Euro-Schein, schüttelte aber intuitiv den Kopf über eine Barzahlung in der Höhe bei einem so jungen Mann.

Zeitreisen und Paralleluniversen waren ja Pauls Lieblingsphantasien. Meist ging er damit auf Partys allen auf den Nerv. Freundinnen, Freunde und solche, die es eigentlich werden konnten, wanderten sofort ab, wenn Paul nach dem zweiten Bier ungefragt damit anfing, dass die Parallelwelten wohl in nächster Nähe von uns waren, nur dummerweise ohne Tür oder Fenster zum »Rübermachen«. Und dass er den Trick rauskriegen werde. Das aber hörte niemand mehr.

Paul glaubte es natürlich selber nicht. Er dachte nur immer gerne daran, wie an eine erotische Phantasie. Als unser Paul Dirac, so hieß er mit vollem Namen, mit der Uhr unter dem Arm aus dem Markt ging, schossen ihm überall Notfallsäulen ins Auge. Sie waren sattrot beschriftet, für medizinische Probleme aller Fachrichtungen. Die waren doch vorher nicht dagewesen. Hatte er die übersehen? Umbau während seines Einkaufs, oder war er einfach total abgelenkt gewesen? Er suchte sofort instinktiv auf den Schildern nach irgendwas mit »Psycho«, und es gab tatsächlich Psychiatrie. Na wenigstens das.

Pauls Hirnpostfach war nicht ganze online, Restmüdigkeit, Restalkohol, Ärger in der Klinik. Man hatte ihm gekündigt. Und obwohl da völlig schräge Taxis herumfuhren, mit Fahrgästen, die beim Aussteigen nicht zahlten, mit Outfits in von Paul nie gesehener Mode, schlug es in ihm nicht Alarm. Im Cockpit der Taxis, und es gab tatsächlich nur Taxis auf der Straße, mit Vogelgezwitscher statt Motorengeräusch, saßen deutlich erkennbar Roboter ohne Unterleib, ohne irgendwelche Geschlechtsmerkmale. Und es schlug immer noch nicht Alarm in Paul. Als er in die Nähe eines frei gewordenen Fahrzeugs kam, bot ihm, sagen wir »das« Roboter, samtig freundlich eine Auswahl von Fahrten zu einem von ihm gewünschten Ziel an.

»Psychiatriezentrum Fourier, bitte«, las Paul wie automatisch von einer Notfallsäule. Ein bisschen kribbelte es schon in ihm. Aus dem Display des Taxis kam: »Praxis Fourier? Eine gute Wahl, Sie können schon mit Ihrer Krankengeschichte beginnen. Sprechen Sie deutlich. Die Diagnose erwartet Sie dann in der Praxis.«

Was für ein Service. Paul fragte nicht nach Datenschutz und antwortete nur »Verlust des Arbeitsplatzes, Orientierungsstörung«.

Ein junger Mann an der Straße winkte, wollte ebenfalls in das Taxi steigen. Paul beharrte nicht auf einer Solofahrt und sah ihn sich genau an.

»Hey, das gibt's doch nicht. Sie sind Seth Joyce, das kultige Gründungsmitglied von Crimson Flood, mit laut Wikipedia Realitätsverlust und Rauswurf aus der Band. Sie schrieben ›Big Bang‹, ›Quantum Cats‹, das ganze Album von ›Wait for another World‹. Große, große Musik. Wow, ich habe da wohl eine kultige Seth-Sichtung. Stimmt's?«

»So you definitely know Crimson Flood? That is incredible! Oh man, which planet did spit you out and over here?«

»Wieso, ich bin nur mal so um die Ecke spaziert. Aber echt jetzt, Sie sind doch 2005 verstorben. Wie kommt's, dass ich Sie hier treffe?«

»My mind went astray and I slipped through the holes of the zeros in 4000.«

Das klang nach Pauls Geschmack, das war seine Welt. Ganz kurz dachte er, ob es denn sein könnte, natürlich komplett verrückt und lächerlich, dass er, ohne es zu wissen, ohne es zu merken, einfach durch die von ihm so gern phantasierte Tür nach drüben gelangt sei. »Hör auf zu träumen Paul«, sprach der nüchterne Psychiater zu sich selbst, »das ist ein Seth-Imitator. Das hier ist ein Fake, ein Filmset. Spiel einfach mit.«

Während sie im Taxi zur Psychiatriepraxis fuhren, erzählte dieser Fake-Seth ohne jede Scheu, er müsse dort ja seine Psychose behandeln lassen. Paul war fasziniert von seinem Detailwissen. Super Gag. Da würde wahrscheinlich ein Team von »Verstehen Sie Spaß?« oder so in der Praxis warten. Aber wo war er eigentlich? Das sah alles nach der Leopoldstraße in München aus, hatte aber den Touch einer Kulisse wie nach dem Krieg zerstört, und völlig anders wieder aufgebaut. Er entschloss sich zu einer weiteren Testfrage an Seth, so als GPS für die Orientierung.

»Hey, can you please tell me the date and where we are?«

»Certainly, this is Leopoldstraße in Munich, capital of Bavaria, third of November, 4000. I keep mixing it up myself, don't worry.«

Paul hatte 4000 gehört, vier und tausend. Sollte sicher ein Ausdruck von Seths Psychose sein, Fake-Psychose. Sie waren an der Praxis angekommen. Vorsichtig und ehrfürchtig ging Paul hinter dem forschen Seth in das liebevoll im Stil irgendeiner Jahrhundertwende restaurierte Gebäude. Im vierten Stock angekommen, sehr elegant-ruhiger Aufzug, las Paul laut das Praxisschild. »Dr. rer. nat. Dr. med. Annabelle Fourier« und war beeindruckt von der Futuristik des Eingangsbereiches. Animierte Infotafeln zu psychiatrischen Störungen als Aufklärung für Patienten. Schräg war, dass Paul als Fachmann sie nicht verstand. Auch das ganze Ambiente wirkte definitiv nicht so, wie Paul sich eine Psychiatriepraxis vorstellte. Eher wie Zahnarzt oder, ja, wie sollte man sagen?

Seth benahm sich, als sei er nicht zum ersten Mal bei Frau Doktor Fourier und verschwand gleich in einem Zimmer mit der Nummer 2018. Es gab laut Beschriftung 2018 bis 2023. Aus 2021 huschte so was wie eine Medizinische Fachangestellte, die aber neben ihrem Namen Malina Mbutu, die drei Buchstaben MPA auf dem Schild hatte. Sie hielt kurz bei Paul, sah ihn streng an und meinte, ob er denn seine Daten nicht im Taxi abgeschickt hätte. Dann ein pädagogisches Lächeln und »Das können wir ja nachholen, fiel Ihnen wohl schwer.«

Das »P« von MPA stand sicher für psychiatrisch, Paul traute sich nicht zu fragen. Am Telefon der Theke meldete sich ein männlicher MPA als Medizinisch-physikalischer-Fachangestellter. So also. Physikalisch? Wenigstens gab es laut der Infotafel mit Fotos eine Fachärztin Frau Fourier, und eine Psychologin Frau Noether. Die schienen dicht gepackte, kurze Termine zu haben, denn Paul sah die Patient:innen im Minutentakt aus den und in die Zimmer huschen. Er war schon auf maskierte Außerirdische gefasst mit Antennen, Hautsäcken am Hals, Hornschildern auf der Stirn und sechs Armen. Aber vorerst waren das einzig Auffällige das Outfit der MPAs, eine dezent stilisierte weißblaue Tracht. Paul musste an historische Fotos der Olympiade München 1972 denken. Und die MPAs waren genderneutral kunstvoll geschminkt. Dazu kontrastierte ein Akzent wie Urbayrisch mit 20 % Englisch und noch einem Sprachgewürz. Die gaben sich echt Mühe beim Fernsehen. Während er am Tresen seine Daten angab, sah er durch die offenen Türen Apparate, die vermutlich psychologische Messwerte bei den Patienten untersuchten. Eine Mutter mit Kind kam aus einem Zimmer. Der Sohn heulte. Sie beruhigte ihn. »Fünf ist super, ist doch fast normal, das nächste Mal wird es besser, musst halt das Ding nachts noch tragen, kriegst auch eine Mohnschnecke beim Bäcker.«

Lieb, aber von wegen Trost und Frieden. Im Moment zerrten vier Polizist:innen eine sich heftig wehrende Frau aus einem Untersuchungszimmer. Paul sah, wie die versuchte zu schreien, er hörte aber nichts.

»Der Stimmband-Silencer ist ein Segen«, meinte ein Polizist zum verdattert dreinblickenden Paul und setzte sich mit seiner Kollegin auf eine Bank, die Frau jetzt resigniert zwischen beiden. An der Theke wollte Paul nachfragen, was da los war, wurde aber schon nach »Was?« abgewürgt mit Fragen nach seinen Personalien. Sein Geburtsdatum mit '92 wurde nicht beanstandet. Noch keine Auflösung des Versteckspiels. Paul wurde stattdessen höflich von der MPA zur Ärztin gebeten und saß im Handumdrehen seiner Fachkollegin gegenüber. Angespannt wartete er auf die ersten Worte ihres Skripts. Frau Fourier war etwa in seinem Alter, einen Tick grafischer geschminkt als die Mitarbeiter:innen, nicht schön, aber edel, nicht warm, aber kontrolliert charmant. Sie sah ihn musternd, leicht erstaunt an, schien auf seine Eröffnung zu warten, als habe er Weiß beim Schach. Paul musste jetzt wohl von Problemen erzählen, also welche erfinden. Er fühlte sich als Patient, wie hypnotisiert, in diesem seltsamen Spiel. Tapfer durchbrach er seine Blockade und begann den Dialog.

»Also ich weiß nur, dass Jean Baptiste Fourier ein extrem wichtiger Physiker des 18. Jahrhunderts war. Sind Sie vielleicht eine XXL-Urenkelin? Frau Fouriers trockenes »Nein« begleitete ein mildes Lächeln. »Aber durch seine Methoden können wir tatsächlich Seelensignale messen, auch ohne Worte.« Das »ohne Worte« stieß Paul ungut auf und er wurde frech. »Krieg ich auch den Silencer, wenn ich ein bisschen zu laut bin, verehrte Frau Kollegin?« Keine Antwort. Aber Frau Fourier lächelte weiter beruhigend. Paul fasste sich ein Herz. Er musste endlich wissen, was das hier war. »Ich verstehe, Schweigepflicht. Bitte entschuldigen Sie dennoch die Frage. Also Ihr vermutlicher Patient, Herr Seth Joyce, den ich als berühmten Musiker kenne, also Herr Joyce hat mir im Taxi gesagt, wir sind hier im Jahr 4000. Bildet er sich das wirklich ein oder ist das hier eine Fernsehfalle?« Paul sah sich dazu begleitend ganz demonstrativ um, mit stark übertriebenem Grinsen. Dem folgte ein eher herablassend trostvolles Lächeln in Frau Fouriers Gesicht. Paul legte nach. »Ich meine, allein schon die Olympiadirndl von 1972 sind krass.« Das Lächeln wechselte auf Ausdruck erfreut. »Gefällt es Ihnen?«

»Etwas kitschig.« Psychiater nennen ja das Bedürfnis der Patienten nach Bestätigung ihrer oft falschen Theorien abwertend Kausalitätsbedürfnis. Und Frau Fourier schien Pauls Verwirrung zu genießen, wie er so psychisch halbnackt vor ihr saß.

Dennoch wurde ihre Stimme eindringlich weich, so wie wenn eine Ärztin sagt, dass die Befunde alle in Ordnung oder nicht ganz so schlimm sind. »Lieber Herr Kollege, wenn ich Sie so nennen darf. Nein, Herr Joyce bildet sich nichts ein, und nein, das hier ist kein Fernsehen, was immer das sein mag.« Sie sah den ungläubig starrenden Paul an, nüchtern wie ein Scanner das Blatt Papier.

»Keine Angst. Sie sind nicht der erste Besucher.« Dazu machte ihr Mund eine amüsierte Kreisbewegung. »Aber Sie sind der erste Psychiater. Erzählen Sie mir einfach etwas von Ihrer Psychiatrie.« Jetzt war sie wohl doch beunruhigt, wie der außerirdische Paul wohl reagieren würde, weil sie eine MPA hereinrief. Die war mollig, lustiges Gesicht, so eine, die jede brenzlige Situation atmosphärisch entschärft. Sicher würden sie gleich einen Notfallknopf für einen Sicherheitsdienst drücken. Die Minen der beiden Damen erschienen Paul sehr entschlossen. Aber sie warteten einfach ab und vollführten ermutigende Gesten mit den Armen wie »Na, jetzt komm doch in die Gänge.« Er sollte also seinen Wahn ausbreiten und begann mit trockener Kehle einen improvisierten Vortrag über den Stand der

Psychiatrie 2020. Es klang aber eher wie ein Geständnis. Er stockte und entschuldigte sich fortwährend, versuchte dabei, irgendein entspannendes Signal aus den Gesichtern der beiden Damen herauszulesen. Gerade kam er zum Thema der Zwangsbehandlung von aggressiven Patienten. Als er dabei als besonders problematisch Antipsychotika und ihre Nebenwirkungen nannte, da brach es aus dem Blick der MPA wie ein Sonnenstrahl hervor. »Mein Gott. Die psychiatrische Steinzeit. Das muss ja furchtbar für Sie sein«, flötete sie mütterlich und streichelte Paul die Hand. Das war Mitleid mit einem Irren. »Psychiatrie als eine aussätzige Disziplin, wie die Abdecker im Mittelalter. Und nur minimale Erfolge. Wie kann man das ertragen? Wie haben Sie das ausgehalten?«

Ja, die MPA war tatsächlich gerührt, den Tränen nahe. Frau Fourier fühlte nicht mit, zeigte sich fachlich und historisch interessiert. Sie ließ Paul alles bis ins Detail erzählen. Diagnosesysteme, Therapien, Gesundheitsversorgung, Klinikwesen, Sozialpsychiatrie, Psychotherapie, Erfolge und Stagnationen. Erst zuletzt wollte sie hören, wie er sich damit fühlte. »Na, wie wohl?«, meinte Paul ungeduldig. Er hasste diese Reporterfragen nach dem Schema »Wie unglücklich sind Sie mit dem vorletzten Platz?«

»Ich möchte Ihnen eine Stelle anbieten.«

»Wie bitte? Im Ernst?«

»Doch, doch, Herr Kollege, darf ich Paul sagen?«

Bei »Paul« sah sie ihn an, plötzlich so weichgezeichnet, mit Augenaufschlag und schräg gestelltem Gesicht. Flirten hätte Paul unter anderen Umständen gesagt. »Klar, ich nehme an«, sagte er, als ob es ein »Döner mit Allem, scharf« gewesen wäre. »Reden mit Leuten können Sie ja wohl, der Rest ist schnell erlernbar. Unsere Behörde kennt sicher keine Vorschrift, nach der eine ärztliche Approbation nach 2000 Jahren erlöschen sollte. Und ich mag Männer mit einem Sprung.«

»Sprung? Wegen meines Zeitsprungs oder meinen Sie Sprung wie psychischen Knacks?« Frau Fourier kommentierte nicht, bat ihre Mitarbeiterin, ein aktuelles, also 4000er Diagnosemanual zu holen, für den Kollegen. Das war kein Buch zum Nachschlagen, es war eine Art Tablet. »Sie fragen, wir messen, beides geht da rein und die Diagnose kommt raus.«

»Nein, Nein«, Paul schüttelte vergeblich den Kopf. »Das ist kein Manual.« Dabei holte er je ein Exemplar seiner Diagnosemanuale aus 2020 hervor. Er ging nie ohne aus dem Haus. »Das hier sind Manuale.« Zuerst zeigte er das ICD-10 der Weltgesundheitsorganisation WHO und dann das DSM-5 der Amerikanischen Psychiatriegesellschaft.

Frau Fourier nahm die Bücher mit ehrfürchtiger Vorsicht an sich und prüfte das Datum der Auflage. Dabei entfuhr ihr fast wie ein Pups »Pffhhhh«. Und als ihr ehrfürchtig erstaunter Mund sich wieder elegant geschlossen hatte, flüsterte sie. »Herr Kollege, diese Ausgabe der ICD-10 der WHO aus Ihrer Zeit ist gerade letzte Woche bei Sothebys für 125 000 Euro versteigert worden. Passen Sie also gut darauf auf.«

Das war der Beweis für 4000. Allenfalls ein »Ich träume nur« hätte das widerlegen können. Wie aber aufwachen? Da kam eine weitere MPA herein und unterbrach seine Gedanken. Ein Patient war als Notfall gekommen.

## »Eure Majestät haben keine Schizophrenie«

»Schon wieder ein suizidaler Sinc, aber ganz nett«, fasste die MPA zusammen. Schreien hörte man nicht, Gegenstände flogen auch nicht. Der junge Mann in Begleitung zweier Polizisten hatte eine Überweisung dabei vom Notarzt, wie es sich gehört. Diese war aber kein kurzer Formularbrief wie bei uns, also bei Paul. Sie war auf seinem Endgerät und bestand nur aus einer Tabelle mit Spalten, die betitelt waren mit eher mathematischen Begriffen wie Kategorie, Domäne, Gruppe. Die Eintragungen darunter waren auf die Schnelle kaum zu erfassen, aber ganz am Ende stand als Freitext in Anführungszeichen »Stoneage Depression«, »Steinzeitdepression«. Frau Fourier ignorierte den flapsigen Ausdruck und schritt zur eigenen Meinungsbildung. Ihre Anamnese begann schon auf dem Weg ins Zimmer.

»Sie haben also einen Verdacht auf Sinc-Synchronisationsstörung, schreibt der Kollege, mit körperlicher Begleitmusik.« Zu Paul seitwärts erklärend »genannt Somatisierungsstörung in früheren Manualen«. Beim Wort »früheren« lächelte sie spitzbübisch. Wieder zum Patienten »Waren Sie denn bisher jemals, was man so sincisch nennen würde?«

»Frau Doktor meint, ob Sie depressiv waren.« Pauls vorlaute Bemerkung verursachte keinen Ärger, sondern zauberte im Gegenteil ein weiteres Lächeln, Typ nostalgisch, in Frau Fouriers Gesicht. »Poetischer hätte ich es nicht sagen können«, kommentierte Madame Fourier und fuhr nüchtern fort. »Haben Sie einmal einen traurigen Verlust erlitten? Ihre Eltern?«

»Beide zu alt, kein Schock mehr.«

»Liebeskummer?« fragte Paul und Frau Fourier sah ihn eher entgeistert als begeistert an.

»Verliebt«, intonierte sie sehr ironisch, als sei das etwas lang Vergessenes.

»Ja klar, wer war das nicht«, antwortete der Patient. »Ist aber doch verpönt, oder?«

Das »Verpönte Liebe« konnte von Paul sein. »Und hatten Sie überhaupt Liebeskummer?«, bohrte Paul nach.

»Das erste Mal drei Monate, das vorletzte Mal dreißig Minuten, das letzte Mal Null. Was genau, Herr Doktor meinen Sie mit Liebes-Kummer?« Pauls Antwort war mehr eigene Erfahrung als Lehrbuchwissen.

»Weinen, Sehnsucht, keine Lust zu nix, im Bett bleiben, Bilder von ihr anschauen, viel telefonieren.« Der Patient schien ihn nicht zu verstehen. »Sie meinen, wie in alten Filmen? Nein, so war es nicht. Also beim vorletzten Mal spürte ich kurz Ärger, dann Warten, ob sie den Rivalen zum Teufel jagt, eine 30 Minuten Frist gegeben, Antwort negativ, dann kein Kontakt mehr.«

»Das mit der Frist und Beziehungsende haben sie aus dem Steinzeitfilm ›Heat‹. Da sind es allerdings 30 Sekunden. Stimmt's?« Sehr überraschend kam vom Patienten: »Kenn ich, bin Filmarchäologe, Michael Mann 1995, Al Pacino, Robert de Niro. Die Geschichte ist komplett antisozial, nett kaschiert als Liebesgeschichte, trotzdem nicht bei uns freigegeben. Können wir bitte über was Anderes reden, ich will mich doch nur umbringen.«

»Selbstmord? Warum?«, fragte Paul routinemäßig.

»Mord? Aber bitte. Für legalen Austritt krieg ich kein Permit, weil ich mich nicht behandeln lassen will.«

Paul bekam einen dicken Erinnerungsschub an alle seine

Begegnungen mit Suizidalen, die Lügen, die Schuldzuweisung an andere, die Rücksichtslosigkeit gegenüber den Hinterbliebenen mit der Ausrede vom Gedankentunnel.

»Selbstmord ist asozial.«

»Ist meine freie Entscheidung. Basta.«

»Ist aber strafbar«, kam von Frau Fourier.

Die Polizisten klatschten lautlos Beifall mit zusammengebissenen Lippen. Die hatten sicher genug von solchen Kandidaten.

Frau Fourier verfiel in steinerne Routine. »Ich messe jetzt was bei Ihnen. Es ist magnetisch.«

»Gedanken lesen? Lehne ich ab.«

»Unsinn. Laut Gesetzeslage müssen Sie das tolerieren. Aber das Ergebnis wird Ihnen helfen.«

Die Frau Doktor gab ihm einen Saft, führte ihn ins Nebenzimmer. Paul durfte mit. Die MPA steckte den Patienten unter eine Art Haube. Kein Lärm, nur Summen. Die MPA druckte etwas aus und gab es Paul, der mit der Kurve zur Frau Doktor ging. Seine Frage war ehrlich. »Könnt ihr wirklich Gedanken lesen?«

»Unsinn, so was wird nie gehen, ist auch nicht nötig. Wir haben hier doch etwas viel Besseres.« Die Gedankenkurve, wie Paul sie dennoch für sich nannte, sah aus wie eine Welle, und darin eingezeichnet senkrechte Striche, ganz dicht, wie das spindelige Gestrichel einer digitalen Tonaufnahme.« Der Patient wurde zur Auswertung hereingebeten. Frau Doktor fuhr mit dem Finger die Spindeln der Kurve entlang.

»Das ist Ihr, ich sage immer ›Unwohlfühlspektrum‹ und die Auswertung in der Frequenzdomäne. Sie bekommen jetzt ein Medikament und in zwei Tagen ist alles weg.«

»Cool, keine scheiß Gespräche?«

»Nein. Aber zwei Tage in Gewahrsam, zur Sicherheit ein Überbrückungsmedikament. Nur ein Kontrolltermin, wobei der eigentlich nicht nötig ist.«

Der Patient verließ die Praxis in Begleitung der Polizisten. Im Gehen moserte er vor sich hin.

»Und wenn ich nicht gesund sein will?«

Er erhielt keine Antwort, nur einen Schubser der Polizisten. Paul dachte daran, dass in Bayern in 2021 Suizid ein Ordnungsvergehen war. Er wurde aus seinen Gedanken gerissen, weil er jemanden entdeckte, jemanden, dessen Anblick ihn aus einem Tunnel in einen grellen, hellen Gedankenhimmel schickte. Er sah Frau Fourier an, um zu prüfen, ob sie wirklich dieselbe Person wie er sah.

»Da draußen sitzt mein König«, sagte Paul leicht verschliert, als habe er gerade Sonnencreme mit Schweiß versetzt in den Mund bekommen. Die MPA drehte sich um und bemerkte leise: »Sie kennen unsere große«, das Wort »dicke« verschluckte sie, »Majestät König Ludwig?« Tatsächlich war der elegant gekleidete Mann fast zwei Meter groß, aber nicht wirklich dick. Paul war von ihm völlig gefangen, nickte und machte einen Diener. Frau Fourier behielt ihre Grandezza, wirkte aber überrascht.

»Lieber Herr Kollege. Wir wissen nur, dass dieser Herr behauptet, er sei der König von Bayern.« Da wurde jetzt der in seiner Ehre gekränkte Paul berechtigt lauter.

»Ich muss Sie entschieden unterbrechen. Ihre Majestät war unser bayrischer König und wäre unser bayrischer König bis ins 20. Jahrhundert gewesen, wenn er nicht 1886 tragisch im Starnberger See ertrunken wäre, zusammen mit seinem betreuenden Psychiater.«

»Ein Professor Gudden vielleicht?«

»Von Gudden, Bernhard von Gudden.«

»Und das Märchen gab es bei Ihnen auch schon?« Noch lächelte Frau Fourier spöttisch.

Jetzt musste Paul wohl oder übel ausholen. Mit einer majestätischen Dirigentengeste verschaffte er sich Raum und Zeit für die ganze Geschichte. Schlösser, Richard Wagner, Homosexualität, Diagnose Paranoia, Bismarcks Reichsgründung über Bayern und Ludwigs Kopf hinweg, Ludwig nach dem verlorenen Franzosenkrieg über den Tisch gezogen und durch das eigene Parlament vom Thron gestürzt, Einsperren in Schloss Berg am Starnberger See, die Legende vom erweiterten Suizid und die ewige unverbrüchliche Verehrung durch das Bayrische Volk.

»Es ist nicht nur wahr, es ist Geschichte. Ich verstehe aber nicht, dass er hier ist, denn seine Leiche wurde angeblich gefunden, seziert und begraben.«

Jetzt war die MPA dran. »War Ihr König schön oder verwahrlost?«

»Zuerst das eine, dann das andere. Warum?« »Weil er pitschnass und verlottert hier aufkreuzte. Er behauptete, er sei dem Professor Gudden davongeschwommen. Der sei ertrunken, als er ihn retten wollte. Gudden sei nämlich Nichtschwimmer gewesen. Und dann habe er, also König Ludwig, sich plötzlich bei uns gefunden, quasi aus dem See aufgetaucht.« Frau Fourier ergänzte. »Er schien uns wahnhaft. Jetzt ist er es nicht mehr. Verheiratet, 2 Kinder, Otto und Maximilian.«

»Also, das heißt dann, dass tatsächlich die historische Version über seinen Tod falsch ist, erfunden, ein gefaketes Begräbnis. Tatsächlich ist Ludwig anscheinend entkommen und zwar hierher, so wie ich.«

»Reden Sie über meine Majestät?«

Ludwig war ins Zimmer gekommen.

Paul war echt gerührt, so als Untertan, sagte aber nur: »Majestät, I bin a Bayer, aus Minga.«

Dann verfiel Ludwig auch ins Münchnerische und freute sich sehr über sein heimgekehrtes »Ein-Mann-Volk«.

»San Sie a dasuffa?« Dabei formte er mit den Fingern Gänsefüßchen. »Haben's mich g'sucht?«

»Nein, is oiss Zufall, aber ich freu mich narrisch, dass ich Sie so gesund seh. Man hod ja so viel Schlimmes g'hört. Werden Sie hier behandelt? Welche Arznei nehmen denn Seine Majestät zu sich?«, wagte Paul dann angemessen gestelzt zu fragen. Ludwig schüttelte den Kopf.

»Ich bin nur einmal geimpft word'n, mit COVID-63, Sheperd Dog. Ich muss jetzt aber meinen Buam, den Otto, vom Kindergarten abholen. Frau Doktor derf Ihnen des oiss erklären. Habe d'Ehre.«

Damit verschwand er, so gar nicht majestätisch, eher in bürgerlicher Eile. War Paul nun wie Ludwig in der Zeit gereist? Er schwebte sehr zittrig auf dieser wackeligen Theorie, wie mit einem Surfbrett auf einer Riesenwelle, die ihn demnächst begraben würde.

»Ich bin also in einer Zeit gelandet, in der die Störung Schizophrenie Geschichte ist. Kann man es so sagen?«

»Kann man.«

So blitzkurz und nüchtern das kam, so sichtbar schossen Gefühlswellen durch Frau Fourier. Sie stockte, tastete ihre Wangen ab, sah in einen Spiegel, machte Gesichtsgymnastik, so wie wenn man irre müde ist beim Autofahren.

»Waren Sie schon mal verliebt?«

Welch ein Themenwechsel. Aber Pauls Antwort war sauber: »Leider viel zu oft.« Frau Fouriers »Und wie war das?« kam, wie wenn eine 12-Jährige eine 16-Jährige nach dem ersten Sex fragt. Paul plauderte aus dem Nähkästchen.

»Wie immer, zuerst schön, dann scheiße. Aber wieso fragen Sie?« Annabelle hatte kein Nähkästchen. »Bei uns gibt es auch diese Störung seit langer Zeit nicht mehr. Also nur in stark gemilderter Form, gezähmt könnte man sagen. Eben wegen der, wie Sie es treffsicher nannten, Scheiße-Phase.« Und schon hatte Frau Fourier wieder den dezent arroganten Touch. »Wir sind Ihnen im Übrigen sehr dankbar für die Rehabilitation unseres dicken Königs. Wir alle mögen ihn nämlich, auch wenn er sehr anstrengend ist.«

»Und ihr habt ihn geheilt?«

»Also kurzes Update zur Störung, die Ihre Urväter Schizophrenie nannten. Schizophrenie heißt ja, soweit ich weiß, übersetzt aus dem Griechischen ›gespaltenes Zwerchfell‹. ›Schizo‹ für gespalten und ›Phren‹ gleich Zwerchfell. So, weil die vorchristlichen Griechen den Geist im Zwerchfell vermuteten. Diese Schizophrene Störung gibt es bei uns im Jahr 4000, und Sie sind hier in 4000, nicht mehr. Die Geschichte ihres Verschwindens ist Gegenstand der Archäologie. Ich selbst kenne die Therapie mit Sheperd Dog nur deshalb noch, weil ich sie für Herrn Joyce und Ihren König recherchieren lassen musste. War nicht billig. Sie könnten es nochmal für mich in der Bibliothek nachsehen, ich gebe Ihnen meinen Zugang.

Oh, es ist spät, also dann bis morgen, sagen wir 7 Uhr 30?« Paul war fachlich niedergemetzelt von einer Frau, deren Stimme und Duft, irgendwas mit Mango oder Zitrone, ihm nahekamen, näher als er wollte. Und kein rivalisierender Bergführer weit und breit. Er brachte gerade noch heraus: »Ich komme gerne, aber, Entschuldigung, wo kann man hier ein Hotel buchen, gibt es sowas noch?« Dabei spürte er insgeheim die absurde Hoffnung, Frau Fourier würde ihn wie nach einer Party auf den berühmten

Kaffee zu sich bitten. Stattdessen kam von ihr: »Sie haben doch ein Zuhause, oder?« Pauls ratloses Gesicht führte zu: »Benutzen Sie die zweite Türe links. Wir sehen uns morgen.« Paul, als wäre er sicher, dass sie viel lieber die Party-Variante genommen hätte, wurde frech, aber ganz lieb frech. »Wussten Sie, dass die Liebe nicht wie die Gravitation mit Abstand Radius im Quadrat abnimmt? Liebe ist wie ein Gummiband. Wenn man es dehnt, wird die Kraft stärker, die die Liebenden zusammenhält, genauso wie die starke Kernkraft.«

Annabelle wusste es nicht. Damit stand Paul allein vor der angeratenen Tür. Irgendein Scherzkeks aus der Praxis hatte mit Edding »2021 aus 10 hoch 500« draufgekritzelt. Sehr witzig, war wohl eine Anspielung auf seinen Taschenkosmos Nummer 2021 aus einer Auswahl von 10 hoch 500 Universen, wie etwa eine signierte Druck-Grafik mit der Nummer 21 aus 500 Exemplaren. Symbolisch noch bedeutsamer war die Klassifizierung der Tür als Brandschutztür T30. Die hielt also 30 Minuten Feuer aus. Verliebt sein ist ja auch ein Brand. Paul hatte deshalb schon vor Jahren den Entschluss gefasst, sich nie mehr zu verlieben. Sehr vorsichtig öffnete er die schwere Stahltür. Und mit dem letzten schummrigen Gedanken im Kopf erging es ihm wie beim Einschlafen. An den erinnerte man sich nicht, weil der schon im unkontrollierten Halbschlaf gekommen war. Man wacht einfach auf und stellt fest, dass man wohl eingeschlafen war. Und gerade als Paul noch unscharf dachte, ob der letzte Gedanke »Liebe, nein danke« oder »Liebe, ja doch« gewesen war, kam die reale Wahrnehmung wie ein erfrischender, kühler Windhauch.

Paul stand vor seiner Wohnungstür. Die Freude war kurz, denn Paul dachte sofort daran, wie er am nächsten

Morgen wieder zurück an seinen neuen Arbeitsplatz kommen sollte? Er sah sich genau um. Wo er stand, war ein kleiner Riss in der Mauer unter einem Briefkasten. Ein Riss in der Welt. Der ersehnte Durchschlupf zum Rübermachen. Dort würde Paul morgen stehen und sich dann einfach umdrehen. Umdrehen hilft ja auch immer gut beim Einschlafen in Traumwelten, also auch beim Übertritt in andere Kosmen.

In seiner WG, Paul wohnte in einer WG mit Milo, Resi und Murkl, schien alles wie immer. Man fragte ihn, wo er so lang gewesen sei und Paul fragte: »Was, wie, wieso lange?« Brummelte dann schnell irgendwas mit Zeitverschiebung und meinte, er hätte eine neue Arbeit. Die Gegenfrage »Was, wieso und wo?« konterte er mit »Super Praxis, weiter weg«. Die Anschlussfrage »Was heißt weiter weg?« war absehbar. Als er dann »2000 Jahre einfach, also schlappe 4000 hin und zurück« antwortete, kam ein gelangweiltes »Hahaha«. Man wusste in der WG, dass Paul bei solchen Sprüchen einfach nicht mit den Fakten rausrücken wollte und ließ ihn in Ruhe, nicht ohne ihm aufgewärmte Lasagne anzubieten. Manchmal ist ja die Wahrheit die sicherste Lüge, aber das »Hab keinen Hunger« von Paul war dann sehr verdächtig auf Übersättigung durch nächtlichen Sex. »Vielleicht doch eine neue Freundin?«, kam von Resi ganz süß. Statt pikante Details zu berichten, fragte Paul nur ganz blöd nach Datum und Uhrzeit. Er bekam von Milo, dem Forstwirt, sogar eine Antwort. Datum stimmte, Pauls Uhr stimmte, nur die Müdigkeit war zu früh.

»Die neue Freundin muss ja anstrengend sein«, meinte Resi.

Paul durfte ins Bett. Der Handywecker spielte am nächsten Morgen um 6 Uhr 30 das neu eingestellte Lied von Seth

Joyce »Secret Door«. Noch im Schlaftran Frühstück mit einem trockenen Croissant, weil zwei Tage alt, und Cola Light. Dann stellte sich Paul vor die Haustür wie geplant genau neben dem Riss in der Welt-Wand, der Gott sei Dank noch da war. Er drehte sich um, wie eingeübt schwerelos sanft, und stand, mehr überrascht als bestätigt, vor der Fourier Praxis. Die Erleichterung überdeckte die notwendige Verwunderung über die Eleganz des Übertritts.

Er war etwas zu früh dran, hatte keinen Stau in den 2000 Jahren Arbeitsweg gehabt. Die MPA zeigte ihm zur Begrüßung schon den versprochenen Bibliothekszugang. Paul setzte sich in Zimmer 2021 und ließ sich von der netten Computerstimme der virtuellen Bibliothek verwöhnen. »Schizophrenia, the forgotten Disorder« war der Titel des ersten Artikels. Paul nahm es gleich mit seinem Handymikro auf, so als Realitätscheck. Der Artikel begann tatsächlich mit »Es war einmal«.

»Es war einmal eine furchtbare Krankheit, die die Urpsychiater vor Jahrtausenden »Schizophrenie« oder etwas abgemildert »Psychose« nannten. Sie wurde als erblich betrachtet, obwohl selbst bei eineiigen Zwillingen, bei denen einer erkrankte, der zweite die Störung nur in 40 Prozent der Fälle ebenfalls bekam. Wenn man bedachte, dass sie identische Gene hatten, ergab das eine sogenannte Konkordanz von unter 50 Prozent. Das war schon seit dem späten 20. Jahrhundert allen Wissenschaftlern klar. Die Erklärung fand sich aber, wie es immer so ist, erst nach Jahrzehnten der vergeblichen Forschung. Sogenannte epigenetische Mechanismen bremsten die drohende Erkrankung des zweiten Zwillings in 60 % aus. Diese Epigenetik wurde so erklärt, dass die genetischen Baupläne nicht eins zu eins ausgedruckt, sondern während des Ablesens verändert wurden. Das geschieht sowohl durch gute soziale Umstände, teils auch nur durch simplen Zufall. Die Natur hatte also als gute Fee eine Schutzfunktion eingebaut gegen die tragische Macht des Schicksals. Einer dieser Mechanismen lief über ein Zudecken von DNA-Bausteinen durch ein einfaches Molekül, die Methylgruppe. Auf diesen Mechanismus hatten viele Umstände Zugriff, von sozialer Umgebung bis zu Nährstoffmangel und Infektionen. Weiterhin war nach mühseligen Jahren klar geworden, dass nicht ein oder zwei, sondern viele, viele Gene, eine mindestens dreistellige Zahl, in ihrer Wirkung auf die betroffenen Strukturen des Nervensystems zusammenliefen. Das konnten Zellkontakte sein, sogenannte Synapsen, Zellwände, die Dynamik der Erregungswelle, zu harte Filter oder fehlende Filter. Wegen der hohen Zahl an Wegen und Umwegen mit 1000en von Kandidatengenen und verschränkten Netzwerken mit dutzenden Botenstoffen gab es wenig Hoffnung, Schizophrenie durch genetische Therapien zu heilen. Man musste sie also symptomatisch überlisten und zumindest das Schlimmste wiedergutmachen«.

Nach dieser trockenen Einleitung folgten auf dem opulenten Screen wilde Filmsequenzen. Mittelalterliche Kerker für Wahnsinnige mit Ketten, kalte Duschen, Schlangengruben aus den USA der 50er-Jahre, Schreien, Toben und verächtlich beobachtende Irrenhauswärter. Dann die Nazizeit, die sogenannte Euthanasie, also zehntausendfacher Mord. Weit nach dem Krieg erst dämmerten ganz langsam Sozialpsychiatrie und moderne Psychopharmakologie herauf. Szenen in Wohngemeinschaften, Behindertenwerkstätten und Demos gegen Anstalten alten Stils. In einer Demo war ein junger Psychiater zu sehen. Wow, das war Paul selbst. Ja, genau, Bonn, vor mehr als 2020 Jahren. Süß, sich so wiederzusehen. Jetzt wieder die Hörstimme mit Archivbildern. Man konnte sie auf spannend einstellen, das half bei der Konzentration.

»Dem französischen Psychiater Philippe Pinel kam dann im Jahr 2075 ein sehr einfacher und damit wie so oft genialer Gedanke. Er sah das Zusammenwirken defekter Gene als Knotenpunkte der Entwicklung des Gehirns. Hier wurden die Weichen gestellt. Aber genau hier zerstreuten auch offensichtlich solche epigenetischen Mechanismen die geballte Macht. Also was lag näher, als einen Mechanismus zu finden, der diese Zerstreuung verstärkte, der die feindlichen Truppen noch mehr zerstreute.« Jetzt sah man Herrn Pinel mit dem Kopf über den Bildschirm gebeugt. Er hob den gesenkten Blick. »Der sieht mir irgendwie ähnlich. Sicher mein Urururur-Enkel«, dachte Paul in kruder Selbstschmeichelei. Pinel verkündete sehr eindringlich.

»Man kann die Gene nicht umändern, aber man kann sie vom Ziel ablenken, dem Node oder Vertex of Heritage, wie ich es nenne. Man kann sich das vorstellen wie Schafe auf einer Wiese, die ein Schäferhund von einem Abgrund fernhält oder wie das Gelege einer Kiebitzmutter, die den Fressfeind durch Herumflattern weglockt. In unseren Beispielen sollten Hund und Mutter das Schicksal weglocken von seiner Beute Mensch.« Der stolze Herr Pinel wurde in Siegerpose eingefroren. Die Stimme übernahm nüchtern. »Tatsächlich wurde schon kurz darauf ein Virus entdeckt, das die Wissenschaftler Vakzinator tauften. Dieser erste kleine Superhelfer der Menschen heilte zu aller Begeisterung die durch nur ein Gen bedingte Krankheit Chorea Huntington und andere schwere Leiden, die auch auf wenigen Gendefekten beruhten. Aber erst über tausend Jahre später, also 30 Generationen, und zwar im Jahr 3134, gab es die Auflösung und den endgültigen Durchbruch. Nach dem Ausbruch einer Viruspandemie, die an sich milde und ohne Todesfälle verlief, fiel auf, dass fast alle schwangeren Frauen gelbe Augen bekamen, also eine Leberfunktionsstörung, wobei auch dies ohne schwere Folgen blieb. Aber das harmlose Leber-Symptom war ein Zeichen für die durchgemachte Infektion. Deren Erreger wurde als COVID-63 identifiziert. Er befiel auch alle Babys im Mutterleib, aber ohne Fruchtschädigung. Dass diese Infektion im Gegenteil sogar unglaublich heilsam war, wurde erst 15 bis 25 Jahre danach klar. Kinder und Jugendpsychiater stellten als erste fest, dass die statistisch zu erwartenden Schizophrenien ausblieben. Und ein paar Jahre danach stellten das auch die Erwachsenenpsychiater fest, und folgerten kühn, dass das Supervirus wohl intrauterin die Embryos schizophrener und nicht schizophrener Mütter quasi gegen die Krankheit Schizophrenie geimpft hatte. In den Jahren darauf verschwand diese furchtbare Krankheit komplett vom Erdboden, weltweit. Man nannte das Virus dankbar und liebevoll nach dem Propheten Herrn Professor Pinel ›Sheperd Dog‹, Schäferhund. Die Schizophrenie war damit tatsächlich Geschichte.«

Paul hatte genug und lief aufgeregt wie ein Schulbub zu Frau Fourier, so aufgeregt, dass er sie duzte. Nach »Stell dir vor«, erzählte er begeistert die Geschichte vom Ende des Monsters Schizophrenie.

»Ach, so war das, stimmt, jetzt erinnere ich mich an die Story, lieber Paul«, duzte Frau Fourier zurück. »Du hast nicht ganz zu Ende gehört. Denn ich erinnere mich jetzt, dass danach alle Schwangeren mit dem Virus geimpft wurden. Aber es gab zwei Nebenwirkungen. Zum einen wollten danach weltweit weder Frauen noch Männer gerne Kinder kriegen. Die Population schrumpfte tatsächlich weltweit um 60 %, was angesichts von Ernährungsproblemen und Klimawandel ideal war. Die andere war sogar zu erwarten. Denn über die Gene der Schizophrenie wusste man, dass sie in niederer Dosis für Kreativität sorgen. Und die sank natürlich in der Bevölkerung drastisch und messbar, weil die Kinder keine funktionierenden, niedrig dosierten genialen Schizophreniegene mehr hatten. Man nannte es konsequenterweise Dull Sheep Syndrom«. Paul dachte an Seth und Ludwig, zwei kreative Köpfe und an das Wort Langeweile. Annabelle las seine Gedanken. »Oder ist euch 2000ern die Kreativität wichtiger als das unermessliche Leid der Patienten? Seid ihr so gestrickt?« Dann ließ sie Paul allein.

## Resonanz-Katastrophe

Draußen war Lärm, Personennotruf. Da stürmte ein aufgeregter Patient durch die Praxisräume. Alle MPAs bildeten einen Schutzwall um Annabelle. Der kräftige, mit Piercings wie mit Lametta behängte Mann schimpfte laut vor sich hin.

»Ich habe eure Skills satt und alle eure verfickten hunderttausend Regeln.«

Um sich abzureagieren, warf er mit Gummikügelchen um sich, die kreuz und quer durch den Raum prallten. Frau Fourier nickte der MPA zu. Die zückte ein Spray, das sie hinter ihrem Rücken vorsorglich versteckt hatte und schoss es dem Mann direkt vor die Nase. Sie tat es sicher nicht zum ersten Mal. Der Typ war in der Sekunde schlagartig ruhig wie ein Lämmchen. Ja, er war präsent und aufmerksam, wusste, was Sache war und entschuldigte sich in aller Peinlichkeit, sogar bei dem ihm unbekannten Paul. Frau Fourier eröffnete das Arzt-Patient Gespräch mit »Entschuldigung akzeptiert« und stellte wie in einer Falldemonstration ungeniert die Krankengeschichte des Patienten dem Kollegen Dirac vor.

»Ahl - so« begann sie gedehnt. »Herr M. Z. ist von Beruf Metzger, ja den Beruf gibt es noch. Er produziert exquisite Fleischwaren mit höchstem Tierwohlprädikat. Seine Frau fährt Schwebebahnen im öffentlichen Fernverkehr. Sie treffen sich fast nur wochenends mit den zwei erwachsenen Kindern zum Essen. Dabei kommt es aber in letzter Zeit immer zu ausufernden Streits. Ob Politik, ob Zukunftsagenda oder Kunst, Herr M. Z. gerät regelmäßig so in Rage, dass er mit Essensresten um sich wirft und alle, auch Gäste, schwer beleidigt. Stimmt es Herr Z.? Unterbrechen Sie mich bitte, wenn ich übertreiben sollte.« Herr M. Z. nickte, vielleicht auch ein bisschen stolz auf seine Urwüchsigkeit. »Er reagiert sich jetzt mit den Gummikügelchen und anderen Tricks ab, aber so geht es nicht weiter, das sieht Herr Z. selber ein.« Dazu zeigte Annabelle Paul ganz lässig Herrn Zs Messkurven. Sie musste ja so tun, als würde der Kollege ganz eng mitarbeiten. Als Paul dennoch völlig ratlos auf die Kurven starrte, half ihm die MPA aus der Patsche. »Die sind so komplex, die verstehe nicht mal ich«, trällerte sie.

»Haben Sie denn schon einmal Gewalt gegen Personen, ich meine Schläge, ausgeübt?«, fragte Paul.

»Nein, das würde ich nie tun, soweit kommt es nicht«, antwortete Herr M. Z.

»Stimmt. Das ist nicht zu befürchten«, bestätigte Annabelle. »Es geht da eher um den familiären Flurschaden. Denn laut unseren Untersuchungen hat Herr Z. eine ›Early Phase Hyper-Resonanz im CI 1639 Netz‹. Konsequenz: Da helfen nur Messfühler und Schrittmacher. Dafür betteln wir jetzt seit drei Monaten an ihn hin.«

»Ich will es nicht. So einfach ist das«, wehrte Herr M. Z. pauschal ab, schon mit wieder steigendem Grummeln.

»Ach ja. Wollen Sie Frau und Familie endgültig verlieren? Das wird immer schlimmer, jetzt geht es vielleicht noch glimpflich aus. Wir sprechen von Schadensbegrenzung, Herr Z.«

»Gibt es denn keine Medis, keine Psychotherapie?«

»In Ihrem Fall wirkungslos, wollen Sie Literatur dazu?« Frau Fourier sah ihn konstant ohne schulmeisterliche Augenbrauengymnastik an. Sie hielt seinem irritierten, motzigen Blick stand. Und man sah ein leises, stärker werdendes, zustimmendes Nicken. »Nun gut, ich brauche Ihr schriftliches Einverständnis für das Implantat.«

»Narkose?«

»Nicht nötig.« Sie lachte siegessicher. »Sie müssen keinerlei Angst haben. Zu Beginn noch ein Mikroschrittmacher hinter dem rechten Ohr. Boxen Sie?«

»Was? Boxen? Wieso? Nein! Ich bin nur, wie man ganz früher sagte, Fleischhauer.«

»Ich frage wegen einer möglichen Beschädigung des Geräts. Der Schrittmacher kommt dann ja, wenn alles gut geht, unter die Haut. Gut. Noch Fragen?«

»Ja, eine Menge.«

»Dann kommen Sie zu unserem Einführungs-Seminar. Warten Sie mal, Resonanz ist nächsten Mittwoch um 17 Uhr. Geht das für Sie?«

Herr M. Z. war am Mittwoch pünktlich da. Frau Fourier hielt das Seminar persönlich. Ihr Vortrag ging über »Hypernormale Resonanz und Attenuierung durch NPgSD, Spinor Drums gesteuerte Schrittmacher-Dämpfung«. Wörter wie »krankhaft« oder »gefährlich« kamen nicht vor. Die Aufklärung war wesentlich besser verdaulich, als der Titel vermuten ließ, mit vielen bildhaften Beispielen.

Herr M. Z. erfuhr, dass im Laufe der Jahre Neuronenkreise, eben speziell bei ihm das CI 1639-Netz, aus dem Takt geraten waren, ein Eigenleben entwickelt hatten und in Belastungssituationen eine Resonanz produzierten, die die erwünschte Höhe der Aufregung überschritt. Sie war vor allem durch übliche Dämpfungsmethoden nicht beherrschbar. Da gibt es ja Hausmittel wie ein blitzschnelles kritisches »in sich gehen«, oder das gute alte »sich Zusammenreißen«. Für autoritätsorientierte Personen bot sich die Vorstellung strafrechtlicher Konsequenzen an, den Hedonisten blieb noch der kurze Weg an den Kühlschrank für einen Schluck Alkohol oder Bissen vom Lieblingsschmankerl.

Nur wenige der zuhörenden Patienten schauten genauso ratlos drein wie Paul. Die meisten hatten sich schon belesen und es gab eine lebhafte Diskussion. Dass dabei Emotionen per Resonanz etwas über die Stränge schlagen würden, hatte Frau Fourier vorausgesehen und Kameras laufen lassen. Das Doku-Material würde alle durch die Peinlichkeit und Übergriffigkeit ihres Benehmens überzeugen.

Es fielen Schimpfworte, einer zerbiss seinen Kugelschreiber, einer schrie nur »Fuck«, eine Frau schnitt sich mit einem Obstmesser in die Leiste, die sie dazu entblößte. Eine andere Dame wollte das Zimmer verlassen, drehte aber um und schlug dabei die Tür aus der Angel.

»Warum sind wir so?«, fragte sie dann weinend.

»Nun, Resonanz ist die wichtigste Eigenschaft des ZNS, sprich des Hirns. Ohne sie gäbe es keine Hingabe, keine Motivation, keine Begeisterung, keine Liebe.« Bei dem Wort Liebe stockte Annabelle kurz, als habe sie was Falsches gesagt. Sie sah unwillkürlich zu Paul, der ihren Blick standhaft erwiderte, was übrigens 2020 durchaus üblich war, aber nicht im Jahr 4000. Sie fing sich aber sofort und dozierte weiter: »Also ohne Resonanz gäbe es keine körperliche oder geistige Leistung, keinen Fortschritt. Aber wir können uns keine Resonanz-Katastrophen mehr leisten. Deshalb ist ja gerade Liebe, außer zu Kindern, durch soziale Regeln gebändigt worden. Auch gegen viel komplexere Emotionen haben wir heute einfache Mittel. Seien Sie froh, dass Sie nicht im psychiatrischen Spätmittelalter, sagen wir mal um 2020 gelebt haben.«

Ein kraftvoller Seitenhieb gegen Paul.

»Wir wollen auch keine zeitlichen oder geografischen Reimporte solcher Gefühle oder gar Menschen, die sie pflegen.« Eine volle Breitseite gegen Paul. Seine Retourkutsche kam sofort.

»Ach was, ich kann mich noch gut an die alte Zeit erinnern.«

Die Bemerkung löste befreiendes Lachen aus.

»Seien Sie froh«, gab Paul weiter den Kabarettisten. »Da gab es wochenlange psychopharmakologische Behandlungsversuche.«

»Uuuuh« im Publikum.

»Mühevolle jahrelange Psychotherapie.«

»Iiiih« im Publikum.

Frau Fourier mochte Pauls Format und übernahm wieder, ebenfalls gewollt kabarettistisch.

»Sollten noch Fragen an unseren Reimport Herrn Doktor Dirac bestehen, beantwortet er sie gerne im Einzel-Aufklärungsgespräch. Vielen Dank für Ihre konzentrative Resonanz.«

Damit genug, alle waren aufgeklärt, und verließen mit sicherlich noch vielen aufgestauten Fragen die Praxis. Paul und Annabelle blieben allein im Gruppenraum zurück. Schweigen ist immer bedeutsam, wenn gerade viel gesagt wurde.

»Wieso ist Liebe bei euch eine Katastrophe?«

»Hast du alte Bücher mit Liebesgeschichten?«

»Was? Ratgeber?«

»Nein, Poesie.«

»Okay, ich bring dir Shakespeare und was Kitschiges.«

»Hast du, ich meine früher, dich oft verliebt?«

Annabelles Stimme wurde dabei sanft, als hätte sie es vor dem Spiegel eingeübt.

Pauls »Ja, natürlich« sollte abgeklärt wirken, aber er hatte irres Herzklopfen, und er traute sich nicht zu fragen, ob denn Annabelle irgendwann mal Anflüge von Verliebtheit gehabt hätte, geschweige denn in den letzten Minuten. Tatsächlich hatten Pauls Versuche, sich zu verlieben, immer mit Missverständnissen, gekränktem Pathos und wechselseitig abruptem Abbruch geendet. Dabei hatte Paul dem Teufel »Liebe« immer nur den kleinen Finger gegeben und war ratlos, wie denn dann die ganze Hand funktionieren sollte. Da wäre nun doch Liebe light am Pendlerarbeitsplatz mit 2000 Jahren Wegstrecke ein vielversprechender Neuanfang gewesen. Paul hatte tatsächlich »Liebe light« vor sich hingemurmelt, und Annabelle konnte Gedanken, zwar nicht aus dem Hirn, so doch von den Lippen lesen.

»Ist das von Shakespeare?«

»Nein, von mir, nicht so wichtig. Aber ich bring dir von Shakespeare ›Romeo und Julia‹ und ›Der Widerspenstigen Zähmung‹ mit.« Paul stotterte. Annabelle lächelte schelmisch, bohrte aber nicht nach.

Die Woche darauf fand das entscheidende Gespräch mit Herrn M. Z statt. Er hatte seine Frau doch tatsächlich anlässlich des Bagatellsatzes »Bitte benutze doch nicht immer meine Komplett-Zahnpflege« beinahe geschlagen. Die Scheidung drohte mikrometerscharf. Herr M. Z. war deswegen sichtbar geknickt und somit gewillt, die Behandlung zu akzeptieren. Er erhielt von der MPA eine erneute formale Aufklärung und leistete die elektronische Unterschrift per Augenscan. Einzige Nebenwirkung sei, so betonte Frau Fourier nochmal, die von den gewohnheitsmäßigen Exzentrikern gefürchtete Normalität, also langweilige Biederkeit. Danach ging es sofort ins Behandlungszimmer.

In dem Moment erhielt Annabelle einen Anruf. Paul

konnte ihrer Mimik entnehmen, wie zuerst genervter Unmut, dann aggressives Abschmettern mit zuletzt resignierter Ratlosigkeit ihr klassisches Gesicht bewegten. Das Gespräch dauerte eine Weile, so dass Paul in Vertretung die notwendige Injektion verabreichen musste. Er versicherte in absolutem Vertrauen auf Frau Dr. Fourier zum wiederholten Mal, dass die Injektion ungefährlich sei. Dabei machte er sich Sorgen um Annabelle. Schlimmstenfalls war ein Familienmitglied in Not, bestenfalls hatte ein Patient sie erfolgreich verklagt.

Als er nach der Injektion zu ihr ging, telefonierte sie immer noch, schrieb auf ihr Endgerät unter Notizen mit dem rechten Daumen, zitternd, mit vielen Fehlern. »Junge Frau, aus dem KuM-Teilchen-Beschleuniger, lokalisiert angeblich in Garching bei München.« Dann stellte Annabelle das Telefon laut. Die Frau quäkte mit einer unangenehm überlauten Stimme wie Skifahrerinnen, wenn sie unmittelbar nach einem Rennen interviewt werden.

»Sie müssen mit Ihrer Schrittmachertherapie aufhören. Wir arbeiten mit derselben Substanz, die Sie Ihren Patienten injizieren und die entwickelt im Körper Hitze von über 40 Grad Celsius durch Interaktionen höherer Ordnung.« Paul dachte an seine Aussage zum Thema »ungefährlich«. Die Stimme plapperte weiter, unverständliche Physik und Mathe. Annabelle drückte das Gespräch weg, sah völlig erschöpft aus.

»Was ist?«, fragte Paul. »Kundschaft?«

»Eher nein, sie spricht geordnet und weiß viel. Das war sicher nicht ihr letzter Anruf.«

Die beiden wurden zu Herrn M. Z. gerufen. Die MPA war immer noch dabei, dem immer skeptischer im Kreis argumentierenden Herrn M. Z. alles zu erklären. So in

Kleinkindersprache, wie, dass in der Ampulle so klitzekleine Teilchen gewesen seien, die sich an alle Winkel des Hirns heften würden, fast so wie Kletten, um Nachrichten rückzumelden über den Stand seiner Emotionswellen, also Gefühle, wie man doch so landläufig sagen würde. Die Messungen konnte Herr M. Z. auch am Monitor sehen. Da war deutlich die leichte Anregbarkeit durch Testworte wie »Du hast unrecht«, »Sei bitte still« oder »Iss nicht so viel Schokolade« und »Räum die Hausschuhe auf«. Er konnte die Auswirkung von CI 1639 auf das Modul fS0024 sehen und gleichzeitig das dazugehörige Gefühl empfinden. Ein stimmiges Feedback, das ihn vorsichtig überzeugte.

Dann kam der kleine Apparat hinters Ohr, vorerst nur angeklebt, er sollte später chirurgisch versenkt werden. Die Klebeelektrode wollte nicht korrekt haften bleiben. Das wiederholte Abziehen schmerzte, Herr M. Z. wurde ungeduldig. Dann wieder ein Anruf. Annabelle war es sehr peinlich, aber auch unheimlich, weil Herr M. Z. meinte, er würde Wärme im Kopf spüren.

»Nein, Papa, mir geht es gut. Ja, Noman, alles in Ordnung, ich habe einen neuen Mitarbeiter und kann mir dann morgen frei nehmen. Ja, bis dann.« Dann zu Paul: »Das war mein Papa.« Paul war überrascht über die Aufwertung zur Praxisvertretung. Zumindest hatte Annabelle einen Vater, das sprach gegen Androidin oder Cyborgfrau.

Herr M. Z. klagte immer noch über jetzt schon »heißen Kopf«. Paul hatte grade mal das KuM-Projekt recherchiert. KuM stand für Katz und Maus, ein sehr witziger Name für die Suche nach Teilchen in einem Hochleistungsbeschleuniger. Noch ungewöhnlicher waren seine Ziele. »Die Erforschung von Verklebungen zwischen Multiversen, durch die Elementar-Teilchen oder vielleicht sogar Lebewesen wie Bakterien hindurchschlüpfen können.« Zitat Wikipedia 4000. Wenn die Dame im Forschungszentrum bei München leibhaftig existierte, konnte man ihre Argumente nicht vom Tisch wischen.

Herr M. Z. erhielt eine kühle Kompresse auf die Stirn, das hätte Pauls heißem Schädel vielleicht auch gutgetan. Annabelle meinte, sie habe die Injektion schon hunderte Male verabreicht, niemand müsse sich Sorgen machen. Sie machte sich aber Sorgen. Die beiden gingen wieder ins Büro. Ihre weitere Anwesenheit würde, so sagte Annabelle, »Herrn M. Z. doch nur in seiner Angst bestärken. Und mich in meiner Angst auch.« Der nächste Termin für Herrn M. Z. wurde in drei Tagen eingestellt.

Paul schaffte die drei Übertritte von 2020 nach 4000 so routiniert wie Zähneputzen. Er registrierte mit Argwohn, dass er sich bei jedem Pendeln auf Annabelle freute. »Vorsicht Paul«, sagte Paul zu Paul. »Verliebt sein ist schlimmer als Treibsand. Du siehst ihn nicht und schon bist du weg.« Er stufte das Gefühl vorsichtshalber herunter auf Freude Light.

Herrn M. Z.s Nebenwirkung war abgeklungen. Er strahlte und haderte im Wechsel. Er war nach der Implantation gleich nach Hause gegangen, sehr optimistisch. Dort angekommen bat er noch beim Ablegen der Jacke seine Frau, ihn aufzufordern, die Schuhe an der Fußmatte besser abzubürsten. Sie tat es verwundert und ängstlich in Erwartung der Reaktion. Kaum spürte er aber das leiseste Hochschwappen der Aufregung, setze ein wohltuendes Gefühls-Nichts ein. Er tat wie geheißen, räumte die Schuhe weg, gab der Frau einen Kuss und erinnerte sich an keinerlei vergleichbare Situationen. Sie aßen, tranken und hatten Sex, entspannt und sinnlich wie schon lange nicht mehr. Aber dann erzählte er seiner Frau, was er etwas unverdaut bei Frau Fourier im Kleingedruckten gelesen hatte, also im Waschzettel des Schrittmachers. Da kamen physikalische Begriffe der Wellengleichung vor wie Omega Null und Omega plus, in Phase und außer Phase. Besonders gruselig hörte sich die Nebenwirkung der Entartung des Systems bei zu starker Anregung durch den Schrittmacher an. Nun war Herr M. Z. aber kein Physiker, sondern nur ein sehr fachkundiger Meister der Lebensmittelverarbeitung. Infolge dessen, eben weil ungewohnt, glaubte seine Frau, er mache sich lustig über sie und raunzte ihn an: »Du musst mir nicht klarmachen, wie blöd ich bin, du kleiner Hobbyphysiker.« Und ohne weiteres Zutun steigerte sie sich.

»Was hat dir diese Frau Furry in den Kopf geschwätzt? Wie sieht sie überhaupt aus?«

»Total unattraktiv«, deeskalierte Herr M. Z. geschickt.

Frau Fourier lachte und beruhigte Herrn M. Z., dass man das hinbiegen könne, und bestellte ihn mit seiner Frau zu einem Gespräch. Er ging erleichtert.

»Bei uns gibt es da im Web einen Paar-Coach«, meinte Paul. »Unter ›forsten-statt-borsten‹. Ist spezialisiert auf Streit.«

»Ich würde nie mit dir streiten, Paul.« Mitten im Satz merkte Annabelle, was ihr da rausgerutscht war. »Also nur als Beispiel, weil es bei uns keinen Streit unter Paaren gibt.« Schon wieder rausgerutscht. Paul half ihr aus der Patsche mit »Och, wir könnten doch völlig unverpaart streiten, ob die Katz und Maus-Dame mit der Nebenwirkung Hitze recht hatte?«

Es gab aber eine andere Nebenwirkung. Das Ehepaar M. Z. kam humpelnd wie ein verstauchter Zeh schon am nächsten Tag, obwohl der Termin erst eine Woche später ausgemacht war. Annabelle warnte als Einleitung vor dem Lesen unverdaulicher Waschzettel und auch davor, dass Frau Z. die emotionalen Ausschläge ihres Mannes vielleicht sogar vermissen könnte.

Frau Fouriers etwas plumpes »Man kann eben nicht alles haben« wurde schon vor »haben« gekappt.

»Doch man kann«, bellte Frau Z. »Dieser Mann hat mir so viel angetan und jetzt spielt er den braven Klugscheißer. Nein. Das war's.«

Sie verließ das Zimmer und damit ihren Mann. Das richtig Erstaunliche war aber die Reaktion von Herrn M. Z., der selbstkritisch brummelte: »Hab zu spät mit Ihrer Therapie angefangen, ist meine Schuld.« Und dann wurde er richtig philosophisch.

»Ich habe gelesen, dass, wenn zwei Sterne umeinander kreisen, sie immer und immer schneller werden, bis sie verschmelzen zu einem schwarzen Loch. Ich habe mir gedacht, dass zwei Menschen deswegen besser voreinander weglaufen sollten, bevor sie ineinanderkrachen.«

Dann ging auch er, nicht ohne sich einen Kontrolltermin für den Schrittmacher zu besorgen. Aber das Follow-Up, wie man sagt, wenn man Patienten nachbeobachtet, war wieder überraschend. Nach vier Wochen erreichte der kräftige Mann schlurfenden Schrittes die Praxis gleichzeitig mit Paul, der ihm durch die Tür helfen musste.

»Was haben Sie denn gemacht?«, fragte Paul M. Z. Da kamen keine Antwort, keine Mimik, kein Wort. Nach Pauls Blickdiagnose sah es aus wie eine saftige Depression, war aber sicher was anderes. Annabelle telefonierte gerade. Es war nicht laut gestellt, musste aber wichtig sein, weil sie Herrn M. Z. nicht beachtete, obwohl er im Stehen zitterte und sogar in die Knie ging. Annabelle legte dann doch abrupt auf und wandte sich zu Herrn Z. Und sprach eindringlich mit ihm, während sie ihn ins Behandlungszimmer führte.

»Lieber Herr Z. Wichtiger Grundsatz. Niemals, bitte, bitte niemals ohne Rücksprache mit mir was ändern an Medis und Geräten. Sie ändern ja auch nicht plötzlich Ihr Wurstrezept. Jetzt wollen wir das mal reparieren.«

Laut Aufzeichnung des Schrittmachers hatte Herr M. Z. drei Wochen nach dem Ehesplitting den Schrittmacher ausgestellt. »Sie wollten nur mal sehen, was passiert, stimmt's«, sprach Annabelle stellvertretend für Herrn M. Z. wie der Puppenspieler für die Puppe. »Jugend forscht«, sage ich da immer. Während sie am Gerät hantierte, erklärte sie, dass auch die Stimmungs-Schwingung nach unten der Dämpfung bedurfte, nicht nur nach oben und zur Seite. »Das kann sehr sehr schief gehen«, sagte sie wieder laut zu Herrn M. Z. wie zu einem Schwerhörigen. Der Apparat wurde wieder angestellt, justiert, eine Kurzmedikation gegeben.

Herr M. Z. wachte auf, seine ersten Worte waren: »Ich habe zwei Stunden vor der Praxistür gestanden und überlegt, ob ich mich vor ein Taxi werfen soll. Ich bin zu alt für Jugend forscht.« Er lachte, seinen Humor hatte er wieder. »Was mir allerdings jetzt in den Sinn kommt, also schon lange da ist. Ich meine, ich habe da doch noch eine Frage. Haben Sie noch kurz Zeit? Ich meine, das kann ja alles wiederkommen und auch schlimmer. Und weil ich mich ja jetzt nicht mehr umbringen will. Kurz und gut, also was ist, wenn ich ewig leben muss? Also, ich habe diese Angst seit dem Gerät. Ist absurd, aber sehr nervig. Gibt es dafür eine Diagnose?«

»Ja leider«, bestätigte Annabelle. »Das Ewige-Leben-

Syndrom, habe darüber promoviert, also wissenschaftlich gearbeitet.« »Das glaube ich Ihnen, aber wenn es keine Krankheit, sondern einfach eine Erkenntnis ist? In der kurzen Zeit ohne den Schrittmacher, wo die Depression anfing, habe ich mir zuerst immer überlegt, woran ich sterben will. Da gab es furchtbare Diagnosen, ich habe da viel gelesen. Eine Sendung, die hieß Big Diagnosis, 100 Ränge für Diagnosen mit wie es hieß ›infausten‹ Prognosen. Ich habe sie alle in Gedanken durchgemacht. Aber dann kam plötzlich die schlimmste Variante, nämlich ›gar nicht sterben‹. Und alt werden mit einer Art Haut-Maske um einen rum wie eine vertrocknete Pflaume. Dahinter aber lebt man, ist jung, nur keiner glaubt es. Alle finden, man ist hässlich und verfault und sollte gefälligst abtreten.«

Weder Paul noch Annabelle hatten eine schnelle Antwort parat. Das dauerte Herrn M. Z. zu lange. »Ihr Psychotherapeuten lasst euch ja gerne Zeit. Sollen doch die Patienten die Lösung finden. Aber ich will nicht nochmal über Selbstmord nachdenken. Also strengt euch bitte ein bisschen an.« Nach diesem arroganten Schlusssatz stob er davon.

Annabelle kommentierte genervt: »Er will Geld. Schmerzensgeld, Gratifikation. Glaub mir, nicht alle Probleme bei uns sind gelöst.« Paul kannte so was, wollte aber vielmehr von Annabelle wissen, wer da am Telefon gewesen war. »Ich sage es doch. Immer Geld. Diese KuM hat den Kurs gewechselt. Sie sagt, sie wisse, dass du drüben fest liiert bist. Bist du es denn?« Warum Paul jetzt »Ja« sagte, wusste nur der Teufel, der ihn anstiftete, auszutesten, wie es um Annabelle stand. Annabelle aber reagierte wie absolut keine Frau aus 2020. »Ich bin verliebt in dich, wenn es das ist, was du mit deiner Lüge aus mir herauslocken wolltest. Ich habe mich belesen. Die Symptome sind da. Fühlt sich sehr gut an. Wir sollten das besprechen. Und falls unsere Liebe gegenseitig ist, siedelst du zu mir über. Oder hast du gemeint, ich zieh zu dir?« Paul wollte sicher auf die Schnelle keines von beiden. Er hatte für so einen weiblichen Ansturm eine innere Barrikade errichtet. »Meinst du wirklich, wir müssen das gleich besprechen?«

»Ja«, aber ich muss kurz heim, ich sag dir dann, wann es passt. Ach ja, und bitte, ›Schatz‹, das sagt man doch so, schau mal in der Bibliothek nach über ›Sehnsucht Ordnung Null‹. Das ist unser Shakespeare über Liebe.«

# Seelen-Tuning

Annabelle ging in der Mittagspause immer kurz heim, die MPAs machten Bürokram neben dem Essen, generiert in einer Art Mikrowelle. Paul wollte nicht über Sehnsucht 2020 oder 4000 nachdenken, sondern suchte in der virtuellen Bibliothek trotzig Zeitschriften zu ganz anderen Themen und vor allem zu Annabelle als Autorin. Er fand unter Fourier, A. einen »Letter to the editor«, »Brief an den Herausgeber«, also eine kleine Veröffentlichung über die Zunahme von Diagnosen wie Ewigkeitsangst, Low Level-Impulsivität, umgangssprachlich »Lospoltern« genannt und die Angst, Besuch aus fremden Kosmen zu bekommen. Da fühlte sich Paul sogar ganz persönlich angesprochen. Also »Enter Download« zum Vorlesen. Zu Pauls Überraschung kam eine Aufforderung: »Bitte halten Sie Ihre ID-CeeF Karte bereit.« Pauls Vorhalten des Persos vor den Scanner, er war immerhin nominell über 1900 Jahre alt, ergab eine Ablehnung. »Uups, die Nummer ist nicht korrekt. Des Weiteren benötigen wir Ihre Tuning-Nummer. Versuchen Sie es nochmal. Bei Manipulation der Daten erfolgt Löschung der Datei und Meldung.«

Das wollte er nicht riskieren, nur nicht auffallen. Aber er griff das Wort Tuning auf. Die Eingabe führte ihn dann auch ohne Begrenzung zu »Condition Finetuning«. Die blinkende Hilfs-Übersetzung lieferte »Niedrigschwellige Modifikation seelischer Befindlichkeit«. Die Form der Darbietung des Inhalts war überraschenderweise aber weder »vorlesen« noch altmodisch »selbst lesen«. Stattdessen gab es »Draw from the Tap«. Das bedeutete laut Übersetzer »Aus dem Hahn« zapfen. So wie Bier aus dem Fass? Da bemerkte Paul jetzt auch ein Gerät in der Wand neben dem Bibliotheksterminal mit Aufschrift »TAP«. Und es gab Einweggläser zum Abfüllen. Das Sprichwort »Curiosity kills the cat« bedeutet, dass neugierige Katzen jedes Warnsignal überrennen. Und demgemäß wählte der katzenaffine Paul den Artikel an, und hielt das Gefäß unter den Hahn. Ein Schnapsglasformat klar wie Wasser. Auf dem mitgelieferten Aufdruck stand als Warnung nur »Vorsicht vor Allergie«. Hatte er nicht. Paul drosch es runter in die Kehle wie Dr. Jekyll den Trank, der ihn zum Monster Mr Hyde machte.

Fünf Minuten bis zum »Take Off« dauerte es laut Anweisung. Zur Überbrückung kam Werbung für preiswerten Gencheck mit Flatrate, elektrische Kuschelschafe, eine Verlieben-Warn-App. Die Werbespots waren extrem ruhig, jeder Spot eine Minute mit Erklärung und Warnhinweisen, super langsam im Vergleich zu 2020. Dann ging es aber abrupt los. Paul fühlte eine wache Konzentration, und im Gegensatz zur sanften Werbung brachen zusammenhanglose Szenen auf ihn herein, ein Schnipselmix ohne erkennbaren Zusammenhang. Paul fühlte dabei abwechselnd Hitze und Kälte, innerlich geduscht von einem intensiven Gefühlsmix, den er noch nie erlebt hatte. Bald begriff Paul, dass er wie in einer Farbenpalette durch Körperdrehung auswählen konnte, wie er sein Empfinden gerade haben wollte. Bei Blau fühlte er sich entspannt, bei Grau schluffig, bei Gold aufgedreht euphorisch, bei Orange dezent überheblich. Eine Gefühlsorgel, ein Emotionsmalkasten. Aber gerade als er das Malen in seiner Seele so richtig genussvoll raushatte und sich in Liebe, Hass, Wut, Entspannung, Langeweile, Angst und irrer Spannung wälzte wie ein Ferkel im Schlamm, fühlte er eine heftige reale Ohrfeige. Aus dem Traum gerissen, sah er Annabelle, die gerade ihre Schlaghand zurückzog und spürte den fiesen Stich einer Injektionsnadel in die Vene.

»Paul, was machst du für Sachen? Liebster! Das darfst du nicht, da musst du mich fragen. Du wärst fast weggeblieben.« Paul sah den Defibrillator in den Händen des MPA, der gerade die geladenen Elektroden wieder absenkte. Dann folgte eine lange Predigt über »Nichts anlangen, nichts in den Mund nehmen«. Es war peinlich, aber Annabelles so offensichtlich verliebte Stimme war so süß, dass die MPAs verschämt lächelten. Und im Durcheinander von Annabelles Predigt, der TAP-Droge, und der Wirkung des Gegenmittels dämmerte Paul plötzlich komplettes Wissen über den gesuchten Begriff Finetuning. Er wusste exakt, was Seelenschminken bedeutete. Er kannte auch die rechtlichen Befugnisse sogenannter Tuning-Assistent:innen, also wahrscheinlich im Rang eine Stufe niedriger als Fachärzt:innen. Ziel war Ersatz und Vorbeugung von Drogenmissbrauch. Getuned wurde mit subtilen Medikamenten, Artful Medication, auch pflanzlich. Das Zeug gehörte ins Badezimmer wie Hautstraffer und Badezusätze. Männer wie Frauen standen bei der Morgentoilette genauso lange vor diesen Säftchen wie vor dem Kleiderschrank. Oft mehrmals täglich konnte man das Tuning wechseln, angepasst an den Level von Stress und Anforderungen. Der Einfluss auf sinkenden Drogenmissbrauch in der Bevölkerung wurde als signifikant bezeichnet, ebenso die Senkung der Scheidungsrate und die Steigerung der Arbeitseffektivität. Paul wusste plötzlich auch Fakten aus Grundlagenfächern, die auf ein paar Semestern Mathe-

und Physikstudium beruhten. Annabelle kam seiner Frage zuvor. »Du hast nur die Basisbeilage bekommen, um die Artikel zu verstehen. Danach mussten wir dich rausholen, du Held.«

Sie war letztlich trotz Ohrfeige irre liebend besorgt, keineswegs verärgert. Ihr »Und hat dir der Artikel geschmeckt?« beantwortete Paul wenig charmant mit »Man meint ja, Liebe sei ein göttliches Gefühl, dabei kann man es künstlich herstellen«. Annabelle bemerkte die Spitze nicht oder drückte sie weg. Nachdem du kleiner Naseweis so fortgebildet bist, kannst du gleich unsere Nervensäge nehmen. Sie braucht genau das, was in dem Artikel verlangt wird.«

Paul war stolz auf den Vertrauensbeweis, obwohl es bestimmt ein Härtetest war, sowas wie eine zweite Facharztprüfung. Man ließ ihn allein und sofort drängelte eine energische weibliche Person ins Arztzimmer. »Sind Sie Doktor Fourier? Ich habe ehrlich gesagt eine Frau erwartet. Egal. Hören Sie. Sie müssen mir helfen. Es ist wegen des Artikels, den Sie zu Fine-Tuning veröffentlicht haben.« Paul wusste laut magischer Erinnerung, dass Frau Prof. Dr. Fourier auf der 15-köpfigen Autorenliste auf Platz 5 stand.

»Also, ich habe genau das, was Sie beschrieben haben, nämlich ›Mental-Emotionale Invarianz‹. Das bedeutet doch seelisch immer gleich sein. Und ich bin immer gleich. Ich bin nicht langweilig, um Gottes Willen, im Gegenteil, aber immer gleich. Ich kann anziehen, was ich will, einwerfen, was ich will, ich bleibe ich.«

Jetzt unterbrach Paul doch kurz mit »Wie war Ihr Name?«, obwohl der auf dem Screen aufleuchtete. »Sie haben ihn gerade gelesen. Das ist ja das mega Peinliche. Ich heiße Immergrün. Verstehen Sie das? Immer grün, immer gleich. Das ist nicht zum Aushalten. Und das Allerschlimmste ist, mein Freund beschwert sich gar nicht deswegen, nein, er liebt es. Dann heiße ich zu allem Spott auch noch Konstanze, also fast Konstante. Aber ich will nicht konstant sein, ich hasse es. Ich will mich ändern, ich will mal so sein und mal ganz ganz anders.«

Paul war irritiert, weil Annabelle draußen laut wurde. Gesprächsfetzen drangen zu ihm. »Wie? Herr Dirac ist nicht Herr Dirac? Wer soll er denn sein? Was soll das? Ich will jetzt Ihren Namen wissen und Ihre Vorgesetzten! Und keines von ihren Katz-und-Maus-Spielen bitte, ja?«

So langsam merkte Frau Immergrün, dass ihr Gegenüber leicht abgelenkt war. Seine Augen vibrierten hektisch von ihrem Gesicht zur Tür hin und her. Und dazu kam Pauls Problem, dass der Basis-Artikel kaum was über eine Therapie dieser Immergrün-Störung in sein Hirn gespült hatte. Also improvisieren.

»Was haben Sie denn bisher eingeworfen, also genommen?« Es folgte eine Liste von Substanzen, von denen Paul nicht eine einzige kannte. »Die Ärztin in der Spezialklinik hat mich wie ein Versuchskaninchen durch ihr Pharmaverzeichnis gefüttert. Und dann hatte ich immer diese Nebenwirkung. Zum Beispiel, dass ich immer spannende Musik halluziniert habe wie in einer schlechten Serie. Jede Szene, Ticket kaufen, Butterbrotschmieren, Bügeln oder Klo putzen, wurde hochspannend aufgemotzt durch Geigenschrubben und Monster-Bass, als ob der Killer gerade mit dem Hackebeil durch die Tür bricht. Alles Nebenwirkungen bei null Wirkung.« Nebenwirkungen waren ja Pauls Geißel im Job, da hatte er einen Schatz cooler Sprüche drauf.

»Vielleicht sollte die Nebenwirkung die Wirkung auslösen?«

»Das wäre wie Übelkeit gegen Kotzen, hab ich mir auch gedacht, eine Art therapeutischer Rohrkrepierer. Sie wissen also auch keine neue Methode?«

Dabei sah sie ihn so fordernd flehentlich an, nein, das war keine Schauspielerin. Es wurde fachlich eng, da sah Paul auf dem Schreibtisch einen Fragebogen, eine Selbst-Rating-Skala, zum Ankreuzen, die mit der Frage Eins begann, abgestuft von »Ich bin immer dieselbe« für null Punkte bis zu »Ich ändere mich sehr schnell und andauernd« mit vier Punkten. Das Ausfüllen sollte Frau Konstanze ablenken. Aber Konstanze kannte das. »Die Fragebögen habe ich alle schon ausgefüllt. Lang-wei-lig.« Vielleicht gab es ja einen Teil 2 des Artikels. Pauls Hirn sagte ihm, dass Frau Immergrün nicht therapierbar war und es vielleicht auch nicht sein sollte, weil es ihr Idealzustand war. Es wäre so, als ob man eine Schönheit auf hässlich operieren würde.

Konstanze genoss seine Ratlosigkeit, spöttisch und triumphierend. Man nennt solche Patienten ja gerne Koryphäenkiller. »Gell, jetzt sind Sie mit Ihrem Latein am Ende, Herr Superdoktor.«

»Kommen Sie mit«, meinte Paul nur. Er führte Konstanze aus dem Behandlungszimmer, und verließ die Praxis auf demselben Weg, den er immer nach Hause ging. Und die Reise funktionierte wie immer, auch in Begleitung. An seiner Wohnungstür fragte Konstanze ihn noch, ob das seine Zweit-Praxis sei und warum er sie in einer Kulisse der frühen Tausender habe. Paul war in Hochform, verarbeitete alle Einwände zum Gesamtkonzept »Tarnen und Täuschen«.

»Genau, gut erkannt, das ist eine Therapiesimulation. Hier sind alle Umstände, inklusive Raum und Zeit, verändert, also vorgetäuscht. Sie werden eine Metamorphose erleben, von der Raupe zum Schmetterling.« Frau Immergrün kannte weder Raupe noch Schmetterling noch Metadingsbums. Die Wohnung war unaufgeräumt wie immer, es roch nach Knoblauch. Der schon bekannte kleine Zeitknick machte es 3 Uhr morgens. Resi war auf der Arbeit, Nachtschicht. Milo und Murkl schnarchten ihren Rausch aus, durch die Zimmertüren, vibrierend wie ein Erdbeben.

»Super Trailer für einen Horrorfilm.« Konstanze spürte schon etwas. Und »Es kribbelt, ist das gut?«, fragte sie. »Es ist sehr gut.« Paul bat Konstanze, eine Nachricht an sich selbst zu schicken. Das klang super psychotherapeutisch. Konstanze wollte auch gleich in das Knopfmikrophon ihrer Bluse die Anweisungen dazu eingeben. Es ging natürlich nicht. Paul stoppte ihren Versuch und reichte ihr sein 2000er Handy. Sie fragte ihn, was das sei.

»Das ist ein neues Therapie-Tool.« Er zeigte ihr, wie man eine Nachricht in einem Portal tippte und losschickte. »Damit können Sie eine Nachricht direkt an sich selbst in Ihren Groundstate schicken, und die Symmetrie der Selbst-Invarianz brechen.« Paul hatte keine Ahnung, was er da gesagt hatte, aber Konstanzes Augen leuchteten.

»Echt? Das ist ja irre! Und welches Format hat meine Adresse?« Paul meinte, das mache das Tool von alleine. Sie müsse nur herauslassen, was sich ihr gerade auf die Zunge drücke. Und dann schoss ihr innigster Wunsch hoch mit »Ich will raus aus dem scheiß Soft-Ego-Freeze«.

»Das war ein sehr guter Anfang«, belohnte Paul. »Genug für die Sitzung heute. Jetzt müssen wir das sacken lassen.«

Auf dem Weg zurück in die Praxis 4000 fragte Konstanze, was das in der spukigen »Therapiepraxis historisch« für ein Design gewesen sei. Sie habe Kunstgeschichte studiert. Die

Ausstattung wäre nicht ganz stilrein Anfang drittes Jahrtausend. Ob das gebrochene Styling auch zum Therapiesetting gehörte? »Jaja«, meinte Paul. »Das bricht das Ego-Eis. Da gibt es Studien.«

In der Praxis wurde Paul vorwurfsvoll empfangen, weil er ja abgängig gewesen war. Andererseits war Annabelle stockfroh, dass er ihr tatsächlich die nervige Konstanze mit Erfolg abgenommen hatte, so wie ein quengelndes Baby von der Oma für eine Stunde gehütet wird. Und als Konstanze auch noch super zufrieden kommentierte, man hätte ihr die Vintage-Praxis Zweitausend XX schon eher zeigen können, die sei »Explo«, reagierte Annabelle souverän. Sie machte einen neuen Termin mit Paul als Therapeuten, verabschiedete Konstanze und bat Paul in ihr Zimmer.

»Vorsicht, mein kleiner Dirac.« Man kann dieser Frau nicht helfen. Da hättest du meinen Artikel Teil 2 ganz konsumieren müssen. Aber sagen wir mal, du hast ihr eine kleine Freude gemacht. Das geht noch ein paar Mal gut, dann ist alles wie immer. Anfängerfehler. Sie wird es dir verzeihen.«

Paul schluckte. »Apropos erfolglose Therapie. Was soll Herr M. Z. machen?«

»Also, wenn es nicht besser wird mit dem Ewigen-Leben-Syndrom, gibt es noch die Krimitherapie. Ich werde sie ihm vorschlagen.«

»Krieg ich einen Schnaps, damit ich das verstehe?«

Paul machte die Stamperl-Kipp-Bewegung, Annabelle fand es nicht lustig.

»Das ist Ernst. Herr M. Z. wird dabei derbe Kriminalfälle in echt erleben, intensiv simuliert. Er wird Kommissar sein, aber auch Täter, Opfer. Wir wissen nicht, warum es hilft, es ist nicht angenehm, aber danach ist er hoffentlich langweilig und zufrieden. Erhaltungsdosis ist ein Tatort pro Woche. Kennst du die Serie?«

Paul war geschockt. »Das sind 2000 mal 52 Serien Tatort.«

»Na und! Ich habe auch schon bei einer Serie mitgespielt. Erinnere mich bitte, dass du den Schminkschein machen musst.« Paul fixierte Annabelles burgunderrote Lippen. »Sollten wir nicht über Liebe reden?«

Annabelle presste die Lippen aufeinander und rieb sie kurz zum Nachkonturieren.

»Nein, das passt gerade nicht, da kommt Herr Gnust. Ein hochrangiger Mann, sehr wortkarg. Er ist Biologe, schweigt gerne und auch wo er arbeitet, sagt er nicht. Er verbringt oft Zeit weit weg mit wenig emotionalem Auslauf. Er muss dann auf einen Ruck zurück zu seiner Frau mit den kleinen Kindern und ist dann etwas hölzern. Also ein Fall für Fine-Tuning.«

»Was ist ›Weit weg‹? Ist er so ein Pendler wie ich? Sag es mir, wie viele Leute wie ich sind in eurer Welt gestrandet?«

»Du bist auf alle Fälle einmalig.« Wenn Paul etwas hasste, waren es Komplimente, die mit ihrer pappigen Süße nur ablenken sollten.

Herr Gnust kam ins Zimmer. Annabelle bat ihn, den jungen Kollegen an der Therapiesitzung teilnehmen zu lassen. Herr Gnust stimmte zu, mit Vorbehalt.

Zu Paul direkt: »Eine Frage. Woher kommen Sie?«

Paul war darauf nicht gefasst. Er nannte die Psychiatrie Nußbaumstraße, Ludwig-Maximilians-Universität, München.

»Schon schon, aber welches Jahrtausend?«

Pause.

»Nicht böse sein, aber es gibt Berichte von Übertritten

durch das Projekt Soft-Machine, Ihnen sicher bekannt. Es geht um die Einschleppung von Anti-Humanem-Extrem A.H.E.« Herr Gnust schmatzte ganz leicht und genoss Pauls Verunsicherung. Dann schlossen sich seine Augen, sein Mund holte Luft und traktierte Paul mit Worten wie Peitschenhiebe. »Zeithüpfer«, »Schlepper«, »vormenschliche Primitivierung«, »moralische Jauche«. Dabei kämpften in Gnusts Gesicht Fragmente von Mimik, die Einlenken, Abbremsen erreichen wollten. Aber die Kälte behielt die Oberhand. Er zog ein Endgerät aus der Tasche und zeigte Paul ein kleines Kind, das hilflos den Schlägen eines Erwachsenen auszuweichen versuchte. Harter Schnitt zur Werbung für T-Shirts zu supergünstigen Preisen, bunt, knallig, modisch. Schnitt auf das Textillabel »Made in Bangladesh«. Herr Gnust schaute auf Pauls T-Shirt und kommentierte kühl sachlich:

»Die Kinder, die die T-Shirts in den Zweitausendern herstellten, wurden zur Arbeit geprügelt und wenn sie starben, auf den Müll geworfen. Und die das T-Shirt kauften, lebten so weit entfernt davon, dass es sie nicht im Geringsten berührte.« Paul zupfte nervös an seinem T-Shirt, aber musste beipflichten, immer gut bei arroganten Gegnern.

»Jaja, die Moral ist wie die Gravitation, je weiter weg, desto schwächer. Im Gegensatz zur Liebe, die wie ein Gummizug stärker wird, je weiter man die Liebenden voneinander entfernt.« Herr Gnust wurde unruhig, flatterte mit den Fingern, als wollte er sie föhntrocknen. »Ja, Abstand. Dieses A.H.E. verschwand wie ein Geist über die Jahrhunderte und war ab 3600 bis auf einen kleinen Rest ausgestorben.« Dabei leckte sich Herr Gnust ordinär seine Lippen, strich sich wie ein gegelter Rocker übers Haar und begann zu plärren wie ein Hassprediger.

»Und jetzt kommt es zurück, weil versiffte Zeithüpfer von Schleusern eingeladen werden. Sie bekommen auch noch Kinder, die sie verderben werden wie bei sich zu Hause, und sich ausbreiten wie eine Pest.« Dabei sah Gnust, als ob er etwas wusste, voll Hass hin und her von Annabelle zu Paul, so dass Annabelle ihrem Paul, der kurz davor war, Herrn Gnust in vorbeugender Notwehr anzugehen, beruhigend auf die Schulter klopfen musste.

»So turbulent haben wir Sie ja noch nie erlebt. Soll ich Ihnen mal die Aufzeichnung vorspielen?«

»Nicht nötig, ich habe mich gerade so aufgeregt, weil ich einen Artikel gelesen habe über die Ursachen der A.H.E. So ein Bockmist. Dieselben unbewiesenen Theorien wie im 3. Jahrtausend. Da nehme man als Ursache die üblichen Verdächtigen. ›Nature‹ für atavistische Gene und ›Nurture‹ für Epigenetik, also Erziehung und Umwelt. Und das ist was? Elternhaus, Bildung, sozialer Gruppendruck, Geld und Macht, blah blah blah. Und letztlich braucht man die wilden Helden ja auch im Kampf gegen Katastrophen und menschliche Ungeheuer.« Herr Gnust atmete schwer, sichtbar erschöpft und mit hilfesuchendem Hundeblick.

Statt den Patienten Gnust zu trösten, gab es von Annabelle sanfte Konfrontation.

»Lieber Herr Gnust. Statt sich aufzublähen wie ein Turbohefeteig.« Herr Gnust schüttelte jetzt schon beleidigt den Kopf, während Paul an Germknödel dachte, die er so liebte. »Also stattdessen sollten Sie die Literatur ganz lesen.«

»Hab ich, hab ich. Dekohärenz des Kondensats der Persönlichkeit, sofern sie überhaupt da war.«

Alle sahen sich an, keiner wusste, wer was dachte. Paul war klar, hier ein Kind zu zeugen, wäre also ein Verbrechen. Herr Gnust sah ihn durchdringend an. »Wenn A.H.E.

einmal streut, ist es wie Krebs, kriegt man nie mehr in den Griff. Und ich überlege gerade, wie lange es Ihre nostalgische Ludwig-Maximilians-Universität, LMU, schon nicht mehr gibt, also ab wann sie Philippe-Pinel-Universität hieß. Reichen 500 Jahre?«

Annabelle wusste, dass Herr Gnust Paul nicht ans Messer liefern wollte, sondern einen illegalen Gefallen als Schweigegeld fordern würde. Und das kam prompt. »Sie können mir helfen. Ich will einfach nur morgens nett sein, tagsüber im Job cool funktionieren und abends in der Family zartbitter. Dann kommt so krude Verschwörungskotze gar nicht hoch.«

Und wie er es genoss, die beiden in die Ecke gedrängt zu haben. Paul überlegte, mit welcher Faust er Herrn Gnust niederstrecken sollte. Aber Annabelle war klar, sie musste liefern. Nur pro forma bewarb sie ihren Seelenschminkkasten. Wie eine Kosmetikberaterin leierte sie die Vorzüge von Substanzen herunter, die Herrn Gnust definitiv nicht interessierten. Die hatten klangvolle Namen wie »Violet Sunset«, »Ochre High«, Sweet Curvy Attraction«, »Diamond hard Ego«. Man konnte sie im Badezimmer sniefen, oder unterwegs injizieren, wenn man eine Hand frei hatte. Herr Gnust kannte dieses Ritual und genoss es wie eine Vorspeise. Ja, er probierte brav alles, und demonstrierte, dass keine der Substanzen auch nur den mindesten Effekt hatte.

Er sollte den Testsatz eines fiesen Chefs in einen freundlichen umwandeln. »Ihre Kolleginnen haben keinen Bock, ständig auf Sie Rücksicht zu nehmen, okay?«

Aber Gnust produzierte gehässige Varianten wie »Sie tun nichts und niemand mag Sie.« Gefragt, ob er abends was zum Runterkommen versuchen wolle, wackelte er nur mit dem Nein-Nein Zeigefinger. »Smoothen? Abends will ich mir knallhart den Tagesfrust von der Seele runterkotzen. Wozu hat man eine Partnerin?« Und für nach dem Kotzen wollte er einen geilen Stimmungs-Hübscher für Sex. Annabelle ließ sich nicht provozieren, bot »Rainbow Romance« an. Gnust lachte sie aus. »Nö, ich bleib bei ›Lass uns Sex haben, Schatz‹. Ist kürzer.«

Paul war klar, dass er dieses Arschloch aus der Praxis hinauskränken musste. Die Frage »Wann hatten Sie denn zum letzten Mal Sex?« war nicht ohne Gesichtsverlust zu beantworten. Herr Gnust kippte ins Geschmerzte und zischte durch die zusammengepressten Zähne mit einem kaschierenden Lächeln. »Eins zu null für Sie. Aber wir kriegen Sie noch, Sie Risikopendler.«

Dann beendete er das Theater mit kreidesanfter Stimme zu Annabelle. »Sie schicken mir das Übliche« und knallte die Tür zu. Paul blieb direkt. »Und welche Droge ist die Übliche, Frau Doktor Drogendealerin?«

»Okay, Herr Gnust hat hier sein Tuning-Depot. Eine grau-legale Substanz, die ich für ihn aufbewahre und portioniere.« Paul fragte folgerichtig: »Was hat dieser Arsch gegen dich in der Hand?«

»Du weißt nicht, wer er ist. Er denkt, er rettet die Welt vor Leuten wie dir. Und er meint es ernst.«

»Dann bin ich eben weg.«

Annabelle hielt seine beiden Hände fest.

»Ich lass dich nicht mehr gehen. Und du wirst mich nicht mehr los.« Paul sah eine naive, liebende Annabelle in ihrer heilen Welt. Aber es tat so gut in seiner starren Seele.

»Wollten wir das nicht in der Mittagspause besprechen?«

»Danke der Herr, heute ist es nicht genehm.«

Sie hatte also schon ein paar Zeilen Shakespeare gelesen.

Paul gab ihr dennoch einen Kuss, blitzschnell wie der Biss einer Kreuzotter. Annabelle wippte auf den Zehenspitzen, nahm ihren schillernd blauen Seidenschal, zog ihn sich vor den Mund und berührte Pauls Lippen, wobei sie ihre Zunge hinter dem Schal hin und her bewegte. Ein Kuss, gehaucht, aber dennoch sinnlich tief. Und durch den Schal flüsterte Annabelle: »Wir alle hier sind sehr verschieden. Und du bist ganz besonders verschieden. Morgen habe ich Zeit für uns.«

Paul spürte seinen Körper innen und außen so dicht und intensiv, wie man es seit Jahrmillionen beim Verlieben spürt. Seine gesunde Skepsis gegenüber dem verpönten Konzept drohte ihm wie ein glitschiger Fisch aus der Hand zu gleiten. Und genau da kam, wie der betrunkene WG-Partner, der beim Vögeln stört, schon wieder ein Anruf, unabweisbar. Annabelle war richtig aufgebracht, so wie er sie noch nie erlebt hatte. Das Gespräch war wieder lautgestellt, die KuM-Stimme kotzte das Wort »Paulschaum« mit einem meckernden Lachen.

»Jaja, richtig gehört, Sie hören doch mit, Herr Dirac? Ein Paul kann nach unseren durchgeführten Berechnungen und Beobachtungen nie zweimal identisch daherkommen. Er müsste sich bei jedem Übertritt aus einem Kondensat von unendlich vielen Varianten einer Paulmenge herausbilden, zufallsabhängig, Paulschaum eben. Eine konstante Identität ist also unendlich unwahrscheinlich. Ja, bis derselbe Paul mal wiederkommt, Frau Fourier, das kann ewig dauern.« Annabelle wollte nicht beeindruckt sein, aber ihre Stimme vibrierte. »Das sind minimale Varianten. Schon nach jedem Duschen ist man nicht mehr dieselbe.«

KuM klang wie von Frau zu Frau. »Schon schon, aber da gibt es Ausreißer, richtige Negativvarianten, primitive

A.H.E.ler. Ich meine es nur gut mit Ihnen, Frau Fourier. Ich denke, wir kommen ins Geschäft. Übrigens war Herr Gnust wegen vorhin sehr ungehalten. Er wird wegen einer kleinen Wiedergutmachung auf Sie zukommen.« Diesmal legte die KuM auf, bewährte Erpressertaktik.

Annabelle war wie von einem Laserstrahl in ihrer edlen Seele getroffen. Es zerlegte sie förmlich in ihre Bestandteile. Sie versuchte zu sprechen, aber ihre Stimme rutschte eine Oktave ab und zerbröselte wie ein Keks in gestaltlosem Gemurmel. Pauls Kurzkommentar hörte sie kaum.

»Dreckiges Miststück.« Er versuchte einen Übergang, einen Notverband über die Wunde. »Liebe Annabelle, ich sollte doch Sehnsucht Punkt Null suchen. Die haben mich nicht reingelassen.« Annabelle räusperte sich, bis die Stimme wieder erstaunlich restauriert war. »Uns wird ab der Kindheit klargemacht, dass Liebe ein Risiko ist. Aus Liebe werden Leid und Mord. Deshalb die Sehnsuchtsregel. Wenn die Sehnsucht steigt und nicht erfüllt wird, dann muss man nach spätestens 30 Tagen die Person vergessen, für immer. Und das müsste ich tun, wenn du länger als 30 Tage weg wärst, ohne mir zu sagen, wo du bist und was los ist.«

Paul sah gerade in eine verspiegelte Tür und bemerkte einige graue Haare. Er hatte eigentlich keine grauen Haare. »Hatte ich schon immer graue Haare? Ich meine vor 30 Tagen?« Annabelle ging nicht darauf ein. »Diese KuM droht, dich nicht mehr zu mir zu lassen. Sie will deinen Übergang blockieren, so dass ich denken muss, du bist, wie ihr in schlechten Liebeskomödien sagt ›Zigaretten holen‹ gegangen.«

»Ich bin Nichtraucher. Und wenn schon nicht Liebe, was ist ›Sehnsucht Ordnung Null‹?«

»Als Ersatz fürs Verlieben die unbestimmte Sehnsucht nach dem Besseren.«

»Religion?«

»Keine naive Liebe zu Gott. Wir haben nur große Angst vor Liebeskummer mit Menschen, viel mehr, als dieser Shakespeare seinen Figuren einflößt. Deshalb bitte ich dich tausendmal: ›Tu mir das nicht an!‹«

Pauls Abwehr war geknackt. »Für mich wirst du auch die erste erfüllte Liebe sein. Ich habe genauso großen Schiss wie du. Aber was, wenn Petzer Gnust mich und dich bei den Behörden verpfeift?«

»Er hat zwar ein wissenschaftliches Permit, darf reisen wohin er will, aber nur noch ein halbes Jahr, dann ist er nur noch ein kleines Würstchen.« Annabelle wischte Tränen aus den Augen. Paul fand ein Papiertaschentuch und tupfte sie weg. Annabelle wuchs schnell wie Bambus über sich und Paul hinaus und zog den für morgen versprochenen Kuss vor. Er dauerte lange. Sie strich Paul über sein strubbeliges, angegrautes Haar und sah ihn so liebevoll an, dass er kein Wort mehr herausbrachte. »Du musst jetzt gehen. Nicht mehr lange«, schloss sie geheimnisvoll.

Paul wollte gehorsam gehen, da kam ein junges Mädchen in die Praxis, sehr schlank, langer Hosenrock, schwarze, gestylte Haare und gekonnt nuttig geschminktes Gesicht. Sie plapperte sofort los: »Papa schickt mich, Gesine Gnust. Er sagt, Sie haben super Therapien, weil ich Borderline habe.« Paul und Annabelle sahen sich verstört an. »Das machst du!«, meinte Annabelle zu Paul und ließ ihn mit Gesine allein. Es stellte sich schnell heraus, dass Gesine keines der 2000 Jahre alten Borderline-Kriterien erfüllte, eine Form der Persönlichkeitsstörung, auch nicht die berühmten Selbstverletzungen mit Rasierklingen.

»Ich habe alles gelesen, Papa hat mir das DSM-5 gebracht. Ich werde mich auch schneiden, wenn das wichtig ist und Sachen kaputtwerfen und Jungs sagen, dass ich sie heiß liebe und dann ohne Grund Schluss machen. Ich will DBT.« Nun war DBT, Dialektisch-Behaviorale Therapie von Marsha Linehan, die Standard-Therapie für Borderline. Kern waren die sogenannten Skills, also Fähigkeiten, um innere Spannungen ohne Impulsdurchbrüche auszuhalten.

»Das ist vor allem Gruppentherapie«, wandte Paul ein.

»Kein Problem, alle meine Freundinnen machen mit, Borderline ist so cool.«

Paul kannte aus seiner Zeit den Irrsinn, dass Störungen wie ADHS, Autismus und Borderline zu Modeaccessoires wurden, weil sie einen interessant machten und einem erlaubten, sich scheiße zu benehmen. »Okay, ich besorge das Manual, wir starten dann nächsten Mittwoch um 14 Uhr.«

»Ach ja, und wir wollen wissen, wie man sich so richtig verliebt, Old School-mäßig, Sie wissen schon. Außerdem will ich ein paar schicke Medikamente.« Dabei schüttelte sie ihren Kopf in Richtung Annabelle, so dass die Haare ihr abgezocktes Grinsen verdeckten und zog mit dezent wippendem Stinkefinger ab. »Doch Borderline?«, dachte Paul beeindruckt.

## Therapieschmuggel

Paul schlich nach Hause, er musste einen Safety-Plan machen. Aber dort empfing ihn die WG mit aufgebrachtem Wortschwall. In den letzten Wochen hatten sich zunehmend Vorwürfe gegen ihn angestaut. Er sei ja nie da. Und, wie er arbeite, sei wohl zumindest halbseiden und verdächtig. Vielleicht gehe er auf den Pharmastrich, getürkte Studien durchführen. Diese sehr emotional an den Kopf geworfenen Vorhaltungen bereiteten geschickt vor, dass jetzt eine Forderung kam, quasi zur Wiedergutmachung. Also, eine Freundin namens Jessie war psychisch krank geworden. Sechs Wochen Klinikaufenthalt hätten keine Fortschritte gebracht. Es bestehe sogar Verdacht auf eine Hirnentzündung, so was neues Autoimmunes könnte es sein, man habe in der Süddeutschen Zeitung darüber gelesen.

Paul wusste nach den taktisch einleitenden Anschuldigungen, dass er dran war. Er fragte routinemäßig:

»Und was fehlt ihr?«

»Du bist so unempathisch« war der zwingende Vorwurf Resis. »Das ist wieder typisch Chefarzt-Gott-in-Weiß Paul.«

»Bei genauerem Nachfragen hatte Jessie alle Symptome der Borderline-Störung nach dem Diagnose-Manual DSM-5 der Amerikanischen Psychiatrie Gesellschaft. Da waren Selbstverletzung, Impulsausbrüche, depressive Stimmung hin und her, das Gefühl »Ich bin nichts«, »Ich fühl nichts« und Achterbahn mit Männern. Paul war müde. Nicht so Milo. »Alles erfunden und erlogen, wenn du mich fragst«, provozierte der. »Jessie braucht nur eine Ausrede für ihr miserables Benehmen. Die redet jeden nieder, hat immer recht, ihre leeren Floskeln kommen wie Reflexe. Sie hört null zu, will aber alle überzeugen. Bloß von was, weiß sie nicht. Alles völlig wirr. Das einzige, was ich verstanden habe, ist wie man mit einem Esbit-Würfel auf einem Autoreifen das Auto mühelos in Brand setzen kann.«

Milos ausufernde Phantasie, die auch vor politisch nicht korrekten Dingen keinen Halt machte, war bekannt. Paul entschuldigte sich und wollte schlafen gehen. »Leute, das ist ein bissl viel, ich muss überlegen. Bitte habt Verständnis, ich muss ins Bett. Ich glaube ich hab Fieber.« Fast hätte er Liebesfieber gesagt. Aber die WG versperrte den Zugang zu seinem Zimmer und schloss die Tür ab. »Nix da.« So leicht kam er nicht weg, man wiederholte alles bereits Gesagte, und immer eindringlicher, wie man es so macht, wenn man mit aggressivem Nerven jemanden drankriegen will.

Es klopfte »dammdadadamm«. Die Tür war nicht verschlossen, ging schwungvoll auf. »Jessie«, intonierte die WG wie eine Schar Hühner auf der Flucht vor dem Marder. Lange Daunenjacke, weiße Turnschuhe, fordernde Stimme. Sie sah allen der Reihe nach scharf in die Augen und baute sich vor Paul auf.

»Ah, schätze, du bist der Irrenarzt. Was ist deiner Meinung nach das Ich?« Das war nicht so die Durchschnitts-Patientenfrage.

»Das weiß niemand« war auch nicht die Durchschnitts-Psychiater-Antwort.

»Und was ist das, was so was sagt?«

»Mein Ich ist auf alle Fälle müde.«

»Die meisten Leute haben ein Ich wie ein getrimmter Hundeschwanz.«

Paul wurde wacher, diese Jessie hatte Esprit. »Und Sie hören mir nicht zu«. Dabei zwickte sie Paul glatt in die Backe, wie der Lehrer von anno dazumal den faulen Buben. »Ich bin eine NI, natürliche Intelligenz, und ich wachse exponentiell. Für dich bin ich Ich hoch 3.«

Dazu hatte jetzt Paul eine fade Floskel. »Und was kann ich für dich tun?«

»Ich will eine DBT-Therapie für meine Borderline-Persönlichkeit, wenn's recht ist.«

Milo schubste Jessie von Paul weg. »Der Mann hier ist Spezialist und glaubt dir kein Wort.« Die beiden kamen in ein Gerangel, das an Heftigkeit zunahm. Resi und Momo hackten von außen auf die beiden ein. Das »Ist gut, ich bring sie morgen in eine DBT-Gruppe« von Paul brachte alle in der Sekunde mit offenem Mund zum Schweigen. Unbehelligt konnte er die Wohnung verlassen, nichts mehr Schlafzimmer. Bloß raus hier. Er hatte schon Angst, der Übertritt würde nicht funktionieren. Ging aber gut. Paul rannte in die Praxis und direkt zu Annabelle.

»Es gibt eine Fake-Borderline-Patientin bei mir und ein paar bei dir. Darf ich meine Jessie rüberbringen?«

»Denk nicht mal daran, sagt man doch bei euch.« Aber Annabelle gab ihm eine Diagnose-App aufs Handy. Er sollte von der Patientin, also Jessie, 10 Sätze aufnehmen. Paul wollte es am Abend erledigen. Aber die WG empfing ihn in Aufruhr. Jessie war verschwunden.

»Die hat sich umgebracht«, Resi sehr vorwurfsvoll. »Milo hat sie provoziert und du hast nichts gemacht, Herr Chefarzt. Noch während die letzten Töne des bitteren Vorwurfs verhallten, machte Milo ungerührt den Fernseher an. »Da ist ja unsere Ich hoch 3 Frau.« Jessie hielt eine Pressekonferenz ab, oder war es ein Straßeninterview?

Das Thema war aus Jessies Bandwurmantworten schwer herauszufiltern. Sie wehrte sich gegen angebliche Bevormundung, sprudelte radikale Lösungen. Diktatoren nannte sie »Befreier der Evolution«, Psychiater »Gefängniswärter des Hirns«. Paul hielt die Handy-App hin. Es waren genug Sätze, sogar mit »Ich«. Während die anderen noch zusahen, und nach dem Interview wild diskutierten, wertete Paul aus.

»Prionen-Ego« schoss als Diagnose heraus. Paul kannte die Prionen-Eiweiße als Verursacher des Rinderwahns, Scrapie bei Schafen und Creutzfeld-Jakob-Demenz bei Menschen. Sehr sehr ansteckend. Ein in seiner räumlichen Eiweißstruktur falsch gefaltetes Prionenprotein traf auf ein richtig gefaltetes und drehte es ratzfatz um in ein ebenfalls falsch gefaltetes. Am Ende stand ein zerstörtes Hirn voller Prionenproteine. Keine Erreger im eigentlichen Sinn, aber infektiös und unwiederbringlich tödlich.

»Was ist ein Prionen-Ich?«, war am nächsten Tag die Frage an Annabelle.

»Ein Mensch steckt andere an«, war die zu erwartende Antwort.

»Und wie bitte behandele ich das jetzt?«

»Gut, du kriegst eine Fortbildung. Sie führte Paul in ein mit angenehmem Licht und sanfter elektronischer Musik geflutetes Zimmer, wo er sich auf eine Liege legen musste. Sie streichelte ihn an der Seite. War es verführerisch oder nur einlullend? Paul fühlte begründetes Unbehagen. »Was wird das?«, fragte er mit merkbar ängstlicher Stimme. »Es ist eine Enact-Vorlesung. ›Therapie der Prionen-Ego-Störung‹ heißt sie. Traust du dich?« Paul nickte, ohne es wirklich zu wollen.

»Es geht über mehrere hundert Jahre Psychiatriegeschichte, dauert aber nur 15 Minuten. Ist ziemlich hautnah. Solche E-Lerneinheiten sind mit Warnhinweis: ›NvF‹ gekennzeichnet. Ich nenne es ›Nicht vor dem Frühstück‹ oder ›Nix für Feiglinge‹. Heißt aber was Technisches.« Paul nickte, Devise »Bloß nicht blamieren«.

Da war sicher irgendwo ein Hypnose-Gerät, vielleicht Befehle in der Musik, denn er dämmerte wehrlos und rasend schnell weg. In der Nähe einer begehrten Frau ohnmächtig zu werden, ist alles andere als harmlos. Man wird verwandelt, gefangen, gelähmt, ist ausgeliefert. Das waren Pauls letzte bewusst gesteuerte Gedanken. Er stand als Redner auf einer Bühne, sprach vor vielen Menschen, also es sprach aus ihm. Um Gottes willen, er war Prediger, Paul hasste das. Vor ihm hockten beseelte Guruanhänger:innen, andächtig auf ihn fixiert. Seine Stimme verkündete unglaublichen Unsinn zum Thema, wie die Welt so läuft. Er wurde lauter und lauter, sein mahnender Zeigefinger immer wilder. Paul speichelte, spürte den Saft aus seinem Mund rinnen. Und dann war er gelandet bei Hass, Gegnern, Asozialen. Er schrie, man müsste, wen genau, wusste er nicht, die Anderen, also die »Befallenen« retten. Seinem Brüllen nach war aber klar, mit »retten« meinte er »loswerden«. Und die Worte Strafe und Buße machten klar, auf welche Weise. Schnitt auf seine Anhänger. Stumpf blickende Figuren, ihre Hirne im Hasstunnel abgeschaltet. Wie heißt es bei Nietzsche? Wenn du lange in den Abgrund hineinschaust, schaut der Abgrund in dich. Pauls Prionen-Ich war ansteckend. Auf diesem Höhepunkt stürmte eine Hundertschaft Polizei das Camp. Sie umringten den Anführer Paul mit automatischen Waffen, brachten ihn rücksichtslos zu Fall und führten ihn ab. Er sah noch, wie auch die ersten Anhänger festgesetzt wurden. Paul selbst landete mit einem Film-Szenen-Schnitt in einer Gefängniszelle. Auf einem Screen sah er sich selbst als Cartoon-Figur weggezerrt in eine Hinrichtungskammer. Er wurde ohne Begleittext schnörkellos aufgehängt, zappelte, pinkelte und schiss in die Hose, erschlaffte im Tod. Bild aus. Es erschien eine Schrift auf dem Screen.

»Hausaufgabe—erkläre Prionenhirn, Prophylaxe, richtiges Vorgehen bei Ausbruch.«

Paul sah auf seine Zellenwand. Geräusche, Licht, Geruch. Das Gefühl des Kerkerdaseins war echt. Er war im Gefängnis in 4000. Er hatte Durst und Hunger. Ihn fror. Er war müde. Kein Bett, kein Stuhl, Stehen in der engen Zelle. Hausaufgabe? Kein Papier, keine Tastatur, wie im allseits bekannten Wiederholungstraum, in dem du Prüfung hast und keine Ahnung. Paul dachte an Theorien, die er sich schon immer zurechtgelegt hatte. Die kollektive Raffinesse der Primaten, die naive Brutalität der Vormenschen, kriegerische Helden der Neuzeit. Alles war zu seiner Zeit arterhaltend. Gewesen und war es noch. Die genetische, epigenetische und zivilisatorische Umwandlung des Menschen würde dauern, 150 000 Jahre, oder unvollendet bis zum Untergang. Paul schoss als Lösung in Frust, Müdigkeit und Unterzucker durchs Hirn: »Vermessen und ausfliegen!«

Der Screen widersprach ihm, als hätte man seine Gedanken gelesen. »Wir müssen diese Wesen menschlich behandeln, sonst sind wir ebenso unmenschlich wie sie.« Pauls Fliegenfischen im Ideenfluss angelte nur unausgegorene Fetzen wie Prophylaxe, Bildung, Pädagogik, Strafe. Aber die ihn quälten, wussten es doch sicher besser. Paul hatte keine Uhr, es fühlte sich an, als ob er 10, 20, 30 Jahre im Gefängnis saß. Grau, steife Gelenke, passive Todeswünsche. Und niemand kannte ihn mehr da draußen. Annabelle hatte ihn reingelegt, ausgeliefert.

»Hallo, ich gebe auf, ich bin schuld an allem, nehmt mich!« Hatte er das gedacht oder gebrüllt? Hatte man ihn gehört? Der Screen leuchtete auf. Ein Physikvortrag. Kosmologie, Edith Guth. Breites Amerikanisch. »Todays Topic, Big Filter Theory, will be mathematically proven and highlighted in its consequences.«

Und instantan, augenblicklich, wusste Paul worum es ging, als hätte er die Vorlesung schon gehört. Es war die Theorie, dass von unendlich vielen Kosmen, in unendlich minus einem Kosmos die Menschheit unterging, in endlich vielen Zeiten. Immer wieder zerstört durch sich selbst. In alle Welten war ein Filter des Bösen eingebaut, der die Reißleine zog—Atombombe, Klimaaus, Rohstoffaus, Kampf um die letzte Quelle, finaler Kannibalismus. Ja, Paul wusste alles, was er nur ahnen konnte. Und so kam der eine überlebende Menschheitskosmos zustande. Nein, nicht durch Menschen oder außerirdische Wesen. Paul wusste, die Frage war nicht, wie es wegging, sondern wie es nicht wiederkam. Ja, er war schlagartig traurig, entsetzt und euphorisch. Es wurde auch schlagartig hell. Mist, wie im Traum. Der Gedanke, die Erkenntnis, weg, futsch. Nichts gesagt, nichts notiert. Paul war gedanklich nackt wieder in der Praxis, wach. Annabelle neben ihm hielt seine Hand. Sein »Was soll das?« war wenig weltretterhaft. Auf einem Screen erschien ein Abspann wie nach einem Film. Da flitzten Namen von oben nach unten. Und diese Namen waren alle von Diktatoren aus Pauls Welt. Darunter der Titel »Big Filter«. Paul schüttelte seinen Kopf, verstand es nicht. Big Filter? Paul redete, es redete aus ihm, was er weder erinnern, noch wissen konnte.

»Was habt ihr mit diesen Monstern zu tun? Kamen die am Ende von euch zu uns? Ausfuhr Prionenhirne? Und wir müssen es aussitzen, bis sie umkommen? Muss ich auch Jessie aussitzen oder kann ich sie retournieren?«

Er fixierte Annabelle, wusste sie etwas? Zeigte sich das in ihrer Mimik? Durfte ein verliebter Paul in ihrem Gesicht herumspionieren?

»Schau mich nicht so an. Ich weiß nur, dass es solche Wesen bei uns nicht mehr gibt. Ich weiß auch nicht mehr als du, wie man sie behandeln oder nicht behandeln soll.«

Die Antwort war vielleicht gelogen, aber Annabelles Tränen waren echt. Sie reichte ihm ein Formular, richtiges Papier. »Könntest du mir bitte das ›Informed Consent‹, also die Einwilligung nach Aufklärung, unterschreiben? So im Nachhinein? Bitte, ich hab es verbockt, ich weiß.« Paul unterschrieb, er habe alle Nebenwirkungen erklärt bekommen. Trauma, Gedächtnisverlust, Psychose, behandlungsbedürftige Aggressionsdurchbrüche. Und da flüsterte und brummelte es um ihn herum. Er sah zur Seite. Frau Bose und die anderen MPAs nickten wie Wackeldackel.

»Sie haben in Ihrer Rede auch was Wahres gesagt, frei und ehrlich.«

»Traut sich ja sonst niemand.«

»Sie sollten in die Politik einsteigen.«

»Genau.«

Paul sah seine ungewollten Anhänger streng an.

»Ein Horrortrip war das«, schimpfte er.

»Ich glaube, den Horror-Touch braucht man, damit mehr hängen bleibt, es fördert die Konzentration.«

»Mein Gott, der Abspann. Wisst ihr das nicht? Alles 1 A Mörder und Kriegsverbrecher. Ich kenne sie alle beim Namen.«

Annabelle berührte ihn mit zärtlichen Blicken, die nicht zu ihrer nüchternen Aussage passten.

»Ich dachte, das ist das Filmteam. Ich fürchte, du hast mehr erfahren als ich und mehr als erlaubt ist.«

Pauls Blick war ebenso liebevoll, seine Aussage weniger.

»Ihr habt eure Problembären in unsere Welt geschickt. Die haben Millionen von Menschen gefoltert und ermordet. Und fürs schlechte Gewissen habt ihr für ein paar Forscher Wissen durchgesteckt, wie sie sie behandeln sollen, damit es schneller geht mit der Evolution. War das auch so bei Pinel? Und jetzt bei mir?«

Die MPAs zogen ihre Hälse ein wie Enten in die Federn. Annabelle fixierte Pauls fuchtelnde Hand. »Du musst jetzt vorsichtig sein, bei allem was du tust. Dein Wissen ist wie Instinkte, du hast es nicht unter Kontrolle. Lass uns spazieren gehen. Ich zeig dir was von unserem München.«

Sie gingen ganz normal wie ein süßes Pärchen durch die Praxistür, von 4000 nach 4000. Annabelle wählte einen langen Fußmarsch, angespannt, ohne Worte. Endstation war die Kaiserstraße in Schwabing. Die Kulisse der altehrwürdigen Häuser schien auf den ersten Blick identisch mit der vor 2000 Jahren. Biergärten, Bars, Cafés. Allerdings fehlten die Autos und es waren sehr wenig Leute unterwegs.

»Ist das echt oder Kulisse? Schwabing Park? Bei euch weiß man nie.«

»So echt wie wir beide.«

Sie standen vor einem Jugendstilhaus, mit Gold restaurierte florale Muster.

»Was ist Soft Dignity?«

»Planvolles, würdiges Ableben.«

»Assistierter Suizid?«

»Selten. Meist geht es spontan.«

Im ersten Stock war es bunt, nicht so gut abgestimmt mit der Palliativ-Etage.

Und das? »Change your day!«

»Man spielt den Tag nochmal durch und erhält real eine zweite Chance.«

Zwei Häuser weiter ein hineingezwängter Modulbau.

»In and out?«

»Das Migrationsamt.«

Paul tat harmlos. »Darf ich ein paar Namen nachschauen?«

Annabelle drückte seine Hand fester, wie bei einem Kind, das wegzulaufen droht.

»Da schau, unser Gaming-Fun-Park.«

»Und warum erst ab 36 Jahren?«

»Der Renner ist Love-Brain. Ein sehr finsteres Spiel, sehr real, wird bald verboten werden.«

»Wenigstens seid ihr genauso irre wie wir. Aber wie irre macht ihr das mit unserer Evolution? Ich muss es wissen.«

»Gut, nehmen wir Pinel. Shepherd Dog hat er ganz alleine gefunden. Aber dann hat man nachgeholfen, ihm Messmethoden zugänglich gemacht und neue Therapiesubstanzen. Er war clever und nutzte die Chance. Nach vielen Auseinandersetzungen mit universitären Kollegen war er zwar ausgegrenzt, aber berühmt. Er ließ Pharmafirmen Wirkstoffe herstellen, erfand auch neue. Er war ein Pionier.«

»Und die Ethikkommission?«

»Oh, es gab genug freiwillige Probanden, die ihm in großer Zahl die Praxis einrannten. Es gab ja Therapiefreiheit. Und er hatte Erfolg. Bevor irgendeine Uni ihn totprozessieren konnte, waren seine Theorie und Methode Standard.«

»Schöne Geschichte. Und wie soll ich Jessie behandeln

und alle Monster, die ihr uns schickt? Unschädlich machen oder zu euch reimportieren?«

»Du musst mich nicht beleidigen. Bitte Themenwechsel.«

Dass er diesem Befehl folgte wie ein Schoßhund, zeigte Paul, wie sehr er verliebt war.

»Die Leute sehen sich alle sehr ähnlich, und es gibt kaum Altersunterschiede. Seid ihr unsterblich.«

»Nein, nur die Liebe ist unsterblich.«

Sie blieben stehen und sahen sich in die Augen.

Ein kleines Mädchen ging auf sie zu und schüttelte den Lockenkopf.

»Ihr müsst euch küssen.«

Dazu machte sie eine Kussschnute und klatschte mit den Händen. »Bitte Bitte.«

Annabelle schloss als erste brav die Augen und küsste Paul richtig heftig.

Worauf die Kleine plärrte.

»Ihr seid verliehiebt, das dürft ihr gar nicht. Ihr müsst wegfliegen.«

Der begleitende Vater zog sie wortlos weg, während sie ihren Richterspruch wiederholte.

Annabelle küsste unerbittlich weiter. Erst nach 10 Minuten ließ sie Paul los und wischte den Lippenstift aus seinem Gesicht.

Paul befühlte die feuchte Stelle zwischen seinen Beinen.

Passanten machten Fotos mit irgendwo im Outfit integrierten Kameras. Nicht unfreundlich, aber distanzlos.

Annabelle fand immer noch Lippenstift, den sie zärtlich wegmassierte.

»Ich glaube, deine Jessie ist nur einsam. Sie wird nie zu zweit sein können. Sie hat das Wort ›Zweisamkeit‹ falsch im Hirn abgelegt, weit weg von Glück und Liebe, neben Hölle.«

Dabei streifte Annabelles Blick bitterböse alle Passanten, bis die abdampften.

Wie heraufbeschworen kam aus dem toten Winkel Gesine Gnust aus der Spielhalle.

»Jaja, schon gut. Ich bin zu jung. Aber ich habe euch beiden beobachtet. Gratuliere, ihr seid ein cooles Paar.«

Gesine genoss die Peinlichkeit des Moments. Quasi die Eltern beim Sex erwischt. »Aber wir sehen uns ja morgen zur Gruppe. Ich freu mich sowas von.« Weg war sie mit einem triumphierenden Kichern. Paul zerrte Annabelle ich Richtung Spielhalle.

»Ich will da rein.«

Annabelle sah sich um, hoffentlich erkannte sie niemand. Der Türsteher verlangte die Ausweise.

»Gute Fälschung«, sagte er mit einem unverschämten Lächeln zu Paul. »Gehst mit deiner Mama?«

Um sie herum wimmelte es von Hologrammen, die kleine Kobolde darstellten. Lebhafte kleine Wesen, die keinen boshaften Scherz scheuten. Sie zerrten an Annabelle. Der Sicherheitsmann scheuchte sie weg.

»Eine Lieferung, Frau Fourier?«

Paul erschrak, spürte den bekannten Wirbel im Bauch. Annabelle zog den Sicherheitsmann zur Seite. Aber dessen Kollege führte Paul in einen Nebenraum.

»Wir nehmen niemand mehr von Frau F. So wegen Ping-Pong.«

Paul entfuhr sein berühmtes »Jaja«, das er jedem Irren entgegnete, um Zeit und Raum zu gewinnen. Aber erst das »Herr Gnust schickt mich« war der Silencer. »Ich muss da auf zwei junge Damen aufpassen.«

»Verstehe«, nickte der Mann. Sein säuerlicher Gesichtsausdruck verriet, dass er das Teufelstöchterchen kannte.

»Diagnose alte Schule mögen die jungen Leute am liebsten.«

»Und wo ist Ping-Pong?« Paul bemühte sich um die Geheimdienst-Miene »Wir verstehen uns.« Der Mann verstand, deutete auf ein vergittertes Fenster, also Gefängniszelle. Man sah Typen in Anzug und Kostüm mit ausdruckslosen Gesichtern.

»Leer, hässlich, herrisch, LHH, das sind unsere bösen Babys. Die Charge da können Sie noch nicht kennen.« Das also waren die Diktator:innen der Zukunft. Annabelle kam mit dem Kollegen herein. Stinksauer war sie, für ihre Verhältnisse. Schluckte Wort für Wort ihre edle Kehle hinunter, so dass ihr Halsband aus altmodischen Perlen zitterte. Aber bevor sie ein Wort laut hervorbrachte, wurde Paul von einer Drehtür erfasst und sehr unsanft zu den LHHs geschaufelt. In der entscheidenden Sekunde, gerade zum Take-Off. Wie an Pauls Tür. Ohne Geräusch oder Blitz waren sie durch Raum und Zeit gerast. Selber Ort, zweites Jahrtausend, Spielothek Kaiserstraße, »Game-Hall, Sportwetten«. Was erschreckte Paul mehr? Die Ausweisung aus Annabelles Land oder die Gemeinschaft mit den Monstern? Eindeutig letzteres. Die schienen gut ausgerüstet, hatten Stadtpläne auf zeitgemäßen Handys. Vier Männer und eine Frau, vier Megamonster, noch schlafend. Paul musste sie stilllegen, reimportieren, skrupellos. Paul, der Rattenfänger von München. Er trabte elegant unauffällig zur U-Bahn Giselastraße. Kaufte sich ein Eis, Vanille und Tiramisu. Merkte mit Genugtuung, dass die fünf Figuren ihm gefolgt waren. Sie schleckten dieselben Sorten und warfen sie dann wie Paul in einen Abfalleimer, handelten sich Protestgeschrei einer Gruppe von fünf Kindern mit ihren Müttern ein. »Ihr sollt kein Eis wegschmeißen! Ihr seid blöd!«

Richtige Einschätzung. Pauls Idee reifte. Er fuhr mit der Gruppe zur WG. Stoisch und ohne zu zögern folgten ihm die vier Männer. Nur die Frau blieb zurück, fummelte auf 2000er und 4000er Handys, winkte, rief in einer Paul unverständlichen Sprache. Die anderen misstrauten ihr, standen in Schlange hinter Paul. Der stellte sich vor die Tür. Gab es Schlangentransfer? Paul fasste den ersten hinter sich an der Hand. Eigentlich zu viel für diese Art von Berufs-Autisten. Aber wie hypnotisiert durch Pauls Selbstverständlichkeit taten sie es ihm nach. Nur die Frau blieb zurück. Egal. Schnell mit »Augen zu und durch« trat Paul mit seinen Ratten über nach 4000. Voll konzentriert und ohne jemanden anzusehen, zog er dort seine Hand zurück, machte auf dem Absatz kehrt und war sofort wieder zurück in 2000. Die Frau war entwischt, aber weibliche Diktatoren waren ja selten.

»Hallo Dok« tönte es Paul entgegen. Jessie und Gesine standen direkt vor seiner WG-Tür.

»Haben Sie Hofgang?«

»Musste nur kurz die Welt retten.«

Das »Cool« von Jessie klang eher wie »Langweilig«.

Gesine starrte in sein Gesicht »Da ist noch Lippenstift. Ach ja, Ihre Gruppe brauchen wir nicht mehr. Haben was Besseres.«

Pauls »Cool« klang erleichtert und neugierig. »Diese Schnepfen«, schimpfe er innerlich.

»Interesse?« schnepfte es.

»Interesse? Immer.«

Paul war schon ein bisschen stolz auf sich und übermütig. Sie zogen los. Es war winterlich kalt. An einer breiten Brücke hin zum Kleinhesseloher See blieben sie stehen. Wenigstens wärmte die Sonne ein wenig. Die beiden schienen in sich hineinzuhorchen.

»Tut die Kopfhörer raus, bitte.«

»Sind keine, ist was anderes.«

Kichern, und Feixen.

»Also gut, Herr Psychiatrieanfänger. Das ist ein Gerät, das das Ich aussetzen kann, also diese Welle auf dem Denkwellensee.« Sie kichern wie gespielt betrunken. »Das Game nennt sich ›MyZombie‹. Man geht in Trance und wenn der Timer einen aufweckt, hat man eine komplett neue Ichkonfig. Die kann man vorher einstellen. Super einfach.«

»Einfach?«

»Sie wissen doch oder nicht, dass das Ich ein Artefakt ist? Es ist wie Schaum auf einer Welle. Und die Welle kann man surfen.«

»Und das habt ihr woher?«

»Die Mathematischen Formeln dazu gibt es schon seit 1910, das Zeug für die Technikpläne kam man heute im Atto-Nano-Markt kaufen. Ist besser als psychodelische Pilze im Wald zu sammeln. Das Ich geht steil.« Und dann ergänzte Jessie poetisch:

»Ja, das Ich ist wie ein Vogel, der nicht zu Fuß geht. Aber manchmal braucht er einen Ast zum Rasten.«

Paul kramte in seinem Halbwissen der 4000er Literaturbank. »Beobachten kann man nur den Teil einer Person, den man reden hört und handeln sieht. Aber den Teil, der nach außen nichts sagt oder tut, also der nur denkt, den kann man nicht miterleben. Da reden nur die verschiedenen Hirnteile miteinander. Das nimmt man nicht mal selbst wahr. Surfen auf einer Welle, wenn ihr wollt. Das Ich als Phänomen, das es eigentlich nicht geben kann.«

»Mega Theorie, nicht schlecht, alter Mann. Und Praxis? Wollen Sie unser Tool testen? Oder zu feige?«

»Ich würde gerne ich selbst bleiben.«

»Das ist es doch, das geht nicht. In echt also. Nicht eine Sekunde bleibt man der-/dieselbe.«

Und Jessie spöttisch, aber aufmerksam: »Die Jungs da, waren das Exporte oder Reimporte? Oder Ping-Pong?«

»Ihr seid nicht die erste übergreifende Therapiegruppe. Und euer Tool. Ist das auch eine ›übergreifende‹ Entwicklung?«

»Unsere Edition gibt es nur hier. Ist drüben verboten.«

»Okay, verstehe, darf ich?«

Er legte sein Handy neben Gesines, um die Daten zu transferieren.

»Ich habe hier eine Praxis. Würde das Ding gerne nachbauen.« Gesine antwortete. »Deal, Gegenleistung: Wir wollen uns auch verlieben.« Wieder Kichern und Feixen. Pauls »Gut. Termin für die Gruppe wie vorgeschlagen, Programmänderung auf Loveskills.« Sein Versprechen brachte sofort Ruhe und ein fast liebevolles Lachen in beide Gesichter. »Cool, Danke.«

Paul fuhr entgegen seiner Gewohnheit mit dem Miet-E-Roller in den Atto-Nano-Markt. Im kalten Wind dachte er an Annabelle und ihren Verrat. Ein dunkles Ich ergriff Besitz von ihm. Ein neues Ich. Ein Ich ohne Annabelle. Der Verkäufer schien auf die »My-Zombie-Bauteile« vorbereitet. »Da ist die letzte Charge. Lieferengpässe.«

Paul war überfordert, wie er alles zusammenfummeln sollte. Er rief noch im Markt seinen Freund Wawa, einen Elektriker, an und schickte ihm die Daten. Der versicherte schon am Telefon, dass in diesem Gerät kein Strom fließen würde, keine Nachrichten irgendwohin gesendet würden.

»Das ist ein Nix-Mach-Gerät, lieber Paul.«

»Egal, bau es zusammen. Wenn es was tut, zahl ich dir ein Bier.«

»Was willst du damit?«

»Ich muss mir eine Frau aus dem Kopf schlagen.«

Wawa trug ein Hörgerät und hatte das eben Gesagte wohl nicht verstanden.

»Jaja, die Frauen. Also bis morgen.«

Noch war Annabelle wie ein süßer Nebel in Pauls Kopf und die Angst vor der Kränkung durch die 30er Regel. Aber nur einer der vielen Pauls wollte Annabelle um jeden Preis, ein anderer wollte Ruhe haben, die gute alte Paulsche Ruhe.

»Hat Annabelle dich doch absichtlich mit den Diktatoren rausgeworfen!« stand versus »Frag sie doch. Das ist ein Missverständnis.«

Eine Horde Pauls rannte zurück zur WG, stellte sich schwer atmend an die Tür, wie immer neben dem vertrauten Riss. Hin und her wogten die Argumente. Rüber versus nicht rüber. Ein Omen: Der Riss war zugespachtelt und geweißelt. Sicher der Hausmeister. Die Tür für immer verschlossen? Paul wagte es nicht, sich umzudrehen, seine Beine zitterten vor Anspannung. Springen oder weglaufen? Liebe nach vorne oder Frust nach hinten? Dann drehte aus innerem, plötzlichen Ruck die Summe aller Ichs, mit voller Wucht eine 360 Grad Pirouette. Er hielt die Augen geschlossen. Plötzlich ein Antippen an der Schulter. Er war nicht nur vor, sondern in der Praxis. Frau Bose sah ihn erstaunt und ganz aufgeregt an.

»Sie haben jetzt seit 10 Minuten vor der Tür gestanden. Haben Sie sich nicht hereingetraut wegen dem Kerl da?« Paul fiel ihr fast um den Hals, aber in der Praxis war wieder mal Aufruhr.

# Liebeskummer

Da stand ein Junge mit kurz-rasierten, gegelten Haaren, martialisch angezogen, Armee-Stiefel, Gefechtshelm und Schutzweste. Er stand bewegungslos da, denn er war eingekerkert in unzerstörbare Plastikwände. Die MPA Frau Bose, die Paul am ersten Tag so liebevoll bemitleidet hatte, erzählte ihm flüsternd stolz, dass es ein Notfalltool sei, das bei Bedrohung wie ein Fallbeil aus der Decke nach unten flitze. »Schneller als der kleine Fratz gucken konnte.« Der Bubi hatte zwar keine Waffe, und er war eigentlich zusätzlich bewacht von fünf Polizisten. Aber er schrie fortwährend unverständliches Zeug, bestimmt Schimpfworte.

Gerade wurde ein Spray in seine Box geleitet, woraufhin er zügig an den Plexiglasscheiben zu Boden glitt und einschlief. Die Scheiben gaben ihn frei, die Polizisten hoben ihn auf eine Trage. Sie schafften ihn in einen Untersuchungsraum. Bevor man ihn wieder aufweckte, erhielt er ein Medikamentenpflaster auf den Rücken, da wo man sich schlecht kratzen kann. Die Polizisten standen geduldig im Kreis. Paul durfte zu dem Jungen, als der erwachte.

»Wi coim Denga?«, bellte er Paul an. Annabelles Hand berührte Paul flüchtig, er sah zur Seite. Sie lächelte ihn an, eine wunderbare Mischung von Bitte um Verzeihung und Vorwurf. Keine Zeit für mehr. Auch nicht für Pauls Liebeszweifel. »Er hat gesagt ›Verpiss dich Zuckerchen‹. Schmunzelnd übersetzte sie weiter die Ausdrücke der 4000er Jugendsprache ins 2020er Altdeutsche. Der Junge war schon wieder in seinem Plärrmodus.

»Du hast ja keine Ahnung, du weißt nicht, wie groß mein Pain ist und dass ich heartslave war und diese Fotze und alle meine Disser in die Hölle ballern werde.« Mit jedem Kraftausdruck rückte Pauls verliebtes Ich wie eine Würfelfigur wieder näher ans Zielhäuschen Annabelle heran.

»Ich habe uralte Schriften gelesen, so Schriftsteller, kennst du? Diesen Shakespeare, und auch von Hexen, die Männer verzaubern und das Nibelungenlied mit diesen Superweibern. Und dass vergiftete Liebe grausam gerächt werden muss, damit man nach Walhalla kommt.«

Paul spürte, dass der Junge näher bei ihm war, als er zugeben wollte. Als Abwehr dieser Einsicht gab es eine Gegenpredigt. Paul schwadronierte über Stalker und Liebeskranke in den alten Zeiten, rotzarrogante wahnhafte Looser. Dabei spielte er heftig mit seinem Finger in Annabelles Handinnenfläche.

»Und wie lief das bei dir und deinem Mädchen?«

»Hey, sie hat sogar wochenlang eine Choreografie eingeübt zu ›What is Love but a Second hand emotion‹. Sie hat mit mir auf einer echten Schlosstreppe getanzt. Die Schlampe hat ein super rotes, kurzes Kleid angehabt und mich so angesehen und ich war voll weggetreten. Ich wollte sie sogar heiraten und Kinder kriegen. Ja, sie hat mich verliebt, sie war es, sie hat es getan. Ich kann null dafür. Ich habe es ihr gesagt, also Geständnis. Und dann hat sie gemeint, einen, der sich verliebt, finde sie krank und ich gehöre weggesperrt. Ist das gerecht? Niemals. Sie war schuld. Voll schuld.«

Er heulte herzzerreißend über die bösen verführerischen Frauen, und Paul war nahe daran, mitzuheulen. Als Trostgeschichte für den Jungen erfand er schnell, dass ihn auch einmal eine super Frau nur gefriendzoned habe, bevor er noch nicht mal ihre Hand gehalten habe geschweige denn gevögelt. Die Polizisten waren beeindruckt, weil der Junge richtig zuhörte, als »gefriendzoned« übersetzt wurde mit »Jemanden, der eigentlich viel mehr möchte, zum guten Kumpel aufs Nebengleis der Beziehung downgraden.«

Er war »echt getuned« und heulte. Es schoss aus ihm heraus, er habe schon seit fünf Jahren ein Deep-Brain-Implantat, um zu messen, wann er sich verliebe und gefährlich würde. Er sei abgestempelt und registriert als »assiger Liebeskummler«. »Ich werde mich umbringen, weil keine Schlampe mich mag mit meinem Deep-Brain-Chip. Und ein paar von euch nehme ich dann eben mit.«

Annabelle schritt ein. Sie sah wie Paul seinen eigenen Kopf abtastete, als ob er einen Liebeschip implantiert hätte. Sie erklärte, dass Thor, den Namen hätten ihm seine eigenwilligen Eltern gegeben, also dass Thor sich alle drei Monate in der Praxis testen lassen müsse. Jetzt habe er sich wohl ziemlich in seinen Protest hineingesteigert, dadurch habe sein DBC die Polizei alarmiert. Dabei zwinkerte sie seltsam. Als die in die Praxis kam, war das Notfallgatter schon unten.

Paul holte Shakespeares Werkausgabe, die er Annabelle mitgebracht hatte, aus dem Zimmer und zeigte sie Thor. »Schau mal, damals war das Verlieben der Hammer. Der Gott Thor mit dem Hammer, verstehst du? Die haben Kriege wegen der Liebe geführt und was für welche. Und sie haben geglaubt, Verlieben sei die einzige Methode, zwei Leute zusammenzukitten. Und Liebe war wie Heroin, legales Heroin, wenn du das kennst. Jetzt hier bei ›Euch‹ ist es nur noch eine illegale Krankheit.«

Annabelles Mund zuckte, als ob sie gestehen wollte, dass auch sie Heroin genommen habe. Paul nahm sie in den

Arm und tat zur Sicherheit so, als ob er schauspielerte. Dazu blätterte er in ein Stück, begann eine Szene.

»So lieb ich denn diese Maid.« Die Übersetzersoftware kam ins Trudeln.

»Ew'ge Treue schwör ich ihr, nie von ihr weichen werd' ich selbst vor des Todes Rachen.«

Dann küsste er Annabelle. Sie ließ es geschehen wie ein Baby, das ein Löffelchen Dinkel-Huhn-Pastinakenbrei reingeschoben bekommt. Das galt offensichtlich nicht als Liebes-Übergriff, die Polizei klatschte und lachte. Aber dann sah Annabelle in den Text und realisierte die Regieanweisung *»Ohrfeigt den Werbenden«* elegant theatralisch an Paul. Noch mehr Klatschen. Paul brach die Szene ab, wieder zum Jungen gewandt.

»Naja, Liebe ist oder war einfach eine Sackgasse. Ich sags dir.« Die schmucklose Antwort Thors war »Kannst mich ja in der Sackgasse Sicherheitszone besuchen, da bin ich jetzt zwei Jahre.«

Er schien schwer beeindruckt. Sein »Donedone, Misekong«, übersetzt »Verkackter Klugscheißer« kam aber gar nicht aggressiv, während er von den fünf tuschelnden Beamten abgeführt wurde.

»Du kannst ihn wirklich besuchen«, meinte Annabelle, »wir betreuen die Institution, in die er kommt. Muss nicht zwei Jahre sein. Und er hat kein DBC-Implantat.«

»Wieso kein Hirnimplantat?«

Annabelle schauspielerte meisterlich süße Ironie. »Naja, weil niemand dein Buch über die Psychiatrie in der Zukunft lesen würde, wenn so was möglich wäre. Daran schreibst du doch? Deine Zeitgenossen lassen sich da lieber umbringen. Freiheit vor Leben, so seid ihr drauf.«

»Und deshalb schickt ihr uns eure Monster?«

»Das gestern war ein Versehen.«

Paul patzte zurück: »Und ich habe sie zurückgeschickt. Ätschbätsch.«

Annabelle riss die Augen für ihre Verhältnisse weit auf. Und bevor sie lospoltern konnte, stoppte sie Paul mit einer banalen Aufforderung.

»Sag mir bitte, wie alt du eigentlich bist.«

Die Kehrtwende funktionierte. Annabelle zögerte nicht: »82 Jahre.«

»Ich bin 35 und werde so um die 90 rum.«

»Ich werde 160 und ich will noch Kinder kriegen.«

»Von mir?«

»Ja, aber diese KuM will Geld für dich. Sie will es dafür, dass du immer wieder von dir zu mir kommst. Cold Gold, die älteste bekannte Kryptowährung, quantengesichert. Sie will dich aussperren.«

»Und wie soll das gehen?«

»Sie sagt, es gehe über ein Universumskondensat, einen Knotenpunkt, eine Vereinigung aller Universen.«

»Und wenn es wahnhaft ist?«

Annabelle entlieh Zeilen aus Hamlet.

»Wenn es Irrsinn ist, so hat es Methode.«

Und schwenkte sofort ein in das bezaubernd liebevolle Geständnis.

»Du süßer Misekong. Ich habe Angst, dich zu verlieren. Ich will keine Liebeskummlerin werden. Ich weiß nicht, warum ich dich in mich eingelassen habe, aber ich müsste dich notfalls vergessen. Also werde ich sie bezahlen. Und noch was. Falls du mich verlassen willst, rate ich ab. Sie droht damit, dich in eine Deutschland-1945-Variante zu bringen, wo die Nazis sich zu spät ergeben haben, und die Atombomben der USA auf München und Berlin geworfen wurden anstatt auf Japan. ›Die armen kleinen Menschen‹. So nannte sie euch zynisch.«

Ein Schlagabtausch in der Politik bot sich an, um das heikle Liebesthema zu beruhigen.

»Wir arm? Habt ihr eigentlich eine Regierung oder nur Polizei?«

»Regierung? König? Wir regieren uns alle selber, alles wird von allen beschlossen und gemacht. Nur wenn alle zustimmen, geht es, es ist wie ein Algorithmus.«

»Also KI?«

»Oh weh, lieber Paul. KI, die größte Sackgasse der Geschichte. So als ob man sich von Schmieröl regieren ließe. Jetzt verstehe ich, was die Dame mit ›Ihr armen kleinen Menschen‹ meint. Beeil dich bitte. Ich bin schwanger.«

Dabei drückte sie ihm eine Art Ultraschallbild in die Hand, nur 100-mal genauer. »Unser Kind. Ich werde es dir erklären.« Das Thema Liebe lebte. Ein Kind? Paul der Vater? Wie sollte das geschehen sein? Wie waren seine Gene in den Mutterleib von Annabelle gekommen?

»Hab ich's nicht gesagt«, zynelte ein Paul-Ich. »Man hat dich reingelegt. Du bist naiv und gutmütig. Hör nicht auf die Anderen. Mach einen Schnitt, benutze diese Ich-Maschine. Die Alte ist durchgeknallt.« Annabelle aber ging einfach zum nächsten Patienten und ließ ihn stehen. Der Druck in Paul stieg. Er wollte Gewissheit und loggte sich in die 4000er Bibliothek. Er gab das Schlagwort »Kinderwunsch« ein. Keinerlei Angaben, null. War das für ihn gesperrt? War es in 4000 tabu? Er wusste, es hatte keinen Sinn sie zu fragen, ehe Annabelle von sich aus die Erklärung lieferte. Es vergingen Tage. Paul hastete getrieben hin und zurück von 2020 nach 4000. Annabelle schien völlig abgeschottet, in ihren Bauch zurückgezogen. Paul durfte ihn nicht mal anfassen. Alle MPAs sahen ihn strafend an, wenn er sich zu nahe an Annabelle herantastete.

Die »Für und Wider Annabelle«-Ichs in Paul stritten heftig miteinander wegen der Zombie-Maschine. Zumindest schienen Jessie und Gesine ein Mega-Geschäft mit dem Tool zu machen. Mails und Posts aus allen Medien versprachen: »Klar Schiff, neuer Egofirnis in 10 Minuten.« Wawa lieferte nicht, nachrichtete weiterhin, das sei nur kompliziert und nutzlos. Paul glaubte ihm nicht, wurde auch ihm und allen gegenüber misstrauisch. Er entwickelte den Verdacht, dass die KuM-Dame Teil eines Komplotts war, um Paul an Annabelle zu fesseln. Und die Theorie des Paulschaum sollte ihn richtig tief treffen, ihn degradieren als Mischmasch aller Welten, als völlig identitätslos, ein anonymer Samenspender. Denn es hatte keinen Sex gegeben und gab auch immer noch keinen. Rein professionell schämte sich Paul natürlich wegen seiner Verschwörungstheorie. Frau Bose bemerkte wohl seinen seelischen Tumult und lotste den sichtbar verunsicherten werdenden Vater in ein Diagnosezimmer.

»Sie müssen Frau Fourier verstehen. Das ist bei uns so. Wir können es Ihnen noch nicht erklären. Bitte seien Sie geduldig. Es wird alles gut. Das Mädchen wird Eva heißen.« Ja, Eva boxte sichtbar und fleißig gegen Annabelles Bauch. Schon süß.

## Die Katze auf dem Baum

Arbeit lenkt ab und es gab Arbeit. Ein Herr im eleganten dezent-blauen Anzug war jetzt schon das vierte Mal in Frau Fouriers Praxis. Jedes Mal war er wieder gegangen, bevor er ins Arztzimmer gerufen wurde. Jetzt, beim fünften Anlauf, versperrte ihm Annabelle entschlossen den Weg.

»Versuchen Sie es, nur fünf Minuten. Kommen Sie.«

Herr Trausnitz ging mit ins Büro. Das Eis war gebrochen, er ließ sich nicht mehr bitten und zeigte Frau Fourier kommentarlos das Bild einer dreißig Jahre alten fröhlichen Frau.

»Wer ist das?«

»Das war sie, meine Frau Elisabet.«

»War? Mein Beileid.«

»Nein, das ist es nicht, sie ist anders von mir gegangen.« Ein zweites Bild zeigte eine um 25 Kilo schwerere, in schwarzen hängenden Klamotten schlampig gekleidete 55-Jährige, mit starren Augen und sichtbar hervortretenden angespannten Gesichtsmuskeln.

»Nach der Geburt unseres Kindes hat sie, von einem Tag auf den anderen, jeglichen Sex abgelehnt. Sie war von Monat zu Monat und von Jahr zu Jahr provokanter, gereizter, bissiger, aggressiver. Sie begann, alles an mir zu hassen, was sie vorher an mir mochte. Und das Schlimmste war, dass sie unsere Tochter mit ihrer Abneigung fütterte, mit ihrem Hass vollstopfte. Jetzt bin ich ein alleinstehender Herr, ein Schachkönig außerhalb des Bretts. Ich muss ausziehen.« Frau Fourier schwieg.

»Sie werden sagen, da sitzt die falsche Person in meinem Arztzimmer. Ich habe mich zumindest nicht umgebracht. Aber es waren harte Zeiten. Jetzt geht es mir gut und ich will es nur besser verstehen. Nur verstehen. Ich bin Mathematiker. Die Wesenszüge meiner Frau sind geschrumpft, konvergiert gegen Null wie eine Zahlenreihe. Sie selbst merkt es nur nicht und nach außen kann sie immer noch aus dem Archiv eine nette Person spielen.«

»Sie haben zum ersten Mal daran gedacht, jemanden umzubringen?«

Schweigen.

»Sie haben doch zumindest Ihrer Frau den Tod gewünscht?«

Angedeutetes Kopfnicken.

»Haben Sie eine Freundin?«

»Nein, wie auch. Also hatte kurz, aber ging nicht, zu viel Hass um mich herum.«

Annabelle kommentierte die Düsterkeit nicht, sondern zauberte auf einem unscheinbaren Podest einen holografischen Cartoon. »Die Katzen auf dem Baum« war der Titel. Herr T. war befremdet. »Wird das ein Aufklärungsvideo gegen Selbstmord? Kätzchen hüpft vom Baum?«

Paul war berührt, weil es aussah wie Walt Disney in den 1950ern, was die beiden anderen sicher nicht würdigen konnten. Zwei kleine Kätzchen kletterten auf einen Baum. Sie schienen sich zu jagen, aber dann kletterten hinter ihnen monströse Ratten. Die Kätzchen kletterten immer schneller, wurden von den Ratten gehetzt, gekratzt, gebissen. Und von oben prasselten Pfeile und ätzendes Zeug herab, je höher, desto mehr, aber die Kätzchen kletterten und kletterten. Die Äste wurden dünner, bogen sich, drohten zu brechen. Die Kätzchen konnten nicht mehr weiter. Keine

Chance, nach unten zu kommen. Sie maunzten jämmerlich.

»Die Ratten, das soll wohl ich sein?«, patzte Herr Trausnitz.

Mit »Nein, Sie beide sind die naiven Kätzchen«, schaltete Annabelle den Cartoon ab. »Die Ratten und Pfeile sind Ihr dummer irrationaler Hass.«

Herr Trausnitz trommelte mit den Fingern und fummelte am Hals herum, indem er sich an altersbedingten Hautlappen zog. »Dürfen wir Ihre Frau dazu holen?«, fragte Frau Fourier. Herr T. hatte schon geahnt, dass das kommen würde. Frau T. war zu Hause am Endgerät. Da saß sie, gut gekleidet, schlank, attraktiv. Das war doch nicht Frau Trausnitz?

»Was hat er Ihnen über mich erzählt? Hat er Ihnen die gefakten Bilder gezeigt? Sehe ich etwa so aus?«

»Er meinte, innerlich sehen Sie so aus«, brummelte Paul etwas sehr unhöflich.

»Tu ich auch. Bin nicht mehr die, mit der er vier Kinder bekommen hat.«

Herr T. fühlte sich zunehmend ertappt, machte Gesten wie »Ja, ich weiß«, bin ich jetzt auch schuld? Soll ich gehen?«

»Kamen Ihre Kinder vom Storch?«, fragte jetzt frech oder auch geschickt Paul. Annabelle stieß ihn heftig in die Seite. »Storch? Es waren natürlich keine Sex-Kinder. Ich versaue mich doch nicht mit Naturhormonen. Aber trotzdem hatte ich plötzlich den Drive, anders zu werden, ganz anders. Das konnte er doch auch.« Annabelle hatte genau das erwartet.

»Sie wollten beide vor Ihren inneren Widersprüchen und Verbohrtheiten fliehen und aus der bösen Welt herausklettern.«

»Ich will nicht zurück zu ihm.«

»Das können Sie entscheiden, wenn Sie wieder von Ihrem Kletterausflug herunten sind.«

»Ohne mich«, entgegneten kurz nacheinander Herr und Frau T. Aber Annabelle:

»Die gute alte Virtuelle Therapie. Sie müssen zusammen springen, fest aneinandergeklammert. Wir fangen sie auf.« Pauls fragendem Stirnrunzeln wurde von Annabelle ein »Später, jetzt nicht!« bedeutet.

»Ich schicke Ihnen alles zu.«

Ende der Konferenzschaltung. Herr T. war bedröppelt wie ein Spion, der sich und seine Rivalin ausgeliefert hat. Er ging langsam aus dem Zimmer, machte mit der Hand eine Bewegung des Abfeuerns einer Pistole an seiner Schläfe. Paul stupste Annabelle an, wegen der möglichen Suizidgefahr, die aber winkte ab.

»Ich gebe zu, diese Therapie ist schmerzhaft und nicht ganz freiwillig. Aber ohne sie hätten wir eure häusliche Gewalt, Suizide und Kinder mit überforderten alleinerziehenden Eltern. Ist für uns wie die Vorstellung einer Welt ohne Impfung. Und komm mir nicht mit eurer Freiheit.«

Während Annabelle ihn prüfend abscannte, hörte Paul im Kopf ein Lied von Chicago, Questions 67 and 68. Es besang ein Gefühl, das zuerst zusammenführte und dann zwischen den zwei Liebenden stand.

»Habt ihr auch glückliche Paare?«

»Eher nein. Es gibt zu viele verschiedene Geschlechter und Persönlichkeitssurfer.« Paul dachte an sein Gerät und Wawa. Annabelle sah seinen starren Blick nach innen und ergänzte: »Das sind Leute, die sich immer wieder neu erfinden.«

Dabei fühlte sich Paul ertappt, als ob sie seine finsteren

Pläne ahnen würde. Ihr »Aber so etwas würdest du ja nie tun«, bestätigte den Verdacht.

»Gibt es Einsame bei euch?«, lenkte Paul ab, aber offenbarte eigentlich sein bisheriges Leben.

»Nein, ist alles gut geregelt. Sex, Ratschen, Zärtlichkeit, Unternehmungen, alles. Wir kümmern uns.«

»Erklärst du mir jetzt den Storch?«

»Bei euch hieß das Samenspender, bei uns heißt es Roh-DNA-Implantat. Da warst du mal kurz abgelenkt und wir haben gefischt. Ist erlaubt, wenn man entweder um Erlaubnis fragt oder sich sicher ist, dass der Vater es will. Ich bin müde. Eva strengt an. In einer Woche dürfen wir Sex haben. Kannst du für diese Woche übernehmen? Frau Bose hilft dir.«

»Roh-Implantat. Klingt ja sehr zärtlich.«

»Entschuldige den Ausdruck. Paul, ich werde dich lieben, lieben bis zum Ende der Zeit. Sagt man das noch so?«

»Sagt man, aber es hält meist nur bis nach dem Frühstück.«

Der Effekt der Antwort war unerwartet. Annabelle überfiel ihn. Der als Abschied getarnte Kuss diente nur dazu, die Hände dorthin zu dirigieren, wo es am schönsten war. Und dabei merkte Paul, wie viele Empfindungen in seinem Körper er lange Zeit instinktiv deprogrammiert hatte.

# Rückwärts träumen

Pauls Anti-Verliebtheitsthese war: »Wenn man verliebt ist, meint man eigentlich nur ›erotisiert‹«. Und ausleben kann man diese Illusion am besten nachts im Traum. Sie schien ihm aktuell nicht mehr haltbar und Paul hatte in der folgenden Nacht einen sehr unerotischen Traum. Einen, aus dem man zäh wie Kleister aufwacht, und noch beim Rasieren flehentlich hofft, dass er nicht real ist.

In Pauls WG-Garten lag ein Toter. Das Opfer war zerstückelt. Axt? Kettensäge? Paul war kein Rechtsmediziner. Aber Paul war ja der Traumproduzent und er konnte ahnen, dass der Mörder in ungebremster Wut gehandelt hatte. Schon im Traum war in Pauls Reservehirn der schreckliche Gedanke eingeschossen, dass er vielleicht selbst der Täter war. Natürlich gab es eine Liste von Leuten, die Paul am liebsten umgebracht hätte, so eine Liste hat ja wohl jeder von uns. Aber der Kopf des Opfers hatte kein Gesicht, war grau verpixelt. Solche schrägen Bilder gibt es im Traum. Täter oder nicht, Paul brachte mit anscheinend hoher krimineller Energie routiniert die Leichenteile in den Keller und stopfte sie in die Waschmaschine, und das, auch wie oft in Träumen geschehen, völlig gefühlskalt. Seine WG-Partner kamen dazu. Erwischt? Nein, auch bei denen keinerlei Aufregung. Milo sah ganz gechilled die Leichenteile, die das Wasser rot färbten und fragte ebenso eiskalt und ohne jeden Vorwurf, wen Paul denn »neutralisiert« hätte. Resi klopfte Paul tröstend auf die Schulter und meinte konstruktiv, dass die Müllabfuhr heute da sei.

»Vielleicht nehmen die jetzt auch Leichen mit, das wäre echter Service.« Paul sah auf seine Uhr. Die Zeiger zitterten hin und her wie sein Hirn und sein Herz. Und ebenso eingefroren wie Pauls Handlungsfähigkeit trat auch die Zeitanzeige der Waschmaschine auf der Stelle. Paul, immer noch im Traum, versuchte, Annabelle zu erreichen, aber sie ging nicht an ihr Gerät. Wie auch, hätte er sich sagen können. Sie war ja nicht im Traumland. Immer noch dachte niemand daran, die Polizei zu rufen. Resi rauchte, dabei war sie militante Nichtraucherin. Der Zigarettenrauch vernebelte alles, wie in einem Bruchteil einer Sekunde aufziehende Wolken zum Grey Out. Doch als der Dunst sich wieder verzogen hatte, war Paul durch seinen Traumregisseur an die Hintertür zum Garten versetzt worden, wo die Polizei ihn mit einem Einsatzkommando erwartete. Mist, das wars. Aber Wunder! Bevor sie ihn festnehmen konnten, gelang ihm ohne großes Zutun die Flucht. Er saß in einem Rennwagen. Eine wilde Verfolgungsjagd. Und ein brachialer Roadtripp von München nach Berlin, und zwar mit unsinniger Schleife über Alaska in die Toskana und durch Österreich. Deshalb war das Ganze wieder und wieder doch leicht als Traum zu erkennen, aber Pauls Erkennen funktionierte nicht. Schlimmer noch—Paul wurde auf seiner Flucht von allen als grausamer Mörder erkannt. Wahrscheinlich wurde er nur aus purem Sadismus nicht ausgeliefert. Denn so würde er ja, ohne Sühne, zur Strafe auf ewig von ungeheuren Schuldgefühlen gequält werden. Erst an der Grenze von Österreich zu Deutschland standen wieder Zoll und Polizei mit Gewehren im Anschlag. Paul war sicher, er käme, ja endlich und gerecht, wieder gefühlte 30 Jahre in Haft. Er hob brav die Hände über den Kopf. Hilflos, am Ende, hörte er einen Schrei aus tiefster Angst.

Manchmal erwacht man ja, weil man gerade laut geschnarcht hat, bei Paul war es sein Schrei. Aber selbst als die ganz reale WG-Katze ihn leckte und zärtlich anmaunzte, war Paul klar, er würde jetzt sofort als Mörder abgeführt.

Erst als er sich beim Rasieren zwickte, zuckte in seinem Terminhirn, dass er ja Annabelle vertreten musste. Schnell los, schlampig rasiert. Paul brachte kaum etwas zustande, die MPAs machten die Arbeit. Annabelle rührte sich den ganzen Tag nicht. Paul schrieb »Sehnsucht« auf einen Zettel und strich es durch. Und dann kam auch noch Herr Gnust.

»Ich erwarte, dass Sie sich um Gesine kümmern.«

»Ist das eine Bitte oder eine Drohung?«

Herr Gnust zögerte, strich seine geschmacklose Krawatte. »Das können Sie sich aussuchen. Sie pendelt. Ich darf Sie an Ihre Schweigepflicht erinnern. Sie soll hierbleiben. Sie soll aufhören mit ihrem Apparat zu spielen, und damit zu dealen. Und sie soll Medikamente gegen Borderline nehmen.«

»Sie hat kein Borderline und es gibt keine Medikamente dagegen.«

»Und was ist mit Quetiapin und Fluoxetin?«

»Die Borderline-Patient:innen aus der alten Zeit haben diese Medikamente angezogen wie ein Magnet, auch wenn sie kaum nützten, aber heute gibt es sie nicht mehr.«

Herr Gnust blickte überheblich streng. »Ich bringe Ihnen die Medikamente.«

Weg war er. Wenigstens kam Gesine nicht nach ihm und Pauls nächste Nacht verlief ohne Mordtraum. Am nächsten Tag tappte er sofort zu Annabelle ins Zimmer und zwar nicht aus Sehnsucht, sondern als Patient.

»Hast du kurz Zeit?«

Annabelle bedankte sich ruhig für gestern, sah ihn dann eher mütterlich an. Paul tat sich schwer.

»Herr Gnust war da, hat Druck gemacht wegen seiner Tochter.«

»Lass mich das machen. Herr Gnust will dauernd alte Medikamente an seiner Tochter ausprobieren. Aber du hast was anderes auf dem Herzen, stimmt's?« Dankbar schilderte Paul seinen Traum, wenn auch stockend wie einen »Dummer-Jungen-Streich«, oder als ob er sich vor der Frau Doktor nackt ausziehen würde. Annabelle war aber von seinem Seelen-Strip völlig unbeeindruckt.

»Beruhige dich. Wir machen die Rückwärtsmethode.«

Paul hatte gehofft, in den Arm genommen zu werden mit »Ist ja alles gut«, stattdessen herzlose Methodik. »Ja, diese Rückwärtstherapie hat meine Katze, Miss Furry, entwickelt.«

Paul war nahe dran, die »Wischerbewegung« zu machen. Annabelle spürte es wohl, weil sie mit diesem seltsamen »Nein« den nächsten Satz begann.

»Nein, es war so, dass ihr ein Patient eines Tages den Kaffeebecher hinhielt, aus dem er gerade Cappuccino mit Milchschaum trank. Miss Furry steckte den Kopf ganz langsam an den Becherrand, erstarrte vor Ekel, und wich minutiös umgekehrt exakt so zurück, wie sie herangegangen war. Sie zeigte keinen Panikreflex, sondern quasi eine Rückwärtskopie der Vorwärtsbewegung, schüttelte sich und verschwand indigniert in ihrem Flausch-Kistchen.«

Paul runzelte die Stirn. »Tiergeschichte? Mir geht's nicht gut!«

»Deshalb musst du deinen Traum rückwärts träumen und ihn dadurch ungeschehen machen. Alles wird sich umkehren und gut enden.«

Paul runzelte weiter sehr skeptisch die Stirn. Fachlich war Traumarbeit ja seit dem Sigmund Freud-Zeitalter, also der psychotherapeutischen Jungsteinzeit, ein Standard der psychotherapeutischen Technik. Und in den 60er und 70er Jahren des 20. Jahrhunderts gab es mal einen Schamanenschüler, Carlos Castaneda. Pauls Vater, zu der Zeit ein sogenannter Hippie, hatte seine Bücher verschlungen und Paul davon vorgeschwärmt. »Mucho Psychodelic, Sohnemann.« Carlos habe von seinem Hexen-Meister gelernt, Träume zu lenken, mit irrem Erfolg. Das war, soweit Paul sich erinnerte, allerdings vorwärts geschehen. Aber rückwärts träumen?

»Ich weiß nicht recht«, ruderte Paul enttäuscht zurück. »So schlimm war es auch wieder nicht.«

Davon ungerührt verpflasterte die offizielle Frau Professor Dr. Fourier Pauls Gesicht mit Elektroden, und gab ihm einen Zaubertrank als Vorbereitung zum Messen. Dann bat sie ihn, sich hinzulegen und sich die kritische Traumsequenz, vorläufig noch wach, vorzustellen.

Das klang harmlos, aber Paul war sicher, dass Annabelle ihn reinlegen würde, nur wie? Wer weiß, wozu verliebte Außerirdische sich hinreißen ließen.

»Erfahre ich auch, wen ich umgebracht habe?«, wurde nicht beantwortet, denn schon beim Denken des Wortes »Traum« schlief Paul glatt ein. Natürlich dachte er dabei diesmal zur Abwechslung, er sei wach. Dabei war er schon mitten in der Traumsequenz. Er war auf der Flucht. Leute umkreisten ihn, schrien »Mörder, Mörder, Mörder!« Schleife über Österreich, Toskana, Alaska, Berlin, München, auch ohne Sinn, aber rückwärts. Er verließ das Fluchtauto, rannte los und landete im Garten seiner WG. Er flüchtete in den Keller, Spuren verwischen, riss die Leichenteile aus der Waschmaschine. Also jetzt rückwärts zusammenbasteln und wiederbeleben. Wie magisch legten sich die

Körperteile aneinander. Nur das Gesicht zeigte noch nach unten. Paul wollte unbedingt den Kopf umdrehen, das Opfer erkennen und wiederbeleben. Herr Gnusts Gesicht tauchte kurz auf. Sein »Na du Zeitratte, soll ich dir helfen?« war gar nicht unfreundlich. Ein Mitarbeiter der Müllabfuhr kam aus dem Nichts, packte Paul am Kragen und maulte ihn an, er solle beim nächsten Mord doch gefälligst die Leichenteile im Sondermüll entsorgen. Man müsse sich sonst bei Annabelle über ihn beschweren. Und während Paul den stämmigen Müllmann packte und schüttele mit »Wer ist diese Leiche? Sag es mir!«, entschwebte er dieser Ebene wie in einem Sog nach oben, und sein Kopf durchstieß die Wolkendecke des Traumnebels. Die Sonne schien durchs Praxisfenster.

»Verdammt, wen habe ich umgebracht?«, schrie er.

Neben ihm war keine Annabelle. Niemand, nur ein Display, auf dem »habe ich umgebracht« zu lesen und zu hören war. Sogar das nur gedachte »Hast du mich reingelegt?«

Paul scrollte den Text des Traumes durch. Da war alles nachzulesen, sogar ein Streit mit der Leiche, an den er sich gar nicht erinnerte. Aber Paul brannte nur auf die Antwort, wer das Opfer war. Oh Gott, mit drei Ausrufezeichen stand es im Protokoll. Es war der Bergführer der Party.

»Du Drecks-Bergverführer hast mir meine Annabelle genommen!«, hatte Paul geschrien.

Paul hatte also seinen Rivalen umgebracht, stockverliebt und eifersüchtig. Und Annabelle hatte das hingebungsvollste Liebesgeständnis aller Zeiten bekommen. In der Praxis wurde es immer lauter.

# Der »billiger Wein«-Club

Paul wollte, noch mit Elektroden beklebt, in den Flur rennen. An der Tür stoppte ihn eine schwer bewaffnete Beamtin.

Sein »Ich muss zu meiner Frau« führte nur zu einem »Das ist nichts für Kinder«-Kopfschütteln. Denn auf dem Boden des Flurs krümmte sich ein Mann vor Schmerzen. Neben ihm lag eine Art Gewehr. »Das ist ein Hochenergie-Laser-Emitter«, erzählte ein Beamter gerade Frau Bose. Annabelle war nicht da. Der angeschlagene Typ knarzte mit vor Schmerz und Wut zusammengepressten Zähnen. Er versuchte, nach seiner Waffe zu greifen, aber der Polizist war schneller.

Mit einem erneuten Schmerzensschrei brüllte er »Roboter zu Plastikschrott«.

Man legte den angeschlagenen Desperado in Plastikhandschellen. Der fluchte unbeirrbar weiter in einer Hasspredigt.

»Ich bring sie alle um, Androide, Mischwesen, Homogenide« und mit einem wohl zufälligen Blick auf Paul: »Dreckige außerirdische Agenten. Ihr wollt uns genozidieren.«

Nach Sicherung des Täters wurde Annabelle, unverletzt, aus ihrem Büro geleitet. Zu Pauls Entsetzen beugte sich seine schwangere Geliebte furchtlos zu dem Typen, der ihren Mut erstaunt mit Bewegungslosigkeit honorierte.

»Ernstgemeinte Frage. Glauben Sie, was Sie sagen?«

Der Typ nickte.

»Schon mal probiert, was anderes zu denken? Strengt das an?«

Der Typ war perplex über die Frage.

»Wie meinen Sie?

»So wie Klimmzüge!«

Sein Kinn sackte leicht narkotisiert auf die Brust. Auf dem T-Shirt stand »Fuck Non-Humans.«

»Wo kaufen Sie Ihre Gedanken?«

»Geht dich nichts an, Androidenschlampe.«

Annabelle richtete sich auf, sagte so halb in Pauls Richtung:

»Sauber denken ist teuer wie edler Wein. Menschen wie er leisten sich nur billigen Fusel.«

»Also billigen Wein vom Discounter, ich meine, trinke ich auch. Der Effekt ist der gleiche«, meinte laut Schild Polizeihauptmeister Alzer.

»Think simple, drink simple«, murmelte Annabelle leicht despektierlich.

»Richtig guten Wein können sich bei uns zu Hause nur die Reichen leisten.« Pauls »uns zu Hause« verstand nur Annabelle.

Sie widersprach schnell.

»Denk-Up-Grading ist umsonst, in Kita, Schule, Gymmi, Ausbildung.«

Herr Alzer sah Paul ob seiner Unkenntnis verwundert an.

»Ist aber dem Herrn wohl zu anstrengend.«

»Wen meinte er mit Fuck Non-Humans auf dem T-Shirt?«, fragte Paul und zog noch mehr verwunderte Blicke auf sich.

Der Polizistin gab aber freundlich Nachhilfe:

»Er hasst alle, außer sich selbst.«

Der Polizist, eher gut genährt, leicht muffiger Körpergeruch, ergänzte, während er die Fesseln überprüfte, schnodderig und müde nebenbei:

»Mixed hasst er am meisten.«

»Und was passiert jetzt mit ihm?« Paul dachte, es müsse doch mindestens zwei Möglichkeiten geben.

Der Polizist gab die Antwort direkt dem Randalierer.

»Gell Kleiner, wir werden dich vermessen und ausfliegen. Low-think-junkies wie dich brauchen wir hier nämlich nicht.«

Damit handelte er sich ein gehässiges

»Bastardbulle« ein.

Alzer schlug ihn nicht, beherrschte sich zitternd, aber sein Blick wog Tonnen von Vernichtung.

»Weißt du, Drecksau, ich kenn dich. Du hast meine Tochter in deinen Club gelockt. Eigentlich sollte ich dich, aber das ist es nicht wert.«

Das Gesagte zeigte kurz Wirkung. Der Täter, gefesselt am Boden vor dem Vater einer Verführten, krümmte sich, wie um sich vor einem Schlag zu schützen. Aber sofort wieder überheblich, ohne Mitgefühl:

»Bringen Sie mir Ihre Tochter. Ich klär das.«

Der massive Fausthieb in sein Gesicht mit »Sie hat sich umgebracht«, war erlösend für alle. Alzer weinte.

Als Paul zu nahe an den noch benommenen »Billigen Wein-Mann« herankam, versuchte der schon wieder, ihm ans Bein zu treten. »Du stinkst nach verfluchten CeeF«, kam aus seinem blutenden Maul. Paul wollte ausweichen, aber Alzers Kollege setzte einen sehr schmerzhaften Schuss.

»Passen Sie auf Ihre Frau auf«, ermunterte er Paul und machte eine Geste, die die Kontur eines schwangeren Bauches nachzeichnete.

Während der Typ hinausgeschleift wurde, erklärte Annabelle im Lehrbuchton.

»Drei bis vier Prozent dieser Anti-Alles-Club Besucher werden massiv, Attentate, Umsturzpläne. Für Aussteiger bleibt nur Suizid. Das Billiger-Wein-Syndrom ist schwer umkehrbar.«

Paul hörte nicht zu, musste es loswerden.

»Wie hast du meine Träume übersetzt?«

»Du bist ein Murmler, kommt alles aus dem Unterkiefer. Ich habe mich sehr über deine Eifersucht gefreut. Das ist doch ein Liebessymptom, oder?«

Und deshalb spürte Paul den intensiven Drang, Annabelle aus alldem zu entführen. Er zog sie bestimmt und behutsam durch die Praxis-Tür. Wortlos gingen sie die Straße entlang. Pappelblätter flüsterten im Wind. Das Bellen eines Hundes mischte sich in das Blätterrauschen. Ein Rhodesian Rigdeback, der kläffend an der Leine zerrte und ein angespannt blickendes Herrchen.

»Könnten Sie bitte Ihren Hund?« Weiter kam Paul nicht.

»Wenn du Stress mit deinem Flittchen hast, mach leise, sonst reißt sich mein Hund los! Arschloch!«

Annabelle zog erschrocken Paul rasch auf die andere Straßenseite, alter Psychiaterreflex. Es wurde beiden in dieser Sekunde klar, dass sie die falsche Tür genommen hatten. Ein kurzer Blick auf Autokennzeichen zur Bestätigung genügte. Sie waren in 2020.

»Und solche Typen schickt ihr zu uns rüber?«

Annabelles Ton war zwischen schuldbewusst und beleidigt, zwei sehr nah verwandte Gefühle. »Deviante werden vermessen und ausgeflogen, ich schwöre dir, ich weiß nicht wohin. Man sagt uns, es geschehe ihnen nichts, und sie kommen nicht wieder.«

»Okay, welche Mischwesen gibt es?«

»Reine Hominide, Androide, Klone, Robotoide und

andere. Man erkennt sie nicht und niemand von uns weiß etwas über seine eigene Herkunft. Das ist Gesetz.«

»Und wie viele sind es?«

»Frag lieber, wie viele Menschen es gibt.«

»Und was war mit den CeeF?«

»Die CeeF2000 waren die erste Generation von Androiden. Viele von ihnen wurden selbst deviant, bevor ihre Produktion gestoppt wurde. Sie waren genauso wie billiger Wein. Ohne jede Komplexität. Wenn man von ihnen Lernen verlangte, wurden sie aggressiv und ihr Denken noch primitiver. Wie der Herr von eben.«

»Gibt es für Deviante keine Behandlung oder Reparatur? Ich meine für mich, wenn ich doch einer bin?«

Annabelle konnte schon wieder lachen über den Spaß.

»Versuch mal, mit dem Zeigefinger eine Kugel aus einem 1,5 Zentimeter breiten, 20 Zentimeter Meter tiefen Loch zu kriegen. So fest sitzt ein Gedanke in deren Hirn.«

»Und da willst du ein Kind von mir?« Paul war immer noch im heiligen Zorn.

Annabelle drückte wieder kurz seine Hand und sie gingen nach innen konzentriert nebeneinander her.

»Verliebt sein ist also eine Murmel in einem tiefen Loch, das unten einen Notausgang hat, für alle Fälle.«

Annabelles »Oh, schau da!« riss ihn aus seinen Gedanken.

Sie standen vor dem Portal der psychiatrischen Universitätsklinik. »Da hast du doch gearbeitet. Oh bitte zeig mir deine Klinik.«

Paul wollte gerade mit »Ein andermal« umkehren, als der Pförtner, der vor der Pforte rauchte, ihn herzlich begrüßte.

»Ja, der Herr Doktor, und mit Gattin. G'schamster Diener. Küss die Hand. Hat scho angefangen die Vorlesung.«

»Was hat er gesagt?«, fragte Annabelle amüsiert.

»Dass wir verheiratet sind und dass er dich ehrerbietig grüßt, im Wiener Dialekt. Kennst du noch Österreich?«

Der Pförtner ging voraus in den Hörsaal, dorthin wo noch Plätze frei waren. Paul erkannte den Leiter der forensischen Abteilung. Und im Hörsaal wurde gerade ein junger Mann in Handschellen vorgestellt. Annabelles und Pauls Blicke trafen sich, Annabelles Gesicht vibrierte wie erkaltende Lava. Der Proband war, so unglaublich es schien, der Billiger-Wein-Mann. Laut vorgetragener Anamnese, also Vorgeschichte, war er »ganz frisch hereingekommen«, weil er einen Hund erstochen hatte, einen weiteren erschlagen, und zwei kleine Hunde erwürgt. Er ließ sich nicht befragen, sondern singsangte wie eine Litanei ständig etwas von seiner Mission, dem Hunde-Kill-Test, Erkennung von Devianten, Mischwesen, Gefahr für die Menschheit und Ignoranz seiner Peiniger, also der Justiz. Zum Glück sah er nicht zu Paul und Annabelle hinauf. Das verhinderte auch grelles Gegenlicht durch die hohen Fenster. Während alle auf die Erklärung des Professors warteten, rief der Proband laut »Ruhe!« Und erreichte eine sofortige Wendung aller Aufmerksamkeit und Blicke und Ohren. Ganz ruhig in die Stille hinein wie ein Vortrag kam:

»Wenn ich sage, ich bin aus dem Jahr 4000, glauben mir das nur zwei, die hier sind und wissen wovon ich rede.«

Paul senkte seinen Kopf noch weiter, versuchte, sein Gesicht mit den Händen abzuschirmen. Annabelle hingegen erhob den Kopf furchtlos.

»Man hat mich ausgeflogen, ausgespien, zum dritten

Mal, weil es bei denen in 4000 nur gezähmte Androiden gibt, keine Menschen wie mich und euch.«

Dabei grinste er das Auditorium kumpelhaft an.

»Die sanieren sich auf eure Kosten und schicken den Schrott, wie sie mich nennen, zu euch.«

Die Blicke aller waren fasziniert, nicht von der Wahrheit, sondern vom vermeintlichen Wahn. Den bestätigte auch das Kopfnicken des vortragenden Professors der Forensik, einem noch jungen Mann mit reflektierender Glatze, und einer einzigen Frage.

»Warum Hunde mit trauernden Haltern und Halterinnen?«

»Weil man an ihrer Reaktion erkennt, wer humanoid ist. Alles andere sage ich den Gutachtern.«

Der Professor hatte seinen Kommentar schon unabhängig von dieser Antwort vorbereitet, ohne das Unerwartete einzupreisen. Er musste sich räuspern, strich sich fahrig über die Glatze und erklärte, dass dieser Proband mit hoher Wahrscheinlichkeit schuldunfähig sei im Sinne des § 20 StGB und deshalb nicht im Gefängnis, sondern nach § 126 a im Maßregelvollzug der Psychiatrie untergebracht würde.

Als Paul neben sich zu Annabelle blickte, um ihre Reaktion zu sehen, war diese zu seinem Schrecken aufgestanden, zum Professor gegangen, hatte ihm eine Art Visiten-Kärtchen auf ihrem Endgerät gezeigt und die Aufmerksamkeit des Auditoriums an sich gerissen. Paul bemerkte erst jetzt, wie dezent anders als ihre Zeitgenossinnen sie aussah. Sie begann ansatzlos improvisiert einen Vortrag, in einem Ton, der ebenso deutlich eigen war wie ihr Äußeres. Dabei sah sie den Billiger-Wein-Mann furchtlos aus zwei Metern Entfernung an. Paul hatte Angst, der würde sie trotz Handschellen attackieren. Aber statt über Psychose oder Nicht-Psychose, Schuldfähigkeit, oder Freiheit der Willensbildung zu sprechen, ging es bei Annabelle zur absoluten Verstörung aller um die Lösung einer Wellenfunktion, die den festgefahrenen Grundzustand des Hirns dieses jungen Mannes beschrieb. Der junge Mann hörte als Einziger mit zufriedenem Grinsen zu. Er nickte sogar, als Annabelle Auswege zitierte. Signale in das Bewusstsein schicken über unendliche Abwehrbarrieren hinweg durch deren Tunnelung.

»Sich selbst tunneln, kurz gesagt, ist die Therapie«, dozierte sie dem Probanden ins Gesicht.

Der Proband war wohl der Einzige, der wusste, worum es ging und wer da mit ihm sprach.

»Ich kenne Sie«, rief er. »Ich vergesse nie ein Gesicht. Warum haben Sie mich nicht drüben behandelt mit Ihrem Scheiß-Tunnel, wenn Sie doch wissen, wie es geht?«

Annabelle sah um sich, wollte die Reaktion des Auditoriums prüfen. Die waren mucksmäuschenstill gespannt. Da versuchte der Proband mit unvermittelter Wucht, Annabelle zu attackieren. Mit einem gepressten »Miststück« fletschte er die Zähne, spuckte und sprang in ihre Richtung. Er wurde von Paul wie von einem Football-Verteidiger geblockt. Der war schon im Vorlaufen gewesen, warf sich dem Probanden noch vor den Sicherheitsleuten mit Wucht in den Weg und begrub ihn mit einem ächzenden Schrei unter sich. Unter Fluchen und um sich Schlagen wurde der Delinquent am Boden gefesselt.

»Sie sind die Fourier. Durch Ihr Gutachten wurde ich vermessen und ausgeflogen. Sie androide Hure.«

»Bitte nicht auf Station«, rief der Forensikprofessor. »Der geht jetzt ins Psychiatrie-Gefängnis, wenn's recht ist.«

Der Dozent schien sowohl irritiert als gleichzeitig angetan.

»So ein schöner Wahn. Frau Kollegin, Sie haben es exzellent herausexploriert. Wir vermuteten ja schon, dass er sich von Außerirdischen verfolgt fühlt. Jetzt hat er es endlich herausgelassen. Danke, Frau Professorin.« Und humorvoll lachend fügte er hinzu »Frau Fourier«.

Annabelle betastete ihren Bauch, sah absichernd zu Paul, schüttelte den Kopf über sich selbst, in sich versunken. Leise und unerwartet verkündete sie:

»Ich werde ein Therapieschema entwerfen. Ich werde es Tiefe-Brunnen-Spülung nennen.«

»Wie bei Ohrenschmalz«, kam es aus dem Auditorium mit dezentem Gelächter.

Annabelle räusperte sich, fand ihre Contenance und dozierte weiter. »Ja, eine Therapie des ›Billiger-Wein-Syndroms‹. Ich werde sie wiedererfinden. Denn es gab Erfolge bis vor nicht allzulanger Zeit.« Sie hütete sich, 3000er Jahre zu sagen. »Das war, bevor eine junge verblendete Frau nicht rechtzeitig riskogescanned und dementsprechend vorbeugend behandelt wurde.« Niemand erinnerte sich, aber alle dachten, sie hätten da was übersehen.

»Sie ermordete ihren Ehemann, der ihr auf ihrem religiösen Weg nicht gefolgt war. Ab dann wurden BWS Patienten in einer politischen Kurzschlussreaktion«, sie stockte, wollte wohl vermessen und ausgeflogen sagen, und rettete sich auf »in die Forensik eingewiesen. Ich schäme mich für den Zustand unserer psychiatrischen Disziplin«. Wieder vermied sie »Im Jahr 4000«.

»Die verantwortlichen politischen Verhältnisse werden sich bei den nächsten Wahlen schon wieder ändern.«

Da traf sie einen Punkt, denn es standen Wahlen an.

Aber keiner wusste etwas von so einem Programmpunkt. Die einzige Frage aus dem Auditorium kam von einer jungen Frau, die Annabelle ganz unheimlich ähnlich sah, nur jünger.

»Das mit dem Energielevel ist sehr bildhaft und inspirativ, aber was wollen Sie konkret tun?«

Annabelle war irritiert über den Anblick der Fragenden, bemerkte das dünne Eis der fälligen Antwort, und sagte eine Diskussion mit dem Auditorium ab, mit einem Hinweis auf ihren Zustand der guten Hoffnung. Sie packte Paul, dessen Mund offen stand wie der eines Nussknackers, an der Hand und führte ihn nach draußen.

»Es tut mir leid, ich konnte nicht anders. Kannst ja sagen, deine vorlaute Gattin hätte einen Dummes-Mädchen-Streich gemacht. Schwangere sind ja manchmal leicht manisch. Die Wahrheit ist doch die beste Tarnung.«

»Wir spielen Ping Pong mit den Asozialen. Das ist die Wahrheit.«

»Weißt du, die BWSler sind wie Konfetti, die man an Fasching in der Wohnung verstreut hat, das kriegst du nie los. Man kann sie nur von einer Ecke in die andere kehren.«

Paul war eigentlich stolz auf Annabelle. Und auf sich. Hatte sie ihn doch als Kindsvater gewählt.

»Apropos kleine Teilchen. Hast du mich eigentlich hypnotisiert, um an meine Sperma-DNA zu kommen?«

Annabelle atmete tief ein.

»Wir haben denselben Kaffeelöffel benutzt. Das reicht.«

Paul prustete tief los.

»Du hättest mich vorher fragen können.«

Annabelle stoppte, sah ihm mit leicht wiegendem Kopf in die Augen.

»Also gut, ich frage dich. Willst du unser Kind? Ich

möchte, dass du bei mir bleibst und Eva bei mir zur Welt kommt.« Sie gingen schweigend, Hände haltend, zügig aus der Klinik. Der Pförtner rief noch »Des wird bestimmt a Madl«. Beide grübelten, was wohl der andere dachte, und versuchten es per Morsezeichen über die Hand zu erfühlen.

»Gibt es bei euch Mutterschutz?«, tastete sich Paul weiter.

»Sechs Wochen vor der eingetragenen Geburt, wie bei euch.«

»Eingetragen?«

»Du wirst dabei sein, du musst sogar von Amts wegen. Es wird der 12.4.4001 sein.«

Sie standen in 4000 vor der Praxis, wussten nicht, wie es geschehen war, genauso wenig wie sie nach 2020 gekommen waren. Paul zupfte Annabelle ein Härchen aus. Ihr »Aua!« sprach gegen Androidin, oder sie war sehr gut gemacht. »Ich habe ein Medaillon von meiner Oma geerbt, da kommt das Härchen rein.«

»Du musst nicht so blöd tun. Ich gebe dir eine korrekte DNA-Probe. Hast ohnehin gesetzlich ein Anrecht drauf. Und sag mir euer Ergebnis.«

»Homogenide Marke Eigenbau, schätze ich.«

Diese Bemerkung brachte zu Pauls Überraschung einen Kuss ein, den die MPAs durch die geöffnete Tür noch sehen konnten. Paul genoss ihn, auch wenn er ihm nicht traute. Nach dem Rückwärtstraum war sein Hirn tatsächlich durchgeputzt, neue klare Gedanken flossen. So wie wenn man einen Schnauzbart abrasiert und das erste Weißbier ganz intensiv auf der Oberlippe schmeckt.

»Glaubst du, ich könnte einen Mord begehen?«

»Unsinn, aber ich finde, Miss Furry hat ein Leckerli verdient.«

Paul fragte Frau Bose, wo Furry sei wegen dem Leckerli. Frau Bose führte ihn zu einem Schrank.

»Ist da ihr Kistchen?«

Frau Bose starrte ihn fassungslos an. Ihr »Nein?« mit Fragezeichen hob die Spannung. Tür auf. Da saß eine Katze, regungslos. Das war Miss Furry, ausgestopft. Pauls extrem verwirrten Blick versuchte Frau Bose aufzuhellen. »Sie ist ein bionisches Wesen. Etwas ganz Besonderes. Kennen sie nicht den Roman von Phillip K. Dick ›Träumen Androide von elektrischen Schafen?‹ Echte Haustiere gibt es wegen der Infektionsgefahr schon lange nicht mehr. Geben Sie ihr eine Batterie, die mag sie.« Und wenn Miss Furry von Androiden geträumt wurde, wer träumte Frau Bose? Wer Annabelle? Und wer blies den Paulschaum?

Zu Hause ergriffen ihn statt freundlicher Begrüßung, weil niemand da war, stechende Bauchschmerzen. Er nahm alles, was seine Hausapotheke hergab bis zu Opiaten, aber auch am nächsten Tag lag er stöhnend flach. Resis Tee nützte nichts, genauso wenig wie Murkls Enzian-Schnaps. Die Details waren unappetitlich. Hoffentlich hatte Annabelle bezahlt. Paul steckte eine habe Rolle Klopapier ein und zwang sich, loszugehen. Die magische Drehung vor der Tür verlief sehr eckig, mit zusammengekniffenem Po, war aber erfolgreich.

# Politikersyndrom

Der markante Patient im Wartebereich hatte asiatische Gesichtszüge, aber im krassen Gegensatz dazu war sein Akzent das deutscheste Deutsch, das Paul je gehört hatte. Jeder Satz messerscharf, jedes Wort wohllautend ausgesprochen, jeder Konsonant und Vokal an seinem Platz, wie ein Symphonieorchester. Er rezitierte mit selbstverliebter Mine, nahm alles mit einem Endgerät auf, um dann eine durch das Gerät wohl verbesserte Version wieder abzuspielen. Dabei schüttelte er dann zart indigniert den Kopf und drückte auf eine Stopp- oder Löschtaste.

Kaum sah er Annabelle, ergoss sich eine mit der feinen Prosodie kontrastierende wütende Beschwerdeorgie.

»Ihr Trainingsprogramm ›Wordreducotor Clarifier Funcept‹ hat nicht nur nicht gewirkt, sondern nur Nebenwirkungen entfaltet. Das Programm stuft meine eleganten Formulierungen als Phrasen und Textbausteine herab. Es streicht ganze Seiten und schlägt mir krude sogenannte ungeschminkte Klartexte vor. Und deshalb möchte ich mich eingehend beschweren.« Dazu atmete der Herr plötzlich sehr gequält im Rhythmus auf Eins ein und auf Drei aus. Tatsächlich war Herr Josef Laber ein sehr erfolgreicher Redenschreiber gewesen, bis sein Arbeitgeber beschlossen hatte, er müsse kürzer und auf den Punkt argumentieren. Er stempelte seinen langjährigen Mitarbeiter kurzerhand als Laberjoe ab und verlangte, alle Reden in Zukunft mindestens um den Faktor 1 zu 10 zu kürzen und auf die, wie er sagte Punchline, zu kommen. Die müsse, wenn im Netz, in

300 tausendstel Sekunden wirken, bevor der Leser abspringt. Dieser Schock führte bei Herrn Laber, wie konnte es anders sein, zu noch mehr detailreichen Ergüssen, um den Brei kreisenden Argumenten und völliger Vermeidung jeder konkreten Aussage. Sein Denken wurde zu einem Pferd, das im Springreiten alle Hindernisse mied, und ziellos auf dem Platz hin und her lief. Annabelle sollte Herrn Laber dazu befähigen, zu erkennen, welche Gemeinheiten er eigentlich sagen wollte und wie er sie trotzdem verschweigen konnte. Das Programm für ein Tutorial dazu hatte sie kurzerhand über Nacht aus dem Ärmel gezaubert, denn die Zeit drängte. Herrn Labers Arbeitsplatz war offensichtlich gefährdet.

Herr Laber hatte sich etwas beruhigt und fügte klagsam an: »Unter Berufung auf Ihre Schweigepflicht kann ich Ihnen ja sagen, was ich formulieren soll, und was doch nicht klar werden darf. Mein Chef Herr Doktor Molten will, und das weiß noch definitiv niemand, allen Humanoiden ohne Gen-Zertifikat Nachkommen verbieten.«

Annabelle verstummte, Paul legte zart seine Hand auf ihre Schulter, um sie zu stützen. Herr Laber bemerkte es, und als hätte er eine Vermutung kam:

»Und wie war gleich nochmal Ihr Name?«

»Paul Fourier, geborener Dirac, wie der Quantenphysiker. Ich bin der Ehemann von Frau Fourier, wie der Name nahelegt.« Herr Laber stockte, würgte, räusperte sich, fasste sich an Hals und Mund, als wolle er die Worte am Herauslaufen hindern.

»Paul Adrien Dirac, verstorben im 19. Jahrhundert? Namensgleich und nicht verwandt? Natürlich, sind Sie kein Reimport, aber darum geht es. Reimporte. Ich zitiere die Worte von Herrn Molten dazu, entschuldigen Sie seine

Ausdrucksweise. ›Es ist schockierend, wie geile Weiber sich Retrogene angeln, um ihre Kinder vintagemäßig aufzupimpen.‹«

Paul half ihm weiter. »Okay, also das sollen Sie verschweigen beziehungsweise verklausulieren?«

Herr Laber gestikulierte, grimassierte und lief plötzlich in Richtung Klo. Vielleicht war ihm ein Malheur passiert.

»Wir sollten die Heirat nachholen, lieber Paul.« Annabelles Antrag ging leider im Lärm unter, denn ein weiterer sehr aufgebrachter Herr mit Leibwächtern drang in die Praxis ein. Schon auf dem Gang legte er mit der ersten Salve los. Er wolle sofort wissen, was Herr Laber gesagt habe, das sei sicherheitsrelevant. Er werde die Schweigepflicht annullieren lassen. Man werde die Praxis schonungslos transparentisieren. Das war zu proletarisch für eine Frau Fourier, um darauf zu antworten. Nicht aber für den guten alten Paul. Dazu hatte er in seiner alten Welt in zu viel Irrsinn und Wut gebadet. Ampelrot leuchtete sein Routine-Alarm-Blick wie ein schwarzrotes Piktogramm.

Der Eindringling war tatsächlich irritiert von dem so seltsam außerhalb der Mode gekleideten, starr blickenden Mann. Paul gewann Zeit genug, zu überlegen, ob er die drei gefangen nehmen sollte, indem er Wörter wie Amok oder Mord laut aussprach, um so die Alarmanlage auszulösen.

Aber er fand etwas Besseres. Der abrupte Schwenk von Bedrohlichkeit zu Höflichkeit schlägt oft alles.

»Kommen sie bitte mit, Herr Laber kann nicht weit sein. Er war so betrübt, die Reden für ihre wichtigen Anliegen nicht effektiv genug schreiben zu können.« Und Paul verließ schnurstracks mit den drei Aggressoren die Praxis. Schon zwei Minuten später kam er zurück.

»Wo warst du?«, kam es angstvoll und zugleich vorsichtig freudig von Annabelle.

»Och«, meinte Paul, »die habe ich ausgeflogen.«

»Wohin?«, drängte sich Frau Bose dazwischen. Ihre Augen blickten vorwurfsvoll, weil Paul der Chefin Kummer gemacht hatte.

»Na, zu mir. Die gehen ausnahmsweise aufs Haus, wie wir sagen. Die werden da eine rechte Partei gründen. Ich schätze sowieso, dass sie von 2000 hierher ausgebüchst waren. Also Re-Reimport. Solches Gesochs wollt ihr doch auch nicht mehr, oder?«

»Ich weiß nicht«, meinte Frau Bose. »Hat man eine Störung ausgerottet, wächst die nächste nach. Ich fürchte, die 2000er holen uns ein.«

Paul spürte schon wieder den mitschwingenden Vorwurf des Zeitenbummlers. Herr Laber kam, etwas mit Wasser bespritzt, aus dem Klo, mit hilfesuchendem Blick. Paul wollte ihm mitteilen, dass man aus den Medien soeben erfahren habe, dass sein Peiniger auf unbestimmte Zeit ins Sabbatical aufgebrochen sei. Herr Laber verstand nicht und schien auch nicht erfreut darüber.

»Ich habe bei meiner Beschwerde wohl im Tonfall überreagiert. Aber dennoch sollte man Humanoiden ohne Gen-Zertifikat in der Tat Nachkommen verbieten. Sie sind die wahren Endorassisten und wollen uns Menschen überwuchern. Wir müssen uns wehren. Aber wie sage ich es den Leuten?« Und wieder bekam Paul dieses besondere Gesicht. Auch dieser kleine Wicht Laber war eine Bedrohung.

»Sie wollen also wirklich wissen, wo Sie Ihren Chef treffen können? Gut. Gut. Gerne sind wir behilflich. Aber sicher doch.« Joe Laber folgte ihm ängstlich hypnotisiert wie ein Hündchen. »Wo müssen wir hin? Eine Nachricht geht doch auch? Ich habe mehrere Endgeräte.«

»Lassen Sie sich überraschen. Vertrauen Sie uns.«, war das Letzte, was Frau Bose und Annabelle noch hörten.

Bei Herrn Laber lief es nicht so leicht wie bei den anderen Herren, die Paul einfach vor einem Anti-Rassismusplakat hatte stehen lassen, und um die Ecke verschwunden war. Der hängte sich nämlich an ihn wie eine altmodische Klette an eine Fleecejacke. »Was soll das? Wo sind wir?« jammerte Joe. Er war eben doch ein flatternder Angsthase. Dann begann er irgendeinen Notruf auf seinem Endgerät zu versuchen. Als der nicht funktionierte, packte er Paul an der Jacke und fletschte sein Implantatgebiss. Dabei brachte er kein Wort heraus, sondern atmete nur in seinem narzisstischen Panikrhythmus 1 auf 3. Paul bereitete den entscheidenden Schlag vor. »Wir sind zu Hause, Herr Laber. Sie hatten sich nur verlaufen. Ihr Chef ist auch schon hier. Sie gehören nicht ins Paradies. Das Fegefeuer ist gut genug für Sie.«

Und während sich ihnen eine echte 2000er Anti-Asylanten-Demo näherte, ergänzte Paul:

»Schauen Sie, da sind Ihre Wähler.«

Sie skandierten Parolen, die wohl Herrn Labers Ideen sprachlich auf den Punkt brachten. Gehässiger, debiler Ton und Inhalt. »Deutschland wird deutsch.« Circa 1000 Sympathisanten, circa 1000 Polizisten, es war kalt. Dennoch lief Laber sofort zu einem etwas dickeren bayrischen Polizisten, und zeigte wie wild anklagend auf Paul. Blöd für ihn war, dass genau dieser Polizist, PHM Eduard Sicheneder, Paul in bester Erinnerung hatte nach einem dramatischen Einsatz mit einem Suizidgefährdeten auf dem Dach eines Hochhauses. Das war damals sehr gut gelaufen.

»Ah, der Herr Doktor Dirac. Belästigt der Mann Sie? Bayrisches PschKHG oder? Des werden wir Ihre Kollegen in der Klinik überprüfen lasse.« Und schon wurde Herr Laber sanft in einen wegen der Demo ohnehin bereitstehenden Sanka geführt. »Ist nur zu Ihrem Besten. Wir machen einen Aufnahmecheck, dann können's wieder gehen«. Dabei kam Herrn Labers seltsame Kleidung passend zur Wirkung. »Der schaut ja aus wie Fasching«, meinte der PHM. Paul winkte dankbar und freundlich und tauchte im zunehmenden Gedränge unter. Er zwängte sich in eine Nebenstraße, prallte aber dort Brust an Brust heftig auf einen gleich großen Mann. Kurzes Geschimpfe, aber dann:

»Hey, der Paul, das Diracel Debakel.«

Der lustige Vogel war sein Kollege aus der Psychiatrie, Herbert Götz. Der stoppte seine Eile und begrüßte ihn herzlich.

# Heirat außerirdisch

»Hey, wer war die spacige Dame in der Vorlesung? Echt weit vorne. Ist die aus so einem Thinktank fürs nächste Jahrtausend?«

»Ja, aber für das übernächste.«

»4000, sehr ambitioniert. Und du wirst Papa?«

»Ja, der Termin steht. Was tust du hier?«

»Haha. Der Termin steht. Paul der Scherzkeks. Ja, ich beobachte die Herrschaften Demonstranten, psychiatrisch.«

Der Soundpegel stieg, man konnte auf eine Bühne auf dem Marienplatz vor dem Rathaus sehen und vor allem das blecherne Quäken aus Megaphon und Billiganlage hören. Da oben waren doch glatt Molten und seine Leibwächter. Und nicht zu fassen, Molten eroberte mit deren Hilfe das Mikro und ließ einen Irrwitz ab über Androide, Cyborgs, Klone, Epimutanten, Schutz des Homo sapiens sapiens, fremde Arten, Introterristen und Zeitreisende.

»Wir müssen uns unter sie mischen, wir dürfen sie sich nicht verdichten lassen. Wir müssen ihre Evolutionspfade blockieren, sie sollen genetisch ausplätschern.«

»Was würde deine Frau sagen, dass ihm fehlt?«, meinte Herbert, rückte auf Mundgeruchnähe an Paul heran und gab selbst die Antwort. »Also ich würde sagen Narzisst, dissozial mit überwertigen bis grenzwertig paranoiden Ideen. Aber deine Frau würde es das Billiger-Wein-Syndrom nennen, oder?«

»Ach was, sie tut manchmal so, als überlegte sie sich eine

Psychiatrie im Jahr 4000«, versuchte Paul herunterzuspielen. Herbert wollte immer einen wissenschaftlichen Wettstreit.

»Psychiatrie 4000. Cool. Ist das ein Forschungsprojekt? Kenn ich gar nicht. Nur zu.«

Herbert stellte sein Handy auf Mikroempfang. Er war Rumäne und sein Vater war bei Ceausescus Geheimdienst Securitate gewesen. Herbert hatte Paul wegen einer wissenschaftlichen Rivalität einmal mit ziemlich raffinierten Mitteln kaltgestellt. Paul verdrängte das gesunde Misstrauen. Er improvisierte. Herbert sollte sich als Sieger fühlen, wenn er es nur verrückt genug herüberbrachte.

»Wie du willst. Also alles fiktiv. Nehmen wir die Persönlichkeitsstörung. In 4000 würde die Persönlichkeitsstörung nur noch ein Frequenzspektrum sein, das man direkt messen kann. Da gibt es keine Diagnosen mit Namen oder Worten mehr wie Narzisst oder paranoid.«

»Ach ja«, antwortete Herbert gelangweilt. »Alter Schnee. Früher nannte man es RDoC, Forschungs-Domänenkriterien, so ab 2013 bei den Amis. Wurde aber noch nichts draus.«

Paul steigerte. »Genau. Und nun zum asozialen Teil. Nun stell dir vor, es gäbe da eine messbare Funktion seiner Nervenzellnetze, eine Art Welle. Über alle Hirnregionen. Das hatten die Amis noch nicht. Nicht sowas wie funktioneller Kernspin, Durchblutung und so Kinderkram.« Herbert war verdächtig ruhig. »Pass auf! Verrat dich nicht!«, warnte Pauls innere Stimme, aber vergeblich. »Und der funktionale Zustand des Sozialverhaltens dieses Mannes ist, sagen wir mühsam ausbalanciert.«

Gedehntes »Jaaaa?« und stimulierendes Kopfnicken für »Mach nur weiter.«

»Dieser Funktionszustand muss ja stabil sein und ist eingebettet in eine Art Energieschacht, also mit Randbedingungen.« Herbert hasste Mathekram wie Randbedingungen und fingerte nervös an seiner Fliege, er trug immer Fliege. »Der tut nur gelangweilt. Er ist im Jagdfieber!«, warnte Pauls innere Stimme. »Aber diese Energiewanne, also gedankliche Tupperware, in der seine Impulse eingepackt sind, ist bei ihm zu flach. Da schwappt ständig was über. Und dann kommt hinzu, dass er einen Mechanismus hat, der seine Gedanken pusht, immer zu hoch und zu krass. Das, was man mit dem Rausch durch einen billigen Wein bezeichnen könnte.«

Herbert zog die Augenbrauen zusammen, wie wenn Politiker die Nockherbergrede der Kabarettisten zu deftig finden. »Erinnert mich an meine Freundin, die immer gleich ausrastet. Alter Wein in neuen Schläuchen. Musst schon deutlicher werden.« Unter den Demonstranten schwappte die Wut über den Beckenrand. Es gab Flaschenwürfe, Reporter wurden geschlagen, Ausrüstung zerstört. Die Polizei blieb zurückhaltend.

»Billig besoffen, stimmt's?«, frotzelte Herbert.

»Der Weinrausch ist ja nur ein Bild. Stell dir einfach den Tierpark vor, Eisbärengehege. Zu flache Mauern neben dem Wassergraben plus zu hohe Wellen mit zu hohem Wasserstand. Folge ist, die Eisbären brechen aus.«

»Naive Bilder und vage Ursachentheorien. Was ist die Therapie, will ich wissen?«

Herbert stellte die Frage sehr nüchtern und aggressiv erwartungsvoll. Paul hatte nie mit Annabelle über die Therapie des BWS gesprochen. Und Vermessen und Ausfliegen hieß doch, dass es keine Therapie gab. Er musste waghalsig improvisieren. »Naja, ist ja alles futuristisch. Ich habe mal zu meiner Frau gesagt, da müsste es ein Feld geben, das die Funktion stabilisiert, oder einen Filter, eine Änderung der Welle oder der Randbedingungen.«

»Muss ich das dann verstehen? Und woher kommt das Feld? Diese Higgsdingsbums? Ich bin Arzt, sogar nur Psychiater. Und ich will etwas Machbares. Elektromagnetismus, am liebsten Chemie.«

Paul wich auf Humor-Ernst-Mix aus. »Ich verstehe den Physikkram doch auch nicht, aber ja, genau so wird es sein, du bist richtig gut.« Gekünsteltes Lachen der beiden. Herbert sah streng in Richtung Demonstranten und riss an seiner Fliege.

»Also du meinst ein wie-auch-immer-Feld quasi als Gefängnis für diesen Hundemörder, oder? Forscht deine Frau an sowas? Ist das topsecret?«

»Auf alle Fälle Therapie statt Wegsperren.«

Auf den Screens im Hintergrund, wo die Redner überlebensgroß zu sehen waren, tauchten plötzlich Kriegsbilder auf. Zerstörte Straßen und Gebäude, Leichen mit Fahrrädern zwischen den Beinen, ausgebrannte Autos mit dutzenden Einschüssen. Weinende Bewohner des Dorfes mit zerlumpter Winterkleidung. Der Ort hieß laut Untertext Bucha, das war in der Ukraine.

Herbert und Paul sahen entsetzt auf den Screen. Die Reporterstimme der Szene berichtete von gefolterten und vergewaltigten Zivilisten und Hinrichtungen mit Händen auf den Rücken gebunden durch russische Truppen.

»Das sind nicht nur Hundemörder. Die sollten wir besser alle vermessen und ausfliegen. Bloß wohin?«

»Man wird sie nur los, wenn sie nie da waren«, antwortete Paul.

»Also neuer Versuch, sagte der Schöpfer und zerknüllte

die Erde.« Herbert klopfte Paul auf die Schulter, schien sein Verhör aufzugeben.

Ein gut gekleideter circa 70-jähriger Herr trampelte auf die beiden zu, schrie sie an und riss Herbert seine Fliege vom Hemd.

»Was steht ihr so rum, ihr Lügen-Journalisten? Macht mit, es geht um die Menschheit. Die Kriegsbilder da sind nur inszeniert, Schauspieler, alles ukrainische Gegenpropaganda. Das sind drogensüchtige Mischwesen.«

Paul sah dem aufgeregten Mann ins Gesicht und blieb gefasst. »Sie haben ja recht, wir werden für euch schreiben, Sie werden sehen. Wir werden euch die ›Innere Kraft‹ nennen. Gut oder?« Der Mann war völlig perplex, gab Herbert die Fliege zurück, sogar mit »Sorry« und zog skandierend weiter. Zuerst übend, dann immer lauter.

»Innere Kraft!«

Herbert kümmerte sich um seine Fliege und sah kurz anerkennend zu Paul auf, so mit vorgewölbter »Alle Achtung«-Unterlippe. »Praktische Selbstverteidigung durch List und Tücke«, meinte er und versuchte, die Fliege wieder anzulegen.

»Deine Frau muss doch was in Petto haben für diese Barbaren. Substanzen ins Trinkwasser oder so Super-Teilchen-Wellen, krasses Zeug. Wie heißt sie eigentlich, deine schwangere Superlady? Du weißt, ich stehe auf schöne Vornamen«. Das war jetzt wieder der Geheimdienst-Herbert.

Paul sah, wie Moltens Leibwächter auf der Bühne in seine Richtung gestikulierten. Er musste wohl abhauen. Aber er musste auch Annabelle vor Herbert anonymisieren. »Sie heißt Miranda, und weil ich Miranda heiraten werde, hole ich mir jetzt die Papiere auf dem Kreisverwaltungsreferat.«

Die Leibwächter bahnten sich einen Weg durch die Menge. »Miranda Fourier, wie das klingt. Glückwunsch. Sie sieht aus wie aus einem Science-Fiction-Film, so eine erotische Außerirdische.« Paul wollte rasch nach hinten weglaufen. Herbert hielt ihn zurück. »Aber sag, könnte ihre Therapie genetisch sein, so mit Viren?«

Paul musste schnell zwei Fliegen mit einer Klappe schlagen. »Gute Idee. Pass auf, ich habe da eine interessante Patientin, da bräuchte ich eine DNA-Analyse, nur so auf gröbere Anomalien.« Herbert war sicher, Paul etwas abgeluchst zu haben. Er ließ ihn los. Die Leibwächter hatten sich gerade in der Menge festgekeilt.

Paul hatte aus irgendeiner segensreichen Ahnung heraus Annabelles DNA-Probe gut verwahrt und stattdessen als Täuschungsmanöver für alle Fälle einen Schutzhandschuh von Frau Bose auf DNA ausgeschabt. Wenn die 4000er sich von den 2000ern unterschieden, musste es an Frau Bose genauso sichtbar sein. Paul ließ Herbert die Probe in die Hand gleiten wie ein Drogentütchen und drängte durch einen Pulk, der wie euphorisch »Innere Kraft, Innere Kraft« johlte. Moltens Jungs kamen, wenn auch langsam, so doch bedrohlich durch den zähen Demonstrantenbrei näher.

Herbert schrie ihm nach »Wie viele Reimporte schicken die pro Jahr rüber, die sie nicht brauchen können?«

»Das KVR macht zu, sorry. Die Heiratspapiere. Ich nehm dich mal mit ins Projekt 4000.«

Paul sah noch, wie Moltens Jungs Herbert anrempelten. Der zog glatt ein Pfefferspray aus der Jackentasche. Das war wohl seine Form der praktischen Verteidigung. Die Angreifer waren sofort außer Gefecht gesetzt und noch in einem Umkreis von dreißig Metern waren alle mit Husten und

Schniefen beschäftigt. Paul entriss sich der Menschenmenge wie einer Dornenhecke und lief die paar Kilometer an der Isar zur Meldebehörde. Großer Wartesaal, 2. Stock links laut Videolotse. Nummer auf dem Handy wurde mit sanfter, sexuell neutraler Stimme aufgerufen. Die Beamtin war aber weniger sanft. Ihr Gesicht war hinter einer Schutzmaske und einer Art Mütze nicht zu erkennen. Sie achtete auf genau zweimaliges Anklopfen.

»Bitte nochmal zweimal klopfen, der Herr, dann erst auf Aufforderung eintreten.« Sie illustrierte den Weg, der mit gelb-schwarzem Klebeband markiert war, zusätzlich mit kunstvollen Handbewegungen vor. Sie definierte ihre korrekte Anrede mit Teamleiterin Verwaltung, Sachgebiet 5, Frau Helene Schmotzka. Paul musste zweimal üben. Dann war auch das Anliegen korrekt zu formulieren. Das hieß jetzt »Anmeldung zur Eheschließung«, nicht Aufgebot, wie bis Ende des 20. Jahrhunderts. Frau Sch. meinte etwas nörgelig, Paul hätte ja auch ein selbsterklärendes Formular schicken können mit Anhang. Sie mochte Parteiverkehr gar nicht, da unhygienisch. Hier verwies sie auf den Desinfektionsmittelspender, anerkannte aber, dass Paul als Arzt bei der anschließenden Handdesinfektion fast keine Fehler machte. Aktuell war die Anmeldung frühestens drei Monate, nicht sechs vor dem geplanten Hochzeitstermin möglich, danach sechs Monate gültig. Der von Paul gewünschte Termin, der 11.04., ein Tag vor der Geburt, also vermutlich 2021 ging also nicht, und das sei auch eine seltsame Romantik, weil Kinder sich doch nicht an Termine hielten. Außerdem lehnte die Beamtin Wunschtermine, gerade mit Symbolgehalt, rundweg als Schnickschnack ab.

»Zahlen und Daten sind nicht zum Spielen gedacht.«

Bei Nichterfüllung beliebter Termin- oder Locationwünsche hatte es schon empörte Szenen in ihrem Büro gegeben. »Also wo sind bitte aktuelle Auszüge des Paares aus dem Geburtenregister und Eheregister, nicht älter als sechs Monate? Wo ist die erweiterte Meldebescheinigung, ausgestellt zum Zwecke der Eheschließung mit Angabe des Familienstandes, der Staatsangehörigkeit und der Wohnung? Wo sind eventuelle Geburtsurkunden gemeinsamer Kinder? In die jeweilige Urkunde müssten natürlich beide als Eltern eingetragen sein. Und wo ist der gültige Reisepass oder Personalausweis der Gattin in spe?«

Anschließend forderte sie das Formular »Schriftliche Anmeldung der Eheschließung« von beiden Verlobten einzeln ausgefüllt und unterschrieben. Und weiter ging es mit. »Gab es bei Ihrer Verlobten Vorehen? Scheidung?« Es sei dann aus ihrer Sorgfaltspflicht nötig, das Scheidungsurteil beziehungsweise die Sterbeurkunde des früheren Lebenspartners einzusehen. Das gelte für alle Ehen und Lebenspartnerschaften. Sie wisse, dass Kollegen damit laxer umgingen.

Und dann erst, Paul schwirrte der Kopf, kam auch noch die Frage, welche Staatsangehörigkeit seine Verlobte habe. War sie im Bundesgebiet geboren oder adoptiert? Nur so käme man durch Ausräumen aller Hindernisse in die Nähe der Anmeldung der Eheschließung. »Also nacharbeiten und Dokumente per Post einschicken, aber vor dem Aufkleben der Briefmarke trocken desinfizieren.«

Nach all dem Wust kam Pauls Frage, ob die drei Monate auch noch in 2000 Jahren gültig seien. Er rechnete mit einem Rausschmiss. Erstaunlicherweise nahm es die Dame mit korrektem Humor. Sie müsste erst nachfragen, aber nur der Form halber. Sie sei sicher, dass nicht. Sie stattete Paul freundlicherweise mit allen Formularen aus, die der Drucker mit winselndem Geräusch während der schier unendlichen Aufzählung ausgespuckt hatte, und bat ihn, jetzt doch bitte ihre Zeit nicht weiter zu beanspruchen. Paul konnte nicht anders, als in die listige Psychiaterrolle zu schlüpfen. Er sah sie an, bis sie seinen Blick kurz erwiderte und meinte:

»Wir könnten Ihnen helfen, meine Verlobte und ich.«

Sie sah nochmal zu ihm auf und er blieb dran.

»Sie müssen es nicht eingestehen, aber Ihre Zwänge sind lästig. Die Korrekturen, Kontrollen, Zweit- und Drittkontrollen, das Hände desinfizieren mit, wie ich sehe, der Folge aufgerissener Haut, die Mahnungen von oben zur erhöhten Geschwindigkeit beim Abschließen der Vorgänge. Wir können Sie in 10 Minuten heilen. Danach komme ich wieder hierher und das Ganze geht ratzfatz.«

Paul hatte nicht erwartet, dass die Frau losheulte. Er hatte eher den Ordnungsdienst befürchtet und eine Anzeige wegen versuchter Anstiftung zur Vorteilsnahme im Amt. Nein, die Dame meldete sich per E-Mail krank und kam problemlos mit wie ein Lämmchen, rüber nach 4000. Paul musste sie bei Frau Bose parken, der sie ein Loch in den Bauch fragte, weil alles so anders war, und dann Annabelle die lustige, traurige Geschichte erzählen. Dann aber kam Annabelles Frage sehr überraschend.

»Was hat die Frau?«

»Zwang, kennst du das etwa nicht?«

»Wer zwingt sie zu was?«

»Okay, verstehe. Zwang ist bei euch auch ausgestorben. Bitte miss sie einfach durch, das wird spannend.«

Es wurde spannend. Die Werte waren alle normal bis auf einen, der alle Grenzwerte überschritt, so dass keine Auswertung möglich war.

»Frequenzdomäne Wert 1 von minus unendlich bis plus unendlich, Integral Delta-Dirac-Distribution für x gleich Null ist gleich unendlich«, meinte das Messgerät. Annabelle versuchte es für sich verständlich zu machen.

»Das habe ich noch nie als Ergebnis bekommen. Frau Schmotzka hat einen unendlich hohen Peak, der aber eigentlich bedeutungslos ist.« Paul freute sich diebisch.

»Mit unseren altmodischen langweiligen Worten beschrieben ist es ganz einfach, schau her.«

Dann erzählte Paul über Wasch- und Kontrollzwang. Er beschrieb, wie die Patienten ihre Zwänge unsinnig fanden, sich vier Stunden die Hände zu waschen oder 20-mal den Herd zu kontrollieren, aber nicht anders konnten, weil sie sonst irre Angst bekamen und seltsame Rituale machen mussten. Annabelle begriff schnell, dass das eine aus dem ewigen Eis freigegebene Diagnose der Urzeit war. Und nicht nur die Krankheit war in 4000 ausgestorben, auch zwanghaft ordentliche Menschen gab es kaum mehr. Sie fehlten, wenn man ehrlich drüber nachdachte, an allen Ecken und Enden, und wurden durch Computer lieblos und wenig elegant ersetzt.

»Ich könnte trotzdem etwas für sie tun.«

Die Beamtin hatte die letzten Worte gehört und war darüber begeistert. »Werde ich endlich stinknormal und keiner lacht mehr über mich? Aber bitte schnell, sonst muss ich mein Gegendenken denken und Gegengegendenken. Kann ich bitte was aufräumen? Das hilft mir oft.«

Frau Bose war es peinlich, aber bald strahlte sie, weil die Frau innerhalb einer Stunde die Unordnung der Praxis auf nie dagewesene Perfektion gebracht hatte. Sie konnte nicht aufhören, Frau Schmotzka dafür zu loben. Dann wurde es ihr noch peinlicher und sie bat gerührt die »Beste Frau

Schmotzka«, wenigstens klitzekleine zwei Wochen mit der Therapie zu warten und sich, das sei versichert, gutes Geld zu verdienen. Das war jetzt tatsächlich ein so wunderschönes Kompliment und Angebot, dass Frau Schmotzka sofort einwilligte. Und während sie noch ganz zögerlich, wegen der Keime, Frau Boses Hand ergriff, ergab es sich, dass ihre erste Tätigkeit in eine komplett unerwartete Richtung gehen sollte.

# Zwang

Ein Patient quälte sich, mit sichtbarer Kraftanstrengung, wie gegen eine innere Bremse ankämpfend, ins Foyer und suchte nach einer Ansprechpartnerin. Dabei wählte er instinktiv Frau Schmotzka. Wie sich gleich herausstellen sollte, fanden sich da Gleich und Gleich. Der Patient übergab einen Arztbrief, aber mit prophylaktischem Kopfschütteln und »Da können Sie sicher auch nicht viel tun, aber ich muss es versuchen, ich habe so viel Gutes über Ihr Team gehört.«

Paul nahm den Brief entgegen und las für sich. Gregor Abspud, 48 Jahre, war laut dem Bericht ein Zahntechniker, verheiratet mit einer Landschaftsgärtnerin, hatte 2 Kinder. Er war mit 35 Jahren erkrankt an schweren anankastischen Störungen. Das Wort »Anankastisch« für Zwang hatte sein Vorbehandler wohl einer für ihn uralten Schrift entnommen. Eigentlich war es belletristische Literatur. »Der Mann, der sich selber zwang. Leiden eines Anankasten« von Ulrich Liebermann, 2018. Gregor zwang sich nämlich, bis zu mehreren Stunden am Tag, die Hände zu waschen, 100-mal Lichtschalter, Herd und Elektrogeräte zu kontrollieren. Er konnte auch mittlerweile das Haus nicht mehr verlassen, weil er fortwährend nach 100 Metern umkehrte, um das Türschloss zu kontrollieren. Und er musste sehr unanständige Dinge denken wie Sex mit Tieren, mit quälender Angst, er würde es tun, wenn er nicht ständig dagegen dachte. Kurzum, er war nicht nur arbeitsunfähig, sondern auch lebensuntüchtig.

Parallel zu Pauls Studium des Briefes hatte Herr Abspud Frau Schmotzka sein Leid geschildert und diese strahlte ihn begeistert an. »Ich kann Sie so gut verstehen«, sagte sie immer wieder.

Paul informierte sich, dass keine nicht-invasive, also ungefährliche Therapie dem Patienten geholfen hatte. Zu allerletzt, nach weiteren Auswertungen historischer Dokumente, hatte sein Psychiater dem Patienten das Einpflanzen einer tiefen Hirnsonde zum Zweck der Stimulation neuroanatomisch definierter Areale empfohlen. Man hatte die Funktion der Netzwerke mit genaueren Geräten als in der Praxis Fourier gemessen, und den Zustand als FG, Frozen-Groundstate-Wave definiert. Man sah dies als hyperstabile, also eingefahrene Reaktion und wollte versuchen, diesen eingerosteten Zustand wieder anzuregen zu komplexen, chaotischen und flexiblen Mustern. Unter Berücksichtigung der verlorenen Lebensqualität hoffte man, durch die Hirnstimulation die Zwänge wenn nicht völlig abzustellen, so doch durch banale Handlungen wie Essen und Spazierengehen oder den Hund bürsten, zu ersetzen. Die Idee war analog zum weißen Rauschen als Mittel gegen Tinnitus oder, böse gesagt, Ohrfeigen gegen Gesichtsjucken. Die Ethikkommission war verständlicherweise wenig geneigt, diese Behandlungen zu genehmigen. Herr Abspud weigerte sich auch, obwohl sich sein Leben dem Gefrierpunkt näherte.

Selbst als Frau und Kinder ihn verließen, blieb seine starre Ablehnung bestehen, bis, ja bis er eines unbedeutenden Tages ganz unzwanghaft spontan beschloss, jede Frucht, die am Wegesrand stand, als Therapie auszuprobieren. Das war zuerst eine geschickte Symptomverlagerung, weil er es wiederum systematisch, rigide und Tag für Tag gleich durchführte. Aber es war leider vor allem ein Russisches Roulette. Denn er kümmerte sich nicht um den Giftsteckbrief seiner Heilpflanzen. Lange ging es bis auf gelegentlichen Durchfall und Bauchweh gut. Dann fand er eine auf den ersten Blick nicht einheimische Pflanze am Wegesrand, die er wochenlang zuvor nicht gesehen hatte. Irgendein Vogel hatte wohl den Samen aus einem botanischen Garten mit seinem Kot dorthin verfrachtet. Zum ersten Mal benutzte Abspud ein Bestimmungsprogramm, jedoch ohne Erfolg. Nur die Familie der Nachtschattengewächse schien gesichert. Ohne das Risiko zu bedenken, nahm er drei Beeren zu sich. Der Inhalt der Früchte erwies sich als schnell und potent halluzinogen. Nach wenigen Minuten erschien Herrn Abspud ein Double, das schon nach dieser ersten Dosis über Wochen bestehen blieb. Bizarrerweise imitierte diese Erscheinung alle Zwänge, die Herr Absup vor seiner Drogenversuchsreihe praktiziert hatte. Sie übernahm sie quasi aus seinem Archiv, noch wilder und stärker als sein Schöpfer. Herr Abspud, völlig irritiert, versuchte, sein Double zu belehren. Er maßregelte sein Alter Ego, es solle ihn nicht nachmachen und verschwinden. Er beschimpfte und beleidigte es. Das Double aber ließ sich nicht abbringen, da es ja tief in ihm wohnte. Er selbst empfand seine ihm vorgeführten Zwänge dadurch als so eklig, dass er selbst sie unterließ. Er war tatsächlich kuriert und nahm sogar seine Arbeit wieder auf. Doch dann schwächte sich die Wirkung über Monate langsam ab, das Double verschwand und die Zwänge kamen zurück. Herrn Abspuds hilfreicher Geist, der sein Leiden stellvertretend selbstlos übernahm, war verschwunden, leider ebenso wie die unscheinbare Pflanze am Wegesrand. Keine noch so detaillierte botanische Recherche konnte sie aufspüren.

Nun gab es in 4000 seit mehr als tausend Jahren Roboter als dienstbare Helfer, die gefährliche und abenteuerliche Dinge für ihren Herrn oder ihre Frau erledigten. Und schon seit Jahrhunderten konnte man diese auch als Avatare, zuerst virtuell, dann als Alter Ego, zumindest als Hologramm sichtbar konstruieren. Einen solchen bot man in aller Ratlosigkeit Herrn Abspud einen Gefährten in einer Extended-Reality-Brille an. Dieses nicht halluzinierte Double sollte, wie vorher der Geist der pflanzlich verursachten Psychose, seinen Zwang übernehmen. Herr Abspud probierte es, aber nach Wochen des Erfolges begann sein Hirn, dem Avatar ein Eigenleben zuzuschanzen. Er wurde aufmüpfig, stritt und verweigerte den Gehorsam, wollte, dass Gregor an seiner Stelle die Zwänge ausführte. Gregor wurde selbstmordgefährdet und war jetzt entschlossen, sich die Hirnsonde implantieren zu lassen. Wenn es sein musste, eben illegal.

Frau Schmotzka rief laut »Um Gottes willen! Nein! Bloß nicht. Da weiß ich was Besseres.« Und dann rezitierte sie aus dem Gedächtnis die Expositionstherapie bei Zwängen und Phobien, die sie ja selbst in ihren Therapieversuchen erlernen musste. Die Methode war wohl nicht in den alten Schriften aufgetaucht, vielleicht hatte ein schlampiger also nicht zwanghafter Archivar sie gelöscht. Vielleicht auch, weil die Methode nicht ganz zu 100 Prozent erfolgreich war. Das allerdings wusste und verschwieg Frau Schmotzka. Stattdessen ein Plädoyer für den Mut zu dieser Therapie.

»Ich werde, lieber Gregor, für Sie zusammenfassen. Man darf dem Zwang nicht nachgeben, also ihn durchführen. Man muss die Angst tapfer aushalten, bis die Anspannungskurve von selbst abfällt. Wir beginnen sofort.«

Dann zerrte sie Gregor ins Klo, beschmutzte seine

Hände mit dem dortigen nicht mehr ganz frischen Handtuch, und hatte ihn, sie war Amateurringerin, fest im Griff. Gregor zitterte und flehte, ihn da rauszulassen. »Ich halt das nicht aus.« Aber Frau Schmotzka kannte kein Pardon, bis sein Puls von 180 auf unter 100 sank. Dann das Ganze noch mal und noch mal. Erschöpft und verschwitzt kamen beide aus dem Klo, als hätten sie dort ganz was anderes getrieben. Aber Herr Abspud meinte, er sei optimistisch entschlossen, am nächsten Tag eine weitere Therapieeinheit über sich ergehen zu lassen.

Annabelle und Frau Bose staunten nicht schlecht. Das war Altes aus der Hexenküche des Mittelalters neu aufgelegt. Aber trotz dieser beeindruckenden Vorstellung wollte man Frau Schmotzka doch wieder nach 2020 lotsen, wo sie ja hingehörte. Daher der Vorschlag, sie könne ihr Manual ja ausführlich dem Personal erläutern, man würde es dann weiterführen. Frau Sch. bat aber ganz eindringlich, so lange im Behandlungszimmer auf der Liege wohnen zu dürfen, bis Gregor gesunde, also symptomfrei sei, und seine Frau zu ihm zurückkehren könne. Sie würde wie besprochen die Ordnung der Praxis vorantreiben. Und dann zog sie ihre Trumpfkarte, lächelte mit erstaunlichem Charme — den Kopf zur Seite geneigt — Frau Fourier an, und bezog durch Augenrollen alle Mitarbeiterinnen in das doch sicher offene Geheimnis ein.

»Dabei könnte ich doch das geneigte Paar dabei unterstützen, die behördlichen Hürden für ihre sehr besondere Ehe zu bewältigen.«

Sie hatte 2000 Jahre Amtsweg übersprungen, und sah fragend in die noch viel fragenderen Augen der Umstehenden. Aber als Antwort fingen die MPAs alle an, Annabelle und Paul zu umarmen und zu beglückwünschen. In ihrem

Pflichtbewusstsein, unbedingt noch ein paar Details klären zu müssen, fragte Frau Sch., wo man denn genau sei, also erst mal die Postleitzahl von Frau Fouriers Wohnort und den Verwaltungsbezirk.

»Ist das Thalkirchen oder Sendling?«

Paul versprach, es ihr auf einem kleinen Spaziergang zu erzählen. Es wurde ein räumlich kurzer, aber zeitlich langer Spaziergang. Paul brachte Frau Schmotzka zur U-Bahn und bat sie, die Formulare an seine Adresse zu schicken. Da fiel Ihr aber ein, dass sie die nicht einfach so verschicken durfte. Paul könne ja mit aufs Amt kommen. Sie würde die Papiere zusammensuchen, die er dann bei ihr auch unterschreiben würde. Vorher natürlich zur Kasse.

»Bis gleich, ich bin so aufgeregt.«

An der Kasse traf Paul sehr überraschend Herbert. Der war auch sehr aufgeregt, aber düster. Er hatte das Ablaufdatum seines Persos verpennt.

»Ist doch nicht schlimm«, meinte Paul. Schwerer Fehler.

»Nicht so schlimm?!«, brüllte der ach so smarte Herbert. Dann aber folgte eine ungezügelte Schimpftirade über die zwangsgestörte, schwerfällige deutsche Bürokratie, staubtrocken, weil fette Schmiermittel fehlten. Kurze Tränenpause. Er war aus der Klinik gefeuert worden. Er hatte dem Chef was vom Projekt 4000 »gesteckt« und Pauls Andeutungen seine Interpretation hinzugedichtet.

»Die ganzen Asozialen werden aus der Zukunft zu uns hereingemüllt. Politik und Fachgesellschaft wissen das und tun nichts dagegen, weil sie bestochen sind.«

Das »Ihre Habilitation können Sie hiermit vergessen«, kam locker, weil Herbert dem Chef immer schon suspekt war. Herbert kam bei dem Wort »Vergessen« so nahe an Paul heran, dass der seine beißende Alkoholfahne roch.

»Ich will Mitglied werden in deiner Miranda-Truppe und«, jetzt war sogar ein Lallen wahrnehmbar »ich werde dort mal richtig für Furore sorgen.« Erst 10 Minuten vor Büroschluss schaffte es Paul, sich aus Herberts Klammergriff zu befreien. »Ich geh an die Presse und du bist auch dran«, schrie er, als Paul ihn stehen ließ.

Frau Schmotzka erwartete Paul ungeduldigst. Ihr Zwang war aus dem Dickicht wieder erstarkt und sie musste Paul unter Tränen wegen eines Formfehlers in einem Dokument »Nur bis nächste Woche« untröstlich vertrösten. Paul riss sich zusammen, meinte, sie könne wirklich sehr stolz auf ihre Begabung als Therapeutin sein, vielleicht sollte sie umschulen. Doch dann sah er mit Entsetzen, dass er sechs Stunden weggewesen war und die Praxis Fourier geschlossen war. Es kam das Wochenende und Paul wusste noch nicht einmal, wo Annabelle wohnte. Die 30er Sehnsuchtsregel drohte zu greifen. Er riss sich mit »Jaja, nächste Woche, tun Sie sich keinen Zwang an« los und mietete einen Leihroller, was er sonst verabscheute. Er preschte zur WG und wirbelte wie gewohnt nach 4000 vor die Praxistür. Er hörte eine Stimme. Es war Annabelle. Sie redete laut.

»Was, wie? Ich darf nicht heiraten? Wer soll mir das verbieten?« Dann aber Schweigen, ein zorniger Ausruf wurde abgebrochen und runtergeschluckt. Da hatte jemand am anderen Ende der Leitung ein gewichtiges Argument. Irgendwas mit Zeitmaschine und Kulturverseuchung könnte es rein akustisch gewesen sein. Er hämmerte an die Tür. »Ist es Herrr Gnust? Schick ihn zum Teufel!« Weder Hämmern noch Schimpfen drangen durch. Paul konnte Annabelle sehen, wie sie aufgeregt auf und ab ging, immer noch grazil, noch. Und dann wurden die Schritte kleiner, bis sie stillstand. In diesem Augenblick klickte sein Handy wie bei einem dieser Nachrichtensysteme. Genervt sah er drauf. Das war von KuM. »Nicht wundern, du stehst vor dem Mauseloch. Man kann Mäuschen spielen, aber wird nicht wahrgenommen. Probier es morgen wieder. Sie wird bestimmt zahlen.« Damit schloss sich das Mauseloch. Kein Blackout, einfach nichts. Paul stand, statt vor der Praxistür, vor dem Atto-Nano-Markt. Er sah auf sein Smartphone. Da war eine E-Mail vom Kollegen Herbert.

»Hallo Paul, posthum quasi, anbei der Befund. Habe ihn nur überflogen, aber der Kommentar ist sehr aufgeregt. Sorry wegen meines Auftritts gerade eben. Es war sehr inspirierend, euch zwei zu treffen. Wenn da was Kleines kommt, könnte es genetisch gesehen spannend werden.« Von wegen »überflogen« vom Geheimdienst-Herbert. Paul las den Kommentar. Der entwickelte die spannende Hypothese, dass die DNA-Probe nicht neuzeitlich menschlich war. Frau Boses DNA unterschied sich demnach vom Homo Sapiens 2020 wie der Homo Sapiens vom Homo erectus oder Neandertaler oder ähnlichen Sackgassen. Es gab keine gemeinsame Wurzel. Das Faszinierende sei, dass alle bekannten punktuellen Mutationen, sogenannte SNPs und auch ausgedehnten Variationen sogenannte CNVs, die im menschlichen Genom für Unordnung sorgten, bei der Probe nicht auftraten. Also eine Art sehr gesund-gepflegter, unkrautgejäteter genetischer Garten. Der aufgeregte Molekularbiologe konnte sich nicht vorstellen, wie diese Probe zustande gekommen war. So was konnte man nicht künstlich herstellen. Der Biologe bat dringend darum, die Quelle des Materials rückzuverfolgen. Herbert würde ihm sicher einen Tipp geben.

## Durch das Mauseloch

Es wurde eine unruhige Nacht. Paul las Artikel über Genetik, die er nicht verstand, schrieb dann zur Ablenkung ungelenke Liebesgedichte, verbrauchte einen ganzen DIN-A4 Spiral-Block und viel Herzblut. Das lange Wochenende steigerte seine Unruhe und Angst stündlich. Ziellos rannte Paul durch seine Stadt, trank wahllos Bier, Wein und Cocktails in kleinen Mengen, aber in der Summe etwas zu viel. Er landete in den Morgenstunden des Sonntags, wie es der Teufel wollte, restalkoholisiert und verkatert, vor seiner ehemaligen Klinik. Er sah wohl sehr betrübt aus, als der Klinikchef ihm in gewohnt militärischer Manier, also zu nahe, entgegentrat. Der wollte bestimmt wie gewohnt mal so am Wochenende Präsenz zeigen, um die Mitarbeiter »auf Vordermann zu bringen«.

»Ah, da schau, Herr Dirac. Möchten Sie wieder bei uns anfangen?«

Der Ex-Chef brachte diese frotzelnde Formel genüsslich boshaft. Nicht umsonst hatte er aus irgendeiner Unzufriedenheit heraus Pauls Vertrag nicht verlängert. Paul wusste, dass der Chef es am allerwenigsten mochte, wenn man von ihm nicht beeindruckt war. Das bediente er mit »Ich bin geehrt und erfreut, Sie zu treffen«, bat dann aber völlig cool, einfach um eine Tasse Kaffee, und sagte, er hätte da eine Frage, eine »fachliche«.

Der Chef war nämlich nicht nur Despot und Narzisst, sondern auch neugierig.

»Haben Sie zufällig gerade einen Patienten oder eine

Patientin, der bzw. die behauptet, zeitlich weit auseinanderliegende Kosmen zu bereisen? Ich habe so einen ähnlichen Patienten, eine Patientin in meiner Praxis, und bin ratlos.«

Der Chef hasste Gendern und begann mit einem Neutrum. »So was Ähnliches hatten wir gestern in der Fallvorstellung. Eine junge Frau, die behauptete durch ein kosmisches Mauseloch in andere Welten zu sehen und, jetzt passen Sie auf! Sie meinte, damit Geld zu verdienen, natürlich in Kryptowährung. Sie nannte es Cold Gold, gibt ja viele Sorten davon. Sie sind sicher auch meiner Meinung, dass Geschäftstüchtigkeit gegen Psychose spricht. Wir wollten den Fall trotzdem veröffentlichen, Differentialdiagnose ›Scharlatanerie‹. Aber sie wurde heute gegen unseren Rat entlassen. Wir sprechen doch nicht von demselben Fall?«

»Nein nein, aber Sie haben mir schon sehr geholfen«, würgte Paul den Austausch ab. Er hatte genug erfahren. Und noch eine Stufe unhöflicher schlug er einen thematischen Haken in extrem vermintes Gelände. »Warum haben Sie mich eigentlich rausgeschmissen?«

»Das wissen Sie nicht mehr? Dann werde ich Ihnen mal auf die Sprünge helfen. Sie hatten einen Patienten, der immer im Aufzug genau den Knopf drückte, in dessen Stockwerk er gerade war. Der Aufzug war danach natürlich bald defekt. Aber das war trotzdem kein Grund, ihm mit Zwangsbehandlung zu drohen. Der Patient floh deshalb aus der Klinik. Wir alle waren und sind uns sicher, dass er sich umgebracht hat. Und jetzt entschuldigen Sie mich.«

Das war jetzt eine gekonnte Retoure, falsch zusammengestückelt, aber so war der Chef. Der besagte Patient war nämlich durchaus wieder aufgetaucht, hatte sogar einen

Brief geschrieben, von, oh ja, es traf Paul wie ein Schlag, von einem »Mauseloch«. Paul musste sehr abwesend ausgesehen haben, hörte nur von weitem, wie der Chef sich zu ihm umdrehte und fragte:

»Ach ja, doch noch was. Sie sind ja bekanntermaßen so ein Science-Fiction-Fan. Was ist das Soft-Machine-Projekt?«

Paul brauchte lange und viele Ähhs, um die Antwort hinauszuzögern, während in ihm die Gedächtnisakten ratterten. Er erinnerte sich nämlich an eine erregt geführte Diskussion mit einer jungen Assistentin, ob der angebliche Wahn eines Patienten vielleicht doch real, also wahr sein konnte. Sie griff Paul damals an, weil er so starr auf der Klassifikation als Wahn bestand. Sie vertrat genau wie der Patient die Theorie, dass es andere Welten gäbe und einen Zugang dazu, und sie habe die Barriere der relativistischen Gleichzeitigkeit genauso wie der Patient überwunden. Diese Assistentin brach dann die Ausbildung ab, eine sehr schräge Person. Und sie hatte so ein Katz und Maus-Bild auf dem T-Shirt und Katz und Maus an einem Piercing.

Paul tauchte nach der zwanzigsten »Ähh ja, also, eben genau«– Sequenz aus seinem Gedächtnisbad auf und bildete erste sinnvolle Sätze. Er habe da was Vages gehört, über Soft-Machine, dem »Sanften Projekt« zur Verbesserung sozialer Interaktion. Das tat er, wohl wissend, dass das Original-Buch von William Burroughs ein surrealer Drogen-Sex-und-Crime Exzess war und nur die gleichnamige Band Soft Machine intellektuelle, jazzige Alben veröffentlichte. Er führte den Chef, beim Gehen könne er sich besser erinnern, eher zufällig zu dem besagten Aufzug. Den gab es immer noch in dem alten Klinik-Kasten. Und wie in Trance drückte und drückte Paul den 3. Stock. Ebenso wie der Mauselochpatient, denn sie befanden sich ja im 3. Stock.

Der Chef begann gerade mit »Lieber Herr Dirac« eine Rauswurfsequenz, als passierte, was passieren musste. Es war, wie wenn ein Nichts weggeht und etwas da ist. Wie aus einer Narkose aufwachen. Da hatte sich im Nu eine Öffnung statt der Aufzughinterwand gebildet. Und diese Öffnung wirkte wie ein Spiegel in einen Verhörraum. Aber auf der anderen Seite standen auch der Chef und Paul. Es waren nicht ganz gleiche, aber sehr ähnliche Varianten. Paul erinnerte sich an die Bemerkung der KuM vom »Paulschaum«. Die beiden Schaumblasen Chef 2 und Paul 2 diskutierten in einem Streit über Forschungsgelder. Paul 2 trug das Schild »Leitender Oberarzt« mit dem Titel Professor drauf.

»Wer hat da gepetzt? Wer war der debile Blödian?«, schrie der Chef 2 Paul 2 an. Der entgeisterte Chef 1 sah immer hin und her von hier nach drüben, und wagte es nicht, durch die virtuelle Wand zu fassen, also sich selbst zu berühren. Wahrscheinlich hielt er sein Double für Antimaterie, mit Paaren von Elektronen und Positronen, und fürchtete, wie diese annihiliert zu werden. Sowas kannte er von der Untersuchungsmethode Positron-Emissions-Tomografie, kurz PET.

»Können die uns hören und sehen?«, war das erste, was er rausbrachte.

»Leider nein, nur wir sie«, erklärte Paul, jetzt einen Schritt voraus.

»Woher wissen Sie das? Egal, das hier darf niemand erfahren«, war das nächste. Hinterfotzigkeit und Verheimlichen waren die Spezialdisziplinen des Chefs.

»Diese Forschungsgelder damals, das war eine unangenehme Geschichte. Sie gehörten dem Zivilschutz. Eine sehr unbotmäßige Kollegin von Ihnen hatte die Daten einer meiner Studien zu epidemischer Angst in Katastrophenfällen dazu missbraucht. Sehr folgenreiche Sache.«

Paul musste ihm helfen, sonst gab es ein Nachspiel. Der Chef liebte Nachspiele. Paul 1 deutete auf das Mauseloch und sah dabei in die Augen des entgeisterten Chefs 1. Es war ein Genuss, ein Gefühl der Überlegenheit.

»Keine Angst Herr Professor, hier sind Sie sicher einmalig. Ich will auch bestimmt kein leitender Oberarzt sein. Und da rüber kommt niemand und niemand kommt von dort zu uns, rein physikalisch. Ich könnte mir vorstellen, dass das Soft-Machine ist.«

Der Chef entspannte seine Gesichtszüge.

»Dann wäre Soft-Machine eine Raum-Zeit-Mission in diese Welt da drüben. Vielleicht kann man da ja Forschungsergebnisse austauschen?«

Paul antwortete gönnerhaft.

»Ich werde mal recherchieren, kenne da Leute.«

Das hellte die Mine des Chefs endgültig auf. Das Mauseloch hatte sich, wie um ein Geheimnis zu hüten, schlagartig wieder ins Nichts geschlossen. Paul drückte die Taste EG und der Aufzug fuhr nach unten.

Mit einem »Danke für den Kaffee« war Paul schneller weg, als der Chef ihn zurückkommandieren konnte. Er wusste jetzt, wo er die beiden Patienten suchen musste, die ihn und Annabelle quälten. Rache an Psychiatern konnte sehr tief gehen. Wofür auch immer die Patienten Gratifikation wollten, die Psychiatrie bot sich an. Paul war müde, das heißt, er wollte einfach müde sein, wie ein trotziges Kind, das die Matheaufgabe nicht machen will. So voll Gedankenunkraut ins Bett war eine falsche Entscheidung. Denn die Nacht wurde traumreich, unangenehm traumreich, albtraumreich. Paul traf Annabelle, und sie kannte ihn nicht mehr. Die 30er Regel hatte gegriffen. Er flehte sie an, wollte neu anfangen, alles für sie tun. Sie verschwand wie ein sich auflösendes Zuckerstück im Kaffee, ließ sich auch mit aller Kraft der Sehnsucht nicht wieder herbeisaugen, winkte ihm nur ganz flüchtig im endgültigen Verblassen. Es war zermürbend, die Hoffnung sank wie eine Batterieanzeige gegen Null. Paul schreckte auf, und die Traumbühne brach im Erwachen endgültig zusammen. Seine innere Stimme brüllte »Wach auf Paul, Arbeit, Annabelle. Los Paul, du Arschloch.« Vom Aufwachen bis zum Loslaufen aus der Wohnung dauerte es knapp fünf Minuten, ohne Zähneputzen.

»Hallo Paul«, begrüßte Annabelle ihn sachlich kühl. Als er sie an der Hand nehmen wollte, zog sie diese ganz langsam zurück und sah ihn ausdruckslos entmutigend an. »Hast du schon?«, fragte er traurig. Sie nickte kühl, nicht hektisch, ohne widerstrebende Gefühle. »Kann man da etwas rückgängig machen?«

Ein seltsamer Knall riss Paul aus seinem wehleidigen Schmerz. Und noch einer. Das war sicher draußen hörbar. Es hörte sich an wie eine Ohrfeige. Paul rieb sich die Backe. Er hatte nichts gespürt. Ein Blick zu Annabelle bewies aber, dass ihre Hand erhoben war und sie löste zur Demonstration noch mal eine Watschn aus, und zwar mit einer Art App auf ihrem Endgerät. Sie konnte ja ihre perfekte Erziehung nicht wie ein Kleidungsstück ablegen und ihm physisch eine verpassen, was sie vielleicht sogar gern getan hätte. Was folgte, war ein sachliches Konvolut von Vorwürfen, warum und wie und wieso. Es dauerte zehn Minuten, bis Paul zu Wort kam. Seine Erklärungen kamen nur langsam in Fahrt. Annabelles zusammengekniffene Augenbrauen entspannten sich Millimeter für Millimeter. Nach weiteren zehn Minuten Verharren in abweisender Kühle genehmigte sie ihm eine ganz kleine zarte Umarmung. Weinen musste sie nicht.

»Paul. Tut mir leid. Ich hab die Sehnsuchtsregel doch gar nicht angewandt. Verzeih mir, aber ich war so verletzt, ich wollte es dich auch wenigstens ein bisschen spüren lassen.« Und mit »Kommt Frau Schmotzka nicht mehr?«, wandte sie sich der Praxisangelegenheiten zu.

Denn der nächste Patient war Gregor Abspud, und der wollte nur von »Der Neuen« behandelt werden. Bockig, wie er nun war, ließ er sich auf keine Kompromisse ein. Aber man musste ihm klarmachen, dass die Neue wahrscheinlich nicht wiederkäme, weil sie auf unbestimmte Zeit verreist sei. Als Angebot für den Patienten blieb nur noch die halblegale Hirnsonde, weil niemand sich in der Lage fühlte, die Expositionstherapie von Frau Schmotzka fachlich durchzuführen. Motivierend für Herrn Abspud kam dazu, dass seine Frau sich gemeldet und die Rückkehr in Aussicht gestellt hatte, wenn er »es« machen ließe.

Herr Abspud hatte sogar schon Wellen in der Literatur ausgelöst. »Zwangsstörung. Die Rückkehr einer Selbstfolter?« In einem durchaus klugen Artikel wurde nachverfolgt, dass bei der Beschreibung der Zwangsstörungen früherer Jahrtausende immer wieder auf die tragende Rolle der irrationalen Angst verwiesen wurde. Die trat regelmäßig wie eine Strafe auf, wenn die Patienten den Zwängen nicht nachgaben. Aber wieso war diese Plage über 1,5 Jahrtausende verschwunden gewesen? Der Rückzug der Zwangsstörung erfolgte schnell, sehr rasch, innerhalb von nur zwei Generationen. Und der alles entscheidende Grund dafür war laut dem Autor Prof. Thomas Huber das Verschwinden einer Form der Angst. Architek des Sieges über diese den Zwang nährende Angst war ein Mann namens Hermann von Barth. Dieser Extremkletterer beschrieb in seiner Schilderung der Free-Solo Ersteigung der Laliderwand eine Form von Angstbewältigung, die bald zum Massenphänomen wurde. Er hatte sich selbst zu Beginn seiner Kletterkarriere mit der hypnotischen Formel suggeriert, es gäbe kein Schreckgespenst wie Tod durch Absturz oder Steinschlag. Statt magische Geister beschwor Hermann, nüchtern wie er war, ganz realistische Verhaltensweisen. Er forderte von sich Konzentration sowie das Herausarbeiten und unbedingte Beachten der Gefahren an sogenannten Schlüsselstellen. Deren Bewältigung wurde durch dutzende Wiederholungen dieser schwierigsten Passagen eingeübt. Der Effekt laut von Barth: »Die Free-Solo Tour war für mich zuletzt wie für Sie ein Spaziergang auf der Wiese des Ahornbodens.« Sein »Spaziergag auf der Wiese« wurde zu einem magischen Spruch. Als Ikone dazu diente eine abstrakte Darstellung der gerühmten Kletterroute. Sie hatte irgendwie zusätzlich suggestive angstbefreiende Wirkung, eingebettet in die Skizze ihrer besonderen grafischen Form, dem sogenannten Topo. Es konnte nie geklärt werden, wie das funktionierte, es gab nur gewagte Hypothesen. Der Spruch und die Grafik infizierten damals innerhalb weniger Wochen die gesamte Welt. Und das Phantastische war, das Wort-Bild-Ensemble wirkte nicht nur gegen reale Angst, sondern auch gegen alle Formen eingebildeter irrationaler Ängste.

Und was niemand geahnt hätte, verschwanden damit alle Zwangsrituale, weil man ja keine Angst mehr verspürte, wenn man dem Zwang nicht folgte. Das betraf auch viele religiöse Praktiken. Gott sei Dank, aber der arme Gott stand jetzt fast allein da. Religiosität war mangels Angst verschwunden. Waghalsige Unfälle als Konsequenz nahmen nicht zu, die Menschen waren nur vorsichtiger. Kein strafender Herrgott. Annabelle musste sich die Frage gefallen lassen, warum Gregor diese Therapie nicht gemacht hatte. Hatte er, aber ohne Erfolg. Und gerade kam er aus dem Klo in panischer Angst. Erschöpft sah er auf ein Dokument, das Paul unter dem Arm hatte. Es hatte einen großen QR-Code. Gregor starrte minutenlang auf das Muster. Er war durch kein »Was ist mit Ihnen?« ablenkbar, blieb voll konzentriert. Und dann auf einen Schlag wachte er auf und strahlte wie erlöst. Ganz kurz intonierte er den Song »Spaziergang auf der Wiese«, der mittlerweile x-fach vertont und gecovered worden war. Und dann las er laut vor dem fassungslosen Praxispersonal vor: »Vorgang Eheschließung Paul Adrien Dirac und Annabelle Circe Fourier.« Das musste der Inhalt des QR-Codes sein.

Während alle Praxismitarbeiter sich über die Heirat freuten und dezent grinsten über Annabelles zweiten Vornamen Circe, war Gregor einfach glücklich über seine Erlösung und rief seine Frau an. »Schatz, du kannst kommen, ich bin clean.« Paul betrachtete und betastete den QR-Code, als könne die Lösung da rauspurzeln. Annabelle klopfte ihm kollegial auf die Schulter.

»Das gibt einen Nobelpreis, du hast das Von-Barth-Phänomen gelöst. Du hast nachgewiesen, dass das Hirn grafische Botschaften wie abstrakte Kletterrouten und QR-Codes in seiner ganz eigenen Weise zu seinem Nutzen oder auch Nachteil entschlüsseln und für sich therapeutisch verwerten kann. Naja, du musst nur rauskriegen, wie das geht. ›Zeithybridische Therapie der antiken Zwangsstörung‹. Und dann wirst du daraus ein Therapiemanual für viele Störungen machen und reich werden.«

Die deutliche Ironie genoss Paul ebenso wie den abrupten Schwenk zu einer zuckersüßen Liebeserklärung. »Eva und ich hatten schon furchtbare Angst, dich zu verlieren.« Die MPAs und Gregor improvisierten eine Feier und stießen an auf Heirat, Heilung und Nobelpreis mit einer Art Früchtetee. Paul war völlig konsterniert über sich, weil sich seine Tränen aus Augenwinkeln und Seele stahlen. Und sein spontan gehauchtes »Sag es nochmal«, erstaunte ihn noch mehr. »Ich lege noch etwas drauf. Ich muss dich leider hierbehalten.« Dabei zeigte Annabelle auf ihren doch stark gewachsenen Bauch.

## Heirat ist keine Krankheit

Es wurde eine lange Nacht. Paul und Annabelle holten den Akt der Zeugung im sechsten Schwangerschaftsmonat nach. Pauls erster verliebter Sex. Annabelle stöhnte nicht, Paul unterdrückte es. Aber er empfand jede Berührung wie zum ersten Mal. Vögeln in Zeitlupe. Minutenlange Küsse danach.

Paul erhielt am übernächsten Tag eine Stunde Ausgang. Frau Schmotzka hatte per Post Pauls Auszug aus dem Geburtsregister, die erweiterten Meldebescheinigungen und die Anmeldung der Eheschließung geschickt. Annabelle war begeistert, hielt aber Ort und Art der Trauung als Überraschung geheim. Sie fragte Paul nur, ob er besondere Wünsche hätte. »Okay, was ist der schlichte Standard?« Paul war da kein Romantiker.

»Am einfachsten hier in der Praxis, online, wie ihr zu Hause sagt.«

Der Tag kam. Es war Wochenende. Sie saßen vor einem Bildschirm. Das Programm Eheschließung wurde aufgerufen. Die zwischen den Hochzeitsplaner-Reklamegewittern kurz sichtbaren Fragen waren die gleichen wie vor tausend Jahren im § 1310 BGB.

»Wollen Sie, Frau Annabelle Circe, geborene Fourier, mit Ihrem hier anwesenden Verlobten, Paul Adrien, geborener Dirac, die Ehe eingehen? Dann antworten Sie bitte mit ›Ja, ich will diesen Mann heiraten.‹« Und dann folgte dasselbe für Paul, man konnte meinen, ein bisschen eindringlicher, mit Aufforderungscharakter. »Ja, ich will diese Frau heiraten.« Beide sagten das auch brav, dennoch kam ein Irrtumssymbol und das Programm beendete sich mit dem Hinweis: »Keine Passung.« Paul war sauer wie auf seinen PC zu Hause. Annabelle strahlte eine Resignation aus, als ob sie diesen Ausgang befürchtet hatte.

»Tut mir leid. Der Heiratsalgorithmus ist sehr sperrig. Wir müssen das jetzt händisch reinbasteln.«

»War mein ›Ja‹ nicht überzeugend genug?«, fragte Paul ratlos auch wie vor dem PC zu Hause.

»Durchaus, aber es kann sein, dass die Stimmerkennung meint, es passt nicht. Normalerweise kommt in so einem Fall als Kommentar: ›Die Ehe wird nicht empfohlen, Sie können aber ›Ignorieren‹ wählen.‹ Aber jetzt klang die Analyse des Programms so, als ob ich eine Kaffeetasse heiraten wollte. Nicht böse sein, Schatz. Ich sage doch, KI ist Schnickschnack und Schmieröl.«

Dann begann das Probieren. Das Programm akzeptierte aber keinerlei Änderungen von Pauls Daten. Die waren erfasst, betoniert. Also konnte man nur den Sound des kleinen Satzes ändern. Zuerst probierte Paul die Gestik von schmalzig bis cool, dann die Aussprache, dann beides zusammen. Nix da. Gott sei Dank ließ das Programm beliebig viele Wiederholungen zu. Es war schon Mitternacht, als der erschöpfte Paul auf die abstruse Idee kam, in einem Wörterbuch des Althochdeutschen zu stöbern, einfach etwas, das weit weg war. Er fand »Frouwe« für Frau und »Liobe« für Liebe. Er versuchte es und verbog sich den Rüssel bei der Aussprache, plötzlich machte es »Kling« und das Programm zeigte ein »Super-Match«, mit den besten Glückwünschen und »Sie sind hiermit Mann und Frau, bitte wählen Sie gegebenenfalls einen gemeinsamen Familiennamen.«

Paul rutschte da ein »Freu!« heraus. Das fasste das Programm falsch auf, fügte ein »d« am Ende als Hörfehler hinzu und antwortete mit sanft zufriedener Stimme. »Wir tragen Sie als das Ehepaar Annabelle Circe Freud und Paul Adrien Freud ein.«

Naja, das hätte schlimmer kommen können. Beide lachten. Der Antrag auf Namenskorrektur würde sehr langwierig werden. »Wieso Althochdeutsch? Was ist das für ein Dialekt?«, fragte Annabelle belustigt.

»Pass auf. Ich erzähl dir jetzt die Geschichte eines Suizidkandidaten in der Schweiz. Gibt's die Schweiz noch? Egal. Dieser traurige Mann, glaube ich, benahm sich wie dieses Programm. Er wollte sich eigentlich von einer Eisenbahnbrücke stürzen. An der Stromtrasse des Zugs, der unter der Brücke fuhr, hing ein Schild ›Vorsicht Lebensgefahr‹. Der Mann erschrak, wachte aus seinem Selbstmordtunnel auf und ging erleichtert nach Hause.«

»Du meinst, das Programm war am Abstürzen und hat sich gequält, bis du ihm den schrägen althochdeutschen Knochen hingeworfen hast?«

»Wenn der Grat zwischen zwei Entscheidungen nicht schmal genug ist zum Runterfallen, muss uns etwas schubsen. Sogar die Programme, die wir uns ausgedacht haben, brauchen das. Und sie wollen spielen.«

Aber die Freud-Freude war kurz, Annabelle hüpfte auf ein neues heikles Thema.

»Ich muss dir die nächsten Schritte erklären. Wir haben uns nach 2000 Jahren Diskussion und Experimentieren darauf geeinigt, wie wir das Zusammenspiel von Samen und Ei am besten regeln können. Auch wenn es für dich abwertend klingt, betrachten wir dein Sperma als Virus, der meine Eizelle befällt und ihr Vorschläge macht. Die beiden, also dein Sperma und mein Ei, wetteifern nicht ohne Tricks und List im Abdecken und Zudecken von Genbausteinen, mit kleinen Molekülen. Diesen Vorgang nennt man wie auch ihr schon wisst ›Epigenetik‹. Es ist wie ein Kartenspiel. Aber keiner gewinnt.«

»Oh doch, du hast gewonnen.«

»Willst du streiten?«

»Du kannst nicht streiten. Stimmt's? Du bist friedlich. Du hast sandgestrahlte Gene.«

»Und was hat der böse Paul mit meinen sandgestrahlten Genen gemacht?«

Nicht ohne schuldbewusstes Ducken des Kopfes in der Angst vor virtuellen Ohrfeigen erzählte Paul Annabelle von Herberts Bericht.

»Pass bloß auf, dass Frau Bose das nicht erfährt, die würde glatt zwei Punkte auf ihr kleines ›o‹ setzen und böse werden.«

»Böse« und »verletzt« drängten Paul die nächste entscheidende Frage auf. Die guten alten Themen Eifersucht und Treue.

»Was anderes. Wann hattest du das letzte Mal Sex, also vor mir?«

»Du bist mein erster Mann. Wir hier lassen uns da Zeit. Wir haben auch viel Zeit.«

»Wow. Und unsere Tochter Eva. Ist sie, ich meine läuft das wie bei mir damals? Kopf heben, krabbeln, erstes Wort?«

»Ja, wir sind immer noch Säugetiere und Primaten. Aber ich muss dir etwas anderes erklären, da du ja sorgeberechtigt bist.«

Annabelle wurde unterbrochen. Es gab laute, aber wohltönende Stimmen in der Praxis. Kurzes Klopfen am Arztzimmer, Tür auf, ein älteres Ehepaar stand im Raum, so ganz salbungsvoll liebevoll im Blick. Die Frau fing sofort an in Richtung Paul. »Und das ist dein Paul?« Es waren die Schwiegereltern. Annabelle war ebenso perplex wie Paul.

»Hast du die PZÜ terminiert?«, fragte Mama Fourier.

Pauls Rückfrage »P.Z.Ü?« kam dezent vorwurfsvoll.

Frau Fourier senior reagierte dementsprechend überheblich pädagogisch.

»Junger Mann. Wir sind nicht glücklich mit der Partnerwahl unserer Tochter. Und verliebt ist sie auch. Zuerst kam die Reparatur ihres kleinen Beitrags, Spermatozoen heißt das ja bei Ihnen. Das war aufwendig, wie wir den Berichten entnehmen konnten. Und deshalb und um den Launen des Zufalls vorzubeugen, gibt es danach die PZÜ, die Plazentare Überwachung.«

Paul verzog das Gesicht und schickte einen Blick an Annabelle mit der Frage, was sie für Horrorstories über ihn erzählt hatte. Mama dozierte weiter. »Der Psychiater Weinberger wusste schon zu Ihrer Zeit in der Schizophrenieforschung, dass schädliche Gene erst durch kleinste Beeinträchtigungen der Plazenta in der Schwangerschaft scharf gemacht werden. Ihre verschnarchten Zeitgenossen haben es nur nicht beachtet.«

Im Hintergrund versuchte Herr Fourier senior mit Kopfgesten und Handbewegungen anzudeuten, dass seine Frau über das Ziel hinausschösse, es doch aber nicht so meinte. Aber Paul war entschlossen, auf Angriff zu wechseln.

»Und gibt es in eurer sauberen Welt dann auch plazentare Eingriffe?«

Papa bremste Mama und machte ein Friedensangebot. »Indett, ich finde, er kämpft tapfer und hat eine Chance verdient. Warum bist du so grob?«

Annabelle war sogar entsetzt über Mama und wurde deutlich. »Willst du wieder gehen, Mama?«

Schweigen, zwei Minuten lang. Dann scheinbar kleinlaut, aber raffiniert, Mama zu Annabelle. »Ich habe Papa nie unnötig geliebt, was du ja mit deinem Paul unbedingt tun musstest.«

Frau Fourier atmete tief durch, sah kurz zu ihrem Mann, lächelte dann. Mit einem Lächeln im Gesicht sah sie Annabelle zumindest andeutungsweise ähnlich. Sie reichte Paul die Hand, die er überrumpelt annahm, als ob nichts gewesen wäre.

»Wir konnten es nicht glauben, woher Sie kommen. Stimmt das?« Herr Fourier fügte hinzu: »Indett und ich kamen auch von sehr weit auseinander, aber nicht so weit wie ihr beide.«

»Andererseits«, meinte Indett, »hatten wir, seitdem unsere kleine Annabelle 41 war und erwachsen, keinen Kontakt, warum auch. Aber jetzt, durch dich, vielleicht sollten wir dankbar sein. Und wir sind alle psychiatrische Fachkollegen.« Das war ja irgendwie klar, wenn auch nicht erblich.

»Wir würden gerne Ihre Wohnung sehen, also drüben. Geht das?«, fragte wieder überrumpelnd Papa Fourier. Mama nickte dazu begeistert und entwaffnend.

Annabelle war nicht begeistert und schob demonstrativ ihren Bauch nach vorne. Mama reagierte prosaisch und spöttisch. »Mein verliebtes Kind. Keine Angst. Wir wollen nur sehen, aus welchem Stall dein Paul kommt.«

Mit einem Fischmund ohne Worte, aber gut von den Lippen lesbar bedeutete Annabelle Paul die Buchstaben KuM.

»Ach ja, da gibt es Neuigkeiten«, fiel es Paul ein.

»Genug Neuigkeiten für jetzt«, drängelte Madame Fourier. »Indett ab jetzt für dich, mein Sohn, und das ist Papa Noman.« Und dann witzelte sie übergangslos. »Brauchen wir einen Raumanzug?«

Paul fand die nötige innere Geschwindigkeit, um das jetzt lustig zu finden. »Nein, Mama, nur immer schön bei mir bleiben.« Mit einer Geste im Sinne von »Was soll's?« ging er voraus.

Indett schüttelte den Kopf. Man merkte deutlich, dass sie sich selbst an die Nase fasste, ein Hauch von Selbstkritik. Die beiden folgten Paul brav und landeten, als sei ein Kosmoswechsel nur vom Wohnzimmer auf die Terrasse spazieren, vor Pauls Wohnung.

»Was ist das?«, wollte Papa wissen und zeigte auf ein Fahrzeug.

»Ein Auto, für euch ein Eselskarren. Wir gehen zuerst in meine Wohnung.« Paul würde fortan jeden für die beiden altmodischen Kram erklären müssen. Was würden sie wohl zu seiner Wohnung sagen? In der WG war niemand, dem er die Schwiegereltern vorstellen konnte. Und denen ging es wie Paul im Atto-Nano-Markt. Nichts von dem, was da war, kannten sie, und nichts, was sie kannten, war da. Offensichtlich waren sie enttäuscht, wollten was Aufregendes sehen.

»Okay, ich zeig euch dann gleich die Stadt. Wartet einfach kurz.« Paul musste aufs Klo. Es ging schnell, aber als er zurückkam, war er allein. Die Tür stand offen. Die beiden waren weg. Paul erschrak, wie wenn einem im Wildpark Poing unter 2000 Besuchern zwei Kleinkinder am Riesenspielplatz in entgegengesetzte Richtungen davongelaufen waren. Er versuchte, sich einzufühlen, wo welche Reize die beiden wohl hinführen konnten. Er dachte zuerst an große, belebte Plätze, altmodische öffentliche Verkehrsmittel, quirlige Einkaufszentren. Die Umgebung von Pauls WG in der Au bot das alles, aber die Schwiegereltern blieben verschwunden. Also ging Paul die Straßen der Innenstadt Münchens auf und ab, in alle Winkel, Einkaufszentren, öffentlichen Gebäude. Nach zwei Stunden, wieder zurück am Deutschen Museum, war Paul müde vom Laufen. Anrufen konnte er weder Annabelle noch die beiden. Er hörte sogar Radionachrichten auf BR 24, ob da seltsame Leute aufgegriffen worden waren, die dumme Fragen stellten. Es blieb nichts anderes übrig, als zu Annabelle in die Praxis zurückzukehren. Die konnte ihre Eltern vielleicht anrufen, ohne 2000 Jahre Zeitverzögerung.

Annabelle empfing ihn zu einem Viertel froh, zu drei Vierteln besorgt. KuM hatte ihr für einen Wucherpreis eine Nachricht »auf dem zweiten Geschäftsweg« zugespielt. Kontakt zu den Eltern. Eine aufgezeichnete Tonnachricht von Indett.

»Liebste Belle. Also wir haben in einem Schaufenster, das war wohl so ein Geschäft, wie ich es mal im Museum gesehen habe, toll. Da lief auf einem Screen eine Geschichte: Gewalt, Blut, Sex, Verwahrlosung. Mein Kind, du musst Paul verbieten, in diese Melange, ach was sag ich, Brühe, noch mal einzutauchen. Aber weißt du was? Wir sind hier in einer, wie nennt man das? Ach ja, ich versuche zu buchstabieren: Bäckerei. Die machen da so fluffige Kohlenhydratprodukte, und zwar süß. Sowas von köstlich. Ich lasse es mir beibringen, wenn wir die Zutaten vielleicht doch mal bei uns kriegen. Eine Packung von diesem Mehl nehme ich mit. Ich muss jetzt aufpassen und dem Bäcker zuschauen. Ist Paul schon zurück? Grüße, Mama und Papa.«

Annabelle meinte, Mama habe schon in der Praxis und

jetzt im Schreibstil so aufgedreht gewirkt, wie man sagt »über dem Strich«, psychiatrisch maniform oder hypoman, seltsam ungewohnt.

»Nein nein, du gehst jetzt nicht rüber«, kam sie Paul zuvor.

Pauls Argument: »Wir haben drüben gerade eine Grippeepidemie und Oma und Opa sind ja bestimmt nicht immunisiert gegen solche alten Keime.« Annabelles Gegengegenargument: Sie führte Pauls Hand auf ihren Bauch, gegen den Eva wie wild boxte. »Wir zwei gehen jetzt unsere Tochter zur Welt bringen. Es ist so weit. Danach wirst du Eva zwei Wochen nicht sehen.«

»Was?«

»Ein paar Untersuchungen, wenn nötig Therapien, dann kriegen wir sie wieder. Ist nur, damit sie psychisch und somatisch keine Risiken propagiert. Alles Prophylaxe.«

Paul maulte: »Ich werde hier wohl nie gefragt. Darf ich netterweise im Kreißsaal dabei sein?«

Das Kopfschütteln war sehr liebevoll.

»Du darfst draußen warten.«

Annabelle zog sich an, als ginge es mal kurz in den Park. Unterirdische Gänge mit Förderbändern, Sitzen, Liegen und Notfallsäulen führten in die Geburtsstation. Keinerlei kindgerechte Bemalung, Schnickschnack, kein Hallo für kleine Erdenbürger. Man begrüßte Annabelle in der Station auf die Minute pünktlich. Der Warteraum hatte Screens, die Nummern aufriefen, wie im Bürgerbüro in München. Sehr sehr nüchtern. Annabelle hatte Paul ihr Handy anvertraut. Eine Rechnung von KuM kam für die Übermittlung einer weiteren Nachricht. Paul konnte per Click bezahlen. Die Nachricht kam von Annabelles Vater Noman. Er hatte schlechte und beste Neuigkeiten. Indett war gestürzt, der rechte Knöchel verletzt, zwar nur verstaucht, trotzdem chirurgische Klinik. Erster Schreck über die antiken Geräte. Unfassbar. Aber dann. »Welch eine glückliche Fügung. Indett hatte, wie du weißt, diese Stoffwechselstörung, sehr selten, 1-mal publiziert in der ganzen 4000er Welt. Bis heute wusste niemand etwas dazu zu sagen. Sie hatte eine 10-Jahres-Überlebensprognose. Ich hätte es Paul schon noch gesagt. Stellt euch vor Kinder, stellt euch vor, ich fasse es noch nicht. Der internistische Kollege, also ein ganz junger, aufgeweckter, im Jahr 2020, hörte es sich an und meinte, also nochmal, im Jahr 2020, das sei ja wohl Anfängerroutine. Er sagte wörtlich ›Anfängerroutine‹. Ich weinte vor Freude. Und ich kam gar nicht zum Fragen und Indett sowieso nicht. ›Und das mache ich auch gleich selber‹, meinte dieser begnadete Arzt stolz wie ein Hahn. ›Mal kurz ein Leben retten, wenn's recht ist.‹

Und tatsächlich schritt er sofort zur Tat. Blutabnahme, auch bei mir, vielleicht wegen möglicher Zellspende, Schnelltest, in Tabellen nachsehen, Infusion, fertig. Wir sind so unsagbar glücklich. Indett ist ihm um den Hals gefallen. Ich werde ihm dafür einen Nobelpreis spendieren. Der Mann wird weltberühmt. Ich werde ihm nämlich die Therapie gegen Pankreaskarzinom zeigen. Das hat er gesagt, sei sein größter Stachel im Fleisch, welch kraftvolle Poesie. Egal, er bekommt noch etwas drauf. Alzheimer-Demenz nennen sie eine neurodegenerative Krankheit, die 25 % aller 90-jährigen befällt. Stell dir vor, was das bei uns hieße. Er wird dank meiner alle Betroffenen zu 100 Prozent heilen und alle anderen vorbeugen. Er wird nicht nur berühmt, sondern der reichste Mann der Welt werden. Die Medikamente gibt es ja schon in 2020, sind nur insoweit nicht bekannt. Ich selbst kenne sie auch nur zufällig. Es ist so unendlich schön, jemandem etwas aus Dank zu spendieren. Und ich entbinde mich der Verletzung der zeitlichen Kausalität. Und der aufregende Zusatz ist, dass der Pankreaspatient der Gesundheitsminister ist. Er will mit mir und dem Chef der Psychiatriegesellschaft, DGPPN, ein Gespräch führen. Da muss ich mich dann aber bedeckt halten. Sonst gibt es Verwicklungen. Aber was sage ich nur! Viel wichtiger ist: Hat Annabelle schon geboren?«

Ende der bezahlten Transmission.

Paul war tatsächlich abgelenkt gewesen. Nomans »geboren« machte ihn wach. Entgegen allen angeblichen Regeln, war er entschlossen, bei der Geburt dabei zu sein. Die Sicherheitsvorkehrungen schienen lax. Es war dann nicht so schwer, die Kamera von Annabelles Behandlungsraum anzupeilen. Da begann gerade sowas wie ein Kaiserschnitt, aber anders. Die Operateure waren autonome Maschinen. Eine Hebamme sah zu und schwatzte lustig mit Annabelle. Es dauerte 10 Minuten und dann kam ein ruhiges, strahlendes Baby langsam in Mamas Arme geschwebt. Paul klatschte vor Freude in die Hände, aber in dem Moment wurde er entdeckt. Ein junger Mann vom Sicherheitsdienst kam in den Raum und schaltete ganz ruhig und höflich den Monitor ab. Dann führte er Paul in eine Desinfektionsschleuse und meinte:

»Beim ersten Kind drehen immer wieder mal Väter durch. Gibt eine satte Strafe, wird dir egal sein. Aber du kannst jetzt, 10 Minuten.«

Paul winkte Annabelle und strahlte, was den Sicherheitsmann bemerken ließ: »Sag mal, kennt ihr euch? Seid ihr ein Supermatch? Habt ihr euch vorher getroffen?« Paul war wirklich zu selig, um das zu verstehen. 10 Minuten Streicheln, Küssen, Knuddeln, die zarten Fingerchen, und damit »Ein Fingerchen für Mama, eines für Papa« spielen. 10 Minuten ruhiges, leicht kratziges Atmen und erste Gluckslaute, was einfach von allen Eltern interpretiert wird als »Ich bin da und spüre euch«.

Dann wurden beide heimgeschickt, da war die Hebamme streng. Paul motzte.

»Aber zwei Wochen unsere Eva nicht sehen, ist zu lang.«

»Ist so«, war die Antwort, die jemand gibt, der Regeln nicht diskutieren will.

»Bei uns gibt es den Brauch, zu erraten, was ihr erstes Wort sei wird.«

Paul lieblos.

»Baum?«

»Heißt bei uns Wald. Einzelne Bäume sind selten.«

Paul weiter einfallslos:

»Auto?«

»Heißt Tulla, eigentlich Tesla, sieht aber anders aus.«

Paul mit Volltreffer:

»Mama?«

Annabelle konnte lachen und Paul kam jetzt dazu, von Indetts großem Glück zu erzählen.

Annabelle reagierte nicht ganz so euphorisch.

»Mein erstes Wort war Papa.«

Paul wagte einen letzten Versuch, die Stimmung aufzulockern.

»Okay Chefin. Lass uns ein bisschen ins Grüne fahren oder in die nächste Stadt. Ich halt die Nähe zu Eva und die gleichzeitige Distanz hier nicht aus.«

»Die nächste Stadt? Ach süßer Paul. Die ist 4000 Kilometer weit weg. Dazwischen ist Wald, genauer gesagt, Wildnis, aber richtige.«

»Du hast dich nicht sehr gefreut über Indetts Glück.«

»Weil ich Angst habe. Die haben Indett und Noman Blut abgenommen und sicher nicht nur Schnelltests gemacht, schlimmstenfalls sogar DNA bestimmt.«

»Ist dann wie bei Frau Bose, oder?«

»Schlimmer, Papa ist ein, ein Virus.«

»Bitte was?«

»Er hat um seine DNA-Virus Gene gewickelt wie einen Rucksack. Ein Ontop-Backpack-Virom.«

»Wozu, oder warum?«

»Er war mal krank, auch psychisch, sowas wie mildly böse, prä-asozial, wir nennen es MILD A.H.E., mäßiges Anti-Humanes-Extrem. Und der Virus ist eine Therapie, ein Bibliothekswächter der DNA, der nur das Gute ablesen lässt, und das Schlechte totschweigt.«

Annabelle legte noch Einzelheiten nach, schwer zu behalten, wenn man nicht alle Begriffe versteht und wenn man von dem Gedanken wie von einer Hornisse attackiert wird, dass der Schwiegervater ein Virus ist.

Paul wurde endlich los, dass er KuM als Patientin kannte. »Krank« und »maligne« nannte er sie.

Annabelle ergänzte. »Exakt. Sie will nicht nur Geld, sie will uns reinlegen. Deshalb bleibst du ja hier. Und zwar für immer.«

Bevor Paul in der Vorstellung versinken konnte, für immer weg von daheim zu sein, blieb er auf der Stelle stehen wie vor einer roten Ampel. Vor ihm war eine tiefgraue Nebelwand, aus der es regnete. Zwei knallbunte Papageien, groß wie Gänse, flogen schrill kreischend daraus hervor, hackten sich mit den Schnäbeln und verschwanden wieder. Annabelle zog Paul widerstrebend wie einen stolpernden Parkinsonpatienten 10 Meter nach vorn. Sie standen in einem Urwald.

»Komm, wir gehen rein. Es ist nicht genau, was du denkst. Keine Schlangen, keine Leoparden.« Paul drehte sich um, ging zurück um die Ecke, und wagte sich nochmal vor. Es blieb Urwald, wie eine Mauer um die Stadt. Die Straße endete in einer Sackgasse, nicht einmal ein Wendehammer. Auf dem schmalen Grasstreifen und Schotterfeld vor dem Wald lagen die üblichen Hinterlassenschaften wie auf einem Autobahnparkplatz: Klopapier, Tampons, PET Flaschen.

»Nicht anfassen, das ist Deko. Ziemlich teuer«, warnte Annabelle.

Aber der Wald war keine Deko, da roch würziger Waldgeruch, nur still war es. Vielleicht war Mittagspause bei Papagei und Co.

»Das ist unser Jurassic Park«, erlöste Annabelle Paul. »Das ist euer drittes Jahrtausend, wiederbelebt, reenacted.«

Sie waren allein, war wohl nicht so beliebt, der Park. Paul ging zu Schautafeln und Bedienungskonsolen. Da gab es eine Riesenauswahl an Kriegen, Umweltkatastrophen, Verbrechen und Krankheiten. So was wie das Deutsche Museum in München, aber auf Sünden der Menschheit getrimmt.

»Und was soll das sein?«

»Pädagogische Abschreckung für unsere Kinder.«

»Und du bekommst ein Kind von mir altem Dino?«

In dem Moment, als hätte es Annabelle herbeigezaubert, bildete sich hauchfeiner Nebel und Gestalten huschten herum. Auch Paul und Annabelle waren dabei, in Kleidern des 17. Jahrhunderts. Paul war ein Bauer, Annabelles Mann. Er wurde zum Kriegsdienst gezwungen, vor ihren Augen dazu geprügelt. Ein Kind wurde ihr entrissen und auf einen Misthaufen geworfen. Sie wurde vor Pauls Augen von einem Typen, der eine verrohte Fassung seiner selbst war, vergewaltigt. Paul spürte, wie der Penis der grausigen Paulvariante Annabelle malträtierte. Er schrie. Wie auf einen Hilferuf verschwand der Fiktionsnebel, und man sah nur noch auf einem Screen ein gnädig distanziertes Potpourri von Elend und Grausamkeit durch alle Jahrtausende. Paul hatte automatisch Annabelle schützend an sich gezogen. Schützend? Und wovor? Vor sich selbst? Er hyperventilierte panisch.

»Nicht schlecht, die Wirkung, oder? Schreckt doch wirksam ab.« Annabelle befreite sich aus dem Klammergriff. Paul sah sich Annabelle eigentlich jetzt erst zum ersten Mal genau an. Sie hatte ganz glatte schwarze Haare, kein einziges graues Haar im Alter von 80 Jahren. Ihr Mund war klein und fest, mit quirliger Zunge. Ihre Hautfarbe eher bronzen, keine Falte. Leicht konkave Wangen, sorgfältig in einem Hautton geschminkt, rote Augen, ja rot. Ihr Körper fühlte sich an wie ein strampelndes Kind, immer voll im Bewegungssturm. Er schob sie ein wenig zurück, um ihre Figur zu sehen. Schon wieder schlank nach der Geburt, Sport-BH unter einer zart-durchsichtigen Seidenbluse. Sie war symmetrisch schön, mit unglaublich lebhafter, flackernder Mimik.

»Was willst du an mir sehen, mein kleiner Raptor?«

Vor Pauls Antwort krächzte eine Vogelstimme, wenig melodisch. Aber es war keine Krähe, sondern ein Anruf für Annabelle mit Krächzen als Klingelton. Paul hoffte so sehr, dass es Noman sei, aber aus Annabelles Gesicht war angedeutet ablesbar, dass es jemand Unangenehmes war.

»KuM«, sie flüsterte nicht einmal und ging vor Paul, wie in einem Stechschritt mit höchster Konzentration, in einem Gang aus Glas durch den Wald. Paul tappte hilflos hinterher und sah, in Fortsetzung des Bisherigen, Doku-Aufnahmen aus dem Zweiten Weltkrieg. Eine Szene zeigte das unfassbar brutale Vorgehen japanischer Soldaten gegen amerikanische Gefangene. Entmenschte Rekruten, angetrieben von kalt hassenden Offizieren, die jede moralische Hemmung zermörserten. Ein Amerikaner wurde mit einem Bajonett durchbohrt, ein anderer von drei Soldaten mit Stöcken zertrümmert. Schnitt auf 16-jährige Deutsche, sogenannte Werwölfe, die auf Befehl nach Kriegsende osteuropäische Zwangsarbeiter erschossen. Und als zynischer Höhepunkt der nahtlose Übergang zu Kindern, die voll Stolz Piraten spielten, Schiffe kaperten, die Besatzung und Geiseln spielerisch töteten, weil kein Lösegeld kam.

Paul tänzelte um die telefonierende Annabelle herum, wollte ihr doch erzählen, wie KuM als Patientin mit ihrem psychotischen Kollegen zusammen dieses Mauseloch entdeckt hatte. Und dass sie schon damals sehr darauf aus war, alle anzuschuldigen, Fehler nachzuweisen, Rechtsbrüche zu reklamieren, geschäftstüchtig und rachsüchtig. Da Annabelle ihn einfach nicht hören wollte, rief Paul laut den Namen der Nervenklinik »Nußbaumstraße«.

»Hört der Doktor Dirac mit?«, kam es sofort von KuM.

»Also dann zusätzlich Schmerzensgeld und Bußgeld für Ihren Bruch der Schweigepflicht. Sonst verschwinden die Schwiegereltern im ›Morast der Zeit‹, wie ihr sagen würdet.« Und als Motivation für die Zahlung zeigte KuM, wie Annabelles Eltern von einem ABC-Zug in Polizeibegleitung in Echtzeit von der Bäckerei abgeholt und vermutlich in die nächste Infektiologie gebracht wurden. Paul wusste genau, wo das sein würde, nämlich im Schwabinger Krankenhaus, Station 10, Spezialeinheit für die Behandlung hochansteckender, lebensbedrohlicher Erkrankungen,

Ebola zum Beispiel. Er schrieb es einfach aufs Endgerät, das er Annabelle in die Hand drückte.

»Und kommen wir ins Geschäft, Frau Verbrechergattin?«

»Nein!«

Annabelle sagte das ganz ruhig und schaltete ihr Endgerät aus.

»So ein Verhalten muss man löschen, das kennst du doch, ist alte Schule.«

Dabei zitterte sie nur ganz leicht und kurz, es wirkte eher wie ein erotischer Schauer. Wenn sie in Pauls Welt geboren wäre, hätte sie vor Wut und Ekel beben müssen, wo man gar nichts sagen will, weil man Angst hat, auszurasten. Darum übernahm Paul:

»Sie sind wegen der Ergebnisse der Blutabnahme in der Klinik, denkst du.«

»Nicht nur. Papa hat bestimmt, überdreht wie er ist, beim Gesundheitsminister und dieser Fachgesellschaft verlauten lassen, dass er euer Auslaufmodell ›Neandertalpsyche‹ mit seinem Heilvirus bekämpfen will.«

Paul stellte sich das Gespräch gerade vor. Welche Schmach für seine Kolleg:innen, wissenschaftlich so viele Welten hinten dran zu sein. Es war wie die Szene in Star Trek, wo die Vulkanier zu den Erdlingen kommen, und den WORP-Antrieb mit Lichtgeschwindigkeit bringen.

Auf Annabelles Handy landete mit Pling eine Video-Datei. Man sah Papa und Mama Fourier auf der Infektionsstation. Ein Mann in Zivil, offensichtlich der Amtsrichter mit Akten und Schriftführerin, stand neben dem Bett. Sie waren gefesselt und zerrten an ihren Handgurten.

»Das ist eine Unterbringung nach dem Infektionsschutzgesetz«, erklärte Paul der schwer atmenden Annabelle.

Papa Fourier maßregelte den Richter in überheblichem Ton, ziemlich laut.

»Sie müssen sich schon etwas Zeit nehmen, uns anzuhören. Wir sind nicht ansteckend. Wir haben keine Krankheit. Bitte holen Sie einen Sachverständigen Genetiker oder Virologen oder wie das bei Ihnen heißt.«

Das »bei Ihnen heißt« mochte der Richter gar nicht. Er tuschelte mit der Schriftführerin und meinte kaum hörbar neben Papa Fouriers Bass:

»Beschwerdestelle ist das Oberlandesgericht. Ich erlasse jetzt einen vorläufigen Eil-Beschluss und bestimme eine Verfahrenspflegerin. Aber das muss ich draußen tun, weil Sie so rumbrüllen, Herr, wie war der Name, ach ja Fourier.«

Paul fluchte. Er kannte den Amtsrichter. »Der ist ein fauler Schlamper, bekannter Alkoholiker. Ich muss was unternehmen.«

Dabei wandte er kurz den Blick in Richtung Tür, worauf Annabelle ihm konsequent den Weg versperrte.

»Ich lass dich nicht gehen!«

Paul glaubte, einen Trumpf in der Hand zu haben.

»Ich habe als Student im Schwabinger Krankenhaus Sitzwachen bei Sterbenden gemacht und die unterirdischen Gänge bis ins Kleinste erforscht.« Er sagte nicht, dass er und die Leiterin des Patiententransports was miteinander hatten. Sie mehr mit ihm als umgekehrt. Er hatte sogar ihre Nummer noch. Vordergründig aus Sentimentalität. Sie hieß Isis, ägyptische Göttin der Geburt, aber auch des Todes, sehr passend zum Job.

»Ich kann die beiden rausholen«, bekräftige Paul. Er zupfte an seiner Jacke, tat so wie ein Familienvater, der den letzten Bissen Brötchen des Eil-Frühstücks im Gehen hinunterschluckt und wollte mit einem Wangenkuss und einem »Ich muss dann los« zum Tatort. Annabelle war langsamer als sonst, aber noch schnell genug und erwischte ihn am Gürtel.

»Nein. Ich werde das Lösegeld zahlen.«

Sie lotste Paul wie eine Wachhündin in die Praxis zurück.

In der Praxis musste Paul irre dringend aufs Klo. Wie durchsichtig, aber schwer zu verweigern. Das Klo war ja ohne Fenster und Hintertür. Annabelle hielt trotzdem Wache. Als es dauerte und dauerte, wurde sie abgelenkt durch Frau Bose wegen eines Messproblems. »Haben Sie mal eine Sekunde?«, heißt es da ja immer.

Eigentlich wollte Annabelle sachte an der Klotür klopfen, aber es wurde zum Hämmern. Sie stieß die Tür auf und sah auf dem vollkondensierten Spiegel mit dem Finger gemalt gerade noch: »Ich komme wieder«, bevor alles durch den Luftzug abtrocknete. Aber das Klo war nicht so ganz das Praxisklo. Da war Kloliteratur aus 2000 und billiges einlagiges Recycling-Papier. Eine kleine raumzeitliche Überlagerung. Instabil, denn in der Sekunde war sie weg. Auch Paul blieb weg. Annabelle schrie etwas, das sehr zum Klo, aber nicht zu ihrer Person passte. »Scheißkerl«.

# Die Schwiegereltern

Paul war durchgekommen. Er benutzte das WG-Klo noch mal, nur so zum ruhigen Überlegen. Dann nahm er seinen besten Arztkittel und zog los in Richtung Schwabinger Krankenhaus. Wer immer auf die Infektionsstation eingeliefert wurde, bei dem ging es um böse sogenannte Biostoffe, Viren, Bakterien und auch Menschen wurden als solche bezeichnet. Wenn der menschliche Biostoff nicht freiwillig wollte, dann eben wie gehabt mit Unterbringungsbeschluss vom Gesundheitsamt und Bewachung. Da kam Paul als Verwandter nicht hinein, und wenn, würde er womöglich als Kontaktperson einkassiert. Er rief Isis an, er erreichte sie, Isis ging grundsätzlich immer ans Telefon.

»Hallo Paul, hab gerade an dich gedacht. Ich denke oft an dich und du jetzt auch an mich. Das ist aber schön. Bin gerade in der Arbeit. Magst vorbeikommen? Du weißt schon wo.« Sie meinte ihr altes Liebesnest im 2. Untergeschoss. Sie käme gleich, hieß allerdings in der Regel, es würde etwas dauern.

Paul setzte sich auf das Bett im »Kontrollraum«, wie sie es als Decknamen genannt hatten. Wenn man müde ist, verwechselt man gerne Nachdenken mit Träumen so wie gut gelaunt mit Rausch. Und in so einem Traum hielt Paul wieder mal einen überspannten Vortrag. Es ging um Elemente einer Persönlichkeit, die sich durch die Scherkräfte des Alltags verzerrten. Belastungen konnten die Gestalt einer Person verformen wie Knetmasse oder zerlegen wie spröden Kunststoff. Und damit das nicht ständig passierte, brauchte es einen Schutzmechanismus, einen altbekannten guten Freund und Handwerker, der auch sinnvollerweise am liebsten nachts arbeitet, nämlich den Traum. Der checkte jeden Abend die Person, wie die Enteisungsanlage ein Flugzeug vor dem nächsten Start, reparierte, sanierte. Paul dozierte den Kern seiner Aussage.

»An jedem Morgen sollen ich und Sie ja wieder die Person mit dem allen bekannten Charakter sein, ein rundes Ganzes.« Der Vortragssaal war leer bis auf den Techniker und eine Studentin und trotzdem war Paul irre stolz auf sich und fuhr im Verkünderton fort.

»Aber doch sind wir jeden Morgen nur ein Remix der Vortagsperson, und das dürfen weder unsere Umgebung noch wir selber jemals merken. Das wiederum macht, was man im Film die ›Continuity‹ nennt. In einer Essensszene darf vom Kuchen, der von einer Familie gegessen wird, nicht in der nächsten Szene ein anderes Stück abgebissen sein, als in der vorigen. Der Schein der Kontinuität muss gewahrt werden. Diese Kontinuität des Remix muss leider tagsüber nachgebessert werden, von der Person selbst und ihrer Umgebung. Und das ist schwierig bei Personen, die viel allein sind. Sie drohen zu fragmentieren, weil niemand ihnen täglich rückmeldet, welche Details noch rekonstruiert werden müssen. Das Fine Tuning geschieht durch ganz banale Hinweise wie ›Du schaust heute so müde und blass aus‹ oder ›Sonst magst du doch immer die Dinkelbrötchen, was ist los heute?‹ oder ›Den Gesundheitsminister hast du doch sonst Schleimbeutel genannt‹. Nur durch solche ›Hints‹ kann die Continuity der Person perfekt werden.«

Der Applaus bestand aus eifrigen Klatschern der Studentin. Und ehe Paul sie um Fragen bitten konnte, wachte er abrupt auf. Da rüttelte Isis an ihm, lebendig, wild entschlossen wie damals, sinnlich, leicht mollig und zärtlich lächelnd. Eine perfekte Continuity.

»Hast dich ja komplett verändert«, war jetzt nicht, was Paul hören wollte.

»Hallo Isabelle, Annabelle, ach Isis, sorry.«

Namensverwechslungen sind ja wohl das Schlimmste, was man einer Frau antun kann. Da folgte jetzt eine komplexe Schimpftirade wegen der versäumten Telefonate, Geburtstagswünsche, und unbeantworteten E-Mails.

»Du Mistkerl hast mich geghostet.«

»Meine letzte Signal-Nachricht war ›Ich liebe dich so sehr‹ und deine war einfach feiges Schweigen. Und jetzt brauchst du mich bestimmt mal wieder. Wer ist Isabelle?«

»Ehrlich währt am längsten« war einer von Pauls Lieblingslehrsätzen. »Also Annabelle, nicht Isabelle, ist meine Frau, lebt etwas weiter weg. Ihre Eltern, also meine Schwiegereltern, sind in Haus 10 wegen Verdacht auf Infektion mit Backpack Viren. Ich muss sie da rausholen, denn in 30 Zeiteinheiten entliebt sich Annabelle von mir und ich sehe meine neugeborene Tochter Eva nie wieder.«

Isis Augen rollten, pendelten von links nach rechts, ihr Mund zuckte, Worte blieben aus. Ihre Hand zuckte ebenfalls, die verdiente Ohrfeige blieb aus. Dann, unerwartet, Überraschungsangriff wie immer bei Isis, drückte sie Paul aufs Bett und sagte noch »Doch der alte Schmarrnkopf«, bevor sie ihn chancenlos verführte. Alles, was Paul noch denken konnte, war, wie er Annabelle gegenüber dieses Opfer als Notstand rechtfertigen konnte. Nach dem Sex löste sich durch die Euphorie bei Isis die Zurückhaltung, und sie erzählte alles Mögliche durcheinander, wie dass man ihr einen Leitungsposten angeboten hätte und sie sicher einen Kochwettbewerb im Fernsehen gewinnen würde. Aber sie erwähnte auch das wilde Schwabinger Gerücht, dass tatsächlich Viren aus dem Weltall, von einem Meteoriten oder so eingeschleppt worden seien.

»Man nennt diese Viren extraterrestrische Biostoffe und dazu gibt es auch schon eine Verordnung für den Umgang damit.« Sie strich Paul vertraut und besitzergreifend durchs Haar. Der wehrte sich, tief durchtränkt von Schuldgefühlen.

»Schüchtern geworden? Und grau. Aber ehrlich, wo warst du denn die ganze Zeit? Hab dich vermisst. Du hast dir ja einen schneidigen Vorwand ausgedacht, hättest dich aber auch so melden können.«

Man bezeichnet den Orgasmus ja auch als »Kleinen Tod«, »Petit Mort«, in dem man sich vorübergehend auflöst wie eine Sprudeltablette. Paul spürte, dass er sich erst langsam wieder zusammensetzte. Allerdings blieben da diese düsteren Änderungen, als hätte der Traumwart ihn schlampig zusammengebaut. Es war weit zu Haus 10, Isis hatte sogar ein Navi für die Gänge. Der Eingang aus den Katakomben heraus war nicht gekennzeichnet, wohl aus gutem Grund. Aber Isis prüfte einfach Tür um Tür. Dabei fand sich jede Art Abfall, verweste Nagerkadaver, vermoderte Medizingeräte. Bis sie aufmerksam an einer Tür horchte. Die war wie alle anderen, nicht irgendwie auffällig, nur verschlossen. »Pschsscht« wäre gar nicht nötig gewesen. Durch eine Tür kamen Satzfetzen. »Da isses, die Stimme der Krankenpflegerin kenne ich, das ist der Intensivdrachen.« Sie wartete, bis die Stimmen verstummten.

»Okay, sie sind weg. Das ist der unreine Arbeitsraum der Station. Du wartest kurz hier.« Und wie sie die Spannung genoss. Sie stieß die verdächtigerweise gut geölte Tür ohne Knarzen auf und verschwand. Das Licht im Gang war fahl, Schatten und Geräusche von weit entfernt fahrenden

Transportwagen gaben der gespenstischen Situation einen Touch Wirklichkeit. Isis kam nach 10 Minuten wieder ganz entspannt zurück, ließ die Tür ungeniert offen.

»Mittagspause, keine Gefahr.« Sie war in Schutzkleidung und hatte eine für Paul dabei. Sie half ihm genüsslich beim Anziehen und nutzte dabei jede Möglichkeit der Berührung.

»So sehr vermisst hab ich dich«, flüsterte sie. »Ich habe für dich auch eine Tarngeschichte ausgedacht. Du bist ein berühmter Virologe. Blamier mich bloß nicht. Erfinde einfach Sachen, aber solche, die bitte zumindest wahr sein könnten.«

Paul hatte tatsächlich das Gefühl, dass er ohne jedes Studium eine Menge über Virologie wusste. Vielleicht war das Wissen von 4000 in sein Hirn eingedrungen und hatte ihn gescheit gemacht, so wie in Cognac eingelegte Früchte besoffen machen. Pauls Hirn entwarf Ideen ohne seine Regie, eigenständig, wie ein Kind, das gehen gelernt hatte und nicht mehr an Papa Pauls Hand wollte.

Sie schlichen durch den unreinen Arbeitsraum. Hier kämpften die kleinsten Lebewesen der Erde mit den Intelligenztesten. Hepatitis, Cholera, Milzbrand, Ebola, TBC. Verquerer Gedanke, dass Noman von so einem »Backpack Virus« therapiert worden sein sollte. Sie traten betont selbstbewusst in die Station. Vor einer Schleuse standen zwei Polizisten in voller Schutzkleidung mit Visier und geschlossenem Atemluftsystem. Sie bewegten sich schwerfällig, die Rüstung war sichtlich unbequem. Der Polizist verlangte das Vorzeigen der Ausweisplakette, obwohl doch jeder, der auf diesem Weg hereinkam, mit hoher Wahrscheinlichkeit autorisiert war. Wer wollte schon in die Hölle einbrechen?

Leider hatte Isis für Paul nur eine Plakette »Gast« aufgetrieben. Ihre wortreiche Ausschmückung, Herr Dirac sei ein Professor aus den USA, Spezialist für SARS-Viren, reichte dem Polizisten mitnichten.

»Da könnte ja jeder daherkommen. Wie heißt man denn nochmal?«

Paul verkniff sich einen amerikanischen Akzent und nannte einfach seinen Namen und Titel, ohne Professor, wäre ja Betrug gewesen. Die Kollegin Polizistin hatte mittlerweile Paul die Gastplakette abgenommen und musterte sie kopfschüttelnd. »Mäßige Fälschung« rutschte ihr heraus. »Bestimmt ein Journalist«, murmelte sie noch und telefonierte. Paul konnte nur einen Blick in die Box erhaschen, in der er schemenhaft Noman und Indett sah. Die Pflegeschicht kam aus der Pause und machte sich an die Routinearbeit. Und dann kam eine weitere Person über die reguläre Besucherschleuse.

»Ah, der Herr Konsiliarius«, der Polizist war informiert.

»Mein Gott, das ist Herbert«, dachte Paul, unverkennbar der eckige Gang des Kollegen.

Herbert sah nur kurz auf Paul, hatte ihn sicher erkannt. Er ging aber pfeilgerade an ihm vorbei zum Pflegepersonal und wollte die beiden Neuzugänge sehen, als der Oberarzt aus seinem Zimmer kam, angelockt vom Lärm wie eine Spinne vom im Netz zappelnden Insekt. Herbert sprach in dem Satz »Ich soll das Konsil bei diesen Fouriers machen« den Namen Fourier genüsslich aus und sah dabei Paul ebenso genüsslich an.

»Und wer sind die beiden hier?« Der Oberarzt hasste den Auflauf. Isis wollte ihm schnell sich selbst und den Gast-Kollegen vorstellen. Paul erwartete entweder Rauswurf oder Festnahme. Der Oberarzt blickte von einem zur anderen, wollte mit einer Rundumgeste alle rauswerfen. Die Rettung kam von Herbert.

»Ich kenne den Kollegen. Wir haben zusammen studiert. Habe gerade eine genetische Untersuchung von ihm gelesen.« Paul nickte erleichtert. »Sehr visionäres Material. Er kann uns hier sicher helfen.« Paul atmete durch. Auf Spione kann man sich in jeder Hinsicht verlassen, solange sie was von einem wollen, auch wenn man nicht weiß, was es ist. Der Oberarzt schien Herbert zu glauben und wandte sich sogar höflich an Paul.

»Verstehen Sie was von Backpack Viren? Die beiden schrägen Vögel, ›Exotic birds‹, haben einfach erzählt, sie hätten den in sich und würden die ganze Bevölkerung damit anstecken. Sie wollten das, was sie ›Antihumanes Extrem‹ nennen, also ›das Böse‹ zum Verschwinden bringen. Der Virus würde die Ausschläge der Aggression dämpfen wie ein, ›federnder Schallschutzboden‹. Ein unglaublicher Irrsinn. Klingt nach ›mucho‹ Psychiatrie und ›poco‹ Virologie.«

Während Paul mühselig seine Gedanken für eine Replik sammelte, die Polizistin immer noch nervös auf einen Rückruf wartete, plärrte plötzlich Noman durch die Glaswand seiner Box.

»Alle eure sogenannten Krankheiten wie Schizophrenie werden einfach von der Bildfläche verschwinden. Eure Psychiatrie wird überflüssig werden.« Die Polizistin schien klare Anweisungen erhalten zu haben und wollte bei Paul zur Tat schreiten, also Personenüberprüfung. Paul hatte irre Angst, Noman würde seine Identität endgültig enttarnen und ergriff verzweifelt die Flucht nach vorne.

»Jaja, er meint den Rucksackvirus, heißt so, weil er so wie ein Buckel draufsitzt auf dem Genom, also der DNA.«

Ungläubig staunende Gesichter rundherum. Doch kein Irrsinn? Da kam Paul der verwegene Gedanke, er könnte ja einfach behaupten, dass er die beiden Fouriers kannte.

»Die beiden da sind Senior-Mitarbeiter in unserem outgesourcten Bio-Tech-Startup. Sie haben einen unautorisierten Selbstversuch gemacht. Verbohrte Wissenschaftler alter Schule, freiwillige Laborratten. Sie haben sich den Backpack-Virus eingeimpft. Ist aber ein harmloser Vektor bis auf ein paar psychische Nebenwirkungen«.

»Unsinn, blamabler Unsinn, mein Söhnchen«, kam von Noman, der zusammen mit Indett förmlich an der Sichtscheibe klebte. Das Söhnchen wurde als manisch distanzlos verbucht. Alle wichen instinktiv einen Sicherheitsabstand zurück. Oberarzt Herris googelte auf seinem Handy, während er mit einem Ohr weiter zuhörte. »Backpack-Virus? Wo finde ich eine Literaturstelle?«

Und dann erzählte Noman im Duett mit Indett Dinge, die so wild klangen, dass sie alle zum Zuhören zwangen. Nur Isis' Blick war nach innen gewandt. »Wenn das die Schwiegereltern sind, wie ist dann erst die Braut?«, las Paul heraus.

»Unsere Vision ist, dass Backpack Viren die Polizei zu 90 % überflüssig machen werden.«

Pauls verwegenes »Eine wunderbare Zukunft«, erzürnte die Polizisten noch mehr.

»Kann ich bitte jetzt einen korrekten Ausweis sehen:«

Indett blickte sie dagegen beseelt an. »Es wird sein wie ein Traum.«

Aber da klickte etwas bei Herbert. Er bot den Polizisten Einhalt mit der oft hypnotisch wirkenden erhobenen Hand. Und zu Noman hinter der Glaswand sagte er:

»Aber warten Sie mal, das haben Sie doch alles aus den

Mauseloch-Papers, oder? Ja stimmt, KuM heißt die Märchentante, wie Katz und Maus. Eine voll abgedrehte Science-Ficiton-Geschichte ist das.«

Noman antwortete empört.

»Und wenn hier diese Frau KuM, die ich nicht kenne, von unserem Paper abgeschrieben hat und nicht umgekehrt?«

Herris explodierte sanft. »Was? Viren im Hirn als Therapie? Die Viren, die ich als Enzephalitis im Hirn erlebt habe, machen nur Gemüse aus ihren Opfern.«

Die Polizistin entspannte sich plötzlich und schoss heraus, als ob sie die Millionen-Frage gelöst hätte.

»Hey was? KuM? Die Wahntante mit der Zeitmaschine? Die haben wir gestern wieder eingeliefert in die Psychiatrische Klinik Nußbaumstraße, weil sie ihren Kompagnon verprügelt hat. Sie bleibt auch dort, wenn sie nicht nach § 126 a in die Forensik geht.«

Da rief Noman von drinnen laut in das Mikrophon. »Mein Sohn, sag es mir, bitte. Wie geht es deiner Tochter Eva?«

»Er ist delirant, wenn man mich fragen würde«, parierte Paul.

Indett kam ihm zu Hilfe »Sehr richtig. Mein Mann hat ein Delir von Ihren Medikamenten. Aber er will seine Enkelin sehen, die gerade auf die Welt gekommen ist, das stimmt. Und es stimmt, dass das hier Freiheitsberaubung ist«. Das war nun wieder ein Test für die Improvisationsgabe von Paul und er bestand.

»Tja, ich bin ja, wie es der Zufall will, gerade Vater geworden. Meine Kleine heißt auch Eva, muss noch vier Wochen im Krankenhaus bleiben, eine prophylaktische Untersuchung, obwohl sie super gesund ist.«

Beide, Noman und Indett, hatten kapiert und konnten freudige mimische Regungen kaum unterdrücken. Herris interpretierte das anders. »Von wegen ungefährlicher Virus, Muskelfibrillationen, Choreatiformer Bewegungssturm, hochpathologisch.«

Isis Blick war alles andere als gratulierend, was nur Paul bemerkte. Der flüsterte deshalb nach hinten für alle: »Alles Unsinn, habe den Mann nur aufheitern wollen.«

»Ich will meine Eva sehen«, schmetterte Noman. »Lassen Sie uns frei, wenn es so etwas neumodisches wie Freiheit bei ihnen schon gibt. Wir wollen das Ihrem Klinikchef erklären und einen hochrangigen Repräsentanten der psychiatrischen Fachrichtung sprechen. Wir sind Psychiater und mehr als das.«

Herris zu Paul: »Selbst wenn das Ihre Mitarbeiter sind, müssen sie hierbleiben.«

Herbert verabschiedete sich mit »Unser Labor bräuchte eine DNA-Probe.« Dabei sah er schelmisch zu Paul so wie »Gell, Herr Kollege?« Während er buchstäblich abzwitscherte, kam durch die Tür ein Paar mit weithin sichtbaren Namensschildern, KHK Mekel und Minnich. Sie trugen Voll-Schutzkleidung, und lenkten fernbedient zwei Waffenroboter in Spielzeugpanzergröße.

»Sind das da drinnen die irren Viren?«, eröffnete Herr Mekel mit einem leicht hängenden Mundwinkel, durchs Visier sichtbar. Paul dachte an Annabelles These wegen Kidnapping durch irgendwelche »Isten«. Herris wollte den Beamten antworten, zuckte aber plötzlich mit dem Kopf, so dass er ihn ruckweise zur Schulter neigte, dabei mit der Hand dagegen drückte und fluchte.

»Torticollis, oder?«, diagnostizierte Paul. Arzt sein ist doch toll.»Ich hätte da was für Sie.« Er brauchte einen Bundesgenossen. Die beiden Kriminaler instruierten ihren Polizeikollegen in Richtung »niemand rein, niemand raus«. Nur Herbert durfte nach Vorzeigen des Konsilbogens noch passieren. Isis stellte sich vor die zwei Beamten und schimpfte auf sie ein wegen irgendwelcher Hygienemängel. Sowas konnte sie gut. Paul brauchte Bundesgenossinnen.

Herris war sichtlich gequält. M & M drängelten Isis beiseite, vermuteten ein theatralisches Ablenkmanöver. Paul bemühte sich um eine sehr betroffene Miene, bat mit einer sanften Handbewegung um Zurückhaltung.

»Ein Nebenprodukt unserer Forschung. Wirkt prophylaktisch. Kein Botox-Fäulnis-Gift mehr.«

Abgekämpft hob Herris mühevoll den Kopf in Richtung Paul. Wenn man richtig Aua hat, akzeptiert man fast alles.

»Ist total harmlos. Einfach ausprobieren. Ist ein Spray. Ich mach es vor.«

Und Paul zog aus seiner Tasche eine seiner vielen in der Fourier-Praxis gemopsten Proben. M & M wollten das Spray aus Pauls Hand reißen, das war doch ein Giftgasangriff. Aber der präsentierte das Fläschchen wie einen Jahrgangschampagner neckisch im Handteller geneigt. Und dann sprayte er sich heroisch zuerst selbst eine Dosis und bot es dann Herris an. Der nickte mehr aus Versehen, und schon hatte er den Hub Nebel in seiner Nase. Ärzte können ja schlimme Dinge mit »Das war's schon« erledigen. Bevor Herris oder M & M protestieren konnten, wurden sie von der fulminanten Wirkung überwältigt. Glückselig stand Herris da, frei und gelöst wie wohl seit Jahren nicht mehr.

«Wow«, entfuhr es ihm.

Dann begann er zu lachen, nicht laut, sondern glucksend, ebenso wie Paul. Die beiden kicherten wie kleine Kinder. Paul brachte mit Mühe heraus. »Sorry, hab die Nebenwirkung vergessen. 10 Minuten Kichern.«

Herr Mekel kam heran. »Meine Mutter hat auch was Neurologisches.«

»Parkinson?«, prustete Paul.

»Ja.«

»Da wirkt das auch.«

Paul gab ihm das Nasenspray. »Teilt es euch. Ich müsste jetzt gehen. Die Patientin in der Nußbaumstraße besuchen. Und passt mir gut auf die beiden hier auf. Die sind doch für alle möglichen Terroristen von hohem Wert.«

Mekel fand Pauls Lachen peinlich. »Das mit Mama ist nicht lustig.« Aber irgendwie hatte er doch etwas vom Spray abbekommen und musste schon bei »lustig« mitlachen.

## Der Nett-Effekt

Allerdings hatte Frau Minnich sich schon mit einem Spielverderbergesicht am Ausgang postiert.

»Sie sind doch Doktor Dirac, der meine Mutter in der Klinik versaut hat. Und das ist nicht lustig. Anna Minnich. Sie erinnern sich?«

Pauls Nebenwirkung war vorbei. »Erinnere mich gut. Sie hat mir eine Schmuckschachtel aus Pappe geschickt mit der Aufschrift, dass es ihr gut gehe und sie die Therapie mit dem Mittel Alixam von mir weitermache.«

»Ihre Lügen haben kurze Beine. Die Bedeutung dieses Sprichwortes haben Sie haben meine Mutter gefragt. Seit wann arbeiten Sie im Ausland?«

Paul wagte es, Isis in die Augen zu sehen.

»Ich bin gestern Vater geworden, habe meine Tochter Eva in den Armen gehalten, wollte gerade mal die Schwiegereltern besuchen und werde jetzt ohne Grund mit Zwang aufgehalten.«

Isis quittierte seine Ehrlichkeit mit Stillhalten, Frau Minnich führte die Befragung sachlich weiter.

»Ihre Tochter ist also im Ausland geboren? Wo?«

Dabei fummelte sie sachte an der Fernbedienung des Waffenpanzerchens.

»Wo im Ausland?«

»Italien, der Ort heißt Quatro Mille, also 4000 und ist in der Toskana bei Ribolla, in der Nähe von Grossetto. Ganz kleiner Weiler, ist nicht in Google Maps.«

Minnichs Hand ruhte mittlerweile fest auf der Fernbedienung, der Panzer zitterte leicht. Mekel entschärfte die explosive Situation, indem er Minnichs Panzer-Hand sanft festhielt, so wie im Krimi die Waffe des sich ergebenden Täters gesichert wird. Er übernahm das Verhör kalkuliert milder, als Gegenleistung für das Anti-Parkinsonfläschchen für seine Mutter.

»Sie sind halt sehr oft im Atto-Nano-Markt. Da gibt es eine zurückgenommene Anzeige wegen Hausfriedensbruch.«

Isis schritt ein, wollte Paul ja für sich, nicht in Ketten.

»Ich bitte Sie. Das ist alles sehr peinlich. Der Kollege Dirac ist unser Gast, und ich glaube, er muss jetzt gehen. Heute Abend ist Silvester. Lassen Sie es gut sein.«

Frau Minnich beäugte jetzt auch Isis mit ungebrochenem Misstrauen, die wollte wohl Silvester mit einem verheirateten Frischvater feiern.

»Nichts da. Wir machen bei Ihnen beiden einen Test. Wenn wir feststellen, dass Sie infiziert sind, kommen Sie zu den beiden Spacecowboys da rein.«

Herr Mekel zog resigniert das Test-Set aus einem Seitenfach des Panzers. Isis reagierte kooperativ unterwürfig und streckte ihren Arm langsam aber stetig aus. Paul streckte seinen Arm parallel daneben, aber fragte, ob er auch was mittesten dürfte. Er zeigte dabei ein Gerät, das aussah wie ein dicker Schreibstift, für Insider ein Diabetes-Pen.

»Ist was aus unserem Labor. Das Ergebnis kann man ja dann mit Ihrem vergleichen. Dürfen wir?«

Frau Minnich nickte gnädig. Man soll ja Verhörprobanden auch mit Freundlichkeit begegnen. Umständlich bereitete Mekel mit dem Handicap seines Schutzanzuges das Testkit vor und holte sich eine Pflegerin für die Blutabnahme. Minnich redete nervös dauernd rein, wusste besser, welche Folie abziehen, wie viel Sekunden warten und wie viel Milliliter in welches Röhrchen. Die Stimmung wurde angespannt.

Paul war schneller, machte einen Pieks in Isis Fingerbeere, den sie nicht mal spürte und eine Sekunde später verkündete eine sanfte Stimme aus dem Gerät das Ergebnis.

»DNA-Typ w0223, Backpack negativ. Nebenbefund zu Arbeitsschutz. Die anonyme Patientin im Abstand von einem Meter ist schwanger im dritten Monat.«

Paul hielt das Display, auf dem das Ergebnis auch schriftlich angezeigt wurde, vorsichtig einen Meter vor Minnichs Augen, die den Lauf des Waffenroboters mit der Fernbedienung nach oben auf ihn richtete.

Wie gesagt, war die Mimik hinter den Helmen schlecht lesbar und auch die Körpersprache. Aber verbal war möglich.

»Was«, rief laut Kollege Mekel. »Hast du das gewusst?«

Minnich hatte es offensichtlich nicht gewusst, benutzte die Körpersprache in Grobversion und fiel Paul sehr spontan um den Hals. Den giftigen Seitenblick auf Mekel konnte man nur vermuten. Sie freute sich offensichtlich ungemein und man konnte leicht erraten, warum Mekel so undiplomatisch reagiert hatte.

Aber die junge Familienszene konnte sich nicht weiter entwickeln, weil eine weitere Gruppe Männer, diesmal ausgestattet mit Schlüsselgewalt, lärmend in die Station eindrang. Drei Herren in Anzügen plus Hausmeister der Klinik. Der eine Herr war unverkennbar Pauls Ex-Chef, der zweite war aus der Presse als Chef der Deutschen Gesellschaft für Psychiatrie bekannt. Der dritte sprach nicht mit den beiden, sah sich nur streng um. Die Polizisten grüßten ihn sehr höflich, er war also ein ranghoher Offizieller. Chefs und ihr Gefolge brauchen ja keine Schutzanzüge. Die Krawatten baumelten frei und dienten als Trockentuch nach dem schlampigen Gebrauch eines Desinfektionsmittels. Der Hausmeister hatte einen irrwitzigen Baustellenschutzhelm und trug eine karierte Fliege zum rot-weißen Hemd. Der Chef erkannte Paul zu dessen Glück hinter dem durch das viele Schnaufen beschlagenen Visier nicht. Seine Aufmerksamkeit wurde auch sofort abgelenkt durch Indett und Noman, die an die Trennscheibe kamen wie Affen für ein Leckerli im Zoo.

Überrascht, aber schlagfertig eröffnete der Ex-Chef. »Sie sind doch Kollegen und ich habe mir sagen lassen, Sie suchen ein Fachgespräch.« Es klang ironisch mit einem kleinen Schuss Angst.

Noman war sofort glasklar und frei von Delir. Und er schlug instinktiv in die beiden Kerben, vor denen Pauls Ex-Chef als Narzisst die meiste Angst hatte, Überrumpelung und Peinlichkeit.

»Geschätzter Herr Kollege, ich kenne natürlich sehr wohl Ihre rezente Arbeit aus 2022, veröffentlicht zusammen mit dem Sie begleitenden Präsidenten der DGPPN über Persönlichkeitsveränderung.«

»2022? Sagten Sie 2022? Die sind noch nicht mal revidiert.«

»Wie auch immer. Sie ist wegweisend, wegweisend für Jahrtausende. Sie hatten richtige Befunde, wenngleich erst wir technisch in der Lage waren, sie richtig zu interpretieren. Ihnen beiden gebührt der Ruhm. Es gibt keine Persönlichkeit, es gibt kein Ich. Das Ich ist eine virtuelle Gestalt, die sich aus dem Inneren Dialog ergibt. Aber ich und meine Frau werden Ihnen jetzt schon darlegen, wie Sie Ihr enges Ich ungeheuer erweitern können.«

Der Ex-Chef war starr vor Erstaunen, aber auch voll neugieriger Erwartung und knipste nervös an den Fingernägeln. Der Chef der DGPPN schien bestenfalls amüsiert, der hohe Beamte blickte noch misstrauischer. Paul wollte genau zuhören, aber Mekel forderte ihn ungeduldig auf, seinen Arm für den Bluttest hinzustrecken. Als Paul seine Armbeuge freimachte, bemerkte er eine Tätowierung an sich, einen bunten Apfel. Er hatte aber nie eine Tätowierung gehabt, lehnte sowas vehement ab, wie ein Brandzeichen. Auch Isis sah es und meinte nur »Hübsch, ist neu?« Paul grübelte, woher das Tattoo kommen sollte.

»Das war ich nicht«, antwortete er und erntete damit wenig Verständnis.

»Das hat ein dementer Patient mal gesagt, als wir ihm seine vollgekackte Unterhose zeigten. ›Des war i ned!‹, sagte er«, kommentierte Isis säuerlich.

Mekel passte genau auf, dass Paul nicht trickste, während Frau Minnich meinte, er solle schnell machen, sie müsse jetzt dann zum Personalrat, wegen des gefährlichen Arbeitsplatzes im Außeneinsatz mit Infektionsgefahr. Mekel erhielt sogar eine zarte Berührung an der Schulter, die ihn wie einen Holz-Stecken erstarren ließ.

Die zur Hilfe gebetene Pflegekraft war nervös, stach daneben, und Paul musste sich heroisch selbst die Vene punktieren. Dann setzte er auch sich einen Pieks mit seinem Zaubergerät und das Ergebnis kam ebenso prompt wie bei Isis.

»DNA Typ m0187, Backpacktiter im Normalbereich. Nebenbefund niedriger Blutzuckerspiegel, empfehle Nahrungsaufnahme.«

Also doch positiver Backpacktiter, durchblitzte es Paul, er hatte sich also drüben angesteckt.

Sowas argwöhnte auch Mekel. »Was heißt Normalbereich?«, fragte er kühl routiniert.

»Na eben keiner, normal eben«, entgegnete Paul hochnäsig gegenüber dem Laien Mekel. Der war ihm ja noch ein bisschen gewogen und Frau Minnich war Gott sei Dank abgelenkt, telefonierte mit ihrer Mutter. Zuerst hörte man die »gute Nachricht«, dass sie schwanger war, dann die angeblich noch bessere, dass sie den Psychiater-Arsch Dirac an den Eiern hatte.

Aber Mama am anderen Ende war anderer Meinung. Man hörte es laut aus dem Handy. Die Schwangerschaft schien sie weder zu überraschen, noch groß zu interessieren. Sie wollte lieber den Doktor Dirac sprechen.

»Gib mir den Herrn Professor, der hat mich gerettet. Das Mittel von damals gibt es nämlich nicht mehr und er soll was Ähnliches für mich finden. Und dass du mir ja höflich bist zum Herrn Professor.«

Frau Minnich gab Paul nicht an Mama weiter, sondern verärgert an Herrn Mekel. Der musste sich anhören, dass er ein guter Vater werden müsse, sonst wehe.

Paul wurde schneidend scharf klar, dass, wenn er noch länger aufgehalten würde, die 30er Regel drohte. Zusätzlich erschreckte ihn das Tattoo aus dem Nichts. Er musste raus hier. Vielleicht konnte man ja mit einem Zeitspaziergang das Tattoo wegwaschen. Paul begann einen fiesen Angriff gegen Herrn Mekel.

»Also, wie ich sehe, sind Sie auch überrascht, Papa zu werden. Ging mir auch so. Die Frauen fragen uns nicht.« Das löste eine Emotions-Lawine aus. Mekel und Minnich legten schlagartig explosiv los. Die Gravitation der Gefühle fegte synchrone Satzgeschosse den Hang des sozialen Niveaus hinunter. Durch die Visiere kam es so verbrabbelt, dass keiner irgendein Argument des anderen akustisch verstehen konnte. Es ging um Bruchteile von Sekunden, in denen er oder sie ein verständliches Wort platzieren konnte wie »Samenraub« oder »Rabenvater«. Auch Paul musste nicht lange auf seinen Teil zum Kinderthema warten. Isis war nur wenig dezenter in der Wortwahl.

»Also du kommst aus Italien, wo deine Schickse dir ein Kind angehängt hat, willst deine angeblichen Schwiegereltern besuchen, die wahrscheinlich in einem Schlamassel stecken, den du verursacht hast. Deine verbaselte Kindsmutter ist mit dem Balg allein in einem Kaff auf dem Land und du machst mich an, um deinen miesen Job durchzuziehen. Und dann willst du mich wohl noch anstecken, während du bei mir unterkommen willst. Geht's noch, du Mistkerl? Und sag ja nicht »Es ist nicht, wie es aussieht.«

Paul musste den Satz nicht sagen, denn passend wie ein Tusch zur Feier ging ein Alarm los. Eine charmante Stimme machte die Alarmansage.

»Dies ist nur ein Test.«

Dieser Text war, wie oft in Krankenhäusern, deshalb so dümmlich eingestellt, weil sonst alle Patienten in Panik verfallen wären. Natürlich bedeutete es tatsächlich »Feueralarm« oder »Kontaminationsunfall«. Aber es gab doch keine Kontamination, oder? Herris stürzte über die Kampfroboter stolpernd auf Paul zu.

»Gott sei Dank, da sind Sie ja, die Fouriers sind ausgebüxt.« Und dann folgte ein ganz verschämtes »Ich fürchte, wir waren es.« Nur fragende Blicke von allen.

»Dieser Vortrag der Fouriers ging durch unser Hirn wie ein warmes Messer durch Käsekuchen.«

Herris hatte Teile auf seinem Handy aufgenommen. Man sah wie Noman und Indett eine Art Dialogloop aufführten. Nach jedem Satzwechsel sagten sie immer »Sprich mit dir, sprich mit dir.«

»Sie nannten es Ich-Ping-Pong«, erklärte Herris. »Und das inspirierte ungemein. Ich bekam super kreative Gedanken, zu meiner Frau, zu meinem Job. Es war wie Geschenke unter dem Weihnachtsbaum. Und dabei wurde ich innerlich immer gelassener, richtig glatt ausgeglichen wie Spiegeleis auf dem See. Und dann hörte ich plötzlich: »Lassen Sie uns bitte hier raus.« Alle nickten mir zu und ich erfüllte die Bitte, ganz selbstverständlich wie eine Belohnung für all die Wohltaten.«

Nicht nur Herris war der Hypnose erlegen. Man sah Pauls Ex-Chef, wie er unter Tränen der Rührung eine Assistentin, die er gefeuert hatte, telefonisch wieder einstellte. Die drei Offiziellen kamen geradezu schüchtern auf Paul zu. »Wollen ja nicht stören«, meinte der Ex-Chef. Er war voll dissoziiert in Nettistan. Er erkannte Paul. »Ja, Herr Kollege Dirac, welch schöne Überraschung. Die beiden Fouriers wurden uns geschickt, sie hatten eine wichtige Botschaft.« Und der DGPPN-Chef ergänzte: »Deshalb ist es doch umso schlimmer, dass wir sie haben gehen lassen.«

Mekel kam auf die drei beseelten Herren zu. Sein Argument »Die kriegen wir wieder, die verlaufen sich in den Katakomben« wurde sofort weggefegt von den genau aus diesen zurückkommenden Polizisten. »Ohne Hundertschaft in de Gäng da unten geht nix.« Peinlich. Mekel brauchte also einen Blitzableiter, und er wurde amtlich gegenüber Paul.

»Herr Dirac. Das mit dem normalen Backpack-Titer kaufe ich Ihnen nicht ab. Bevor unser Befund da ist, gehen Sie jetzt einfach durch die Isolations-Schleuse.« Zur Untermauerung fuhr er Paul den kleinen Panzer an die Hacken. Die vier besänftigten Herren waren erschüttert.

Ihr »Aber Herr Kommissar, bitte.« verfing nicht. Zudem

hatte wohl beim Hausmeister die Nettigkeitshypnose paradox gewirkt. Er war in heiliger bayrischer Rage.

»Geht's jetzt da nei, weads boid!« Er war nicht zu bremsen. »Seid's denn ihr olle plemplem? De zwoa ham eich eingseift.« Er wurde richtig heftig und schubste Paul und Isis stramm in Richtung Schleusentür.

»Ich geh da nicht rein« kam es entschlossen von Isis, durch die Zähne gepresst, während Paul zu ihrer Verwunderung wie in Schleichfahrt auf die Türe zuschwebte. Er wirkte im Bewusstsein eng gebündelt und blickte starr auf die Tür vor sich.

»Sehr gut, Paul«, meldete sich ein Paul in Paul, ein Paul 2. »Die Tür ist gut, du musst zu Annabelle. Los, los, los.« Aber in dem Moment zog Isis ihn fest zu sich und ein Paul 3 widersprach Paul 2.

»Unsinn, Isis ist geiler, Annabelle ist spröde.«

Und ein Paul 4 stimmte ihm zu: »Ja genau, Isis wird uns bleiben, die liebt uns wirklich.«

Jetzt wurde es bunt. Paul 5 meinte: »Nur Annabelle ist deine Liga.«

Paul 6 sagte nichts, also keine Worte, aber lockerte geschickt Pauls Handgriff und schaffte es, Isis etwas aus der Hand schlüpfen zu lassen.

Paul 7: »Ich weiß nicht recht.«

Paul 8: »Ich will aber Eva sehen.«

Paul 9: »Und was ist mit Sex?«

Beim Stichwort Sex bekam Isis mit Paul Körperkontakt, weil der Hausmeister sie zusammenschubste. Die Paul-Stimmen brabbelten durcheinander, manche bewegten Körper und Hände, einer sogar den Penis. Es war ein Ich-Getümmel, ein kakophones Orchester. Wo war der Dirigent? Wer war der Regisseur?

In Pauls Kopf dröhnte ein Surren, wie Basssaiten. Aus den Paulstimmen waren Schwingungen geworden. Zuerst dutzende, dann aber immer weniger, zuletzt nur zwei Töne. A und I, Annabelle und Isis. Ein Akkord mit zwei Tönen. Er schwoll an, wie die Dolby-Reklame im Kino. Wohlig wie Orgelsound. Da lehnt man sich zurück und wartet, dass der Film endlich beginnt. Man muss nichts tun, der Film ist ja schon fertig geschnitten. Aber die Spannung ist groß. Wie fängt er an und wie geht es aus? Und der Anfang ist oft das Gegenteil vom Ende. Paul war irre angespannt. »Bitte, bitte anfangen.«

»Gerne, ja gerne, wie der Herr beliebt«, dröhnte Pauls Parlament, »wir haben beschlossen.« Und zack, im selben Moment standen Paul und Isis vor dem Atto-Nano-Markt. Ein parlamentarisch geschickter Kompromiss. Gelebte innere Demokratie. Noch 2020, aber nahe 4000.

## 2021 ist nicht wie jedes andere Jahr

Isis hielt Pauls Hand ganz fest. Es war schließlich ihre erste Zeitreise. Und dabei lief alles so selbstverständlich. Sie wischte noch einen Schmierfleck ab vom groben Griff des Hausmeisters. Paul war magisch aufgeregt, drängte in den Markt. Im dem war gerade nichts los, nur eine Verkäuferin, schutzlos den beiden Kunden ausgeliefert.

»Kann ich Sie was fragen?«, war Isis Eröffnung. Sowas sagt man doch immer, während man noch nachdenkt, was man eigentlich will. Paul übernahm.

»Wir suchen nämlich eine schicke Zeitmaschine, so für heute Mitternacht, Silvester.«

Die Verkäuferin wischte Brotzeitkrümel vom Firmenemblem auf der blauen Bluse und meinte »Schwarz oder Urangrau?« Paul war blitzartig hellwach, denn »Schwarz oder Urangrau?« waren dieselben Worte wie damals beim ersten Mal. Er sah gespannt um sich. Aber Enttäuschung. Da war kein einziges Gerät, das er nicht kannte, und, was er kannte, war alles da. Dazu thronte direkt über der Verkäuferin eine riesige Uhr mit Datumsanzeige. 31.12. 2020, 11:15 Uhr. Um 12 Uhr war an Silvester Ladenschluss.

»Ja«, meinte die Verkäuferin jetzt stolz. »Das ist unsere Dezennium-Edition für das neue dritte Jahrzehnt. Normalerweise werden ja nur die letzten beiden Ziffern der Jahre angezeigt, aber wo wir doch über 2020 haben, und bald 2021, also jetzt die ganze Zahl. Way Cool, oder?«

Das waren schon wieder fast dieselben Worte. Paul

wählte auch seine Worte wieder identisch. Vielleicht bewirkte das endgültig einen Zeitruck.

»Stimmt die Anzeige?«

»Wie meinen?«

»Da, die 2020. Sollte das nicht 4020 heißen?«

»Also, was wollen Sie? Der Zeitmaschinen-Joke ist definitiv ausgelutscht. Wonach ist Ihnen?«

»Okay, ich nehm die Uhr.«

»Eine gute Wahl.«

Wieder um sich blicken, Mist, keine Veränderung. Jetzt musste Paul direkt fragen.

»Sagen Sie mal. Das hat Ihr Kollege alles das letzte Mal auch gesagt, nur mit anderem Datum. Könnten Sie bitte alles auf 4020 einstellen, ich zahle auch gerne dafür. Bitte. Es ist wichtig.«

Die Verkäuferin sah flehentlich zu Isis, sie solle doch mal ihren Mann auf Spur bringen. Isis schüttelte belustigt Kopf und Schultern und meinte: »Keine Angst, er ist Psychiater.«

Die Verkäuferin tat wie gewünscht, dann zerrte Isis Paul zur Kasse, mit der gefakten Millenniumsuhr. Auf der Originalpackung blitzten Raumschiffe, eine futuristische Stadt, Planeten und Sterne als Dekor, wie zum Hohn. Isis wollte den unnützen Kauf gut sein lassen. »Komm, wir haben Silvester. Die Frau will auch nur feiern. Ja, und jetzt hat sie sogar noch was verkauft.«

Paul schaute immer wieder um sich, wollte das alles nicht wahrhaben. Er suchte nach einem Anker, irgendeinem Gerät aus der vermeintlichen Zukunft, als Bestätigung. Er sah schweigend auf Ramschartikel vor der Kasse, Babyphone, Taschenlampen in Tierform. »Bitte sprecht mit mir!«

Da holte die Verkäuferin sie gerade noch ein, bevor sie durch die Kasse gingen.

»Sie sind Psychiater? Ja super, Entschuldigung für mein Benehmen, ich brauche nämlich einen Therapeuten. Darf ich?«

Die beiden blieben ratlos stehen, in Pauls Augen perlte ein Hoffnungsfunke.

»Was ist denn? Ich bin seine Assistentin«, verpasste sich Isis eine Rolle.

»Vielleicht ist es ja nicht der richtige Ort«, entschuldigte sich die Verkäuferin.

Isis fuhr ganz ruhig und höflich fort, fragte nach den Beschwerden.

»Also ich habe, wie soll ich sagen. Mein Name ist Kortze, Helena. Das sind also Anfälle, in denen ich Halluzinationen habe, so Szenen. Ich sperre dabei unschuldige Opfer in 40 Zentimeter hohe Schächte und lasse sie jeden Tag verprügeln. Sie bekommen Reis mit Sand gemischt zum Essen auf den Boden geschmissen, sie werden mit eiskaltem Wasser abgespritzt, bis sie fast erfrieren. Ich lasse sie an Wagenradschläuche fesseln und prügeln, bis sie am Schock der Schläge verenden. Dabei fotografiere ich sie, und zuletzt werden sie wie Müll weggeworfen. Das ist doch bestialisch. Aber das Schlimmste ist, wenn ich aus dem Anfall herauskomme, kommt es mir ein paar Stunden so vor, als hätte ich es vielleicht doch in echt getan. Und noch was. Ich höre, wenn ich jemandem begegne, dann immer ein Brummen, wenn eine Person auf der Straße oder in der Kneipe oder irgendwo gerade wütend ist. Und ich habe das Gefühl, ich kann deren Gedanken ahnen, also fast lesen. Und es sind furchtbare Sachen wie, ›Dem hack ich den Kopf ab und fülle flüssiges Blei rein‹, und ›Die fick ich mit einer Eisenfeile‹, und ›Dem verglühe ich seine Eier mit einem Bunsenbrenner‹. So was zu denken ist doch fast genauso abschaummäßig wie es wirklich zu tun.«

»Wo haben Sie die Phantasien her? Klingt nach Syrien oder nach dem Dritten Reich, also jetzt unser Deutschland.« Paul half der Wiedererkennung nach, weil die Verkäuferin zu ratlos aussah. Und sie war wahrhaft erstaunt.

»Welches Syrien und welches Dritte Reich? Was meinen Sie damit? Syrien ist die älteste Demokratie des Nahen Ostens und Deutschland ein friedliches Kaiserreich seit 1871. Nein, das ist alles in meinem Kopf. Sagen Sie mir: Sind das Eindringlinge in mein Hirn aus einer anderen Welt?«

»Also nochmal. Welches Jahr haben wir bei Ihnen gerade?«

»2020, Silvester, 31.12., steht auf dem Kassenbon.«

»Und seit wann arbeiten Sie im Atto-Nano Markt?«

»Seit zwei Jahren.«

Isis unterbrach das Gespräch nicht, hörte aber auf jedes Wort, voll konzentriert.

»Ist Ihnen in den letzten Tagen etwas Besonderes aufgefallen?«

»Ach ja, wenn Sie so fragen. Es gibt viele neue Elektroautos. Und da war ja was über selbstfahrende Autos ganz groß in den Zeitungen. Es sollen schon 40 Prozent sein. Ich komme aber nicht viel zum Lesen. Und eine neue Partei hat sich gegründet, Grüne oder so.«

»Grüne? Neu?« Paul war freudig aufgeregt, stupste Isis an.

»Ja, Grüne, so mit Umweltschutz, ganz militant. Aber bitte noch mal zu mir. Da war eine Frau Doktor bei mir, eine Kollegin von Ihnen, nur ganz kurz, die hat mich drauf gebracht. Und sie hatte so eine süße kleine Tochter. Eva hieß sie, glaube ich. Ich habe sie auch um Rat gefragt. Und sie meinte, dass es meine Diagnose eigentlich noch gar nicht geben könnte. Sie hat mir das Wort aufgeschrieben. Es war ein Fachwort.

Ich konnte es mir nicht merken. Hier ist der Zettel. ›Hate-me-graine‹, meine englische Aussprache ist nicht gut. Und sie meinte, hier in München gäbe es einen Spezialisten dafür, einen Herrn Dr. Freud. Kennen Sie den Kollegen?«

Paul überfiel der »Mein Herz schlägt bis zum Hals« Zustand. Er sah den Zettel, erkannte Annabelles Handschrift. Isis nahm ihm den Zettel weg, ängstlich, bedroht und fragte:

»Wo ist sie hin?«

»Wer? Frau Doktor? Ich habe nicht aufgepasst, zum Ausgang nehme ich an, oder sie haben im ersten Stock noch was gesucht. Kennen Sie sie persönlich?«

»Nein, doch ja, eine berühmte Kollegin. Hate-migrane, also Hass-Migräne? Meinte sie das?«

»Steht doch da, oder?« Eine Träne von Isis hatte das H von Hate verwischt.

»Gut. Kommen Sie morgen in unsere Praxis, ich schicke Ihnen die Adresse und den Termin. Und schreiben Sie alles auf über die Frau Doktor, an das Sie sich erinnern. Bitte geben Sie mir ihre E-Mail-Adresse.«

»E-Mail?«

»Okay ich rufe Sie an. Ihre Telefonnummer?«

Sie schrieb die Nummer auf. »Ist es schlimm mit mir? Können Sie mir helfen?«

»Wir melden uns, sehr bald.«

Paul gab Isis ein Papiertaschentuch und führte sie an der Hand nach draußen.

»Isis, Liebste. Wir brauchen eine Praxis.«

Warum er das »Liebste« brachte, erstaunte Paul selbst, aber es war sehr einfühlsam. Isis trocknete äußerlich und innerlich ihre Tränen.

»Paul, wo sind wir? Nein, wann? Ich meine die Zeit!«

Auf einem Fernsehschirm in der Front des Atto-Nano-Marktes sah und hörte man einen Nachrichtensprecher zum Standbild einer Politikerin.

»Unsere Kanzlerin Frau Annegret Kraus-Kämpfer äußerte sich zu den Infektionsfällen in Melbourne besorgt.«

»Das ist nicht unsere Kanzlerin«, Isis trocken.

»Das ist nicht unsere Welt. Lass uns schauen, ob es unsere Wohnung noch gibt.«

Die Straßen waren vertraut, die U-Bahn-Haltestellen die gleichen. Der Taxistand und der Papierfachhandel standen noch. Der Schlüssel passte.

Isis leerte den Briefkasten. Darin lag die aktuelle Ausgabe der Süddeutschen Zeitung. Isis musste, das war bei ihr wie ein Zwang, immer gleich den Lokalteil aufschlagen. Paul sah ihr über die Schulter.

»Hüten Sie sich vor Doktor Celia Noether, die psychiatrische Giftmischerin in der Maxvorstadt.«

Bevor sie beide den Text lasen, der Doktor Noethers seltsame Methoden anprangerte, sahen sie ihr Bild. Es war das Bild einer Frau mit strengen Gesichtszügen, mit einem Befehlsflair oder distinguiert, je nach Interpretation. Und diese Frau sah Paul sehr sehr ähnlich, eine weibliche Cover-Version seiner selbst, so wie die Welt hier eine Cover Version seiner Heimwelt war. Sie beschlossen ohne Worte, sofort hinzugehen. Auf dem Weg kauften sie am Viktualienmarkt Sekt und Lachs für später. Die Praxis hatte offen, obwohl es 13 Uhr an Silvester war. Keine Sekretärin, keine Medizinische Fachkraft. Celia Noether, das musste sie sein, drehte sich um, als sie die Tür aufgehen hörte. Paul und Celia standen sich gegenüber. Als hätte jemand Paul frei nach Celia gemalt oder umgekehrt. Es gab ein Krimicafé in München. Motto: »Wo Sie Ihr anderes Ich treffen.«

Jetzt hatten sich zwei Ichs getroffen. Und ihre Mundwinkel vollführten zuckende Tänze und brachten kein Wort heraus. Es kam nichts wie »Wer bist du?« oder »Kann es sein, dass wir uns kennen?«

Stattdessen brachte Paul heraus:

»Brauchst du Hilfe?«

»Wegen des Artikels in der SZ? Nein, das bin ich gewohnt. Dahinter steckt die Konkurrenz«, antwortete Celia ganz entspannt. Die beiden standen sich linkisch und steif gegenüber. Isis ging zwischen ihnen hindurch wie ein Porträtmaler zwischen Bild und Modell.

»Gut, ihr seht euch phantastisch ähnlich«, meinte sie sehr prosaisch. Aber wir alle haben ja auf der Welt ein Double.«

Paul fand seine Sprache und ergänzte:

»Ich glaube, wir sind dieselbe Person, ein Ident.«

Der Begriff Ident war gerade in sein Hirn geblitzt. Dabei fixierte er das Tattoo auf Celias Arm, einen bunten Apfel und streckte sein Tattoo zum Vergleich vor.

Wer an sowas glaubt, konnte sagen, Paul unterhielt sich mit Celia telepathisch, lautlos, elektromagnetisch. Den Inhalt werden wir nie erfahren. Aber wir raten mal:

»Woher kommen deine fortschrittlichen Methoden?«

»Ich habe versucht, was aus der Literatur zu ziehen, aber das habe ich immer alles schon gewusst.«

Den intimen Dialog störten ein Mann und eine Frau, die händewedelnd in der Tür standen. Isis wollte sie gleich mit einer Rauswerfer-Handbewegung loswerden. Die beiden kamen aber näher, zückten das Handy, als ob sie fotografieren wollten, also Reporter. Isis wollte als erstes die Handys konfiszieren. Da kam in geradezu flehentlichem Ton:

»Nein nein, wir wollen nur Ihre super Therapie gegen Hass-Migräne.«

»Übelhagen, Liam Übelhagen«, stellte sich der Mann vor.

»Sie müssen meinem Bruder helfen«, schaltete sich die Frau ein. Und die beiden sahen sich höchstens normal ähnlich. Liam hatte lange strähnige Haare, einen lockigen Bart und trug schlampigen Klamotten, während seine Schwester mit stylischem braunen engen Rock, Strümpfen und Stiefeln in abgestimmtem Farbton kontrastierte. Liam lieferte spontan und professionell vorgebildet seine Symptombeschreibung ab.

»Hass-Migräne. Das sind Hassanfälle mit Pseudohalluzinationen, Vorstellungen von angeordneter Folter und Mord, und da Ich-fremd, mit entsprechend großem Leidensdruck. Dazu Halluzination von Geräuschen. Sie haben da doch eine Gruppentherapie, ein Manual, bitte, ich will das durchziehen.«

Celia war überrascht über die korrekte Schilderung.

»Ah ja, Sie meinen das Manual von Évariste Galois?«

»Ja, dieser Mathematiker.«

»Stimmt. Und deshalb ist das, was Herr Galois so Gruppentherapie nennt, ein mathematischer Begriff. Hat nichts mit Menschengruppe zu tun, sondern mit einer Multiplikationstabelle und einem Algorithmus. Diese Gruppentherapie ist eine Einzeltherapie.«

Auch das schreckte Liam nicht ab.

»Her damit, mir geht es scheiße, habe gerade eine Stunde Zeit, reicht das für eine Sitzung?«

Celia führte die beiden in ein Behandlungszimmer, das im Stil sehr dem von Annabelle in 4000 ähnelte. Liam war schon dabei, in aller Eile komprimiert seine Symptome zu schildern.

»Gut, also ich hasse, foltere und ermorde meine Ex, und ich will das nicht.«

Dabei entfuhr ihm aber ein unadäquates Lächeln.

»Wir waren schon speziell. Sie hat mich richtig runtergemacht. Ich habe ihr sonst was gewünscht, aber das geht zu weit.«

Celia fragte, ob die beiden Kollegen und die Schwester dabei sein dürften, was Liam bejahte. Dann erklärte sie schmucklos die Therapie.

»Gut, Sie werden jetzt auf diesem Screen sechs Felder sehen mit den Worten:

Wollen
Hassen
Vergessen
Nicht sehen
Erinnern
Besitzen

Sie drücken auf ein Feld und warten auf eine innere Vorstellung dazu. Sie können sicher sein, dass die kommt, sogar heftig. Wenn sie da ist, also deutlich, drücken Sie auf eines der Felder, die in der Spalte daneben mit den Ziffern 1 bis 6 aufleuchten. Damit beziffern Sie den Impuls, also die Wucht Ihrer Gefühle. Dann leuchten wieder die Felder mit den sechs Worten auf. Dazu warten Sie wieder auf eine Vorstellung oder Phantasie und so weiter. Immer hin und her. Wenn es Ihnen zu viel wird, drücken Sie den Notknopf. Sie können sich auch mit dem Spray, das ich Ihnen in die Hand gebe, eine Dosis eines Medikaments verabreichen, das alles mildert. Es verlangsamt die Therapie, aber Sie müssen es ja aushalten können. Eine Stunde wird reichen.«

»Was ist das für eine Droge?«

»Um die Zeit von Herrn Galois war es Opium, jetzt haben wir etwas Besseres.«

»Und von wegen ›Besitzen‹. Zur Frau haben will ich sie nicht mehr.« Das wollte Liam noch klarstellen.

»Ich brauche keine Details, drücken Sie nur gewissenhaft die Knöpfe.«

Liam zögerte kurz, warf der Schwester einen Blick zu und setzte sich auf den Behandlungsstuhl. Paul wusste wohl, wer Galois war. Großer Mathematiker des 19. Jahrhunderts, aber Therapeut?

Als hätte Celia das in ihm gelesen, legte sie nach »Herr Galois hat das Problem so beschrieben. Sie senden Fragen an Ihr Hirn und lesen die Antwort nicht. Der Algorithmus umgeht diesen Fehler und korrigiert ihn.«

Liam drückte lässig die ersten Kästchen, beim Gefühlslevel nahm er zuerst die eins, ging dann schon mal bis vier. Nach einer Viertelstunde hatte Liam alle zwei Rubriken je 10-mal gedrückt, zweimal kurz von der Droge genascht, obwohl es da nur Gefühls-Stufe zwei und drei waren. Celia erklärte den Durchlauf für beendet, Liam schien enttäuscht.

»Sind wir schon fertig? War es das? Die Droge ist lecker, aber meine Gefühle gegenüber der Ex sind, finde ich, die gleichen.« Man sah Liam an, dass er schon damit liebäugelte, Celia bloßzustellen. Die merkte das, war ja vom Fach, war aber ungerührt und druckte eine Auswertung aus. Dann begann sie mit einer Erklärung, die Intervention müsse erst einwirken, das dauere Minuten bis eine Stunde. Sie wurde unterbrochen. Da kam eine Frau durch die Tür, drang ungeniert bis zum Behandlungszimmer vor. Paul und Isis erkannten die Verkäuferin Helena aus dem Atto-Nano-Markt.

»Das passt jetzt gar nicht«, meinte Isis, »wir hätten Sie für morgen vorgesehen. Und eigentlich auch nicht hier.«

Helena erkannte Isis und Paul verwundert.

»Sorry, ich konnte nicht mehr warten und wollte mich von Frau Noether behandeln lassen.« Dann erst sah sie Liam.

»Liam?« rief, nein schrie sie.

»Mein Gott, Helena!«, schrie, nein rief Liam.

Er war in dieser Sekunde wie verwandelt, betroffen, voll echter Aufregung.

»Das ist meine Ex«, sagte er zu den Umstehenden. Und zu Helena: »Also wir haben über dich gesprochen, also ich wollte alles wieder gutmachen, mit Therapie. Es tut mir alles sehr leid, Helena. Ich habe gerade, also ich habe etwas erlebt oder wie soll ich sagen, kannst du mir verzeihen?«

Helena war völlig aus der Fassung. Sie sah ratlos zu Paul und Isis und noch ratloser zu Celia. Dann nahm sie all ihren Mut und ihre Konzentration zusammen.

»Ich bete nur, dass du es ehrlich meinst. Ich habe dich tausende Male in meinen Phantasien umgebracht. Ich will nicht mehr. Ich kam hierher, um mich deshalb behandeln zu lassen. Was ist passiert?«

Es war was passiert, denn Liam nahm Helena in den Arm und sagte ihr noch mal ganz innig, dass er sie um Verzeihung bitte. Er zog sie sanft in den Wartebereich, wo beide intensiv miteinander redeten und gestikulierten. Und alles friedlich.

Alle sahen sich an und wussten, dass das Magie war. Heiliger Galois.

Isis wurde bodenständiger mit der Frage »Können wir hier einsteigen?«

Celia nickte, sagte nichts, war plötzlich ganz gerührt. Sie war die ganze lange Zeit allein gewesen wie ein zurückgelassener Astronaut auf dem Mars. Die Frage »Woher kommen die Tattoos?«, wurde nur telepathisch besprochen. Man wünschte sich noch einen schönen Silvesterabend und trennte sich bis zum 2. Januar.

## Ein komplett neues Jahr

Isis war eine sehr geschickte Frau. Sie ließ Paul auf dem Nachhauseweg alle bohrenden Gefühle allein ausbaden. Dann, genau im rechten Moment, fügte sie ein Problem hinzu.

»Ich sende ununterbrochen die Frage an mein Hirn, warum wir nicht zusammen sind.«

Paul innerlich: Sie waren in einer alternativen Welt gelandet, einer Insel im Ozean von 10 hoch 500 Welten. Eigentlich sehr romantisch, aber sie waren vom Schicksal nicht gefragt worden. Paul äußerlich: »Die Antwort ist, wir sind zusammen.«

Sie aßen den Silvester-Käse zu einem Glas Silvester-Grauburgunder. Isis musste »Schmeckt super« für beide sprechen, weil Paul immer noch nachdachte, ohne nachzudenken. Er trank sein Glas halb aus und schlief eine Stunde vor Mitternacht ein, ungestört durch das Feuerwerk aus der ganzen Stadt. Ob er spürte, wie Isis sein Haar streichelte, oder träumte er, es sei Annabelle?

Sie aßen das Neujahrsfrühtsücks-Ei zum Neujahrsfrühstücks-Schinken. Sie stellten nicht die Frage, ob sie jetzt tatsächlich wirklich zusammen ein neues Leben beginnen würden. Aber nach dem Frühstück räumten beide Isis Wohnung um, Platz schaffen, und holten Sachen aus Pauls WG. Am 2. Januar wollte Paul in Celias Praxis gehen, Isis blieb mit heftigen Menstruationsbeschwerden zu Hause. Paul schaffte es nicht, nicht beim Atto-Nano-Markt vorbeizuschauen. Die Verkäuferin Helena war nicht da, hatte sich krankgemeldet. Wahrscheinlich Honeymoon mit Liam. Sonst keine sichtbare Veränderung. Paul ging die Gänge ab, stellte sich vor, wo Annabelle und Eva gestanden haben könnten. Da blinkte etwas vor ihm im Regal. Es war Evas Quietschtier, eine Katze, die auf Drücken Papa, Mama, Eva und anderes sagen konnte. Der Reinigungsservice hatte sie wohl im Regal zum Wiederfinden platziert. Paul hob sie auf und drückte. Die Katze sagte »Paul«. Paul weinte. Er erinnerte sich genau, wann er zuletzt geweint hatte. Fünf Jahre war es her, als seine Katze starb. Er machte sich selten trübe Gedanken, Grübeln war ihm zutiefst zuwider. Wenn was nicht lief, ärgerte er sich kurz und sagte sich dann »Was soll's?« Aber diesmal? Die 30er Regel hatte den Weg zu Annabelle zerschnitten, so scharf wie eine Guillotine. Annabelle konnte er sich vielleicht von der Seele waschen, aber Eva wollte nicht raus aus seinem Herzen. Im Fernsehen hielt Frau Kraus-Kämpfer die Neujahrsansprache. Da war immer von Pandemie die Rede. Viren dachte Paul zuerst, bis das Kürzel A.H.E. fiel. Anti-Humanes-Extrem als Pandemie in 2021? Offensichtlich hatten Paul und Isis mit ihrer Insel eine riskante Wahl getroffen. Eine Insel mit Monstern. Paul wollte durch die Kasse. Die Dame an der Kasse fragte ihn, wo sein Einkauf sei.

»Die Quietschkatze da. Wollen Sie die mitnehmen?«

»Also, wenn ich ›Ich‹ wäre, wäre es meine Katze. Aber mein ›Ich‹ ist nur eine Irritation des Ichfeldes. Also gehört sie dem Feld.«

Das war grob unfreundlich, wenn auch geboren aus tiefem Schmerz, den Paul eigentlich vertuschen wollte. Die Verkäuferin wertete sein Gequassel nicht als arrogant, sondern als verdächtige Ablenkung.

»Wenn dieses Quietschtier nicht das Ihre ist, bringen Sie

es bitte ins Regal zurück und holen sich eines mit Barcode, damit ich es einscannen kann.«

»Welches ›Sie‹ meinen Sie? Es gibt so viele von mir. Ich bin nur eine Blase aus dem Ichschaum.«

»Ich weiß nicht, was Sie wollen. Man ist, was die anderen sehen und was man tut, und Sie haben eine Katze in der Hand, die von uns ist und wollen Sie mopsen, also sind Sie ein Kaufhausknipser und außerdem ein Schaumschläger.«

Jetzt fiel Paul zurück in den Grübelmorast, sogar Tränchen meldeten sich wieder. »Die Katze ist von meiner Tochter, die hat sie hier vergessen. Sie wurde mir weggenommen, festgehalten in einem anderen Land, von der Mutter.«

»Super Geschichte. Wissen Sie was? Die Katze geht aufs Haus, aber Ihnen rate ich eine Therapie. Ich kenne da einen guten Therapeuten, Herrn Professor Freud, ist gerade dabei, eine Praxis in Schwabing zu eröffnen. Geheimtipp.«

»Ohne Professor. Dr. Paul Freud reicht. Das ist nämlich ein Ich von mir. Worum geht es denn?«

Die Kassiererin war zuerst verschüchtert »Nicht so wichtig, schönen Abend.« Als Paul beschämt losziehen wollte, kam eher leise, aber weil Paul es erwartet hatte, laut genug.

»Ach doch, da gäbe es schon ein Problem. Behandeln Sie auch Kleinigkeiten?«

Paul wusste, dass Kleinigkeiten immer Großigkeiten waren.

»Also ich habe einfach Angst, alt zu werden, Runzelangst nenne ich es. Wissen Sie, ich bin jetzt 40, und die Falten und grauen Haare kommen so langsam. Ich will kein so leeres, verkrampftes Oma-Gesicht haben und einen farblosen Rock bis zum Knöchel tragen, damit man meine dürren Beine nicht sieht. Und ihn dann jedes Jahr kürzen, weil ich schrumpfe und er auf dem Boden aufsteht.«

In der Praxis Fourier wurden solch triviale Probleme alle von den MPAs versorgt, hier gab es nicht einmal eine Diagnose, geschweige denn eine Therapie. Paul kramte in seinem Gedächtnis, welche von den gemopsten Tropfen hier wohl helfen könnten. Ach ja, das war es. Klein und fein, nicht ganz ohne, auf alle Fälle magisch.

»Es gibt da diese Delay-Tropfen, also Delay für Verzögerung. Dabei wird die Erinnerung verzögert und man empfindet die Vergangenheit als Zukunft. Hält nur ein paar Tage an, aber man sieht alles in neuem Licht.«

In der Praxis nannten es die MPAs verheißungsvoll »Joker«, so eine Art Kräutergeist, wenn es vorne juckt und hinten beißt.

»Wollen Sie es versuchen?«

»Ist es was Pflanzliches?«

»Nein, nicht ganz. Aber wenn Sie wollen, versuche ich es mit Ihnen zusammen.«

Das Angebot konnte sie nicht ablehnen.

»Gut, ich mach eh Pause. Sie können sich den Satz mit den Nebenwirkungen sparen.«

Sie winkte ihrer Vertretung und ging wild entschlossen mit Paul. Paul wusste, dass es die Substanzen des Joker in jeder Apotheke gab, man musste sie nur mischen. Er zückte seinen Arztausweis in der Mephisto-Apotheke. Der Apotheker war begeistert, wieder mal ein Präparat zusammenbasteln zu können. Er riet zu ein paar Tropfen Minze zur besseren Bekömmlichkeit. In einer Eisdiele kauften sie zwei Cappuccinos to go und setzten sich auf die Bank der davor liegenden Bushaltestelle. Es war wie zusammen kiffen. Paul pipettierte drei Tropfen vom Joker in die Kaffeetasse der Kassiererin, Huguette hieß sie. In ihm kochte es. Gedächtnis manipulieren, Ballast abwerfen. Und mit Huguette als Drogensitterin. Er wollte endlich nur ein Paul sein, ohne Scher- und Zerreißkräfte. Und er tropfte schneller, als seine warnenden Stimmen ihn hindern konnten. So wurden es blitzschnell 40 Tropfen, also zwei Milliliter. Sehr sportlich. Und mit einem Ruck goss er seinen Cappuccino die Kehle hinunter. Huguette staunte und nippte bescheiden am Milchschaum ihres Cappus.

»Lecker«, meinte sie, während sie den Finger ablutschte.«

Beide sahen sich an, als ob sie sich jetzt in Fabelwesen verwandeln könnten. Huguette sah in ihren Handspiegel, ob sie schon jünger würde.

»Also ich seh nichts, aber ich glaube, irgendwie freue ich mich auf letzte Woche, obwohl ich mich nicht erinnere, was da war.«

Paul wirkte wie jemand, der nach einer Frage sucht, die die Peinlichkeit vermeidet, dass er sein Gegenüber nicht erkennt. »Sie sind nochmal?«

»Huguette.«

»Freut mich.«

»Paul doch, oder?«

»Tja, ich weiß nicht recht. Paul klingt gut. Ich glaube, ich muss zu Hause was suchen. Irgendwas muss ich suchen. Die Katze hier, gehört die Ihnen?«

Huguette war alarmiert und las den handschriftlichen Warnhinweis des Apothekers.

»Da steht, man solle nie mehr als maximal zehn Tropfen nehmen, es droht sonst prolongierte Pseudoamnesie. Was ist Pseudoamnesie?«

»Gedächtnistäuschung, langwierige, aber wir haben ja nur drei Tropfen genommen.«

»Ich habe mitgezählt, es waren genau 43 bei Ihnen. Sie sollten sich den Finger in den Hals stecken.«

»Nicht nötig, kenn mich aus. Genießen Sie Ihren Trip.«

»Ich komme dann in die Praxis und werde berichten. Alles Gute, Doc.«

Huguette sah stolz aus, weil ihr der jugendliche Ausdruck »Doc« gelungen war.

Paul hatte es eilig, solange er noch wusste, wo er wohnte. Er fuhr mit der U-Bahn. Das war doch die zur WG, oder? Er fuhr nie U-Bahn. Der hinterste Zipfel seines Rest-Gedächtnisses führte ihn wie von selber zum gewohnten Ort. Der Schlüssel sperrte nach ein paar Versuchen. Man hörte Schnarchen. Irgendwie vertraut.

Er erkannte Resi, die ihm entgegentrat.

»Das ist der Murkl, hat wieder gesoffen. Milo ist nicht da.«

Dabei sah Resi ihn sehr kritisch an.

»Wie siehst du denn aus? Hat deine Süße dich rausgeschmissen?«

Paul war instinktiv in sein altes Zimmer gegangen.

»Dein ehemaliges Zimmer wird jetzt unser Gemeinschaftsraum«, begann Resi und musste sich als Reaktion einen völlig danebenen Gefühlsausbruch anhören.

»Wer? Was? Wo zum Teufel habt ihr mein Zeug hin? Wollt ihr mein Zimmer bei Airbnb vermieten? Spinnt ihr?«

Resi rief Isis an, die kam, während Resi für Paul, der apathisch auf einem Stuhl in dem sonst leeren Zimmer saß, einen Gedächtnistee machte, Memento Select.

Paul erkannte Isis, ja, er kannte die Frau, da war mal was gewesen.

»Hallo, schön dich wieder mal zu sehen, was machst du so?«

Isis war schockiert.

»Hast du was eingenommen?«

Paul kramte in seiner Tasche und zeigte das Fläschchen. Der Apotheker hatte alle Inhaltsstoffe lateinisch notiert plus Minze. Und den Warnhinweis. Paul erntete ein »Wehe, wenn du wieder gesund bist« von Isis. Er folgte ihr wie ein Hündchen nach Hause. Resi gab ihnen noch eine Kotztüte mit, weil man ja bei Drogen nie weiß.

»Wo sind meine Sachen hin?«, fragte Paul immer wieder.

## Plätzchen backen für den Weltfrieden

Isis schleppte Paul durch die Stadt, irgendein Detail musste ihn doch wieder einnorden. »Priming« nennt man das, wenn Stichwörter die Erinnerung klingeln lassen. »Schau da und schau da, das kennst du doch?« Sie kamen vorbei am »Old School Brot«, einer kleinen Bäckerei in der Au.

»Plätzchen für die gute Laune« war die Tagesreklame auf einer Schiefertafel. Hinter dem Tresen stand ein älteres Ehepaar, das Kostproben verteilte. Die waren total schräg angezogen, entweder uralte oder ganz neue Mode.

Paul trottete hinter Isis her, komplett in sich gekehrt.

»Das sind doch deine Schwiegereltern«, flüsterte sie auffordernd zu Paul.

Der sah das Paar mit einem verkniffenen Kunstlächeln an und wartete auf weitere Botschaften für die Schnitzeljagd in seinem Gedächtnis. Die Dame begrüßte ihn.

»Hallo Paul, bist hoffentlich nicht böse, haben einen kleinen Stadtausflug gemacht«, meinte die ältere Lady. Paul antwortete nicht. Ist ja wie gesagt peinlich, wenn man Personen nicht erkennt, die einen kennen. Der Herr neben der Dame sah Paul nur kurz in die Augen.

»Hast du alter Hasardeur Joker-Tropfen intus? Deinem Gesichtszucken nach schätze ich mehr als zwei Milliliter. Sagen dir die Namen Annabelle und Eva was?«

Darauf legte die Dame genüsslich und ein wenig gehässig nach.

»Ich mag Joker-Junkies nicht, mein lieber Schwiegersohn.« Den Schwiegersohn sprach sie sehr pädagogisch aus. Paul sagten aber weder die beiden Namen noch der gepflegte ältere Herr und seine Frage etwas. Hilflos ergriff er fest Isis Hand. Da kam der Inhaber des Ladens, und schlurfte langsam auf Paul zu. Ebenso reduziert fragte er nach den Wünschen des seltsamen Kunden, der ausdruckslos in den Brotkorb blickte.

»Ist was mit dem Baguette?«

Paul überlegte, was ein Baguette sein könnte und sah dabei dem Bäcker in die Augen.

»Moment mal. Sind Sie der aus der Zeitung?«

Der Bäcker lief zu einem Stehtisch und holte eine Zeitung. Und dann fokussierte er Paul mit einem Spechtklopfen des Zeigefingers auf ein Bild mit ihm und Dr. Celia Noether.

»Sind Sie Dr. Paul Freud?«

Die Dame, nennen wir sie ruhig Indett, warf nur einen kurzen Blick darauf. Angesichts der unübersehbaren Ähnlichkeit der beiden sagte sie zu Noman laut und spöttisch.

»Sieh da, ein Ident.«

Paul schien zu erwachen, fragte aber tonlos:

»Ist das Annabelle? Ich glaube, ich liebe Annabelle.«

Und dann kam es rhythmisch aus Paul wie Japsen oder Bellen, oder Rülpsen.

»Ich liebe sie, ich liebe sie, ich liebe sie.«

Noman und Indett sahen vorwurfsvoll zu Isis, als hätte sie als Krankenschwester nicht genug auf ihn aufgepasst. Paul räusperte sich und versuchte den Mund zuzuhalten gegen das fortwährende Aufstoßen von »Ich liebe sie, ich liebe sie, ich liebe sie.«

»Liebesschluckauf«, meinte wieder lästerhaft Indett zu Isis. »Arme Annabelle, welch ein Fehlgriff.« Und nochmal eindringlich an Isis adressiert: »Sie werden ihn behalten müssen, in diesem jammervollen Zustand.«

In der Backstube roch es trotz gereizter Atmosphäre herrlich nach Weihnachtsgewürzen und Backduft. Die beiden Fouriers hatten immer noch mehlbestaubte Hände. Um sie herum Destillierapparate, Pipetten, Regale voller Reinsubstanzen, akribisch beschriftet.

»Ist das eine Drogenküche?«, revanchierte sich Isis spitz.

Herr Fourier säuberte sich ganz gemächlich und klatschte die Hände aneinander, so dass Paul über und über weiß gepudert wurde.

»Wir machen Plätzchen«, erklärte er. »Für den Weltfrieden.«

Isis fuhr im Verhörton fort:

»Wie sind Sie aus dem Schwabinger Krankenhaus hierhergekommen?«

Paul sprach in seinem Schluckauf alles nach, was gesagt wurde, nur um wieder sprechen zu lernen. »Schwa-bingger-krank-ken-haus. Ich liebe dich. Ich liebe dich.«

Indett schüttelte ganz leicht den Papagei.

»Nein, wieso? Wir sind nur dir, Paul gef-olgt auf dei-ner Sight-seeing-Tour duch die Stadt-stadt und dann warstwarst du plötzt-plötzlich weg.«

Dann wurde ihr Ton böse.

»Wir ahnten gleich, du taugst nicht für Annabelle. Schon nachdem wir deine Wohnung gesehen hatten, fühlten wir uns bestätigt. Und wie man jetzt sieht, mit vollem Recht.«

Noman untermalte das desaströse Stimmungsbild seiner Frau. »Und dann haben wir die Neujahrsansprache 2020/21 eurer Bundeskanzlerin gesehen. Leitthemen: ›Exponentiell zunehmender Rassismus, wahllose Gewalttaten gegen Mitmenschen ohne jedes Muster und erkennbare Motivation‹.«

»Kraus-Kämpfer«, ihr Name war Programm, spottete Noman.

Paul meldete sich. Plötzlich. Er brummelte instinktiv »An-ge-la Mer-kel«. Und dann plötzlich ganz flüssig.

»Merkel, unsere Kanzlerin heißt Merkel. «

Jetzt meldete sich ärgerlich der Bäcker.

»Wie bitte? Hatten wir Neuwahlen, die an mir vorbeigegangen sind? Ich werde doch noch unsere Bundeskanzlerin kennen. Sie heißt seit drei Jahren Kraus-Kämpfer.«

Noman umschiffte geschickt die K-Frage. »Wie auch immer, sie hat, scheint uns eine Menge zu tun. Indett und ich haben eure Stadt gesehen, eure Zeitungen gelesen, Fernsehen, Internet. Da gibt es Leute, die andere auf offener Straße enthaupten, und sagen, das habe ein Gott ihnen erlaubt. Wir können uns an solche Monstrositäten nicht einmal mehr erinnern. Und deshalb unsere Plätzchen. Ein Abschiedsgeschenk, dann geht es wieder heim.«

Der Bäcker zeigte untermalend mit einer Armbewegung auf sein pharmazeutisches Arsenal und Noman kam nahe an Paul und Isis heran. »Schließlich beerben wir eure Welt in 2000 Jahren.«

Indett nahm ein Plätzchen mit roter Marmeladenfüllung und hielt es hoch wie eine Hostie bei der Kommunion. Man sah aber keine Oblate, sondern Mandelkrokant und Schokoglasur an den Ecken.

»Was ist da drin? Dieses Backpack-Virus?«, riet Isis.

Damit kippte Indetts Stimmung endgültig.

»Das Rezept? Ihr wollt das Rezept? Nein. Nein. Unsere Füllung bleibt so geheim wie eure Coca-Cola. Aber sie wird wirken. Das verspreche ich. Sie muss. Vielleicht kommen wir ja nie mehr zurück nach Hause.«

Dabei schnupfte sie gegen die aufkommenden Tränen.

Die Tür flog auf und vier Polizisten drängten in die gute Stube.

»Wer ist Herr Paul Freud, geborener Dirac?«

Paul erhielt einen Stoß halbgarer Erinnerung aus seinem Rückwärtstraum. Er lieferte sich aus wie ein Opferlamm mit:

»Hat die Müllabfuhr mich angezeigt?«

Und er hatte blind ins Schwarze getroffen.

»Herr Dirac. Man hat in dem Garten Ihrer WG eine männliche Leiche ohne Gesicht gefunden. Wir hätten da ein paar Fragen.« Der Polizist war fordernd, streng, ein Touch von Vorverurteilung. Paul hätte ja gerne gestanden, wusste nur nicht, was genau, ohne jedes Täterwissen. Isis stellte sich abschirmend mütterlich vor ihn.

»Selbst ein Polizist im Jagdfieber muss doch merken, dass dieser Mann nicht vernehmungsfähig ist.«

Pauls »Ich habe doch nur rückwärts gemordet«, machte es nicht besser, aber Noman sah sich doch genötigt, für ihn zu plädieren.

»Vielleicht doch kurz zum Psychiater bringen?«

Der Bäcker bot zur Entspannung der Lage auf einem Stück Zeitung Plätzchen an. Auf dem leicht mit Marmelade verschmierten Blatt sah man die Schlagzeile »Impfen gegen AHE?« Und darunter das Bild der Kanzlerin Kraus-Kämpfer. Der Teamleiter verzog den Mundwinkel und meinte zu seiner Kollegin:

»Was für eine schlechte Karikatur von Frau Merkel.«

Der Bäcker brummelte völlig genervt vor sich hin, während er noch mehr Zeitungen brachte.

»Da da da, überall steht deutlich fett Bundeskanzlerin Kraus-Kämpfer. Kraus-Kämpfer, hört ihr? Nix Merkel, wer soll das überhaupt sein? Was habt ihr denn alle eingenommen?«

Die Polizisten bekamen eine sehr angespannte Backen-Augen-Stirn-Partie. Sie wirkten unschlüssig, ob sie den irren Paul in die Psychiatrie bringen sollten oder die ganze Mannschaft. Der Teamleiter zerknüllte die Abendzeitung und forderte mit einer nervösen Wippbewegung beider Hände:

»Können wir bitte eine aktuelle Tageszeitung haben, kein Satireblatt, geht das?«

Der Bäcker nahm eine Ausgabe der SZ, und stocherte mit dem rechten Zeigefinger auf dem Schriftzug des Blattes.

»Also, da wir hier kein LSD in der Luft haben und kein Filmteam von ›Vorsicht Kamera‹, ist das hier eine Wochentagsausgabe der Süddeutschen, wenn's recht ist.«

Aber während der Teamleiter die Hände mit der Zeitung weit von sich streckte, um seine Weitsichtigkeit zu kompensieren, ließ Paul seinem Geständniszwang freien Lauf.

»Also, ich war auf einer Party. Ich war sauer, weil ein Typ eine Frau abstaubte. Deswegen habe ich die Geschichte mit dem Mord geträumt und musste eine Therapie machen, mit rückwärts träumen. Aber dann wurde die Leiche ja von der Müllabfuhr entsorgt und ich war wieder unschuldig, oder?«

Der Teamleiter schüttelte angewidert den Kopf.

»Wie ich diese Psychotiker hasse.«

Mist, so jemanden konnte er nicht festnehmen, vielleicht hatte er ja sogar was Ansteckendes. Paul redete weiter von philosophischem Unfug wie der Chance, alles Verpatzte in den Traummüll zu entsorgen, das Leben neu zu konfigurieren, eine neue Identität zu erhalten, jeden Tag ein neues Tattoo, nie mehr derselbe sein, vielleicht nie alt werden. Niemand hörte ihm zu, nicht einmal er selbst. Die Polizisten tuschelten schon über ein ABC-Team. Der Teamleiter ordnete an, die Bäckerei auf den Kopf zu stellen.

»Das sieht hier doch verdächtig nach einem Crystal-Meth-Labor aus. Ruft schon mal die Spusi.«

Die Kollegen bemühten sich am Handy, schüttelten den Kopf. Es gab keine Verbindung, kein Netz. Ein Beamter ging kurz nach draußen wegen des Empfangs, kam sofort irritiert zurück.

»Da ist eine Demo mit Plakaten. Was sind Impfverweigerer?«

Durch die Tür drangen plärrende Sprechgesänge.

»Impfzwang Hirnwäsche, Impfzwang totspritzen, Kraus-Kämpfer, Grausam-Impfer.«

Noch lauter die Durchsagen der Polizei, man würde die Befriedungsspritzen einsetzen. Die Bäckerei-Polizisten trabten pflichtbewusst nach draußen, um die Kollegen zu unterstützen, kamen aber schnell zurück, als ob da Starkregen wäre, und sie ohne Regenschirm.

»Was sind das für Uniformen? Was machen die?«, sagte eine Beamtin und blickte hilflos fragend zum Bäcker.

»Also doch ein Filmset, oder?«

Der Bäcker amüsierte sich zunehmend.

»Vielleicht sind Sie ja im falschen Film, oder wie unser Herr Freud meint, in der falschen Welt.«

»Wir müssen aufs Revier. Scheiße, heute ist Silvester«, meinte nüchtern der Chef der kleinen Truppe.

»Heute ist der 3. Januar«, korrigierte der Bäcker.

Man prüfte gemeinsam die Zeitung. Drucklegung 23 Uhr am 2. Januar, Auslieferung für den 3. Januar.

Paul schüttelte den Kopf in Verzweiflung.

»Ich habe die Schleusen der Welten geöffnet. Bringt mich in Sicherheit, nehmt mich fest.«

Dazu streckte er die Hände aus für das Anlegen der Handschellen. Sein Tattoo war verschwunden, was ihn zum Teil-Rückzug der Hände bewegte und einem:

»Vielleicht war es doch nicht ich?«

# Bad Ass

Der Bäcker verriegelte die Ladentür. »Ist sicherer so.« Er war ein vorsichtiger Mann. Sein Geschäft war schon mehrmals geplündert worden von Cannabis-Junkies mit nächtlicher Heißhungerattacke auf Süßes. Er sah mit einer Webcam das Areal vor seinem Laden. In dem Getümmel auf der Schweigerstraße kam gerade eine Frau frontal auf die Sicherheitsleute zu. Wie ein Football-Quarterback nutzte sie einen der Männer als Block, und witschte dann am anderen blitzschnell vorbei. Sie lief auf die Ladentür zu, um einem Schlag mit dem Stock auszuweichen. Das gelang nicht ganz. Sie bekam einige Hiebe ab, bis der Bäcker nicht mehr zusehen konnte und die Tür öffnete. Die Dame fiel direkt in den Laden hinein. Noman half ihr auf. Sie schüttelte sich, wischte Staub von ihrem Kleid und kam nach eine kurzem »Alles gut« sofort zum Wesentlichen. Sie sah zielsicher suchend um sich, erblickte Paul und ging ganz nah zu ihm hin. Nach einem Vergleich mit dem Bild auf der Zeitung in ihrer Hand stupste sie Paul an der Brust.

»Ich wusste, dass sie hier drinnen sind. Sie sind doch der Mega Neue in der Stadt.«

»Woher wissen Sie, dass ich hier bin?«, kam es erstaunlich klar von Paul. »Hat das mit dem Mord zu tun? Sind Sie Journalistin?«

»Nein, noch kein Mord, aber ist schon fucking nah dran. Woher ich Sie kenne? Schauen Sie, überall auf Insta, Twitter, Facebook, sogar fucking Telegram.«

Die Frau wollte Paul Nachrichten der Netzwerke zeigen.

Ging nicht. »Verdammtes Netz, aber Sie wissen schon, Okay?«, antwortete sie gereizt, während der Handydaumen wie ein müder Adler über dem Gerät schwebte. Sie blickte auch nur kurz auf, als sie die Polizisten sah.

»Fuck, habt ihr aber putzige Uniformen. Ist das Fasching? Netflix-Serie? Egal. Passt zu denen da draußen. Die ›Innere Kraft‹, Schwachmaten, Psychoten. Die haben den Titel Mensch verdient wie das Klo die Scheiße.«

Paul war höflich wie ein Gedächtnisgestörter, der das Zanken vergessen hat.

»Was kann ich denn für Sie tun?«

Die Dame senkte kurz andachtsvoll das Handy, weil offensichtlich immer noch »Kein Netz« da war.

»Okay, die haben mich rausgeschmissen aus meinem Job. Ich war Teamleiterin. Man hat mich abgeknallt. Vor zwei Monaten. Danach gings mir richtig scheiße. Und ich naive Kuh bin zu einer in Anführungsstrichen Therapeutin getapert.«

»Wie hieß die?«

»Noether. Celia, bescheuerter Name. Diese Fotze wollte mir das Borderline-Syndrom andichten. Sie hat mich nicht verstanden. Aber Sie werden mir jetzt eine Bitte erfüllen, sonst bringe ich mich um, und das ist das Schlimmste, was einem Psychiater geschehen kann.«

Sie war Mitte 40, sehr symmetrisch-attraktives Gesicht, stylish bestickte schwarze Hose, kleinkarierte teure Jacke, hohe Stiefelchen. Dazu kaum modulierte Gestik und Mimik. Nur hölzerne eingestreute Lacher, so zur Auflockerung, und verächtliches, verkrampftes Schmunzeln. Es folgte eine taktische Pause mit Steilflug im Forderungskatalog.

»Nummer eins: Ich will ein Gutachten, dass meine Chefs mich traumatisiert haben, aber mega heftig, für Schmerzensgeld, sechsstellig. Nummer zwei: Ich will Betäubungsmittelgedöns, also Stimulanzien, Amphetamin gegen mein ADHS.«

»Gerne doch«, antwortete Paul ganz ruhig.

»Da bist du ja wieder«, meinte Isis leise, erfreut über Pauls Wiedererwachen.

»Aber die Nebenwirkung ist brav und langweilig. Wollen Sie das? Nicht mehr Bad Ass?«, fragte der neue Paul.

Bad Ass explodierte, Schimpfwörter hüpften von ihr wie Flöhe vom Hund.

Pauls »Waren Sie immer so?«, stoppte die Flut.

»Mama hat gesagt, ich war eine Bedrohung für Mitschülerinnen.«

»Schon mal jemandem was gebrochen oder so?«

»Nein.«

»Vorstrafen?«

»Was soll das?«

»Sie sind nicht böse. Die echt Bösen kommen nicht zu mir. Die sind ja nicht blöd. Aber wenn das Böse Trüffel ist, sind Sie ein Trüffelschwein. Wir brauchen Sie so, wie Sie sind. Kommen Sie nächste Woche wieder.«

Bad Ass war so beeindruckt, dass sie verschämt Fussel aus den Kleidern putzte, so wie viele Erregte ganz ruhig werden, wenn man ihnen ihre Misere erklärt. Mit einem letzten Schimpfwort wollte sie sich vornehm zurückziehen:

»Bis dann, Klugscheißer.«

Aber mit einer Drehung des Absatzes kam sie zurück, weil sie das Handy vergessen hatte. Hektisch versuchte sie vergeblich, damit Nachrichten abzusetzen. Dann ramschte sei ein paar Plätzchen zusammen und aß zwei davon, bevor jemand sie warnen konnte. Sie sah die Reaktion, blickte auf die Plätzchen, schmeckte nach, und fand nichts Verdächtiges. Ihr »Is was?« erhielt keine Antwort. »Werd ich wegen Mundraub eingebuchtet?«

Dabei zeigte sie wieder ihr verächtliches Grinsen Modell Premium.

»Ach ja«, knöpfte sie sich jetzt Isis vor. »Ihr Typ sieht spukig aus, weil er voll geil an andere Weiber denkt, wenn er Ihnen in die Augen schaut.«

Und damit war Bad Ass wieder Bad Ass und draußen. Sie schlängelte sich im Fokus der Webcam elegant wie ein Aal durch die gereckten Fäuste, das wütende Brüllen, rechthaberische Zeigefinger, das Hämmern auf irgendwelche Krachwerkzeuge.

Auf einer Bühne stand, in starkem Kontrast zum Stil des Mobs, eine Frau im eleganten blauen Kostüm. Sie starrte abwechselnd auf das Banner ihres Redetitels »Wir sind A.H.E., Alternative-Humane-Evolution« und dann auf den Screen. Mit einer Handbewegung startete sie einen Clip. Da wurde ein Mädchen von afghanischen Taliban vor einen deutschen Panzer geworfen. Die Frau zuckte in ihren Fesseln, landete auf dem Gesicht und prallte wieder hoch wie ein elastischer Ball. Deutliches Raunen aus dem Mob.

»Bitte ein bisschen ruhiger, die junge Frau stirbt quasi für Sie«, maßregelte zynisch die Rednerin.

Das Panzerungetüm raste auf die gefesselte Frau zu und bremste mit einer Staubwolke knapp vor ihr. Dann ein Feuerblitz und hämmernder Krach. Panzer und Frau zerbarsten in einer Minenexplosion. Der Kommentar der Rednerin war:

»Die Taliban wussten, der Panzer wird stehen bleiben, weil die darin sitzenden Deutschen die Frau nicht überfahren werden. Durch das Brems-Manöver stieg der Druck der Panzerketten auf die vergrabenen Minen an.«

Sie hielt den Film an, spulte zurück und startete Replay. Noman bemerkte nur nüchtern:

»Wir sollten die Dosis in den Plätzchen erhöhen.«

Die widerlche Schlussfolgerung der Rednerin gab ihm recht.

»Wir wollen nicht feig einknicken, wir schrecken nicht zurück, wir werden es tun.« Dann rollte der Film wieder ab und wurde erneut vor der Explosion gestoppt.

»Wir sind der Panzer, wir fahren weiter, wir sind die ›Innere Kraft‹.«

Mit diesen Worten wurde die Frau überfahren. Keine Explosion. Ihr Schrei war sicher hineingeschnitten. Die Menge verstummte tatsächlich bis auf einen Einzelnen, der klatschte. Die Rednerin zeigte auf ihn.

»Die Alternative Evolution wurde uns von den Murmeltieren gezeigt. Sie überlisten die Langsamkeit der Evolution und Selektion der Besten. Murmeltiere haben nur ganz kleine Familien mit enger Bindung. Die genetischen Ausreißer werden ausgesondert, und nur die Besten bleiben. Wir nennen es ›Edel-Inzucht‹, oder das ›Murmeltier Konzept‹. Deshalb werden wir nur die Besten in unserer Familie aufnehmen und die ›Unbesten‹ aussondern. Die Guten werden mehr, die anderen weniger. Insgesamt bleiben wir konzentriert und klein und die große Welt gehört uns.«

Bad Ass hatte während der ganzen Zeit mit sich gerungen, wie sie die Party crashen sollte. Bei »gehört uns« zerbarst sie förmlich. Sie stürmte auf die Bühne, entriss der perplexen Rednerin das Mikro. Eine Bewegung von ihr reichte, in meisterlicher Chefinnen-Manier, und es herrschte im Augenblick gespannte Ruhe. Mit kleinen Schritten tippelte sie im Zickzack, als würde sie ein Luftgitarrensolo ins Auditorium peitschen.

Der Bäcker fokussierte die Webcam. Noman beantwortete dessen Frage nach dem Einsetzen der Wirkung mit 5–10 Minuten. Bad Ass fror in der Dynamik der Bewegung ein, drehte ruckartig den Kopf hin und her. Leise, vertraut, wie ein Kumpel, der einfach nur erzählt, begann sie ihre Performance.

»Liebe Murmeltiere. Eure Jägerin hat euch gerade erklärt, wie ihr abgeschossen werden sollt. Das Spiel heißt: Jeder für sich und ihre Gang gegen alle. Eure Toten nennt man dann Strecke.«

Bad Ass wurde wie jede Rednerin auf den Screen projiziert. Sie wollte mit dem Handy einen Film einspielen, aber das ging nicht. Kurzerhand hielt sie ihr Handy vor die Kamera, die sie als Rednerin auf den Screen übertrug. Ihre restlichen Plätzchen hatte sie am Rednerpult abgelegt. Ein starker Duft ging von ihnen aus, denn die schicke Frau bediente sich sofort, ohne zu misstrauen.

»Okay, ich habe da was vorbereitet«, sprach jetzt wieder Bad Ass. Es war eine schlechte Bildqualität, aber man sah Szenen aus einer psychiatrischen Klinik. Ratlose Gesichter, Menschen mit eingesperrten Seelen. Als Kontrast charmante Pfleger:innen und smarte Ärzt:innen, die ihnen Medikamente wie Hostien oder eben Plätzchen anboten. Und da war Paul in Großaufnahme.

»Das werden eure Wächter sein. Sie werden sagen, ihr seid krank, out of order.«

Man sah Paul, ihm gegenüber in unterlegener Pose eine Patientin, es war Bad Ass. Gefaked, aber gut. Paul gab ihr einen Schluck aus einem Medizinbecher.

»Sie werden euch infizieren mit Psycho-Viren. Sie wollen euch neu modulieren.«

Aber dann hüstelte sie plötzlich, fasste sich an die Brust,

schüttelte die Haare. Sie fuchtelte mit den Armen, als ob sie irgendwas mit einem Staubwedel wegwischen wollte.

»Es flutet an«, meinte Noman trocken.

Noch brüllte sich Bad Ass in Rage. Auch die schicke Dame benahm sich für aufmerksame Beobachter verändert, unsicher, verschämt, peinlich berührt.

»Schaut, schaut nur«, sagte Noman mit dem Finger um sie einen Kreis malend.

Und weiter Bad Ass: »Was meinen sie mit alternativer Evolution? Ich sag es euch, sie meinen alternative Zombie-Psychiatrie.«

Dann aber stoppte sie den Clip. Die Rednerin gab ihren Leibwächtern Zeichen, nicht einzuschreiten.

»Sapperlot, das ist wild«, meinte Noman ganz aufgeregt.

Der Clip lief weiter. »So sollt ihr funktionieren, passt auf.« Bad Ass als Patientin bedankte sich devot bei Paul und ging an ein Fließband zum Arbeiten, fröhlich und zufrieden. Ein Vorgesetzter kam dazu, trieb sie an. Sie machte nur schneller, schneller. Bad Ass wollte auf ihre Punchline zusteuern.

»Sie machen Einheitsware aus euch, hirnlose Roboter. Die neuen Chefs und ihre Psychiater-Handlanger.«

Bad Ass musste husten, lachen, husten, wendete sich ab nach hinten, streckte die Hände hoch, als wollte sie die Leinwand verdecken. Mit einem verstümmelten »Fuck« im Hustenanfall drehte sie sich wieder nach vorne. Man sah sie klar in Großaufnahme auf dem Screen. Alles Angespannte und Gehässige war abgefallen wie eine Maske. Man sah eine schüchterne und verunsicherte junge Frau, die sich wie eine Nachrichtensprecherin nach einem dicken Versprecher kratzig räusperte. Und die schicke Dame kam ihr zu Hilfe, bot ihr was zu trinken an.

»Es tut mir so leid«, sickerte es weinerlich aus Bad Ass heraus. Dann hellte sich ihre Mimik auf; eine gewinnende, zarte, charmant lachende junge Frau.

»Es tut mir so leid. Vergesst, was ich gesagt habe.« Die beiden Damen umarmten sich, ohne zu begreifen, warum. Aber das Versöhnliche kam zu spät. Der Dampfkessel wurde massiv angeheizt, weil die Polizei präventiv den Ring enger zog. Das hastig improvisierte »Ich, also wir wollten euch doch nur zeigen, wie es nicht sein soll«, hörte keiner mehr, weil der Lärm anschwoll. In der Bäckerei Jubel über die Plätzchenwirkung.

»Wirkt bei echter und falscher Bosheit, sehr praktisch.«

Noman klopfte sich auf die Schulter und dann auch Indett und dem Bäcker. Die Polizisten zeigten ›Daumen nach oben‹. »Sowas wollen wir auch, als Spray, wenn es geht.«

Draußen die arme Bad Ass, ihres alten Wesens entblättert wie eine Lärche ihrer Nadeln im Winter, Frieden beschwörend.

»Denkt nach, geht nach innen. Wählt die sanfte innere Kraft. Ich liebe euch.« In Tränen schlich Bad Ass von der Bühne.

In der schicken Dame regten sich spärliche Widerstandsgeister. Sie hatte die Plätzchen im Verdacht, und steckte sich den Finger in den Hals. Da kam nur etwas Galle.

»Passt gut auf«, Noman ganz aufgeregt, »jetzt kommt das Entscheidende.«

Die Menge schien explosionsbereit. Buuhrufe, Pfiffe und Schimpfwörter wie »Klosterschlampe« waren zu hören. »Nieder mit der Staatspsychiatrie«, schrien einige, aber Übergriffe und Gewalt blieben aus, nur dreimal Bierdosenschmeißen.

Noman fasste zufrieden und nüchtern zusammen.

»Unsere Plätzchen wirken, und sie haben einen psychologischen Streueffekt. Die Indexanstifter haben die Ausstrahlung, die ich mir erhofft habe. Natürlich nicht auf Dauer. Noch nicht.«

Die Polizisten sahen die vielleicht trügerische Ruhe draußen und fassten dennoch den Entschluss, Paul jetzt im Fluchtkorridor der Menge draußen mitzunehmen. Paul bettelte direkt darum, hielt immer wieder die Hände vor sich für die Handschellen. Das Schuldthema wechselte von Mord auf Pandemie.

»Alles meine Schuld, ich hab es eingeschleppt.«

»Ein Rückfall, pharmakokinetische Rückflutung des Mittels aus dem Fettgewebe.« Indett lieferte die Erklärung mit einem hilflosen Schulterzucken. Paul war wieder komplett in einem inneren Film. Nur Isis ließ sich nicht abdrängen, schien als Betreuerin für den abgespaceten Paul nützlich. Man nahm den Weg zum vermeintlichen Revier in der Zweibrückenstraße hinter den Resten der Demo und der echten Polizei. Paul tauchte weiter in seinen Erinnerungsbunkern, aber das Wasser darin wurde flacher. Der Joker ließ in seiner Wirkung nach und Paul freute sich auf letzte Woche, z. B. feiern mit Isis, wie in der Gebrauchsanweisung versprochen. Bad Ass holte die Gruppe ein, trübte Pauls Morgendämmerung, drohte mit geballten Fäusten und wollte schimpfen. Aber die Plätzchen wirkten noch und sie hatte eine süße Quengelstimme. Wegräuspern war vergeblich.

»Ich werde Sie, vielleicht, anzeigen wegen der Plätzchen. Ich bin ein friedliches Lamm geworden. Ich könnte die ganze Welt umarmen. Ich will so nicht sein. Ich will nicht! Sie sind wenigstens vielleicht ein Mörder. Ich beneide Sie.« Sie packte ihn an den schlaff herunterhängenden Armen.

»Hey Doc, wach auf, ich will ein Gegenmittel!« Das »Bitte« folgte zart gehaucht. Paul hatte nur Trost für Bad Ass. »Lamm ist doch super. Ich beneide Sie.«

»Lamm könnte ich nicht mal essen. Ich bin vegan. Und dabei wäre ich groß rausgekommen, die hätten mich voll gepushed.«

»Wollen Sie einen Mord begangen haben?«

Bad Ass sah ein, dass Paul wieder offline war.

»Ich würde so gerne einen Mord begehen, wenn ich könnte.«

Dabei sah sie gewinnend und süß aus, gleichzeitig verzweifelt, wie über einen misslungenen Haarschnitt. Heulend jammerte sie: »Hört das denn nie auf?«

Auch Paul wollte ganz raus aus der Narkose, wischte sich die Augen, versuchte sich zu strecken, die Augen samt dem Mund weit aufzureißen. Alles alte Techniken, wenn man besoffen ist, und meint, man könne den Schalter umlegen, ohne dass die Leber die Promille abgeräumt hat. Die Polizisten drängelten, fassten Paul unter die Achseln.

Bad Ass sah den hilflos schlaffen Hampelmann und drehte ab. Paul bekam wieder Liebesschluckauf mit »Ich liebe dich«, wofür Bad Ass ihm einen Stinkefinger zeigte, aber nur sehr kurz. Gegen ihren inneren Willen wurde im Abgang sogar ein Handkuss daraus.

»Ich muss hier raus«, brachte Paul mühsam heraus. »Ich will heim zu Angela Merkel.« Isis streichelte den kranken Mann liebevoll, soweit sie durch die Polizistenarme durchdringen konnte. Die Polizei hatte Stalldrang, beschleunigte den Schritt, immer mehr den ungläubigen Blicken von Passanten ausgeliefert. Paul wurde links und rechts weiter über die Museumsbrücke in Richtung Zweibrückenstraße gedrängt. In sein funzelig erleuchtetes Bewusstsein huschte etwas hinein wie der Schatten einer Fledermaus in der Dämmerung.

»Annabelle? Eva!« klangen sehr hilferufend wie »Mama!«.

Passanten maulten die Polizisten an, weil ja Paul so hilflos aussah. »Lasst den Mann doch, so was Brutales aber auch!«

Man kam endlich an. Zumindest war das Revier an seinem vermuteten Platz. Aber der Kartencode des Einsatzleiters passte nicht, keiner des Teams passte. Man musste läuten. Nach fünf Minuten Warten kamen drei bewaffnete Kollegen, sahen sich die Truppe aus der Nähe an und meinten nur: »Was soll das? Was ist mit dem Mann? Was seid ihr denn für welche? Ziviler Sicherheitsdienst? Hat er was kaputtgemacht?«

»Ich muss aufs Klo«, piepste Paul nur ganz leise. »Bitte.«

»Doktor Dirac? Ich glaub es nicht.« Wieder hatte ein Beamter ihn aus alten Zeiten erkannt.

»Was machen die mit Ihnen? Kommen Sie rein. Nein, nicht die Faschingsgarde. Herr Doktor Dirac, möchten Sie eine Anzeige machen?«

Die falschen Polizisten wurden abgeblockt, Paul mit »Ehefrau« durchgelassen, da half kein Protest. Paul ging ruhig und zunehmend in Balance auf die Klotür zu, ohne sich groß zu bedanken oder auch nur Blickkontakt aufzunehmen. Es gab nur Unisex-Toiletten, Isis zögerte deshalb kurz und Paul war allein in der Kabine. Noch kurz ein sachtes Klopfen von Isis an der Tür. Paul wollte ihr aufmachen, griff nach dem Verschlussriegel. Der widerliche Duft der Klosteine drang in Pauls Hirn wie Riechsalz. »Hallo Isis«, wollte er sagen. Die Tür öffnete sich auf einen gefliesten U-Bahnhof. Keine Isis, keine Polizeiwache. Aber

Paul war wach. Wie Nebel durch Sonnenstrahlen verzogen sich die letzten Schwaden des Joker-Gifts. Hunderte von U-Bahnfahrgästen sahen für einen Moment aus wie hunderte Annabelles und Evas. Vor ihm war auf einem Screen Werbung für Annabelles Praxiszentrum. Es wirkte wie ein Magnet, wie ein Befehl, ein Reflex.

»Los Paul, Frühstück ist vorbei. Auf zur Arbeit.«

Er rannte los, als hätte er sich die ganze Zeit am Startblock eingespreizt. Er rannte im 100-Meter-Sprint-Tempo mit aller Kraft und Konzentration die Rolltreppe hinauf, durch die Leute im Slalom und hechtete auf die Praxis zu.

# Vom Regen in die Traufe

Es war wieder passiert, einfach so, wie selbstverständlich, eben ohne daran zu denken. Ein Arbeitstag, wach, kein Traum, kein Kater, kein Mord. Paul sog die klare Luft von 4000 ein, transparent wie Bergsicht bei Föhn in München. Dann sah er auf das Praxisschild. Sein Name war nicht mehr drauf. Alarm. Hatte ihn Annabelle schon gestrichen? Er drückte den Klingel-Türöffner. Die Tür hatte Schrammen und Bestoßungen. Folgen eines missglückten Polizeieinsatzes? Aber es waren nicht nur diese Kratzer. Die Tür hatte auch ein anders Design. Nicht futuristisch, eher biedere 70er Jahre. Paul las sich nochmal das Schild laut vor.

»Dr. A. Fourier, Psychiatrie und Psychotherapie.«

Kein Professorentitel? Aberkannt? Keine Physik? Rückschritt in der Kompetenz? Aber er war doch richtig, denn daneben und dahinter im Flur waren wie gehabt Zahnarzt und Apotheke. Er öffnete die Tür, sie fiel knallend hinter ihm zu, hätte ihn fast eingeklemmt. Das Mobiliar war genauso fremd und abgeranzt wie die Tür, 2000er museal. Und vor ihm stand wie ein Türsteher eine übergewichtige Matrone mit mürrischer »Du-Böser-Bub«-Mine. War das die gute Frau Bose?

»Zu wem wollen Sie?«

»Wie bitte?«

Der Mutterdrachen hob die Augenbrauen und entblößte leicht die Drachenzähne, vielleicht ein Lächeln.

»Kleiner Scherz. Wo waren wir denn so lange?«

Paul begann mit seiner Verteidigung, so als Übung für Annabelle. »Wenn Sie wüssten, was passiert ist.«

Da kam Annabelle aus ihrem Zimmer. Stürmisch wollte Paul sie sofort umarmen, alles gutmachen in einer Sekunde Berührung, aber sein Gefühlssturm wurde schockgefroren. Stopp, halt, starr. Das war nicht seine Annabelle. Diese Frau war nicht das Bild, das die ganze Zeit wie ein Engel durch seine Tag- und Nachtträume gegeistert war. Sie war wie die plumpe Fälschung eines alten Meisters. In keiner Weise edel wie ihr Vorbild. Das morgendliche Schminken war flüchtig geschehen, nicht exakt ziseliert, nicht elegant, nur schnell mal drüber gehuscht mit Stift und Pinsel. Eine dilettantische Kopie des Originals.

»Wo warst du so lange?«, eröffnete die, nennen wir sie Stellvertreterin. Sie erklärte, mit Original-Wortwahl, aber zweitklassiger Performance die 30er Regel, so wie man einem unbegabten Schüler nochmal den Genitiv erklärt. Und sie tat es direkt vor Frau Bose. Pauls süße Sehnsucht fiel zusammen wie ein Segel ohne Wind. Und nicht nur die Sehnsucht. Auch Pauls Identität drohte zu kollabieren, sein »Ich«. Denn wenn diese Annabelle nur »eine« Annabelle war, dann war er ja auch nur »irgendein« Paul, mit einem Tattoo als Seriennummer. Ein spitzer Panikpeak schoss in Paul hoch und fiel zurück in eine breite, brummelnde Grundangst wie ein Geysir in einen brodelnden heißen See. Vergleichbar dem Arzturteil: »Sie werden sterben, aber erst in fünf Jahren.«

»Paul, sag, wo warst du so lange?«, wiederholte diese Variante Annabelle. Paul musste etwas sagen.

»Du hast deine Praxis cool renoviert, vintagemäßig.«

Ein ironisches Kompliment sanft wie Eischnee in die Kritik untergehoben. Und dann wie Eiswürfel nach dem Blanchieren.

»Wir haben KuM nicht bezahlt.«

»KuM? Wer oder was soll das sein?«

»Aber du weißt, dass ich auf der Suche nach deinen Eltern war?«

»Nein, das glaube ich nicht. Meine Eltern sind zu Hause, ich habe gerade mit ihnen telefoniert. Mama wohnt seit einer Woche gleich um die Ecke, Papa lebt, wie du wissen solltest, weit weg.«

Paul knallte ihr die Frage der Fragen entgegen.

»Sind wir verheiratet oder nicht? Heißen wir Freud?«

Annabelle atmete tief ein, nahm alle Emotion heraus.

»Nein, ich heiße Fourier.«

Paul schnappte nach Luft und Worten.

»Gib zu, es ist, als ob du einen alten Liebesbrief findest und nicht mehr weißt, wer denn dieser Paul Dirac zum Kuckuck nochmal war.«

Wieder antwortete Annabelle mechanisch kühl.

»Könnte so sein.«

»Soll ich gehen?«

»Nein, bitte erzähl mir alles.«

Paul berichtete, immer mit Röntgenblick auf Annabelles Reaktion, ob ihr vielleicht doch etwas bekannt vorkam. Er erzählte von seiner vermutlichen Patientin »Katz und Maus«, von den Schwiegereltern in der Infektionsstation, sogar von Isis und dem verfluchten Fläschchen Joker. Er fragte sich dabei, in welchem 4000 er war, ob da noch Nullen davor standen wie 3 Millionen und nur die letzten Ziffern 4000. Vielleicht hatte ein Meteorit in das alte 4000 eingeschlagen wie bei den Dinos. Annabelles Kopf wackelte immer nur links rechts, nein nein nein. Nicht einmal den Joker kannte sie. Paul wechselte Thema und Taktik.

»Was ist bei euch mit Dissozialen?«

Volltreffer.

»Die explodieren gerade wie eine Pandemie.«

»Deine Eltern arbeiten da doch an einer Therapie-Methode.«

»Meine Eltern sind berentete Lehrer.«

»Was macht ihr dann gegen die Pandemie?«

»Ich wüsste es. Ich würde sie ausfliegen lassen wie Eisbären, die der Siedlung zu nahe kommen. Aber wir dürfen nur die ›Sanfte Therapie‹ anwenden. Das nennt sich dann Erweiterung des Gedankentunnels, Ballonage wie bei Herzgefäßverengung. Ein dilletantischer Mist.«

Sie redete sich in Rage. Paul hatte genug.

»Stopp, stopp. Wo ist meine Eva?«

Vielleicht war der Name Eva zu kurz, um Annabelle rauszureißen.

»Ich melde diese Freaks an im Basic-Mode-Zentrum. Ihr debiles Leitbild: ›Wir müssen das Gefälle zwischen Guten und Bösen versanften, versanften.‹ Wattebällchen gegen diese Monster.«

Annabelle warf ihm einen Flyer des Instituts hin. Paul las laut.

»Die Persönlichkeit ist ein zusammengebackenes Kondensat aus tausend Elementen, nicht nur guten und bösen.«

Annabelle grimmig: »Was soll das sein, ein Kondensat?«

Paul las weiter.

»Der Theorie nach ist der psychische Urzustand wie Lava, die dann erkaltet und zusammengepresst wird zur Persönlichkeit. Aber der innere Vulkan ist weiter aktiv. Die Komponenten entmischen sich am Tag und reintegrieren in der Nacht.«

Der Text war doch gar nicht so schlecht. Paul wartete auf Annabelles Reaktion, irgendein Einknicken, weil er doch nach Eva fragen wollte. Aber ihr Blick blieb hart. Paul konnte sich nicht vorstellen, mit dieser Frau jemals zusammen gewesen zu sein.

»Ich will wissen, wo meine Tochter ist. Eva, bitte.«

Bitte war das Zauberwort. Annabelle atmete tief durch. »Tut mir leid. Du bist nicht mein Paul, ich nicht deine Annabelle, aber Eva geht es gut. Bitte entschuldige.«

Ein aufgeregtes Kind, so etwa fünf, stürzte zur Tür herein an der Hand einer offensichtlich genervten Nanny.

»Mama, Mama, da unten sind Leute, die schreien ganz doll rum.«

Die bösen Leute waren laut Nanny Demonstranten zur Befreiung der ›Inneren Kraft.‹ Und die Kleine war zu alt, um Eva zu sein.

»Wer ist der Mann?«, fremdelte sie.

»Das ist der Papa deiner kleinen Schwester Eva«, antwortete Annabelle. Die Kleine ließ sich von der Nanny hochheben, und auf Augenhöhe zu Paul tragen. Nach kurzer Prüfung kam:

»Du bist nicht der Eva-Papa.«

»Wo ist denn deine Schwester?«, fragte der.

»Auf dem Friedhof, du weißt ja gar nichts.«

Alle schwiegen. Durch das offene Fenster hörte man, wie unten eine Meute Hassparolen plärrte und rief:

»Wir stürmen den Reichstag, jetzt! Die Drecks-Elite wird rausgehetzt.«

Paul musste das hier klären. Weglaufen war nicht.

»Kann ich wieder mitarbeiten? Vielleicht helfen meine Ideen ja auch bei denen da unten?«

Annabelle schien das Angebot anzunehmen. Die Härte schmolz aus ihrem Gesicht.

»Sei doch nett zu Paul«, Irna Schatz, »bitte.«

Irna schmollte, meinte dann »Okay« und verbarg ihr Gesicht auf der Schulter der Nanny.

Annabelle bat Paul zu sich ins Arztzimmer.

»Sorry, Paul. Sorry, es tut mir leid, mir ist das alles zu viel. Stell dir einfach vor, meine Eva, von mir aus unsere Eva, war nur eine Möglichkeit, ein Vogel in der Luft, der sich woanders hingesetzt hat.«

»Ich weiß nicht, für wen ich dich halten soll. Warst du immer so wie jetzt? Hast du alte Fotos? Du bist so sehr anders, als ich dich zu kennen glaube, genauso wie die Praxis — *Pause* — grausig ist.«

Annabell trug es gefasst.

»Wir wissen alle nicht, was einmal aus uns wird. Es geschieht in unserem blinden Fleck, und wir bemerken es nicht. Ja, wir glauben es nicht einmal, wenn man es uns sagt.« Sie berührte Paul ganz schüchtern am Arm.

»Bitte bleib noch ein bisschen. Es ist so still ohne dich. Stell dir einfach vor, wir wären ein altes Ehepaar, hätten uns über die Jahre verändert, auseinandergelebt, sagt man doch. Irna braucht einen echten Papa.«

Paul nickte.

»Ich will zum Friedhof gehen und dann deine Eltern kennenlernen.«

Im Gegenlicht der Mittagssonne sah Annabelles Gesicht dunkel aus, und wie ein kleiner Funke stahl sich die Erinnerung an Pauls wirkliche Annabelle hinein. Er schüttelte heftig den Kopf, um den Spuk zu vertreiben. Annabelle bemerkte es.

»Du hast sie gerade vor deinem Auge gesehen, stimmt's?«

Paul nickte.

»Nur kurz, sorry.«

Als Belohnung hüpfte die kleine Irna zu Paul heran. Kinder kennen ja kein Gehen. Hüpfen ist das Mindeste. Sie war verschnupft und hatte Husten. Paul erwartete eher eine Bosheit, stattdessen kam ganz kindlich-süß das Angebot.

»Bist du jetzt mein Freund, okay?«

Paul nahm sie auf den Arm und gab dem fremden Kind einen Kuss auf den Scheitel, was sie zurecht irritierte. Sie hüpfte wieder weg und sang ein Lalala-Lied, so als ob sie nur eine Pflicht erledigt hätte.

Die nächsten Tage vergingen in simpler Arbeitsroutine. Paul pendelte nicht. Annabelles Wohnung war schrecklich unaufgeräumt und lieblos. Kein Sex. Paul war froh über jede Minute in der Praxis. Dort lief es nicht ganz so wie im guten alten 4000-Original. Die Technik-Ausstattung war fast auf demselben Stand, aber es gab viel mehr schizophrene, und andere schwerkranke Patienten. Paul fragte nach Professor Pinel, nach Retter-Viren in den 3000ern. Frau Bose verbot sich den Science-Fiction-Grusel.

»Wissen Sie. Wir haben hier nur ein Problem. Asozialer Irrsinn an jeder Straßenecke. Gestern hat einer seiner Freundin das Gesicht am eigenen Knie zertrümmert.«

Pauls Blick war vorwurfsvoll wie »Und ihr tut nichts dagegen?«

Frau Bose las wohl seine Gedanken.

»Meine kleine Schwester schlägt vor ›umbringen und aufessen‹.«

Da wurde Irna von der Nanny in die Praxis gebracht. Sie war richtig krank, 40 Grad Fieber. Annabelle gab ihr ein fiebersenkendes Mittel und gute alte Wadenwickel. Sie durfte in Mamas Praxisraum liegen und geriebenen Apfel mit viel Zucker löffeln. Paul dachte automatisch, dass er sie angesteckt haben könnte, banale Erkältung, 2000 Jahre alte Keime.

# Überdreht

Von draußen tosten im Crescendo Pfeifen und akustisch aggressive, gnädigerweise unverständliche Parolen. Der Blick aus dem Fenster zeigte einen wogenden Pulk von Demonstranten. Plakate mit »Innere Kraft« wurden wie Lanzen in den Himmel gestochert. Und dieses morbide Ballett griff vom inneren Kern auf vorbeigehende Passanten über. Die blieben stehen, schlossen sich den Demonstranten an, brüllten mit. Parallel zu dieser Dynamik entwickelten sich immer ekligere und verständliche Sprüche wie »Fickt sie!« und »Ausweisen, rausreißen« bis zu »Fort sonst Mord«. Mitschwingen bis zur Resonanz. In großem Maßstab war so am 7.11.1940 die Tacoma-Narrows Brücke in Washington durch Wind der Stärke 8 zerborsten worden. Und was der Wind bei der Brücke bewirkte, hämmerte hier ein schriller Prediger den Hass über den Wahnkanal tief ins Hirn der Demonstranten. Die Gedankenspeicher wurden unter Druck mit Gift und Überheblichkeit betankt. Gegen die Polizisten flogen erste Gegenstände.

»Sind das alles Krankenwagen?«, fragte Paul. Es waren Dutzende, viel zu viele, wenn es darum ging, Gewaltopfer zu versorgen und Leute mit Kreislaufkollaps. Dazu Hundertschaften Polizei und Militär.

Die arme Irna schlich mit einem blauen Stoffpolypen in der Hand daher. Sie hatte einen hochrotem Fieber-Kopf, die Wadenwickel wie Klopapier um die Beinchen wedelnd, aber antwortete korrekt.

»Das ist Therapist, das sind Therapisten«, meinte sie

und japste vor Atemschwäche. Annabelle nahm sie fürsorglich auf den Arm, küsste sie und beschloss mit vibrierender Stimme:

»Sie muss in die Klinik.«

Mit der voluminösen Frau Bose als Begleitschutz wollte man sie auf dem Arm der Nanny zum Auto in Richtung Klinik bringen. Pauls Schuldgefühle wegen der Ansteckung standen ihm dick auf die Stirn geschrieben. Annabelle sah ihn an, schüttelte den Kopf, mit künstlich zuversichtlicher Mine und sagte wenig überzeugend: »Nur ein gewöhnlicher Infekt.«

Dann wischte sie sich die Augen und dozierte los, ganz gewiss um sich abzulenken. »Du willst wissen, was das da draußen wird? Also vorab. Es gab schon Therapieversuche durch einen implantierten Warn-Messfühler und Schrittmacher bei einzelnen als schwerkrank bezeichneten asozialen Patienten. Dann kamen die Neuroforscher Langwill und Whitkowsky, Yen-Yo und Barishwa.«

Paul verstand Annabelle kaum, weil ihre Stimme so zitterte.

»Sie weiteten das Konzept der Asozialität aus auf einen großen Teil der Bevölkerung. Und sie zeigten die Möglichkeit, mit langwelligen Materiewellen, die Resonanzkatastrophen bei Massenphänomenen im Ansatz dämpfen zu können.«

»Also keine sanfte Therapie?«

»Ich verstehe deine Anspielung. Bis vor kurzem dachte niemand im Traum daran, so einen Wahnsinn anzuwenden. Aber nach dieser Explosion von Brutalität ist die Bahn frei.«

»Warum fährst du nicht mit deiner Tochter mit? Ins Krankenhaus.«

»Ich muss hierbleiben, ich habe eine führende Position im Katastrophenschutz.«

Auf den Screen der Demo wurde Innenminister Deros Bandeghd eingespielt.

»Das ist ein übler Scharfmacher«, lästerte Annabelle.

»Die Lage ist außer Kontrolle. Wir werden energische und energiereiche Therapiemaßnahmen anwenden, weil wir keine Wahl haben.«

Und ab sofort galt eine 24-stündige Ausgangssperre. Deshalb kam Irna auch gleich wieder in die Praxis. Die Nanny war übel angemacht worden von der Polizei. Nicht einmal medizinische Notfälle durften mit Privatwagen zum Arzt gebracht werden. Irna ging es sehr schlecht. Husten, Atemnot. Annabelle gab ihr wieder fiebersenkende Medikamente, schon an der Dosierungsgrenze. Sauerstoff gab es nicht in der Praxis. Die Notfallnummer war natürlich besetzt.

»Wo seid ihr hingeraten«, fluchte Paul. »Was ist mit eurem Jahrtausend passiert? Das ist ja wie bei uns zu Hause, nur schlimmer.«

Dazu passend der Innenminister: »Bürgerinnen und Bürger. Wir wollen diese Wesen behandeln wie Menschen, aber wir müssen ihren Aufruhr neutralisieren.«

Irna lag auf einer Liege, das kleine Wesen röchelte Schleim aus den Bronchien. Die Nanny und die beleibte Physikalisch Technische Assistentin hatten die ganze Zeit ohne Erfolg telefoniert. Sie entschlossen sich, gegen die Ausgangsbeschränkung in die Kinderklinik zu fahren.

»Die sind doch alle abgelenkt, wir fahren Schleichwege.«

Auf den Innenminister folgte ein Wissenschaftler mit Fliege, strähnig altmodischem Haarschnitt, der nicht in die Kamera schaute.

»Das ist Dan Hortoya, Neurowissenschaftler, er betrachtet Menschen als Nervenzellen.«

Hortoya las vom Prompter.

»Wir sehen hier eine kollektive Epilepsie, die durch Rädelsführer-Zellen, den sogenannten Fokus, aufrechterhalten werden. Das kranke Zellkollektiv ist von der Rückkopplung der normalen Zellen isoliert. Diese Individuen werden sogar den Tod unseres Staates in Kauf nehmen, wenn ihr Treiben nicht beendet wird.«

Mit »Sorry, da hat er jetzt aber recht« fing sich Paul sehr böse Blicke ein.

»Diese heimtückische Resonanz hört nie ganz auf, sie ist wie ein Schwelbrand. Ihre unerschöpfliche Energie legt den kritischen Teil des psychischen Apparates völlig lahm.«

Mit »Recht haben und das Rechte tun, sind zwei Paar Stiefel«, machte Paul wieder Boden gut.

Doch Pauls und Annabelles Blicke wurden auf den Platz unten gelenkt, wo alle mit ansehen mussten, wie die beiden Damen mit Irna versuchten, durch die Menge an Demonstranten und Sicherheitskräften mit »Therapisten« durchzukommen. Ihr Auto war offensichtlich eingekeilt von Absperrungen, sie mussten es zu Fuß versuchen. Die drei wurden gestoßen, beschimpft, bedroht. Annabelle drückte Pauls Hand fest. Er zog sie an sich und stapfte entschlossen mit ihr durch die Praxistür nach unten. Er hatte keinen Plan, was er tun könnte, aber er spürte eine Entschlossenheit, die Auswege auch ohne Plan findet. Er musste etwas tun, denn er hatte Irna sicher angesteckt. Es war seine Schuld. Annabelle hielt sich dicht hinter ihm, weil der Mob sie sonst erdrückt hätte. Die Therapisten verharrten regungslos, hatten noch keine Freigabe zum Zugriff. Zwei harte böse Wände standen sich bis zum Funkenübersprung gegenüber. An der dichtesten Stelle mussten sich Sicherheitskräfte in drei Reihen gegen den Mob stemmen, um nicht weggedrückt zu werden.

Nun war Paul nicht gerade ein Schrank von Mann, eher schlaksig und a bissl weich. Zu Hause, bei seinen Patienten mit erregten Psychosen, Manien oder ähnlichen Ausnahmezuständen hatte er nie große Wirkung gezeigt. Nur seine Medikamente hatten geholfen, die Erregungszustände zu unterbrechen, oft auch das nur ungenügend oder zögerlich. Er hatte hunderte Male erlebt, wie sich hocherregte Patienten trotz Medikamenten noch mehr hineinsteigerten. Er nahm Annabelle bei der Hand. Zu Irna waren es nur 50 Meter. Die Menge tobte mit Fäusten nach oben gereckt, so eng eingekeilt, dass sie sie nicht mehr herunternehmen konnten. Paul zerrte Annabelle zu einem Rettungswagen, der eine Leiter auf seinem Dach hatte. Ein zynisch grinsender Therapist bot ihm ein Megaphon an.

»Probier es, Kumpel, mach uns den Weichmacher, denn hier geht gleich der Vulkan ab.«

»Das heißt Punk«, war Pauls Antwort. »Hier geht gleich der Punk ab. Pass gut auf.«

Und vor den Augen des Typen stieg er auf das Autodach, fasste Annabelle an der Hüfte, presste sie fest an sich. Annabelle ahnte Schlimmes, konnte aber nicht zurück. Sie schrie schon bevor Paul todesmutig mit ihr vom Dach des Autos sprang. Wie ein Flugzeug im Landeanflug surfte er auf die erhobenen Hände der Menge. Punkiges Stagediving. Der Aufprall war sanft gefedert. Und die Leute mussten sie mit erhobenen Händen zwangsläufig weiterreichen, sie konnten die Hände ja nicht runternehmen. Weich wie auf einem Paketförderband glitten die beiden genau in Richtung Irna. Dort angekommen packte Paul Annabelle um die Hüfte und schwang beide Füße voraus wie aus einem Pferdesattel.

Mit gebrülltem »Danke« federten beide unversehrt auf den Boden. »Oh, komm zu Mama, meine Süße!«, gluckste die glückliche Annabelle mit Tränen auf den Stimmbändern. Was Paul nicht wusste: Seine Aktion war im Live Stream auf alle Kanäle, Screens und Handys übertragen worden. Und der wilde Ritt machte fulminanten Eindruck, einen Eindruck, der sich wie eine Welle nach allen Seiten ausbreitete. Ein Meuterer nach dem anderen, eine Mobbistin nach der anderen, schluckten ihr Krakeelen hinunter. Oder war es die Sekunde vor dem Ausbruch? Hatte Paul dazu das Zeichen geliefert? Als Paul liebevoll Annabelle mit Irna im Arm auf das Dach des Sanitätsautos schubste, war es so still, dass man die Küsse schmatzen hören konnte.

Irna bekam Sauerstoff und die Sanis machten sich bereit, sie schlimmstenfalls mit einem Luftröhrentubus zu beatmen. Paul fühlte, dass alles auf der Kippe stand, wie Gewitter, das sich mit dem Wind verzieht, oder aber losscheppert. Mit dem gerade erworbenen Sympathiebonus im Rücken wies er schnell die Sanis an, ins nächste Kinderhospital zu fahren. Laut, quasi ins Mikrofon. Seine Stimme hallte über den Platz. War es Spott, als Klatschen aufkam? Wie nach leisem Donnergrollen kam der Blitz. Eine Entladung. Die Menge toste. Ovationen. Sie wussten nicht, wie er hieß, dafür skandierten sie Irnas Namen, den er genannt hatte: »Irna, Irna, Irna.« Annabelle strich Paul aus dem Wagen kurz über die bärtige Wange. Dann drehte sie ihren Kopf weg und machte eine heftige Geste, er solle abhauen. So wie man jemanden wegschickt, den man sehr liebt, der einem aber nicht guttut. Oder gab sie ihm doch die Schuld an Irnas Krankheit? Absolut keine Zeit zum Nachdenken für den Helden Paul. Der Donner ebbte ab, die Atmosphäre schien auf ein weiteres Zeichen zu warten.

»Zugabe, Zugabe, Zugabe.«

Noch war der Zugriff der in angespannter Haltung verharrenden Therapisten nicht aus der Welt. Paul musste liefern. Er durchwühlte sein Hirn im Rhythmus seines Atmens. Ein Blitz. Katastrophe. Was tun? Ein Pling aus dem Fundus. Ja. Der skurrile Trick, den ein Katastrophenmediziner ihm erzählt hatte. Was tun im Wahnsinn nach einer Katastrophe? Egal, hier eben davor. Wie unterscheiden zum Beispiel nach einem schweren Erdbeben, wer nur weggetreten ist, verhangen im Moment, oder wer einen Hirnschaden hat? Wer war hier Treibstoff und wer nur mitgetriebenes Treibgut? Statt echter Hirnblutung hier das giftige Blut der Raserei, der Wut, des Hasses.

Paul zog einen blauen Socken aus, der andere wäre braun gewesen. Paul war farbenschwach. Er hielt den leuchtend blauen Socken über den Kopf und sagte. »Bitte alle mir nachmachen.« Und er zog den Socken über seinen Kopf. Ungefähr zwei Drittel der Demonstranten schüttelten den Kopf und zögerten, den Unfug zu vollziehen. Sie waren ratlos, was das sollte, verunsichert durch Pauls Autorität. Sie schämten sich und schüttelten den Kopf über sich. Paul sah um sich. Das restliche Drittel hatte es wie befohlen glatt nachgemacht. Dieser hirngedämpfte harte Kern stand da als ein buntes Meer von Köpfen mit Socken. Sie blieben auch stur stehen und schienen weitere Befehle, vielleicht für den Fortgang ihres Feldzugs zu erwarten. Und Paul nutzte geistesgegenwärtig diese Minute der Lähmung und stürzte, noch mit Socken auf dem Kopf, zum Leiter der Therapisten.

»Gut, alles gut, Ihre Frau fährt in die Klinik.«

»Nein nein, nicht das. Ihr dürft nicht schießen, oder was auch immer ihr vorhabt.«

Der Leiter war tatsächlich beeindruckt von Pauls Stagediving Performance und zeigte mit einem dezenten Kopfnicken, er werde zuhören.«

»Und dann, Meister?«

Paul musste etwas Heimtückisches sagen, um glaubwürdig zu bleiben. Er zwinkerte.

»Alle mit Socken auf dem Kopf vermessen und ausfliegen.«

»Wie bitte?«

Paul flüsterte dem Leiter ins Ohr. Er verhaspelte sich, improvisierte, aber es kam ungefähr so. Die Menge würde sich zerstreuen, man könnte die mit Socken einzeln abfangen und »auf einen Drink einladen«. Der Leiter verstand sicher sowas wie Narkose. »Und dann weit weg in irgendeine, Sie wissen schon, Gegend bringen, wo man nicht so leicht wieder zurückkommt.«

Der Leiter nickte, dachte bestimmt anders als Paul, aber wenigstens keine Energiewellen. Wie auch immer, die Resonanz war abgeklungen, deeskaliert in Pauls Sprache. Geschwätz statt Parolen dominierten die akustische Atmosphäre. Paul war erleichtert. Diesmal noch kein Erdbeben. Seine Mission war erfüllt. Ja, Paul war standhaft gewesen und wollte es auch bleiben. Man brauchte ihn. Er würde diesem 4000 nicht den Rücken kehren. Nur schnell zurück in die Praxis, an die Arbeit und seinen Platz als Irna-Papa standhaft durchziehen. Ja, er war dazu wild entschlossen.

Moment. Leider musste so ein Entschluss wie bei uns allen zuerst vom inneren Parlament ratifiziert werden. Das vergessen wir gerne, und falls das Parlament dann unseren Entschluss nicht bestätigt, sind wir befremdet, als ob unser

Inneres ein obskures Schattengremium wäre. Nur zähneknirschend beugen wir uns der demokratischen Entscheidung. Dabei sind wir es doch selbst und tun trotzdem beleidigt. So beleidigt wie Paul, dessen inneres Parlament gerade völlig überraschend »Nein« zu Annabelle und Irna sagte. Armer zerrissener Paul, völlig konsterniert, unzufrieden, enttäuscht, scheinheilig eben. Nun gut, also höchstens noch ein paar Sachen aus der Praxis holen. Was? Falscher Schlüssel? Passte nicht ins Schloss. Paul sah auf den Schlüssel, dann auf das Schloss, dann auf die Tür. Alles klar. Er stand vor Isis Wohnung. Sein Name stand auf dem Briefkastenschild. Er sah sich um. Die Straße war für die Tageszeit sehr belebt, mehr Passanten als gewohnt waren unterwegs. Paul erkannte niemanden, aber alle sahen Paul komisch an, ja, sie wandten sich ab, so als ob sie nicht hinsehen wollten. Nur Kinder zeigten auf ihn, das heißt auf seinen Kopf und lachten. »Der Mann hat einen Socken auf dem Kopf.«

Paul fummelte verlegen auf seinem Kopf, so dass die Kinder lachten, als würde Kasperl seine Mütze baumeln lassen. Schnell zog er den Socken ab, versuchte für die Kinder noch einen lustigen Kasperlwinker, um wenigstens als netter Kinderbespaßer dazustehen. Er warf ihnen den Socken sogar zu, wie ein berühmter Drummer seinen Drum-Stick. Ein Kind bekam einen Hustenanfall, weil es so lachen musste. Das aber erinnerte Paul schlagartig an Irna. Und damit kam ein Schwall von inneren Stimmen. Nicht das Parlament, nur Gedanken, Grübeleien.

»Du hast die süße Irna angesteckt, die Innere Kraft nach 4000 eingeschleppt. Du schleppst deine Keime ja überall hin, wo du hinspuckst.«

Aber Paul konnte gut mit düsteren Grübeleien umgehen, er war ja Profi. Und so waren die Gedanken nur wie Vögel auf dem Zug. Sie machten kurz bei ihm Rast und ließen ihm ein bisschen Kacka da.

Paul steckte entschlossen den Wohnungsschlüssel ins Schloss. Drinnen roch es nach Isis Duft. Da war auch eine Nachricht von Isis auf dem Tisch. Auf Papier. Altmodisch.

»Bitte kauf was Leckeres ein, ich komme pünktlich, freu mich.«

Wann war pünktlich? Warum ein Zettel? Sie benutzte sonst nur ihr Handy.

Er ging durch die Wohnung. Da war nichts, was er gewohnt war, und alles, was er gewohnt war, war nicht da. Keine Endgeräte, kein Flachbildschirm, dafür haufenweise Zeitungen, Kalender, Termine auf Magnettafeln geschrieben.

Do. 11:30 Uhr »Haarstudio«. Er kannte Isis Friseursalon, der hieß »Hair Polyamour«. Und da war ein Foto von Paul am Kühlschrank. Komplett graue Haare, elegant gepflegt. Paul sah in einen Spiegel. Wer und wo war dieser Paul? Wenn man in eine fremde Parallelwelt hineintappt, begegnet man da sich selbst oder ist man, zack, in den Platzhirsch hineingeschlüpft? Wie auch immer. Der Paul, der den Zettel las, sollte was Leckeres einkaufen. Die Isis, die er kannte, mochte Ciabatta und Antipasti.

# Eine Sekunde

Also auf in die Bäckerei und auf dem Weg dorthin überlegen. Der Weg war aber zu kurz für tiefgründige Gedanken. Der Bäckermeister war der mit den Plätzchen, oder er sah ihm sehr ähnlich. Für eine Parallelwelt ausreichend. Er war etwas korpulenter, und noch knurriger. Pauls »Hallo« wurde nur hölzern mit »Was soll's sein?« beantwortet. Paul sah prüfend um sich. Keine Indett, kein Noman. Der unfreundliche Satz »Ist was nicht in Ordnung?« war ein Déjà Entendu, schon mal gehört bei der Frage nach dem Baguette.

Paul brauchte ein Ciabatta und aktuelle Informationen. Sein Handy hatte ja kein Netz. »Also ein Ciabatta und haben Sie auch Zeitungen?«

»Ciabatta, was soll das sein? Und Zeitungen nur für Cafébesucher.«

Also bestellte sich Paul zum Baguette einen Kaffee und las die Zeitung. Laut Süddeutscher hieß der aktuelle Kanzler Olaf Scholz von der SPD, Ampelkoalition, FDP und Grüne. War das die Nachfolge von Merkel oder Kraus-Kämpfer?

»Wann waren nochmal die Bundestagswahlen?«

Der Bäcker reagierte gereizt.

»Am 26. Oktober, okay? Halten Sie Winterschlaf?«

Paul schüttete den Kaffee runter, vergaß das Baguette und verließ den ungastlichen Mann. Zu Hause immer noch keine Isis. Paul suchte jetzt überall nach Fotos von ihr, also Printfotos, im persönlichen Bereich, Schlafzimmer, Schreibtischschublade. So was macht man eigentlich nicht. Isis hasste es besonders. Im Wäscheschrank, pfui Paul, fand er einen eingerahmten Zeitungsausschnitt.

Eröffnung der Abteilung »Exovirale Infektionen« im Schwabinger Krankenhaus. Das Foto zeigte Isis. Ihr Gesicht war markanter, das Lächeln kühler, Projektmanagerin Professor Isis Dirac-Bzikot.

Bzikot war Isis polnischstämmiger Mädchenname. Sie waren also verheiratet. Und Professor? Paul hatte plötzlich starkes Verlangen nach einer Zigarette. Er hatte nie geraucht. Also besser Kaffee. Er nahm eine Tasse und wollte sich einen Löslichen machen.

»Go Future, Go Psychiatrie Dirac-Noether« stand auf der Tasse und die Anschrift der Praxis. Also keine Zeit für Kaffee. Er musste sofort hingehen, selbst auf die Gefahr, dass er sich dort selber treffen würde. Kurz hinter der Haustür rannte er fast gegen einen Zeitungskasten. Er las die Schlagzeile, die haben ja so was Magisches. Und wenn es noch so ein Unsinn ist, du liest es.

»Mord in der Albanistraße. Mann mit verstümmeltem Gesicht gefunden. Angaben zur Identität des Opfers, Beobachtungen zum Tathergang und Bewegungen im sozialen Umfeld des Tatortes erbeten.«

Hätte er doch das wenigstens endgültig vergessen. Die Albanistraße war ums Eck seiner WG. Er sah in die Richtung, und spürte auf der weggedrehten Schulter einen Klaps, zu sanft für das SEK. Er drehte sich um und rief »Isis?«. Auch nicht. Ein Herr, Mitte 30, im Tarnanzug, der sofort zur Sache kam.

»Sie sind doch dieser Herr Doktor Dirac, mit der Praxis am Herrgottseck?«

Was anderes sollte Paul antworten als »Ja«?

»Und Ihre Praxis ist ja gleich um die Ecke von dem Mord

und da wollte ich mal fragen. Also ich bin einfach neugierig, ob Sie da was mitbekommen haben, ich meine von dem Mord?«

Dabei sah der Herr so erwartungsvoll, als müsste Paul was wissen, und es nur zugeben.

»Vielleicht war es einer von dieser ›Inneren Kraft‹«, fuhr er fort. »Diese Psychoten. Sie sind doch Fachmann.«

Paul spürte, der Amateur-Kommissar wollte ihm als Täter eine falsche Spur vorschlagen, die er dann geflissentlich bestätigte und dabei Täterwissen preisgab. Er hatte einen gigantischen Bart, in den er alles hineinbrabbelte, als ob da ein Mikro zum Diktat drinnen wäre.

»Innere Kraft?«, kam es von Paul, gekonnt ahnungslos.

»Weil die Ampel-Koalition alle impfen will gegen dieses AHE und weil die das ablehnen.«

Dabei beobachtete er Paul scharf. Der wusste genau, dass er in die Falle tappte, wenn er sagte, dass die Mörder sicher von der Inneren Kraft waren. Weil der echte Mörder sich dadurch verriet, dass er ganz eifrig andere anschuldigte.

»Herr Doktor. Die Innere Kraft glaubt, Impfen ist nur zur Genmanipulation. Also wenn Sie mich als Laien fragen, die haben doch einen Wahn.«

Der Mann schmunzelte dabei verkniffen, als hätte er einen schrägen Witz erzählt. Schräger Witz, schräge Mimik. Jetzt prasselte es aus Pauls Gedächtnis. Das war der Typ, dessen angeblichen Suizid er laut seinem Chef verschuldet hatte. Und der Typ las mit Genuss in Pauls Gesicht, dass es Klick gemacht hatte.

»Man hat Sie wegen mir rausgeschmissen, stimmt's?«

»Sie sind der Mann mit dem Aufzug.«

»Ja, das Mauseloch ist meine Entdeckung.«

»Und wie geht es Ihnen?« war sicher die dümmste Frage, die Paul stellen konnte, aber er war halt Arzt.

»Gut gut, und Ihnen doch auch. Ihre Nobelpraxis wirft doch sicher viel ab.«

Dabei machte er eine abfällige Geldzählgeste.

»Aber mein Geschäft läuft auch gut. Ich mach die Technik, das Marketing macht meine Partnerin.«

Paul war sicher, der Typ wollte kein Geld, der wollte Genugtuung für alles in der Psychiatrie Erlittene. Und die würde er bekommen. Der Mann blickte auf sein Handy, er hatte glatt ein Handy. Woher?

»Oh, ein Auftrag«, tat der Herr, als ob es nichts wäre. »Ich muss jetzt. Wir bleiben in Kontakt. Herr Nabi ist mein Name, falls Sie sich nicht mehr erinnern.«

Die schräge Mimik war immer noch eingefroren. Und seine Bewegungen beim Wischen am Handy wirkten steif. Er nahm sicher Antipsychotika, die als Nebenwirkung Bewegungsstörungen verursachen, die wie bei Morbus Parkinson aussahen. Paul eilte weiter zu seiner Praxis. Seiner? Er hatte keine Ahnung, was ihn da erwartete, bis er davor stand. Eine super noble Villa hinter dichter Hecke und Mauern mit schmiedeeisernem Tor, an der man vorbeiläuft, wenn man nicht aufpasst. Aber davor prangte draußen der Aushang der Angebote.

»Personalisierte Therapie, Risiko-Gensequenzierung, 50 % schneller gesund.«

Und dann war da noch ein Buchtitel, illustriert mit der schwarzen Silhouette eines Menschen mit hängendem Kopf und einem mächtigen Sonnenstrahl.

»Mein Sieg über die Depression. Professor Paul Adrien Dirac« Daneben ein Foto von ihm und Celia, genauso ähnlich wie beim ersten Treffen.

## Auch Außerirdische haben Depressionen

Er betrat die Praxis, seine Praxis, so schüchtern als könne sie sich wie ein schlechter Traum in Luft auflösen. Die Automatik-Tür schloss sich hinter ihm langsam und geräuschlos, behindertengerecht. Kein Stimmengewirr, keine Telefongeräusche, keine MPAs, die ihn begrüßten, und noch keine Frau Doktor Noether. Aber da saßen ganz einsam zwei Patienten im feudalen Wartebereich.

Er schritt gemessen auf sie zu, räusperte sich. Die beiden wandten sich um. Es waren seine Schwiegereltern.

Noman begrüßte ihn wie immer lachend mit »Hallo Paul«. Indett sah schrecklich aus, fahl, ausdruckslos, die Hände sich windend in sinnloser verkrampfter Bewegung. Gequält von sichtbarer innerer Unruhe wollte sie aufstehen, aber Noman half ihr liebevoll wieder auf ihren Platz. Blickdiagnose »Agitierte Depression«.

»Deine Schwester hat schon alles in die Wege geleitet.«

»Schwester?«

»Doch ja, Frau Noether selbst kümmert sich rührend um uns. Ich habe ihr alles erzählt. Wie geht es Annabelle?«

Paul würgte den wahren Bericht über die falsche Annabelle wie einen sperrigen Essensbrocken hinunter, und kreierte eine neue positive Variante. Vielleicht heiterte das ja Indett auf. Blödsinniger Gedanke bei so einer schweren Melancholie.

»Also, ich war kurz bei Annabelle. ›Da‹ und das da war sehr schräg betont, »geht es allen gut.« Bei »Eva auch« würgte er besonders.

Indett zeigte keinerlei Regung, aber auch Noman bot nur kurzes Erstaunen mit Kunstlächeln.

»Es gibt so viele Welten, aber jetzt sind wir eben hier.«

Noman bat Paul neben sich auf den Platz. Er erzählte, ohne die Lautstärke zu senken.

»Indett hört nicht zu. Glaub mir. Kurz vor dem jetzigen Zustand hatte sie einen Traum. Ich will deine Meinung hören.« Paul zuckte bei »Traum« zusammen, Noman bemerkte es, kommentierte nicht, fuhr fort.

»Wir haben Annabelle ja erst wieder wegen eurer Heirat getroffen, nach 20 Jahren. In Indetts Traum geschah es vorher. Annabelle sagte ihr, dass sie ein Kind wollte und sich in einen Mann verlieben würde. Einen Mann aus einer anderen Welt, einen Mann mit Sprung.«

Paul mimisch genervt: »Ich habe keinen Sprung.«

Indett drehte in Zeitlupe den Kopf zu Paul und flüsterte ton- und sinnlos. »Ich bin schuld, dass es zwischen euch so schiefläuft.«

Noman blieb ganz freundlich. »Niemand ist schuld.«

Da kam Celia. Mit jetzt grauen Haaren war die frappante Ähnlichkeit mit Paul noch frappanter.

Sie war in keiner Weise überrascht, Paul zu sehen. Eine kurze Weitung der Augen, dann wieder auf normal und ansatzlos.

»Ach ja, unser Bruder Werner hat angerufen.«

Paul öffnete auch kurz seine Augen, allerdings deutlich weiter.

»Unser Bruder? Ich, meinetwegen wir, haben keinen Bruder.«

Noman kappte die für ihn seltsame Unterhaltung mit:

»Bitte, und was sagen die Befunde bei meiner Frau?«

»Bildgebung war negativ. Hat sie inzwischen etwas gesagt?«

Celia klang einfühlsamer als ihre Satzkonstruktion.

»Nur ein Schuldbekenntnis!«

»Das passt zu der endogenen paranoiden Depression. Ihre Frau muss zur Elektrokrampftherapie. Zuvor brauchen wir Blutwerte zum Ausschluss einer Gehirnentzündung, aber es wird nichts rauskommen.«

Nomans Augen waren schreckgeweitet. Paul nahm seine Hand. »Das klingt nur so schlimm. ›Endogen‹ ist ein altmodisches Wort für eine tief biologisch begründete Form der Depression. Und keine Angst, Elektrokrampftherapie ist ein ebenso altmodisches, aber ungefährliches und immer noch bewährtes Mittel mit Stromzufuhr in Narkose, um eine Heilkrampf auszulösen.«

»Die Retroklinik ist da besonders spezialisiert«, übernahm Celia. Noman saß still weinend neben Indett, die er beschützend in den Arm nahm. Auf Pauls Handy machte es »Pling«. Niemand außer ihm bemerkte den feinen Ton.

»Wir können ein Geschäft machen. Rücktransport Schwiegermutter, 4000 Cold Gold.«

Dann folgte wieder ein »Pling« und Paul hatte die benötigte Kontonummer.

Paul hatte kein Cold Gold. Warum machte Annabelle das nicht? Celia hatte in der Zwischenzeit mit Kliniken telefoniert. Absagen, alles voll. Indett war nach der kurzen Äußerung wieder eingerastet, wie ein Rechner, der sich, wie man sagt, aufgehängt hatte. Man sah ihren stillgelegten Augen nicht an, dass es im Hirn sehr turbulent zuging. Aber es gab keinen Neustart. Alles Klopfen an ihre Tür mit »Hallo Indett, Liebes, hallo Mama!«, war ohne Effekt. Ihre Wortausgabestelle war geschlossen. Manchmal sah es so aus, als würde sie eine Geste entwerfen. Das konnte aber Minuten dauern, bis die Hand sich hob oder der Mund sich leicht öffnete. Ihre Hand abwischen ließ sie mit leichten Abwehrbewegungen zu. Füttern ging schwer. Die angebotenen Plätzchen bröselten ab, die Bionade lief zurück in die Flasche.

Paul wollte das Telefonieren übernehmen, seine Beziehungen spielen lassen. Celia versuchte ihn davon abzubringen, hatte irgendeinen »Lieber nicht«-Grund. Paul war stur. Der diensthabende Arzt in der Psychiatrischen Uni-Klinik war wie gewohnt arrogant abweisend, als Paul ihm eine Patientin mit Verdachtsdiagnose mutistische (*d.h. Patient spricht nicht*) Depression kollegial ankündigte und dabei seinen Namen einfließen ließ.

»Das hört sich meiner Meinung wie Katatonie an (*Gefährlicher Zustand der Erstarrung bei verschiedenen psychotischen Störungen*). Die gibt es, wie Sie wissen sollten, schon mal gelegentlich bei Depression, aber gehört doch eher zur Schizophrenie. Nicht wahr, Herr Kollege? Wie auch immer, sie ist doch gut behandelbar. Wir können sowieso gerade nicht aufnehmen. Sie kennen das doch, Herr Professor Dirac. Machen Sie schon mal ein Kernspin, da kommt dann auch nichts raus. Ach, schon gemacht? Dann eben leitliniengerecht behandeln, Tavor intravenös, brauche ich Ihnen nicht zu sagen. Tja, da meldet sich gerade der Pförtner mit einem Notfall.«

Nomans Augen, der alles mithörte, funkelten vor Zorn.

»Was meint der mit ›gerade nicht aufnehmen‹? Sind das Machtspielchen mit Patienten?«

Celia nahm Paul beiseite. Sie gingen durch die schicken Räumlichkeiten. Alles mehr Wohnzimmer als Wissenschaft. Kein Labor, nur ein Zimmer zur Blutabnahme.

Überall Bilder von Paul bei Preisverleihungen und Kongressen. Der fühlte sich unbehaglich wie in einem schlechtsitzenden Schuh.

»Bin ich das hier?«

»Ja leider«, bestätigte Celia. Sie fuhr fort mit »und wir sind pleite. Dein Superhyper-CRH-Antagonist zum Sieg über die Depression war ein Flop. Keine Wirkung, aber viel Nebenwirkung. Die Investor-Firma zieht sich zurück.«

Paul ließ sich das Fax, es war ein Fax, zeigen. Schon die ersten Zeilen machten klar, dass da ein sehr hocherfahrener Herr Professor Dirac kleingemacht wurde. »Müssen wir unser Engagement in die Entwicklung des Wirkstoffes ADC-12-9i beenden.« Dann kam die Rechtsabteilung, Abwicklung, Rückforderungen im sechsstelligen Bereich. Paul wartete und sah in alle Ecken, ob nicht der wahre verantwortliche Paul sich zeigen würde. Er würde ihm sowas von eine reinhauen.

»Und? Was jetzt?«, fragte Celia ungeduldig.

»Gibt es bei euch Insolvenz?«

»Du bist pleite, du haftest. Kannst auswandern oder betteln.«

Die beiden gingen zurück zu Indett. Vor den großzügig verglasten Fenstern war eine Demo. Plakate mit »Fuck Dirac« und »Fake-Psychiatry« wackelten mit den erregten Händen ihrer Träger. Sie skandierten »Pharmahure«, »Hirnpirat«, »Trickbetrüger«. Und ganz vorn war da ein Typ mit Tarnanzug und Bart.

Celia blieb pragmatisch. »Bringt deine Schwiegermutter nach Hause, warte auf einen Klinikplatz.« Dann zog sie eine »Sonst noch was?«-Schnute und meinte mit Verweis auf die Demo: »Nein, es gibt hier keinen Hinterausgang.«

Weder Krankentransport noch Taxi waren frei, man

musste zu Fuß gehen. Indett war in ihrer Katatonie erstarrt und doch biegsam wie Wachs. Noman umarmte sie, rieb sie, als ob ihr kalt wäre. Er redete auf sie ein, hilflos, wirkungslos. Paul und er mussten sie wie ein Brett tragen, oder wie bei einer Marionette, Bein vor Bein voranstaksen. Der Empfang durch die Demonstranten war eine Mischung aus höhnischem Gelächter und bedrohlichen Pfiffen. Paul wünschte sich, sie würden die Polizei holen, stattdessen trat ihnen der Mauselochmann in den Weg. Er grinste hämisch und zeigte ihm ein Plakat, Pauls Bild mit dem Verkehrszeichen für Sackgasse. Der Kreis der Antipaulisten zog sich enger. Kampferfahrung hatte Paul nicht. Da geschah das, was in alten Lehrbüchern immer wieder über kataton erstarrte Menschen berichtet wird. Nämlich, dass sie in äußerster Gefahr völlig zielgerichtet handeln. Indett erwachte in der Situation lehrbuchmäßig zu Leben und knallte dem Typen voll eine rechts und links mit jeweils »Arschloch«. Das hatte ungeahnte Wirkung. Es gab eine Fluchtgasse und sogar ein Taxi kam zufällig vorbei. Indett stieg ein und schloss ihr Handlungsfenster nach getaner Aktion wieder.

Paul stellte die Psychiater-Routinefrage: »Hatte sie schon mal so einen Zustand?« Noman zierte sich nicht. »Nein, doch ja, aber anders. Irgendwann im 10. Jahr unserer Ehe, als Annabelle schon 14 war und kein zweites Kind nachkommen wollte. Da änderte sich ihr Wesen schlagartig von einem Tag auf den anderen. Sie wurde abweisend, verschlossen, kochte Sachen, die nur sie essen wollte, weil für andere ungenießbar. Gemeinsame Freunde spalteten sich radikal auf in ihre und meine. Ihre Freunde fanden plötzlich mich unsympathisch. Umgekehrt verstanden meine Freunde Indett nicht mehr.«

»Aber jetzt wart ihr doch wieder ganz nahe beieinander?«

»Sie war es, sie wollte wieder neu anfangen und dass ich ihr verzeihe.«

»Was verzeihen?« Es dauerte jetzt doch, bis Noman weiterredete.

»Na, das, was sie gemacht hat.«

Paul bohrte mit Blicken.

»Sie hat die 30 Tage Regel durchgezogen, nur weil ich mal 3 Tage weg war. Danach musste ich ausziehen, kein Weg mehr zurück und Annabelle war erst 15. Und ich devianter Idiot war verliebt.«

»Und?«

»In meiner Wut damals habe ich beschlossen, sie nie mehr zu kontaktieren und ich habe es durchgezogen. Bis du auf den Plan kamst. Du und Annabelle habt alles hochgespült. Jetzt mache ich mir Vorwürfe wegen damals. Und Indett hat ihren Schuldwahn.«

Ein guter Moment für Pauls Geständnis.

»Annabelle hat es mit mir auch gemacht.«

Noman legte seinen Arm um Paul.

»Liebst du Annabelle noch?«

»Es wackelt gerade sehr.«

»Wird Indett wieder gesund mit euren Methoden? Ich wüsste, was ich in 4000 tun würde, aber wir haben weder die Geräte noch die Substanzen.«

»Es ist alles schon da, wir müssen es nur zusammenbasteln, wir müssen sie »heraus-mc-gyvern.«

Das war wenigstens ein englisches Fremdwort, für Noman quasi ein Hoffnungsfunke wie alle Worthülsen für verzweifelte Menschen.

»Und was ist das genau?«

»Mc Gyver ist ein Serienheld, der aus wertlosem Krimskram alles Nützliche basteln kann. Warum nicht die Geräte aus 4000?«

Also an die Arbeit. In der WG war nur Resi. Sie begrüßte alle mit einer Katze auf dem Arm. Schwarz-weiß, wuschelig. Miss Furry sah sehr damenhaft-würdig auf die Eindringlinge herab. Als Resi versuchte, Indett Rhabarberschorle einzuflößen, hüpfte Miss Furry herunter und strich um Indetts Beine, immer wieder, in einer achterförmigen Bahn. Noman wollte sie schon wegscheuchen. Da beugte sich Indett, schnell wie ein Reflex herab zu der Katze und streichelte sie mit mechanischen Bewegungen. Miss Furry maunzte leise, aber eindringlich. Indett horchte, und schien zu verstehen, was Furry ihr einflüsterte. Dann, als wäre nichts dabei, trank Indett Schorle und aß Mohnkuchen.

Noman sah alle an, als hätte jemand einen Zaubertrick vorgeführt.

»Ist das eine Tierdressur?«

Paul widersprach energisch.

»Katzen sind keine Tiere. Sie sind quantenmechanisch eine Überlagerung von Mensch und Tier. Sie sind also beides und können beides. Mächtige und geheimnisvolle Wesen, wie du siehst.«

Zumindest war Indett nicht mehr vital gefährdet. Paul klapperte Elektronikmärkte für Bauteile ab, die Noman beschrieb. Man schmunzelte überall, wenn schon wieder Paul Mc Gyver kam. Dass er nie sagte, wozu er das brauchte, war Berufsehre. Bis einer der Verkäufer sich als pensionierter Beamter des Patentamtes outete, gelernter Quantenphysiker.

»Sie wollen ein Messgerät erfinden? Soll es ein Patent werden? Ich könnte helfen.«

Der Mann war sympathisch, man kam ins Gespräch. Jasper, seinem Vornamen nach holländischer Abstammung, hatte als Ehrenamtlicher depressive Patienten betreut. Er war also halb vom Fach. Da fasste Paul den Mut, ihn detailliert über Indett aufzuklären. Er lud Jasper noch für den Abend zu einem physikalischen Konsil ein. Jasper staunte ehrfürchtig über Nomans Konzepte. Er kam aus dem Kopfschütteln kaum heraus. Aber bei dem Vorschlag, Nanoteilchen zur Messung zu benutzen, schüttelte Jasper den Kopf.

»Nej, das ist etwas zu früh dafür. Oder wollt ihr was aus der Zukunft klauen?«

Paul und Noman nickten heftig.

Das »Haben wir schon gemacht« von Paul zauberte ein zartes Grinsen in Jaspers Gesicht, das sich verbreiterte, als Paul die ganze Geschichte erzählte.

»Das hab ich mir schon lange gedacht. Da muss eine Tür sein in andere Welten, nur wo und wie wusste ich nicht. Und es scheint sehr nah.«

Jasper und Noman gingen ans Basteln und Werken. Paul ging zu Resi und Indett in die Küche. Indett hatte ein Lätzchen umgebunden, weil doch immer was aus dem Mund tropfte. Paul dämmerte etwas weg und stellte sich vor, was wohl in Indetts Kopf vorging.

Wie sie immer im Kreis herum denken musste, wie alles durch ihre Schuld schiefgelaufen war, und dass sie so schlecht sei, dass sie es niemals sagen konnte. Zu große giftige Denkbrocken, um sie aus dem Mund zu kriegen. Paul bemerkte in seinem wilden Tagtraum nicht, dass jemand zur Tür hereingelassen worden war. Selbst das laute Diskutieren auf dem Gang weckte ihn nicht. Erst als »Professor Dirac« laut und deutlich gerufen wurde, sah er, dass es der Tarnmann war. Herr Nabi machte nach »Schön, dass ich sie treffe« eine lange Pause, setzte sich hin, atmete tief, und bat um ein Glas Wasser.

»Können Sie mich behandeln? Ich höre schon lange Stimmen, aber jetzt sagen sie, ich soll mich umbringen, und dass ich ein Versager bin. Sie beschimpfen mich als Abschaum, und drohen. »Wir kriegen dich, verbrennen dein Denkzentrum, und dann wirst du von uns ferngesteuert.«

Paul wollte schon ein Rezept mit Medikamenten gegen Psychose ausstellen, da kam »Aber auf keinen Fall nehme ich wieder Antipsychotika.«

Auf dieses Stichwort hin hüpfte Miss Furry auf den Tisch und starrte den Mann an. Der starrte ebenfalls auf sie mit genauso geweiteten Augen.

»Hallo, was ist mit Ihnen?«, fragte Paul. Keine Antwort, aber Paul sah, wie der Mund des Mannes Worte formulierte und sein Gesicht jede Bewegung der Katze verfolgte. Wollte er ihr was tun? Paul spannte sich an. Dann plötzlich hörte man Herrn Nabi sagen:

»Ja, das mach ich, ja Prinzessin, danke. Ja, wir kriegen sie. Die lassen wir für uns arbeiten. Sie sollen kochen, putzen, Sudoku lösen und mich aufbauen. Verstehe, zusammenwachsen, alle für einen, einer für alle.«

Dabei sprang Miss Furry auf seinen Schoss und schnurrte, während Herr Nabi sie etwas ungelenk streichelte, aber dabei immer zufrieden, fast selig kuckte.

»Was hat denn das Tierchen gesagt?«, war nicht sehr subtil von Paul.

»Sie ist kein Tierchen, sie ist eine Katze«, war die Replik.

»Weiß ich doch, aber was hat sie gesagt?«

Noman polterte herein und sagte, sie bräuchten eine Versuchsperson. Herr Nabi sagte sofort »ja«.

»Die Prinzessin hat meine Gedanken eingeflößt und jetzt

bin ich Chef in meinem Kopf. Niemand kann mich mehr behelligen. Und jetzt will ich gemessen werden.«

Jasper und Noman hatten tatsächlich gerade ein Kontrastmittel frisch gefiltert. Der Tarnmann nahm das Becherchen und schüttete es todesmutig die Kehle runter. Seine Augen verengten sich, als ob er auf den Ansturm der Außerirdischen gefasst wäre. Paul wollte ihm Sicherheit vermitteln und nahm ungefragt auch einen kräftigen Schluck. Es wäre ja sonst für ihn ein unethischer Menschenversuch gewesen. Danach atmeten beide synchron tief ein, wischten den Mund ab und warteten gespannt. Auch Noman und Jasper waren im Alarmzustand, sahen ängstlich auf ihre Probanden, verfolgten jedes Zucken der Mimik. Noman maß den Puls der beiden. Aber 20 Minuten nach der Magenpassage waren zumindest noch keine Nebenwirkungen feststellbar.

Also zur Messung. Zuerst setzte sich Paul eine Sekunde vor das Messgerät. Es sah aus wie eine Satellitenschüssel mit einem Laptop dran. Schmucklos. Noman bekam, was er erwartet hatte, wirkte doppelt erlöst und erleichtert.

»Paul, du bist unversehrt und außerdem der normalste Proband, den ich je gesehen habe. So einen Biedermann will ich eigentlich nicht als Schwiegersohn.« Dabei lachte er befreit. Dann der Tarnmann. Der sah aus, als müsste er einen Wettbewerb gewinnen. Die Lippen waren zusammengepresst, seine Barthaare zitterten. Noman sah fasziniert auf den Laptop mit den sich entwickelnden Daten. Lippen und Zunge bewegten sich genüsslich beim Murmeln von Begriffen wie Frequenz, Farbe, Bijektion, Strangeness, Filter, Noiseness. Paul und Nabi musterten sich fortwährend gegenseitig. Und dann mit einem strahlenden Lächeln zeigte Nomans Finger auf den Screen.

Der Tarnmann fragte jetzt auch siegesgewiss im kumpelhaften Ton:

»Gell? Ich bin doch nicht normal, oder?«

Alle erwarteten Fremdworte, futuristische unverständliche Beschreibungen, psychologische Sterntagebücher. Noman machte eine genüssliche Kunstpause.

»Keine Details. Nur so viel: Ihr habt was Gemeinsames und einen großen Unterschied.«

»Das erste glaub ich nicht, das zweite weiß ich«, meinte Nabi schon leicht enttäuscht.

Dann sahen Paul und Nabi gespannt in sich hinein, wie um nach den zwei Geheimnissen zu suchen.

Noman schrieb auf zwei Zettel.

»Wegen der Schweigepflicht kann ich es euch nur schreiben, ohne was über den anderen zu sagen.«

Paul las seinen Text. Da stand: »Du bist verliebt, Paul.«

Mist. Ob er in eine oder zwei Frauen verliebt war, und in welche mehr als in die andere, konnte der Test bestimmt nicht sagen. »Wer misst, misst Mist«, ist ein alter Physikerspruch. Paul wollte ablenken, etwas Sinnvolles tun. Er nahm einen vollen Messbecher, ging zu Indett, und hielt ihr die Prüfsubstanz sehr langsam vor die Lippen. Er ließ sie riechen und ermunterte sie.

»Nur den einen Schluck, bitte.« Aber Indett machte den Mund nicht auf. Wie so oft in festgefahrenen Situationen wollten es alle besser machen, streichelten Indett, flüsterten süß, bettelten. Und wie plötzlich aus der vermeintlichen Kältestarre heraus ein Chamäleon seine Zunge blitzschnell ausfährt, verschlang Indett gierig den Saft in einem Happs. Die Messung ertrug sie ohne Angst und Widerstreben. Noman sah gebannt auf das Ergebnis und kommentierte dann aufgebracht.

»Da ist ja nichts, nur eine flache Linie.«

Er wurde richtig zornig auf das Gerät. Jasper blieb ruhig. »Wir sind Forscher, wir bekommen nichts geschenkt. Wir müssen es dem Gerät beibringen, dass es eine alte Krankheit mit seinen neuen Methoden misst.«

Paul mochte solches Herumphilosophieren nicht.

»Schlimmstenfalls werden wir warten müssen, bis die Natur Indetts Krankheit von selbst beendet. Das kann dauern.«

Da schnellte Indett hoch wie eine Springfeder.

»Nicht so laut, das hallt so, ich höre euch doch deutlich.«

Jetzt folgte ein intensives »Jeder-sieht-jeden-an-Spiel« mit zwischendrin ehrfürchtig zu Indett linsen.

»Nun kuckt doch nicht so«, machte die weiter. Ihr tut ja, als würde ich nackt vor euch stehen.«

»Du bist wieder da, Liebste. Ich bin so froh.« Noman umarmte Indett.

Indett entzog sich der Umarmung und fragte Paul:

»Wen liebst du? Ich habe deinen Zettel gelesen.«

Paul wollte schon »Annabelle, wen sonst?« sagen.

»Diese Krankenschwester. Sie ist einfacher als meine Tochter. Du willst es einfach haben, stimmt's?«

»Nein, ich bin nur froh, dass es dir gut geht, Mama.« Das war ein sehr zusammengeschusterter Satz des ungelenken Paul.

Jasper half ihm aus der Patsche, hob das Fläschchen mit der Testsubstanz hoch.

»Wir wollten Diagnose und bekommen Therapie. Ist das nicht magisch?«

»Das war Miss Furry! Seid ihr begriffsstutzig?«, motzte Herr Nabi.

»Katzen haben altes Wissen«, half ihm Paul. Jasper schloss sich der wilden Theorie an.

»Sehr altes Wissen. Ja, ich habe vor kurzem gelesen, dass die Urform der Depression ein programmierter Lockdown war. Wenn ein Homo Sapiens vor 150 000 Jahren nichts zu essen hatte und man alle Funktionen wie Appetit, Bewegung, Kinder kriegen, abschalten musste, dann war Depression eine Lösung. Indetts Zustand wäre demnach ein sogenannter Atavismus gewesen, ein Rückgriff auf Uraltes. Aber was hat den Schalter wieder umgelegt?«

Der Bartmann winkte Jasper ab, sah Indett an.

»Sie wird sich umbringen. Das kann Miss Furry nicht verhindern.« Und dann zu Paul: »Sie selbst haben genau so etwas bei mir den ›lichten Moment‹ genannt. Und dass der ›nur kurz ist und gefährlich‹.«

Paul wusste, wie recht Nabi haben konnte.

»Ich bring euch in die Retroklinik.«

Paul sah, wie die Katze um Nabis Beine herumschnurrte, ein deutlicher Vertrauensbeweis.

»Aber es geht anders als ihr denkt. Ihr nehmt den Aufzug.« Paul war so in Gedanken, dass er nicht über den »Aufzug« stolperte. Im WG-Haus gab es gar keinen Aufzug. Er ging den dreien nur sehr gemächlich nach. Und weg waren sie. Kein Lärm im Treppenhaus. So schnell konnten sie nicht sein. Er sah sogar aus dem Fenster, ob da jemand runtergehüpft wäre. Es gab nur eine Lösung. Herr Nabi konnte auch ohne Aufzug. Er hatte das Mauseloch genommen. Jasper tröstete ihn.

»Es ist gute Magie hier.«

Resi steuerte das aktuelle Horoskop bei, sie war astrologisch interessiert.

»Kompliziertes wird einfach. Neue Wege tun sich auf.«

# Retroklinik

Der Name Retroklinik assoziierte uralte rabiate Methoden wie heiße Bäder und kalte Güsse, Zwangsjacken, Elektroschocks ohne Narkose, Insulinkoma. Und solche Quälereien passten ja teuflisch gut zu schuldbeladenen Depressionen. Paul schnappte sich das WG-Telefonbuch. Gelbe Seiten, echt antik. Die Adresse der Retroklinik gab es tatsächlich. Die Chefin war Professor Dr. Anna Brandhofer. Sogar der Slogan der Klink war abgedruckt. »Unsere Therapie nimmt Anlauf in der Zeit.«

Er rief ein Taxi per Telefon, nicht per App.

Er zwängte sich in den alten Mercedes, der stank nach Cannabis, Hippiefahrer.

»Retroklinik, wenn's geht schnell bitte.«

Der cannabis-gechillte Taxifahrer antwortete im Singsang:

»Eilt nicht, junger Mann. In der Retro geht alles langsam, schön langsam.«

»Nein, Sie können Ihre angebliche Schwiegermutter nicht sprechen«, meinte der Herr an der Pforte. »Schweigepflicht, Sie verstehen.«

Paul verstand, fragte nur so theoretisch weiter wegen Zwangsbehandlung.

»Zwang? Nein, alle unsere Patientinnen sind freiwillig hier.«

»Angenommen, sie ist mutistisch, stumm.«

»Keine Ahnung, was das ist, aber sie muss dennoch unterschrieben haben.«

»Sie ist nicht geschäftsfähig.«

»Es gilt, das habe ich mir gemerkt, der, wie die Juristen sagen, natürliche Wille.«

Der Pförtner reichte Paul einen Flyer.

»Unsere Leitlinien bieten das ganze Arsenal traditioneller Methoden von Winterschlaf-Therapie, Hydrotherapie bis Insulinschlaf und Stromdurchflutung.«

»Was für ein Gemetzel in den armen Hirnen«, dachte Paul. Sein dazu passender vorwurfsvoller Blick traf den Pförtner nicht unvorbereitet.

»Für Patient:innen, die uns vertrauen.« Der Mann war stolz auf seine Klinik. »Frau Professor Brandhofers Vater hat eine moderne Messmethode entwickelt.«

Paul entgegnete unhöflich: »Sicher etwas furchtbar Schmerzhaftes wie Luft in die Liquorräume *(Hirnwasserkammern)* pumpen.«

Jetzt sah der Pförtner verärgert aus und wollte schon nach hinten auf einen Schmoll-Kaffee gehen.

»Und wie behandeln Sie eine wahnhafte Depression? Mit good old Insulin?«

Die selbstbewusste Antwort kam blitzschnell:

»Nein, mein Herr, sondern mit Professor Brandhofers Sheperd Dog.«

Paul war baff vor Staunen. Bevor er einen Ton herausbrachte, schrie eine Männerstimme.

»Paul, alter Hirnwart!«

Paul sah den Mann, ihm ähnlich wie sein Spiegelbild, und wusste, dass das sein nicht existierender Bruder Werner sein musste.

»Was machst du hier?«

»Erkennst mich also. Cool. Alter Pleitegeier. Ich lass mich hier einstellen, also meine Manie.«

»Und wie geht das Einstellen?«

»Top-Secret-Drogen.«

»Und was planst du jetzt Feines?«, fragte ihn Paul, während er sich einzureden versuchte, dass er einen Bruder hatte.

»Ich finanziere deine insolvente Praxis. Als neue Marke. Mit Tests auf alles. Mit Therapie für alles.«

»Hast du Geld?«

»Klar, Aktien. Habe spezielle Infos.«

»Woher?«

»Ganz kosmisch, Brüderchen. Dir werde ich's verraten. Weil ich so schön manisch bin. Kennst du noch das Testbild der alten Fernsehgeräte in den 1950ern? Also das graue Gegrizzel und Rauschen? Das ist der Urknall unseres Universums, die sogenannte Hintergrundstrahlung. Die ist fast gleichförmig, aber nur fast. Und der Physiker Richard Ross kodierte eine kleine Nachricht in die kleinen Kräuselungen dieses Rauschens hinein. Eine Nachricht an alle verwandten Universen. 10 hoch 500 sind das. So ungefähr. Also 500 Nullen oben im Exponenten. Ross war wild. Später hat ihn irgendein Geheimdienst gekapert.«

»Und?«

Ich habe mir einen alten Fernseher gekauft, die Gebrauchsanweisung von Ross gelesen und zack.«

»Zack was?«

»Ist nicht immer gleich gut, aber die Aktienkurse kamen, früher als in der Süddeutschen. Hat Jasper dir das nicht durchgesteckt?«

»Moment mal. Jasper?«

»Jasper Siidelbast. Dein Jasper. Wir kennen uns schon lange. Frag ihn. Also ich muss los.«

Werner lief wie ein Sprinter. Hinter ihm eine Pflegekraft,

die noch »Herr Dirac, Ihr Notizheft« rief und mit einem Block wedelte.

Werner war schon außer Sichtweite, als zwei Herren auf das Gebäude zurannten und den Pförtner mit einer Waffe bedrohten. Paul ahnte warum. »Vom Geheimdienst gekapert.«

# Ein bisschen träumen

Paul ging los, quer durch die Stadt. Im Vorzimmer seines Hirns summten Gedanken, elektronisch wie unter einer Hochspannungsleitung. Kein Gedanke setzte sich durch. Dieses Liebesduell Annabelle gegen Isis war wie ein Fußballspiel, in dem keine Mannschaft das Mittelfeld überwindet, weit weg vom Torerfolg. Plötzlich ein Schiedsrichterpfiff, das Zeichen für eine Nachricht auf seinem Handy. Es kam von KuM.

»Hallo Herr Doktor Dirac, ich habe Sie bei Ihrer Frau in 4000 für tot erklärt, Autounfall. Sie war sehr traurig. Sie waren damals sehr arrogant zu mir und meinem Freund. Sie kennen ihn ja jetzt. Ich bin allerdings nicht so großzügig wie er. Die Rache der Kleinen ist immer die Blutigste. Ihre Schwiegermutter krieg ich auch noch. Ende der Nachricht.«

Gerade als er laut »Scheiße« schrie, standen vor ihm zwei Polizisten. Ein gedrungener Typ mit weißem Vollbart und Halbglatze las eine Personenbeschreibung vor, während der andere, ebenfalls gedrungene Typ mit weißem Vollbart und Halbglatze, quasi sein Klon, Paul mit seinen Blicken festhielt und dazwischen quasselte.

Klon 1: »Hager, mürrisch wirkend, kurze dunkelblonde Haare, sportliche Kleidung, leicht schlampig.«

Klon 2: »Das sind Sie doch, Herr Doktor Dirac?«

Klon 1: »Wir haben Sie sauber geortet mit der neuen Technik. Ja, da staunen's, gell? KuM. wie Katz und Maus, das Team arbeitet jetzt für die Münchner Polizei. Also die

Maus gehört halt der Katz. Des is a super Sach. Verstehen Sie mich?«

Paul unterbrach den Rede-Tsunami.

»Ihr habt ja nicht mal Handys.«

Der Klon 1 ignorierte das und sagte: »Wir wissen immer, wer wo ist und wir müssen die Damen und Herren Verbrecher auch nicht einsperren, die sind ja jetzt immer unter unserer Aufsicht, quasi im Dauergefängnis. Deshalb bauen wir jetzt sogar Gefängnisse ab, also umwidmen in Wellnesstempel wäre meine Idee. Und was Sie betrifft. Ihre Frau, also die Frau Bzikot hat eine Vermisstenmeldung aufgegeben.«

Klon 2: »Und jetzt, wo wir Sie gefunden haben, möchten wir Sie gleich zu Ihrer Praxis begleiten. Wir müssen da was überprüfen. Sie wissen schon wegen des Regierungswechsels. Frau Kanzlerin Schickelgruber will ja jetzt die psychischen Abnormalitäten überwachen, die werden jetzt gemeldet, nix mehr hinter der Schweigepflicht verstecken.«

Paul überlegte die Differentialdiagnosen dieses völlig übertriebenen Redeflusses. Rausch, Manie, ADHS oder Kabarett? Und Kanzlerin Schickelgruber?

Klon 1: »Was sinnieren Sie da rum? Wollen sie unser Hirn durchleuchten? Also wir leisten ja nur Vollzug. Wir sind aber keine Vollzugsbeamten, nur Streife, wie Streife im Bezirk. Und warum heißt ihre Frau nicht Dirac? Gemma in die Praxis, ist ja sicher alles in Ordnung bei Ihnen. Frau Bzikot kommt auch dahin.«

Paul tippte auf das ADHS-Symptom »andere nicht zu Wort kommen lassen«. Dennoch ein Versuch, vom Gesprächsthema abzulenken:

»Ach ja, so ganz beiläufig, kennen Sie einen Jasper Siidelbast?«

»Des is so eine Art Freimaurer. Sein Club nennt sich Cosmic Wheel. So eine Fernsehdings mit Tricks und Science-Fiction. Ich mag sowas nicht, der Kollege auch nicht.«

»Cosmic Wheel ist Englisch und bedeutet ganz moderne Technik, so wie diese Katz und Maus, noch ausgefeilter. Kennen sie den Herrn Siidelbast? Kennen ist noch nicht strafbar.«

Vor der Praxistür stand Isis, händeringend, fidgeting sagt man bei ADHS.

»Entschuldigung Paul, ich habe mir solche Sorgen gemacht.«

Paul entschied spontan das Fussballspiel Annabelle gegen Isis, sozusagen am grünen Tisch.

»Isis, ich habe mich entschlossen, für immer hier bei dir zu bleiben.«

Isis war einerseits erlöst, weil Paul nicht böse war, und andererseits ungläubig erstaunt wegen dem »hier bleiben«. Aber man hätte schon ihr Gesicht vergrößern müssen, um auch ihr schüchternes Glück zu sehen. Denn Isis war eine vorsichtige Frau. »Enttäuschung vermeiden« ging vor »sich richtig freuen«. Paul wurde auch von einem Sturm der Reue überfallen wegen seiner voreiligen Zusage. »Aufgeben? Tot bleiben? Spinnst du?«, maulte seine innere Stimme. Und sie bewarf ihn mit Traumfetzen. Annabelle saß neben ihm in einem VW Käfer. Paul schmiegte seine Hand an ihr Knie. Eva schlief selig hinter ihnen auf dem Rücksitz.

»Möchtest du, dass ich für immer bei dir bleibe?« fragte Annabelle so süß wie nie. Oh weh, oh weh. Paul hatte irre Angst, man würde seine seelische Abwesenheit bemerken und küsste Isis vor den Beamten, lang und heftig, ein sehr zwiespältiger Gefühlsmix.

Die Polizisten tippelten laut hin und her, immer mit »Ähhs« und »Hallos« nah dran, Paul und Isis ungeduldig auseinanderzuzerren.

»Herr Dirac, wir müssen: Auf geht's.«

Paul öffnete die Kussaugen und purzelte aus seinem Traumland schmerzhaft ins Geäst der Realität.

»Auf geht's. Wir brauchen die Patientenlisten, wir brauchen die Diagnosen und die Therapien«, meckerte ganz unfreundlich Klon 1.

Süffisanter ergänzte Klon 2: »Jaja, wir kriegen von Ihnen alles. Verstehen Sie? Den Medikamentenschrank, den Drogentresor, die Privatliquidationen.«

Paul hatte dieser rohen Autorität in seinem sentimentalen Zustand nichts entgegenzusetzen, so dass er sich willenlos in die Praxis führen ließ. Und er bemerkte auch nicht, dass Isis sich den Mund abwischte, als wären es Filmküsse gewesen.

Mit ihnen flutschte eine Patientin in die Praxis. Die Klone blockten sie mit gezückten Ausweisen ab. »Was woll'n ma denn? Wer samma denn?«

# Dreamizer

Die Patientin wieselte einfach um die beiden herum wie um stinkende Mülltonnen.

»Langt mich ja nicht an«, fauchte sie.

Dann kam sie direkt auf Paul zu.

»Schon klar, ich hab keinen Termin, aber ich weiß nicht mehr weiter.«

Sie war Ende 20, jugendlich-sexy gekleidet, obwohl sie hochschwanger war. Kurzer Faltenrock, dunkelblaue Overknees mit weißen Querstreifen, den grafisch geschnittenen Haaren, Katzenaugen, kirschroter, lachender Mund.

Das »Glotzt nicht so!« galt den Polizisten, die planlos in einem Heftchen stöberten, in dem wahrscheinlich ihre brandneuen Vorschriften standen.

Auf dem Schreibtisch des kahlen Behandlungszimmers lag ein Kasten neben einem PC. Die Patientin bemerkte ihn vor Paul.

»Oh, ein Dreamizer. Dass Sie so was haben? Sorry, ich bin Clarissa.«

Dann betete Clarissa Deinz den Werbeslogan des Dreamizers herunter, während sie Isis ihre Krankenkassenkarte gab.

»Also, wenn du ein Problem hast, legst du dich hin, träumst ein bisschen und dann kommt die Lösung. Das gibt es als Lied.«

Paul runzelte die Stirn und las auf der Verpackung.

»You are what you dream. Funny up your life.«

Auch Isis kannte das Ding.

»Ein dreister Fake, ›Stellt Ihr Leben steil‹. Das einzig steile an dem Kasten ist sein Preis, 3000 €. Geht aber weg wie geschnitten Brot. Atto-Nano-Markt, Dezenniumedition.«

Dazu Frau Deinz schnell:

»Fake nicht wirklich. Die hier wollen das umbauen mit hypnotischen Befehlen der Regierung. Eine Kommandosonde wie für Laborratten, bis alle auf Kurs sind.«

Die Polizisten hatten sich in Apathie geflüchtet und aßen ihre Brotzeit. Saurer Presssack aus dem Glas. Klon 1 mit vollem Mund zur angeekelten Isis: »Und, passt Ihnen was nicht?« Isis blaffte sie an: »Würde es Ihnen was ausmachen, rauszugehen?«

Das schreckhafte »Ah Neda!« von Klon 2 zeigte, dass seine vollgekleckerte Hose aktuell sein größeres Problem war.

Clarissa fing trotzdem an, zu erzählen, ganz nüchtern, aber angenehm wie eine androgyne Computerstimme.

»Schon gut, die erfahren alles, so oder so. Bevor ich Mama werde, muss ich psychisch Reinemachen. Also: Mein Großvater hat meine Mutter misshandelt. Die und meine Stiefväter haben dann mich misshandelt. Und vernachlässigt bis zum Gehtnichtmehr. Ja, die kleine Clarissa musste sich selber um die Schule kümmern, kochen und einkaufen. Stiefvater Nummer sowieso kam immer betrunken heim und wenn nicht alles picobello war, und das war es nie, schlug er mit der Faust meine Mama ins Gesicht. Und die kleine Clarissa schlug er, wo immer er sie erwischte. Die Polizei war ständig da.«

Sie drehte sich dabei zu den Polizisten um. Die Verachtung in ihrem Blick war im Ausdruck stummfilmreif.

»Und wenn sie kam, wurde nichts besser.«

Die Polizisten hatten aufgegessen, die Hose war gesäubert, und die beiden arbeiteten ihren Ärger an Pauls Praxis ab. Sie rissen planlos die Fachbücher aus den Regalen und warfen sie auf den Boden.

Clarissas Stimme behielt die Linie eines Dokumoderators.

»Die noch minderjährige Clarissa sah mit an, wie ihre leibliche Mutter vom Stiefvater mit der Längskante eines Eispickels verprügelte wurde. Dann drückte er mit dem Daumen ihren rechten Augapfel aus der Augenhöhle. Während Mama noch in Todesangst vor Schmerz schrie, erwürgte er ihre Katze an ihrer Stelle.«

Klon 1 unterbrach das Zerreißen einer Zeitschrift mit einer hämischen Bemerkung Richtung Paul.

»Traumadiagnose? Das ist auf dem Index, lieber Herr Doktor. Es heißt jetzt Zero Diagnose, Zero Therapie. So ein Traumdingsbums kostet Sie die Approbation und 10.000 Euro.«

Clarissa wechselte in den Redestil einer Rechtsanwältin und fuhr fort mit Biografie Teil 2.

»Meine Mandantin will nur Schadensersatz. Mit 24 hatte sie ihren ersten ›Dauer-Typen‹. Die Partnerwahl geschah als Folge der familiären Erfahrung absehbar deletär. Schon nach den ersten Wochen war klar erkennbar, dass der Partner die Malignität des Stiefvaters noch übertreffen würde. Als ihr gemeinsamer Sohn Bennie 2 Jahre alt war, bedrohte er sie mit Mord. Mit ›Ich ersäuf dich im Klo, du Bitch‹ konkretisierte er seine Drohung. Er packte Bennie an dessen dritten Geburtstag an den Beinen und hängte ihn über den Balkon im vierten Stock.«

Clarissa ließ pantomimisch das imaginäre Kleinkind hin und her schwingen wie ein Pendel, während eine neue Stimme wie eine warme Psychotherapeutin klang:

»Sie traute sich einfach lange nicht, zum Jugendamt oder zur Polizei zu gehen. Erst als ihr sogenannter Freund sie so ungehemmt verprügelte, dass die Nachbarn von seinem lauten Fluchen, also nicht von ihrem Wimmern, nachts aufwachten, kam es zu einer finalen Polizeiaktion.«

Die Polizisten waren mit Aufräumen fertig, sahen ungeduldig auf die Uhr. Wieder Sprecherwechsel Clarissa: »Ich flüchtete mit Bennie in ein Frauenhaus. Dort waren wir sicher.«

Klon 1: »Apropos sicher. Wir müssen Ihre gesamte Dokumentation sichern.«

Klon 2: »Wir haben da ein Programm, des rechnet Ihnen gleich des Bußgeld aus.«

Klon 1 mit Seitenblick auf Clarissa:

»Jedes Problemerl, jede Diagnose, jede Therapie hod sein Tarif.«

Clarissa mit absichtlich feuchter Aussprache gegen den Polizisten: »Ich habe keine Symptome und brauche keine Therapie. Das habe ich denen in der Klinik schon gepredigt.« Sie parodierte die Therapeut:innen mit tiefer Stimme. »Frau Deinz, Sie müssen doch Symptome haben. Sie brauchen eine Therapie. So widerstandsfähig kann niemand sein.« Nein, war ich doch. Ich war lebhaft, konnte lachen, keine Depressionen, ich liebte Bennie über alles. Nur die anderen Trauma-Bitches gingen mir auf den Zeiger, mit denen wollte ich echt nichts zu tun haben.«

Clarissa streichelte zart ihren Bauch, in dem das Baby strampelte. Da stürmte ein junger Mann herein. Als er die Polizisten sah, schnalzte er verächtlich und zuckte mit dem Kopf kurz nach oben. Dabei hielt er seinen Ausweis für alle sichtbar vor Paul.

»Lionel Fisher ohne c vor dem h.«

Das Foto war wesentlich friedlicher als der Typ im Moment.

»Sind Sie der Kindsvater?« fragte Paul.

Herr Fisher wirkte genauso zerbrechlich-jugendlich wie Clarissa. Schwarz gekleidet, flatterige Hose, Stiefel mit Plateausohle, Silberkettchen aus der Gesäßtasche.

»Haben Sie noch eine Zulassung? Sind Sie normiert? Was haben Sie Clarissa getan?«

Er zog einen Zeitungsausschnitt aus der Tasche.

»Inkrafttreten Psychnog, Psychiatrie-Neuordnungs-Gesetz. Psychopraxen werden zertifiziert. Sonst Aberkennung der Zulassung.«

Clarissa packte Lionels Hände, bevor er etwas kaputtmachte. Paul: »Und was wollt ihr zwei süßen Eltern von mir?«

Lionel antwortete: »Ich will abtreiben, sie will rüberschieben. Sie will ein Attest.«

»Rüberschieben?« überlegte Paul verständnislos, aber die Bedeutung ahnend. »Wohin?«

Clarissa weinte, Lionel war genervt, streichelte sie aber liebevoll.

Die Polizisten hatten irgendwas gefunden, so eine Selbstratingskala für ADHS.

Klon 1 las: »Erinnern Sie sich noch an den Inhalt eben gelesener Texte, wenn Sie gezwungen sind, etwas zu lesen? Lesen Sie Gebrauchsanleitungen und halten sich an die dort gegebenen Anweisungen?«

Klon 2 hatte gerade ein großes Aha-Erlebnis, sein Kopf bejahte nickend die Fragen.

Isis hatte währenddessen die Bedienungsanleitung des Dreamizer überflogen und verkabelte die beiden mit Elektroden an den Backenmuskeln und Ohrstöpseln, geschickt und schnell wie eine Friseuse bei der Kopfmassage. Clarissa war sauer über die Ablenkung, deutete auf ihren Bauch.

»Wohin? Na zu Ihnen rüber, Herr Doktor. Hallo! Die Kleine hier drinnen soll es besser haben. Sie soll dahin reisen, von wo Sie herkommen, nach 4000, da wo kein A.H.E.-Scheiß übernimmt. Und da drüben gibt es Gen- und Mindcoining.«

Paul fragte: »Woher glauben Sie so was zu wissen?«

»Von Ihnen.« Clarissa zog eine Videokamera aus der Jacke.

»Ich arbeite als Kaufhausdetektivin im Atto-Nano-Markt.«

Man sah Paul auf dem kleinen Display, wie er ratlos in den Gängen herumsuchte. Dann kam es verzerrt, klang nach Sprechanlage. »Hallo Papa, wo bist du?«

Nahaufnahme. Paul hatte perlende Tränen in den Augen.

Clarissa: »Mein Baby soll dahin, wo Ihre Kleine herkommt. Mein Baby hat was Genetisches, da drüben wäre es ein Klacks.«

Lionel: »Unsinn. Wir gehen zur Engelmacherin.«

Das Video ging weiter. Man sah Paul zittern wie eine Pappel im Wind. Evas Stimme fragte: »Papa, siehst du mich? Winke Winke!«

Paul entgegnete: »Eva, Annabelle, wo seid Ihr?«

Evas süße Stimme antwortete: »Ich bin hier, bei den Jurassic Toys.«

Dann Paul, der die Verkäuferin anflehte:

»Bitte, wo sind die Jurassic-Toys?«

Der Paul in der Praxis geriet so außer sich, dass er herumrannte, als wollte er nach Eva suchen. Isis hatte in der

Zwischenzeit seelenruhig beiden Polizisten Chips hinter die Ohren geklebt. Die Stimme aus dem Dreamizer sang mit hypnotisierendem Timbre.

»Träumerle, Träumerle, wohin willst du verreisen?«

Die beiden Klone sprangen mit weinerlicher Stimme auf den Hypnosezug auf.

Klon 1: »Ich träume immer, wenn ich was nicht anpacke.«

Klon 2: »Ich packe nie was an, weil ich immer träume.«

Klon 1: »Ich will nicht so sein, wie ich bin.«

Klon 2 nickte: »So schaut's aus.«

»Gut, gut«, sprach verführerisch die App und etwas lauter kam die Aufforderung: »Traut euch, traut euch.«

Vielleicht waren die beiden »Ts« von traut zu laut, eben nicht ausgereift, auf alle Fälle erwachten die Klone schlagartig aus der Dissoziation und schüttelten die Gedanken ab wie Flöhe. Gerade hörten sie noch wie Clarissa Paul anbettelte:

»Sie retten unser Baby, wir helfen Ihnen, Eva wiederzusehen.«

Das war Erpressung. Aus dem Stand wurde Klon 1 rabiat. »Schluss mit der Vorstellung. Bevor hier G'schäfterl laffan, werd die Praxis hiermit geschlossen. Der Herr Doktor kommt mit aufs Revier. Jetzt langt's.«

Paul, immer noch nicht bei sich, streckte den Polizisten die Hände hin, als wollte er Handschellen, dummerweise mit geballten Fäusten. Klon 1 missinterpretierte es folgerichtig als Angriff und holte seinen Schlagstock heraus. Klon 2 packte Paul von hinten, wollte ihn zu Boden bringen.

Isis stieß einen Warnschrei aus, so spitz, dass alle sich zu ihr drehten. Der Knüppel von Klon 1 schwebte drohend über

Paul. Lionel zog ein Pfefferspray aus der Hose und sprang wie eine Katze zu den Polizisten. Aber Isis Zeigefinger mit einem ägyptischen Ring, Motiv Göttin des Todes, war schneller, sauste wie ein Blitz auf den Enter-Knopf des Dreamizers. Kein Knall, nur ein sanft wummernder Ton und schlagartig waren die zwei Polizisten mucksmäuschenstill.

»You are what you dream« bestätigte die Aktion.

Die Polizisten bewegten in Trance rhythmisch Kopf und Arme.

Paul meinte fasziniert zu Isis:

»Kannst du zaubern?«

Isis entgegnete: »Tja, Lesen hilft. Nennt sich Betriebsanleitung. Dieser Ferrari hat einiges drauf.«

Clarissa ergriff die Gelegenheit.

»Bitte zaubern Sie auch für uns, Herr Dirac, Sie müssen uns helfen. Wollen Sie ein Taschentuch?«

Paul trocknete seine Tränen und zückte sein Handy. Das gab es offensichtlich nicht im Atto-Nano-Markt.

Lionel rief: »Wow, Mini-PC oder?«

Paul erklärte: »Ist auch ein Dreamizer. Jetzt schaut ihr da rein und versucht ganz fest, an diese Babyklappe zu denken.«

»Welche Babyklappe?«, fragte Clarissa ratlos.

Paul antwortete: »Der Durchgang für euer Kind.«

Die beiden sahen gierig in Pauls Handy. Paul wiederholte hypnotisch »Für euer Kind, für euer Kind«, bis beide ganz ruhig rhythmisch sich bewegend dem Handy folgten, das er hin und her bewegte.

Paul weiter mit Trancestimme: »So ist es gut. Vergesst, was nicht geht und akzeptiert, was möglich ist. Es ist schön hier zu sein. Euer Kind wird euch lieben.« »Lieben« wiederholte Paul mehrmals immer leiser gehaucht.

Clarissa und Lionel waren völlig verträumt. Als hätten sie was vergessen, kramten sie an sich herum, Hosentasche, Tasche, T-Shirt, Ausschnitt.

Paul mit nun amtlicher Stimme:

»Da ist jetzt ein Schäferhündchen in eurem Hirn. Das hab ich reingelassen. Dieses brave Hündchen hält gefährliche Gedanken weg von den braven Schafen, also von dem ganzen ordentlichen Denkzeug, das wir brauchen, wenn wir nicht durchdrehen sollen. Euer kleines, großes Problem hat sich einfach erledigt. Die Therapie geht aufs Haus. Und jetzt ab in die Geburtsklinik.«

Ein Strahlen stahl sich in die Mimik der beiden. Sie umarmten sich zärtlich. Auch die Polizisten hatten zu Ende meditiert. Sie erhoben sich räkelnd, satt und zufrieden, nach einem erholsamen Schlaf.

Klon 1: »Ich werde Kunst studieren.«

Klon 2: »Ich werde Polizist.«

Dann gingen sie ab, wortlos mit der Mütze lässig in der Hand. Paul sah stolz auf Isis, dann auf sein Zauberhandy. So ein Dusel. Er hatte gerade in der Sekunde noch die Therapie-App »Dumme Wünsche« gefunden.

Und die Gefoppten, also Hypnotherapierten, waren glücklich und zufrieden.

Clarissa fragte: »Ihr beiden heißt Isis und Paul, ja? Wir brauchen doch Namen für unser Kleines.«

Schreck. Die Polizisten kamen zurück. Doch zu aller Erleichterung hielt der Behandlungserfolg an. Sie wollten sich nur bedanken.

Klon 1: »Was immer wir hatten, Sie haben uns geholfen. Gesund sein ist so cool. Können wir was für euch tun?«

Klon 2: »A bissl Korruption?«

Clarissa verbog ihr Grinsen.

»Klar, könnt ihr. Wir müssen in die Geburtsklinik.«

»Oisse klar«, brummte Klon 1, »gemma.«

Die ungleichen vier schwärmten ab. Paul fasste zusammen. »ADHS und Beschränktheit heilen ohne Amphetamine mit einem Apparat. Dumme Flausen mit einer App aus dem Kopf vertreiben. Das ist Psychiatrie 4000.«

Isis bremste ihn: »Jaja, komm nur wieder runter. Aber ich liebe dich.«

Sie landeten auf dem Teppichboden. Sex. Isis-Sex. Sie brachte es immer fertig, Paul ihre Wünsche erfüllen zu lassen und dabei zu glauben, es wären seine. Tiefes Durchatmen. Isis suchte ein Bad, schimpfte, weil alles ausgeräumt war und in der Duschkabine das warme Wasser nicht funktionierte.

»Was hast du denn für eine Scheiß-Praxis?«, hörte Paul sie fluchen.

Da forderte ihn der Dreamizer auf, den Kopfhörer aufzusetzen und die Sitzung abzuschließen.

Welche Sitzung, dachte Paul? Aber er war neugierig. Er hörte nur Rauschen, blechern in den Höhen und brodelnd in den Bässen. Aber der Sound rieselte wie eine warme Dusche durch ihn und er spürte eine tiefe Zufriedenheit. Ja, Isis war die schönste und erotischste Frau der Welt und er ein Glückspilz. Nie wieder weg von ihr. Die kam mit Papierhandtüchern umwickelt aus der Dusche.

»Hast du süß geträumt? Tut mir leid, da draußen warten Patient:innen. Soll ich dir die Sprechstundenhilfe machen?«

Paul sah sie mild und selig an.

»Ich kann mich irren, aber ich glaube, ich liebe dich.«

Was sagte er bloß, aber es tat so gut. Isis küsste ihn schmunzelnd. Das nasse Papier wurde zum erotischen Dessous. Paul hatte Mühe mit Isis Zunge, weit im Mund brav noch mal »Ich liebe dich wirklich« zu sagen.

Für ihr »Und jetzt gehörst du mir« machte Isis eine kurze Kusspause. Obwohl Paul doch wusste, dass Isis das Gerät manipuliert hatte, war er wirklich bekehrt. Es war ein gutes Gefühl, und keine innere Stimme nörgelte herum, dass er der betrogene Betrüger war.

## Pauls Diagnosenshop

Isis zog sich ganz nahe vor Paul an, tänzelte dabei um ihn herum. Anziehen konnte genauso erotisch sein wie Ausziehen. Paul küsste fortwährend die immer weniger werdenden nackten Hautstellen, während er die von den Polizisten heruntergerissenen Bücher und Papiere wieder an ihren Platz stellte. Dabei fand er einen Papierkalender. Oh weh. Schluss mit Küssen. Mama hatte Geburtstag, den Siebzigsten. Er hatte sie ein halbes Jahr nicht gesehen. Er rief auf dem Festnetz an. Papa ging ran. Papa war pensionierter Orthopädieschuhmachermeister. Sehr gewissenhaft.

»Tja, Mama ist auf einer ›Ich bin gegen alles Demo‹. Sie hat ja jeden Tag einen anderen Irrsinn im Kopf. Und der Herr Sohn meldet sich gnädigerweise mal. Gibt es da was gegen ihren Irrsinn? Hilf ihr! Ich bin am Ende.«

»Papa, meinst du allen Ernstes, sie kommt zu mir in die Praxis?«

»Du meinst Medikamente? Da geht nur ins Essen mischen.«

»Und sonst?«

»Werner ist wieder stockmanisch, das kennst du ja. Hat er von Mama. Er sagt, deine Praxis sei insolvent.«

Also eine Eltern-Variante, die Werner kannte.

Isis kam rein und knallte ihm eine Zeitung auf den Schreibtisch.

»Ich muss aufhören, ich finde da sicher was für Mama.«

Vater wollte dann wie immer weiterquasseln, über seine

Gesundheit reden, Angst vor Prostatakrebs. Wenigstens das war gleich geblieben. Isis legte brüsk auf.

»Das Psychnog der Schickelgruber-Administration fordert eine sogenannte Renormalisierung. Alle Bürger:innen dürfen sich umdiagnostizieren lassen.«

Isis war rot vor Zorn. »Dürfen statt müssen, was für eine Frechheit.«

»Basis wird ein neuer Katalog, der sogenannte Diagnose-Tattoos anbietet. Alle Praxen werden dazu neu zertifiziert.«

Paul mochte nicht weiterlesen.

»Steht da auch drin, was normal ist?«

»Was normal ist, wird neu festgelegt. Die alten Krankheiten werden abgeschafft, und neue kreiert. Vor allem ›Asozial Light‹ wird schick.«

Der alte Paul hätte jetzt gebrüllt, dass das ein rechtsradikaler Dreck ist. Aber der Dreamizer hatte Nebenwirkungen. Denn stattdessen kam: »Ich habe Hunger. Besorgst du mir ein Falafelbrötchen?«

Isis staunte nicht schlecht. »Du und Falafel? Kein Leberkäse oder Fleischpflanzerl?«

»Nein, und ich brauche Haargel und ein paar saubere, gebügelte Hemden. Ich geb dir meine EC-Karte. PIN 4519.«

Isis lächelte mit Amüsement und Gruseln.

»Okay, mach ich. Und lies das schon mal durch.«

Vor Paul klatschte sie eine Top-Ranking-Liste der neuen Diagnose-Tattoos, sogar mit Preisliste. Keine Krankenkasse, Honorar direkt bar auf die Kralle in der Praxis. Die Diagnosenamen hatten stylische Bezeichnungen. »Anpasser« kostete 120 Euro. Was bedeutete das? Nicht erwünscht? Sowas wie zu ordentlich? »Trickser« kostete nichts.

»Fun-Anarcho rules OK« bekam sogar eine Förderung mit 500 Euro. Sowas wie Antisoziale Persönlichkeit im Staatsdienst? »Blindspotter: Meine Fehler erfinden nur die anderen« war mit Gebühr und Förderung kostenneutral. »Bitte Narkose« auch. Das nihilistische »Love is hopeless« und »Religionshypnose« kosteten je milde 2 Euro 50. »Kein Plan« war mit 1000 Euro Bonus gut dotiert, weil solche Leute leicht formbar waren. »Gier Geier« kostete 30 Euro pro Jahr. Für »Untot in den Tag starten« gab es kostenlose Spezial-Kurse und Events. Ja, auch die Jugendlichen mussten bedient werden. »Old School Animal«, »Genuss ohne Reue« und »Geile Ausreden« gaben einem den »Persilschein«, also Freistellung für kleine Ordnungswidrigkeiten. »Standby Irrer« garantierte Freispruch auch für Strafen bis zu 20 Tagessätzen. Ja und dann kam es: »Stinknormal« kostete 3000 Euro, pro Jahr. Eine klare Aufforderung, sich mit einer staatskonformen Tattoo-Diagnose einzukleiden.

Die erste der im Pulk hereindrängenden Patientinnen kam ins Zimmer. »Inga, sorry, bin ich dran?« Inga hatte einen Zettel dabei, auf dem ihr Ehemann sich ausgetobt hatte.

»Sie explodiert bei Kleinigkeiten und sieht keinen Anlass, sich nach dem Ausbruch zu entschuldigen. Sie meint ›Was regst du dich so auf?‹ Ist das normal?«

Inga war sexy angezogen. Enge durchbrochene Leggins, High Heels, Trashschmuck im dekolletierten Busen. Dabei kontrollierte Bewegungen, steter Blick in die Augen des Gegenüber, um zu sehen, dass der sie unkontrolliert anstarrte. Dann ein »Geil, oder?«-Blick. Paul war aktuell nicht gefährdet. Also musste sie mit nüchternen Fakten kommen.

»Mein Mann hat mit einem Freund gesprochen, der Physiker ist. Der sagt, da würde so was wie Dämpfung fehlen.

Und das Energiefeld ist nicht null, da wo es null sein sollte, es ist auch in Ruhe immer auf zu hohem Niveau. Man müsste ständig Energie rausnehmen. Isodamping nannte er es.«

Inga zerknüllte den Zettel des Ehemannes und warf ihn Paul an den Kopf. »Physik will ich nicht. Ich will eine schicke neue Diagnose. Ich nehme einmal die ›Fun-Anarcha‹ zusammen mit ›No rules rule OK‹. Ich zahle bar. Dann muss mein Mann den Mund halten.«

Paul hatte den Zettel geschickt gefangen, glättete ihn und las laut weiter. »Ich habe meine Inga verloren. Helfen Sie mir.« Inga fummelte an ihren Kleidern herum, hörte nicht zu, warum auch.

»Anarcha gegendert find ich gut. Wollen Sie auch wirklich keine Therapie?«

Inga lachte. »Therapie? Ist doch gesetzlich out, oder? Ich will nur ein Diagnosetattoo und vielleicht einen Tipp, was ich mit dem Nörgler machen soll, der sich mein Mann nennt.«

»Sie könnten sich ja einfach ändern. Sagen wir, wir kriegen es hin, dass Ihre Wut zwar ansteigt, aber dann schwerelos und ohne Krach durch Sie hindurchrast.«

»Und dann bin ich stinknormal für 3000 Euro pro Jahr? Mein Alter würde das glatt zahlen.«

»Also gut. Mein Plan B wäre, Ihr Mann soll sich eine Woche genauso benehmen wie Sie. Wer von euch beiden überlebt, kriegt von mir ›Stinknormal‹ und die 3000 Euro der ersten drei Jahre gehen aufs Haus.«

Inga nahm den Zettel, zerknüllte ihn wieder, machte ein neckisches Winkewinke, und ging ab mit »Also Fun Anarcha per Post, sonst melde ich Sie, Okay?«

Da wurde die Tür sehr unsanft aufgestoßen. Isis Stimme

hörte man im Gang laut schimpfen. Aber die zwei Männer und drei Frauen tankten sich mit der Begrüßung »Hallo Herr Hirnpfuscher« ins Zimmer.

Und eine der Frauen war Pauls Mama.

»Alles Gute zum Geburtstag«, sagte Paul reflexhaft.

Mama reagierte nicht darauf.

»Dein Papa hat dich angerufen und gesagt, du musst mich mit Psychopharmaka vollpumpen.«

»Ist verboten«, zischte ein Begleiter mit kurzer weiter Hose, weißen Kniestrümpfen, weißen Turnschuhen und karierter Wolljacke bis zu den Knien. Sein gebundenes Haarschwänzchen über dem Undercut wippte heftig. Mama sah dem Sohn mütterlich in die Augen.

»Du warst mal in Ordnung, hast Drogen genommen, Motto Jugend forscht, Partys, Spaß. Business war dir egal.«

Der Schwänzchenmann zischte weiter.

»Wir sind bei TTD, Turn on. Tune in, Drop out, von Professor Timothy Leary. Müsstest du kennen.«

Paul kannte den Hippie-Priester.

»Der Mann ist seit 1996 tot, hat den Leuten LSD verabreicht, so richtig fahrlässig.«

»Unsinn. Er hatte kluge Schüler. Die haben das weiterentwickelt, als Nasenspray. Solltest du auch probieren.«

Mama immer noch mütterlich:

»Du hast einen Krümel auf der Schulter. Krümel sind wichtig. Sauberkeit ist Unterdrückung.«

Paul wischte den Krümel weg.

»Die Welt ist zu sehr <u>in</u> den Fugen, lieber Paul. Man muss sie wieder ausrenken. Kannst gerne bei uns mitmachen. Die Regierung unterstützt unser Ergänzungs-Projekt zur Renormalisierung.«

Paul überfiel heiliger Zorn. »Renormalisierung? Liebe

Mama. Solange eine Menschen-Mutter ihr Kind zum sexuellen Missbrauch verleiht, ist und bleibt die ganze Menschheit ein Stück Scheiße.«

»Lieber Sohn. Wenn du Fragen zu den Menschen hast, frag den Teufel.«

»Hab ich schon. Er hat gesagt, er sei eine Einbildung.«

»Willst du mir jetzt ein Antipsychotikum reindrücken?«

»Das würde bei dir nichts helfen.«

»Brav. Spendierst du mir ›Religionshypnose‹? Das gibt 20 Euro auf dem Schwarzmarkt. War nur ein Spaß. Du hörst von mir.«

Die Truppe schlurfte ab. Mama griff in ihre Jackentasche und zog etwas hervor, das sie sich an der Brust ansteckte. Sah offiziell aus, sicher von wegen Ergänzungsprojekt.

Von Paul hörte man ein subtiles Knurren, das aus seinem Magen kam, fehlendes Falafelsandwich.

# Hirnführerschein

Isis kam endlich an mit dem Sandwich, aber düsterer Mine.

»Ich hab auf dem alten TV-Gerät gekuckt, da ist was, das du sehen solltest.«

Man sah Noman und Pauls Ex-Chef im Interview. Daneben die für Eingeweihte sichtbar von Antipsychotika gezeichnete Indett, steif wie eine Parkinsonpatientin. Noman deklamierte in leicht manischer Verfassung mit erhobenem Finger und einem Kopf, der nickte wie ein Huhn beim Körnerpicken.

»Ich bin guter Dinge, Ihre Regierung davon zu überzeugen, der Menschheit tausende gewaltvolle Jahre zu ersparen. Ich biete dazu anstelle dieser wahnwitzigen Normalisierungskampagne eine reibungsfreie Erkenntnistransplantation aus dem Jahr 4000 nach 2021 an. Die Eigenschaft Human wird in der Humanen Spezies wieder verwirklicht werden. Die barbarischen Exzesse Ihrer Zeitperiode werden schmelzen wie Nebel in der Sonne.«

Der Ex-Chef unterdrückte mit Mühe heftige Zuckungen in Gesicht und Armen, wohl weil er ständig sehr heftig reagieren wollte. Er schaffte es gerade noch, in zivilem Ton zu antworten.

»Gehen Sie zurück in Ihre wahnhafte Zukunft, und lassen Sie uns die Probleme selbst lösen.«

Damit wollte er das Interview abbrechen, aber da flüsterte ihm der Moderator etwas zu und stoppte auch Herrn Fourier. Der Schnitt der Kamera nach draußen zeigte heranstürmende Bürger, die wohl auch eine Meinung zum

Gesagten hatten, allen voran eine ältere Frau mit Skihelm zum Schutz vor Attacken von Sicherheitskräften, Pauls Mama.

Von allen Seiten strömten aufgestachelte Bürger herbei, angetrieben von Megafongeplärre. »Deutschland wird normal normal.«

Die Schranke zur Zufahrt des Bayrischen Rundfunks wurde von jungen, also beweglichen, vermummten Leuten wie beim Hürdenlauf übersprungen und das Gebäude von der Menge geflutet.

Man sah, wie der Pförtner flüchtend sein Häuschen verließ. Nur raus aus der Schusslinie. Er brüllte in ein ihm vorgehaltenes Mikrophon.

»Hoffentlich kumd koa Polizei. Wei de san no rechter und brauner wia de Leid. Des gibt wos.«

Er lief weit um den Block herum hinter das Gebäude, Leute folgten ihm, vermuteten einen Hinterausgang für VIPs. Mitarbeiter flohen in Panik, während sie sich noch die Jacken überhängten. Keine Fouriers zu sehen. Ein Interview von Reportern mit einem Mann in ABC-Schutzkleidung und Gasmaske wurde eingespielt. Er röhrte schwer verständlich mit überschnappender Stimme.

»Die Psychiater wollen uns assimilieren, unser Bewusstsein lähmen, sie gießen die Mittel einfach ins Trinkwasser. Ein Hirnpiercing, eine Kommandosonde wie bei Laborratten. Das ist die Technologie von der der arrogante Typ im Fernsehen gelabert hat.«

»Woher wissen Sie das?«

Die höfliche Frage des Reporters führte fast zu einem tätlichen Angriff.

»Space Kanal, Ross Connection«, schrie jemand von hinten.

»Wissen aus der Zukunft«, schrie ein anderer. »Gegen eure Narkosepresse.«

Paul staunte. »Ross Connection?« Über den Irrsinn hatte doch Bruder Werner getönt.

Da schwirrte ein Geräusch mit ansteigender Lautstärke, ein seltsamer Gesang. Keine Worte, eher ein Gurren, Wimmern und Brummen. Und darüber die Megafonstimme von Pauls Mama.

»Turn on, Tune in, Drop out. Weg mit dem Solo-Ich. Wir werden Eins im Superfluid. Super Fluid verflüssigt euer Ich. LSD macht uns zum Supraleiter, deindividualisiert, eine Welle aus Bewusstsein. Wir werden Energie.«

Über der sich schunkelnd fortbewegenden Welle flogen Tauben und Möwen nach Beute schnappend, als ob die Leute immer Körner oder andere Essensreste in die Luft werfen würden. Aber vielleicht waren es Tröpfchen, die aus den Hirnen der Leute ausdampften. Mannschaftswagen der Polizei rückten an, Feuerwehr, Rettungswagen. Paul würde später alle Notaufnahmen abtelefonieren, ob Mama eingeliefert worden war. Psychiatrie oder Chirurgie. Isis flüsterte mit gepresster Stimme in Pauls Ohr.

»Schalt den Mist ab. Mir ist so schon übel und ich habe meine Tage nicht bekommen.«

Dabei ergriff sie fest Pauls Hand, hatte Angst, er würde wieder abhauen. Der neue Paul reagierte sehr überraschend.

»Du bist schwanger, Süße? Komm, wir heiraten. Ich kenne da jemanden im Kreisverwaltungsreferat.«

Isis war zu sehr schlecht, um sich darüber Gedanken zu machen.

Zum KVR mit dem Taxi. Der bärtige Fahrer mit Akzent meinte:

»Ich lieber werd mal warten. Ihr werdet schon merken.«

»Ihren Ausweis bitte«, knurrte sehr unfreundlich der Pförtner. Pauls ratloser Gesichtsausdruck verärgerte ihn, wie wenn man die Anweisung »Zuerst die Marke ziehen« am Tag schon tausend Mal gesagt hat.

»Wo ist Ihr Mind-Check?«

»Ich will nur zu Frau Schmotzka«

»Arbeitet hier nicht mehr, Herr Freud.«

»Ich brauche keinen Mind-Check, ich bin Psychiater, ich mache Mind-Checks«, reagierte Paul angeberisch.

Das Gesicht des Pförtners faltete sich zusammen mit verengten Augen und spitzem Mund. Der Herr Pförtner zischte bedrohlich: »Dann kommen Sie mal mit, Herr Sigmund Freud.« Sein Finger zeigte den langen Gang entlang. Widerworte schienen zwecklos. Isis war keine Unterstützung, fragte nur mit deutlichem Aufstoßen nach dem Klo. Der Pförtner holte zur Verstärkung auch noch zwei Sicherheitsleute, die Paul unmissverständlich begleiteten, vorbei an leeren Wartebänken und Screens ohne aufgerufene Nummern, auf unbekanntes Terrain.

Nach kurzem Klopfen öffnete eine MTA. Paul wurde in einen Vorraum geschubst, sah noch das Wort »Testlabor« in flammender LED-Schrift. Die MTA lenkte Paul wortlos mit einer Handbewegung in ein Untersuchungszimmer. Sie wirkte wie gerade aufgewacht, hatte wohl lange auf den ersten Probanden gewartet. Bildschirm, Bedienungskonsole, Anzeigeinstrumente, daneben ein Cyberhelm.

»Meine schwangere Frau wartet. Kann ich nein sagen?«

Sie schob ihm, immer noch ohne Worte, eine Bekanntmachung des KVR hin. »Alle Bürger sind zu einem aktuellen Mind-Check gemäß Verordnung nach dem Psychnog 2021 verpflichtet. Beschwerdeinstanz ist das Oberverwaltungsgericht.«

Die MTA machte ihre knappe Ansage, von dieser Autorität unterfüttert.

»Dauert nicht lang. Tut nicht weh. Das Baby muss warten. Können wir jetzt?«

Ihre knallrote, gut gestylte Uniform und der straffe Dutt ihrer ebenso roten Haare kontrastierten zu ihrer pomadigen Art. Sie erklärte Paul noch etwas haspelig, er war ja der Erste, er würde Szenen virtuell erleben, harmlos, es mache auch Spaß.

»Jede Minute, in der Sie nicht mit einem AUS-Knopf ausschalten, gibt es Pluspunkte.«

»Warum sollte ich ausschalten?«

»Sie können auch auf Repeat oder Freeze, also Bedenkzeit, drücken. Moment.«

Sie musste kurz nachlesen — »Ach ja, gibt Punktabzüge.« Pauls Unbehagen wurde nicht weniger. Abzüge sind immer bedrohlich.

»Ja, und wenn Sie keinen Lösungsweg sehen, können Sie den Joker drücken, steht da.«

Kurzer herablassender Blick zum Opfer Paul.

»Aber so luschig sind wir doch sicher nicht, Herr Hirnwart. Sie sind doch Psychiater oder?«

Paul fand die Berufsbezeichnung Hirnwart erfrischend. Die MTA stülpte Paul den Helm mit integrierten Kopfhörern und Virtual-Reality-Brille über.

Kurze Begrüßung mit der Bayrischen Nationalhymne. Dann begann die Testsequenz ohne Kommentar damit, dass Paul eine virtuelle Wohnung betrat. Er konnte sich dort mit Kopfdrehung, Armen und Beinen bewegen und mit Gegenständen hantieren. Aus anderen Räumen hörte Paul Stimmengemurmel. Er merkte schnell, dass diese sich mit seinen Bewegungen synchronisierten. Inhalte wurden deutlicher. Was wusste die KI von ihm?

Paul wollte gerade nach einer Salzmühle auf dem Regal greifen, sie fiel runter, riss eine Tasse mit, Scherben. Sein »Sorry, Annabelle« hatte Folgen.

»Schrei nicht so!«

Gleich darauf kam eine Frau durch die Tür. Ein Pixelmonster, ihre schlechte Grafik kontrastierte stark mit der perfekten Umgebung. Sicher Taktik. Soweit erkennbar, war sie überschminkt mit einer überexpressiven Gestik, übergriffig, übergewichtig, überparfümiert. Die lasen jetzt sicher Pauls Mimik aus und wussten, ja hatten schon vorher gewusst, wie er diesen Typ Frau hasste. Die plapperte wie ein Wasserhahn, immer mit den Händen am Hals rumfummelnd. Ihre Stimme war nicht die von »Schrei nicht so«. Also wohl nur die Freundin der Frau. Sie bestrafte ihn dennoch mit Geschwätz über seine Negativthemen wie Umstrukturierung in ihrer Firma, Kosmische Energien und Begeisterung für Style-Influenzerinnen. Und dann kam Pauls vermutliche Frau herein, aber ihr Gesicht war leer, weggepixelt. Paul sah nur ihre Arme gestikulieren. Er fixierte das leere Gesicht, von Haaren umweht, die ihm vertraut vorkamen. Der Pixelnebel wurde dünner und nach wenigen Sekunden geschah der Horror. Seine Gedanken hatten das Vakuum gefüllt. Das Gesicht strahlte auf, wurde zu Annabelle. Sie lachte ihn so sehnsüchtig an, dass Paul zu spüren glaubte, wie sie zärtlich in sein Ohr flüsterte, das sie mit ihrer Zunge sanft leckte. Da brüllte ihn aus diesem Mund die Stimme der virtuellen Ehefrau an.

»Ich hab dich so satt. Du klebst an mir dran, im Bett bist du eine Null, und du riechst nach Hasenstall.«

Pauls Finger wackelte über dem AUS-Knopf. Zu früh oder zu spät drücken?

Und weiter die Fake-Annabelle zur Freundin.

»Und der naive Idiot fragt mich dauernd, ob ich andere Männer habe.«

Dabei wurde Annabelles Gesicht immer präziser, vertrauter, aber bitterböse fremd. Ein Messerstich in Pauls Gefühle. AI lernte schnell, ohne Moral. Und vor »Asozialer Intelligenz« half nur die Flucht. Paul sah aus dem Fenster des Erdgeschosses. Am Gehsteig geparkt stand ein Auto. Es war sein Auto mit dem korrekten Kennzeichen. Ein eleganter AUS-Knopf. Weg hier, aber wohin? Er rannte los, fuhr los, automatenhaft, wie wenn die innere Routine übernimmt und man eigentlich ganz woanders hinfahren sollte. Zumindest nicht direkt in einen Stau. Doch, genau das. Kein vor und kein zurück. Verkehrsstau ist gleich Gedankenstau. Kein kreativer Ideenfluß, nur Zeug zum Hochrülpsen und Wiederkäuen. Jetzt schob sich das Gesicht von Isis vor seine Augen, tief gekränkt, weinend. Damit abwechselnd drängelte sich wieder Fake-Annabelle wie ein Film über einen Film, Variante siegessicher, rachelüstern. Pauls innere AI ließ die beiden um ihn kämpfen, schlagen, kratzen, Bein stellen. Aus AI wurde A-nnabelle gegen I-sis. Zuletzt gingen sie wie die Kampfakrobatinnen in japanischen Videospielen aufeinander los. Explosionen, Kopf ab, wieder dran, Feuer spucken. Paul musste da raus. Da kam aus dem Navi des Autos ganz ruhig:

»Hallo Paul. Was motiviert, inspiriert und treibt Sie an? Wofür brennen Sie?«

»Herr Dirac, wann geben Sie auf?«

»Ihre Frauen betrügen Sie. Was ist Ihre Strategie?«

Die Eingabe musste verbal erfolgen. Paul schüttelte den Kopf. Nur weg mit den Pseudohalluzinationen. Vorsicht Paul, nur nichts sagen. Klappe halten. Aber man redet leider oft schneller, als man denkt, vor allem wenn der Druck hinter der Zunge groß ist. Da hilft keine Autokorrektur. Und bevor Paul ein Wort gedacht hatte, war es gesagt.

»Mein Schwanz liebt die eine, mein Herz die andere.«

»Danke« kam aus dem Display. Sie haben 94 Punkte.«

Bizarr? Gab es Punkte für intime Ehrlichkeit? Aber der Display-Spuk war weg. Dafür spielten sich direkt um Pauls Auto herum Gewaltszenen ab. Alles, was der deutsche Bundesbürger gern am Abend als harten Krimi oder Action-Kino sieht, oder in Romanen zum Einschlafen liest. Unmittelbar vor Paul schlug ein muskelbepackter Typ mit Kapuze seine Freundin mit den Füßen ins Gesicht, übergoss sie mit Benzin und zündete sie an. Paul konnte nur seine Augen schließen. Die grellen Schreie blieben. Bei einem kurzen Augenzwinkern blendete sich eine Ansage ins Gesichtsfeld ein:

»Rufe die Dogs of Justice«

Dazu blitzte ein Kurztrailer der Gerechtigkeitshunde in der Brille auf. Diese Wesen waren Roboter in Hundegestalt mit allen Varianten und Größen. Sie wirbelten durch die Szene und katapultierten die Täter durch die Luft, als Erstes weg von den Opfern. Und diese Monsterhunde bellten nicht, sondern lasen den Verbrechern ihre Untaten vor. Wer sich nicht sofort ergab, wurde zerfetzt wie Papier. Eine Gruppe von Tätern versuchte, auf die Roboter zu schießen, worauf die sich vermehrten wie Funken eines Feuerwerks und ins Überlebensgroße wuchsen. Wunderbar, diese Form der Rettungstruppe. Deus ex Machina, Gott aus der Maschine. Da drängten von außen historisch bekannte Bösewichte ins Blickfeld. Sie vollführten ein Reenactment ihrer Verbrechen. Kaiser Friedrich schnitt einem Mann den Bauch auf, um zu sehen, wie er verdaut hatte. Diktatoren wie Stalin, Hitler, Pol Pot, aber auch lebende Despoten wie Bashar Al-Assad und Putin vollzogen Folter und Todesstrafen am Fließband, mit eigener blutiger Hand und kaltem Grinsen. Ein Hundegesicht näherte sich Paul, sah ihn an wie sein Herrchen. Auffordernd und verführerisch leckte er sich die geifernden Lefzen. Paul dachte, wusste: Natürlich würden diese Schlächter nachwachsen wie Unkraut, aber das Gefühl, dass alle Unmenschen für einen Moment von der Erde getilgt wären, war enorm. Paul drückte. Tot-Tot-Tot-Tot-Tot. Ein besonders riesiger und blutrünstiger Hund wütete unter den Peinigern dieser Welt. Mit Speichelbächen und blechernem, ohrenbetäubendem Jaulen zerriss er Sergeij Lawrow und Wladimir Putin, und verspritzte ihre Fetzen hunderte Meter weit in die Luft. Ihr Schrei in echtem hilflosem Schmerz wurde als Bonus nachgeliefert. Der Hund verarbeitete wie eine Harvester Maschine diesen Abschaum der Welt zu Pellets. Und dann, mit einem plötzlichen ruhigen Seitenblick, nahm er Pauls Gesicht an. Paul sah in das Profil seiner eigenen blutgeilen Fresse, während er von applaudierenden Hunderten und Tausenden von Opfern rauschend bejubelt wurde. Gedankenstopp. Selbstkontrollampel auf Rot. Zu viel für einen Psychiater. Paul drückte auf Aus. Durchatmen. Kleines Selbst-Lob. Keine Punktzahl. Gut so.

Schnitt.

Paul lag in einem Krankenhausbett. Ein Arzt kam und klärte ihn auf über ein bösartiges Sarkom, an dem er in drei Wochen sterben werde. Was er denn noch regeln wolle.

»Sterben muss auch mal sein, Herr Dirac«, war die steigernde Provokation einer jungen Assistentin. Paul konnte ja nicht gut eine Virtuelle schlagen und meinte nur trocken:

»Noch drei Wochen? Kann man da nicht was beschleunigen?«

Großes Selbst-Lob. Wieder keine Punktzahl.

Ohne AUS-Knopf wieder Schnitt. Ort undefinierbar, alles weggepixelt bis auf weiße Wände. Wie bei den Frauengesichtern richteten erst Pauls Gedanken den Raum ein, unbewusst zu den vertrauten Regalen der WG. Und in Pauls möbliertes Chaos hinein kam die Aufgabe im Display.

»Suchen Sie Ihre Geburtsurkunde.«

Was? Vom Tod zur Geburt. Rundumschlag. AI wusste vermutlich dank Frau Schmotzka, die Paul jetzt des Verrats verdächtigte, was da drinnen stand. Paul versuchte, sich an irgendetwas zu erinnern, wo er die Urkunde zuletzt abgelegt haben könnte. Aber wohin immer er virtuell griff, verselbständigten sich die Schubladen und Ablageflächen. Dokumente, in Folien eingeordnet, fielen glitschig und schnell, waren nicht zu greifen. Manche Fächer waren rappelvoll, beim Hinlangen plötzlich leer. Paul griff nach einem Stapel Fotos, die sich nach hinten in einen Spalt verschlupften. Er durchwühlte verschiedene Fächer, aber fand nur alte Einkaufszettel und Werbung. Er verlor die Geduld wie eine Kapuze, die einem der Regenwind vom Kopf weht. Er murmelte grunzend, brabbelte hilflos, biss sich in die Lippen, warf wütend Schubladeninhalte auf den Boden, türmte alles auf einen Haufen, als wolle er den anzünden. Keine Chance, er musste aufgeben.

Aber weder »Aus« noch »Repeat« wirkten, nur ein sanftes Pling verhöhnte ihn. In höchster Not drückte Paul die Jokertaste. Es wurde ein 50/50 Joker, der die Hälfte der Papiere verschwinden ließ. Eine ironische Stimme steigerte den Frust mit »Herr Dirac, möchten Sie einen Freund anrufen?«

Und Paul wollte Resi anrufen, die wusste immer, wo alles war. Aber wie in uns allen bekannten Stillstandsträumen üblich, konnte er die Nummer einfach nicht korrekt eingeben. Hilflos stand er vor seinem Müllhaufen. Auf dem Display darüber lief eine Uhr von 10 abwärts, unerbittlich auf irgendeine Katastrophe zu. 6-5-4-3. Paul hatte Angst, nicht nur virtuell. Er schwitzte und zitterte. Hilfe schrie er. Was sollte denn passieren? Tot umfallen? 4-3-2 und dann 3-2-1, überlagernde Wiederholungen wie in schlechten Thrillern. Jetzt aber 3-2-1, Würgen in der Kehle, Stuhldrang. Aber nach der Eins kam nur eine sanfte leise Null, kein Knall, kein Raketenstart, keine Bombenexplosion. Statt dessen segelte aus dem leeren Regal lautlos ein DIN-A4 Papier in Pauls Hand. Und es war nicht die gesuchte Geburtsurkunde, sondern eine Sterbeurkunde, Pauls Sterbeurkunde, angeheftet der Totenschein der Leichenschau. Das Datum war ausgefüllt. Paul las langsam laut.

8. Januar 2021. Er sah auf seine Datumsuhr, sie zeigte den 8. Januar 2021. Sein Sterbetag. Pauls Vernunfthirn schob schlagartig die Angst zur Seite. Welch primitiver Scherz. Er wollte brüllen, aber konnte nicht. Klar. »Hallo Paul, du bist ja tot, Tote brüllen nicht.«

Paul riss sich, tot oder lebendig, Helm und Brille vom Kopf »Schluss jetzt! Hallo?«

Nichts geschah, Paul blieb, wo er war. Die Bilder verschwanden nicht. Das Regal, die Wand vor ihm, explodierten in Pixeln auseinander. Und Paul flog mit den Trümmerkörnchen davon, durch die Decke hoch in den Himmel, hoch über einer zerstörten Welt, einem Nichts. Keine Struktur, keine Farben, oder gar Lebewesen. Zerbröselter, im Mixer gepixelter Schutt. Sogar der wurde weniger, der Kosmos verdünnte sich über Billionen von Jahren in die Leere.

Nicht einmal Schwärze, kein Licht, keine Temperatur, kein Molekül. Paul fror nicht, spürte sich nicht, sah sich nicht, konnte sich nicht berühren. Sein Herz schlug wie eine schwere Kirchenglocke, immer langsamer und dumpfer. Und wieder schuf Pauls Hirn in das Vakuum hinein eine Welt. Mama, Papa, Bruder Werner, Milo, Resi, Murkl und Herbert winkten ihm. Sogar sein Ex-Chef. Und dann standen da Isis, Annabelle und Eva auf zwei verschiedenen Bahnsteigen eines girlandenförmigen Parkhauses. Paul trieb ein Sog nach oben. Er wollte alle an der Hand fassen, mitnehmen, retten. Mit einem Impuls ruderte er zu Isis. Er ergriff ihre Hand, stieß sich von einer Wartebank ab. Schreck, ihre Hand war weg und der Rückstoß trieb ihn fort. Lichtblitz, es trieb ihn zu Annabelle und Eva. Die wegdriftende Isis ballte die Faust gegen ihn. Ihre Hand trieb Ranken aus, um ihn zu fassen, als er Annabelle und Eva mit sich zog wie ein Hubschrauber geborgene Verunglückte. Der Sog nach oben nahm zu, aber Paul hatte keine Kraft in den Fingern. Die Hand würde sich öffnen und loslassen. Zuerst entglitt ihm Annabelle. Sie schrie lautlos, er sah ihr unendlich still-trauriges Gesicht. Er packte Eva mit beiden Fäusten, aber auch dieser Griff wurde schwächer. Zuletzt hatte er Eva noch zwischen zwei Fingern, bevor sie rasend schnell in die Tiefe fiel, und außer Sichtweite mit einem dumpfen Schlag zerschellte, ohne Atmosphäre für einen Schrei. Paul fühlte das Schlimmste, was je durch seine Seele gejagt war, bodenlose Trauer, Schuld und Wertlosigkeit.

»Ich will weg sein, weg, tot!«

Bewusstlosigkeit merkt man ja erst, wenn man wieder aufwacht. Auch wenn man nicht will, weil dann der Operateur vielleicht sagt, dass alles umsonst war. Krebs, Terminalstadium. Paul wurde aus dem stillgelegten Hirn gerüttelt und geweckt. Die MTA hatte ihre Hand an seiner Schulter. Guten Morgen, Herr Dirac. Ihr Punktekonto steht bei 6730. Sie haben den Rekord geknackt. Sie hatte den unterschriebenen Hirn-Führerschein in der Hand.

»Ich hätte Sie ehrlich gesagt durchfallen lassen, aber das Geheimnis des Algorithmus kennt niemand.«

In Pauls Seele brannte noch panisch die Schlusssequenz.

»Kann man das Ende löschen? Ich schäme mich so.«

»Was? Schämen? Quatsch. Drei geliebte Personen kann man nicht retten. Das nennt man Zerreiß-Dilemma. Nein ehrlich, Sie waren super. Die Dogs of Justice sind ja meine Favoriten. Sie haben die Viecher ganze dreißig Minuten lang losgelassen, Respekt.«

Dann wurde ihre Stimme etwas spitz, während sie übertrieben kokett mit den Augen klimperte.

»Und wer sind denn nun Annabelle und Eva, nur so aus Neugier, Sie haben beim Rausholen so doll geschrien.«

Die MTA wurde leise.

»Wenn die Widerstandskraft der Probanden zusammenbricht, das sagt am meisten. Haben Annabelle oder Eva Sie denn verlassen?«

Paul antwortete darauf nicht. So provoziert man Spione, indem man vorspiegelt, die eine Hälfte zu wissen, damit sie einem durch unkluge Handlungen die andere Hälfte aufdecken. Um sie dann mühelos abzuschießen.

Paul bot der MTA einen Deal an. »Ich erzähle Ihnen von meiner Familie, wenn Sie mir sagen, was das hier alles soll.«

Die MTA zog Paul wortlos an sich, berührte ihn zwischen den Beinen, steckte ihm einen Finger in den Mund und lutschte an seinem Ohr, wobei sie hineinflüsterte, während er stocksteif blieb, weil er Angst hatte, das gehöre auch noch zum Test.

»Das, mein Süßer, kann ich dir nur sagen, wenn du jetzt mitmachst.«

Dabei sah sie unglaublich verführerisch aus.

»Weil die dann auf den Monitor starren, wenn wir tun, als würden wir rummachen und das für drei Minuten in die Schleife geht.«

Paul machte mit wie ein Bodydouble mit einer Intimacy Koordinatorin beim Film. Als die Loop stand, zog ihn die MTA, sie hieß gehaucht »Mary«, in den Kontrollraum des Simulators. Ihr Blick war eindeutig »Hast auch deinen Spaß gehabt, gib's doch zu.« Aber dann wurde sie präzise.

»Der Algorithmus sucht nach Sehnsucht, Neugier und Anstand ASN. Du warst perfekt. So jemanden wie dich will die OCEM, die Organisation für Construktive Evolution der Menschheit. Sie suchen Leute für ein Projekt. Soft Machine heißt, S. M. steht auch für Save Mankind. Die warten auf den Durchbruch ihrer Forschung, irgendeinen Start. Klar, die Polizei hat dich gebracht und eigentlich müsste ich deine Daten auch an die Schickelgruber-Administration weiterleiten. Mach ich nicht. Die Besten sind für die OCEM. Ich gebe dir alle Daten mit, falls du zu denen willst. Du bist eine gute Mischung. So wie du drauf bist, hast du sicher den Science-Fiction-Film ›Der zweite Weltkrieg‹ gesehen.«

Ein weiterer Einblick in Marys Alternativwelt. Paul klopfte sanft in Richtung Aufklärung.

»Kenn' ich, aber als Doku.«

»Gibt es den als Doku? Is ja gruselig. Du musst gehen, Süßer. Wir sehen uns wieder.«

Sie gab ihm einen Zettel mit ihrer Telefonnummer plus einem Luftkuss und schubste ihn raus. Sie sah aber nicht aus, als erwarte sie seinen Anruf.

»Grüß mir deine Mädels!«

Paul lief zum Pförtner, zu Isis, leere Gänge, seine Uhr war zurückgesprungen auf Einstellungsdatum 1.1.2000. Pauls Zeitgefühl zeigte eine Stunde nach Todeseintritt. Schon dunkel. Der Pförtner sah auf seinem Bildschirm den Loop von Paul und Mary, grinste, winkte ihn durch. Neben dem Ausgang postierte sich ein junger Mann, der verwegen schnell auf einem Handy tippte, Paul ganz kurz ansah und dann, ohne vom Handy aufzublicken, auf ihn zuging. Er hatte dichte wuschelige Haare, eine große Brille mit massivem Silbergestell und wischte sich fortwährend mit der freien Hand die Nase. Paul, statt zuerst nach Isis zu fragen: »Woher haben Sie ein Handy?«

»Hat mir jemand mitgebracht, is'n Spielzeug. Ihrer Frau geht es gut. Is bei den Gynis, Sanka hat sie hingefahren. 2. Monat. Kein Problem, alles gut, kein Stress. Sie gehen jetzt sicher in Ihre Praxis, ich komm mit.«

»Hat sie was für mich ausgerichtet? Hey, Burschi! Und warum kriege ich Sie als Schatten?«

»Entspannen Sie sich. OCEM. Project Soft Machine.«

»Lassen Sie mich damit in Ruhe.«

»Mary hat es Ihnen doch gesagt. Leute wie Sie, so 20 000, werden nach dem Mind Check ausgewählt.«

»Niemand wählt mich aus und teilt mich ein, kapiert, Sportsfreund?«

Man merkte das Abfärben der jugendlichen Sprache auf den strengen Paul. Der Nerd blieb aber gefasst.

»Ganz cool. Soft Machine ist der Operationsname. Surrealistischer Roman von William Burroughs und Name einer Progrock-Band in den 70ern. Das Ziel ist Outsourcing einer Stichprobe in eine andere Umwelt, Parallelwelt und Resourcing, wenn die Menschheit im Decline ist. Alles freiwillig. Soft Machine, S. M., Save Mankind.«

Paul sah kurz auf Nerds Handy-Screen, wo ein Alien mit vier Fingern bedrohlich in die Augen eines Erdenbürgers fassen wollte.

»Ist das die Simulation der Mission?«

Schweigend gingen beide nebeneinander her. Paul schämte sich. Isis war schwanger und er dachte intensiv daran, durch diese Mission Annabelle und Eva zu treffen. Die Welt wechseln wie eine Unterhose. Wer würde schon eine Unterhose so lange anbehalten wie ein Leben? Aber wenn das Leben so beliebig würde wie eine Unterhose? Paul sah vor sich den Namen der Band Soft Machine und hörte ein Lied mit dem Gesang des Trommlers Robert Wyatt. »I'm loving you the way I do make everything seem right again.«

Der Nerd hatte das Summen gehört. »Sie kennen Robert Wyatt. Immer noch super.«

»Ist doch querschnittsgelähmt nach einem Unfall!«

»Der Nerd war aufgebracht. Wann? Heute? Gestern?«

»Anderer Zeitstrang. Ist egal.«

Weltkriege, Einzelschicksale, Paulschaum, Milliarden Taschenuniversen. Paul hatte das letzte Wort »Taschenuniversen« zu laut gemurmelt. Nerd: »Taschenuniversen. Genau die brauchen wir. Man hat ausgerechnet, dass die genetische und soziale Höherentwicklung der Menschheit in Echtzeit 2000 Jahre brauchen würde. So viel Zeit haben wir nicht.«

»Wollt ihr bessere Menschen züchten?«

Nerd setzte eine echte Nerdmütze mit riesigen mathematischen Symbolen auf.

»Unsinn. Ihr werdet bleiben wie ihr seid, bisschen dazulernen, vielleicht. Aber die, die daheim bleiben, werden sich ›extincten‹. Dann kommt ihr zurück.«

Dabei lächelte er verkrampft und wiederholte mit bösem Unterton das Wort »Extincten«.

»Ich schau mal nach für Sie, wann der Launch ins Trainingscamp ist. Nee, is noch nicht raus. Stimmt doch, dass Sie den Wahn haben, aus der Zukunft zu kommen oder hin und her zu pendeln, so mit Frau und Kind in der FF?«

»Ja, was ist FF?«

»Far Future.«

»Kann ich mit Soft Machine da kurz vorbeischauen?«

»Ist nicht geplant. Ihr Test war übrigens krass cool.«

Und er reichte Paul die freie Hand.

»Ich bin Untergang. Ich heiße so.«

»Was war das für ein Spiel auf ihrem Handy?«

»Refurbish Mankind. Wer am meisten A.H.E -freie Figuren hinkriegt, gewinnt einen Cold Gold. Das sind aktuell 125 Euronen.«

»Was ist A.H.E.? Also bei euch hier.«

»Wie gesagt, eine Infektion.«

Man sagt ja gerne »wie gesagt«, wenn man was noch nicht gesagt hat.

»Und da gilt der alte Spruch aus der Pestzeit. C. L. T., Cito, Longe, Tarde. Das heißt: Hau schnell ab, geh weit weg und komm spät wieder.«

»Gibt es eine Immunität dagegen? Also bei uns Ausgesuchten?«

»Niemand ist immun gegen A.H.E., hast ja in deinem Test erlebt. Ich sage nur ›Dogs of Justice‹. Deshalb Mission Soft Machine. Verstehst du? Inselthema. Die Guten raus, keiner rein.«

»Rein in welches Taschenuniversum?«

»Idealerweise eins ohne so eine Art Kranke, oder ohne Kontakt mit denen.«

Gutes Stichwort fürs Ankommen in der Praxis. Im Flur war Radau. 20 bis 30 Männer und Frauen brabbelten in forderndem Ton durcheinander, winkten mit Zetteln, die sie unterschrieben haben wollten. Celia war da und Isis. Sie winkte Paul kurz mit Kusshand zu. Ja, sie konnte in eine Minigeste kompakt Inhalte packen: »Wo warst du so lange?«, »Hoffentlich auch bei dir alles gut«, »Bei mir und dem Baby alles in Ordnung«.

Paul kämpfte sich mit Armen als Schneepflug geformt zu Isis durch. Er nahm sie in die Arme, ohne dabei den Bauch zu fest zu drücken. Als er auf sie gerempelt wurde, gab es einen deutlichen Stoß mit den ausgefahrenen Ellbogen und einen satanischen Blick zum Täter nach hinten. Celia unterschrieb wahllos Bestätigungen für irgendwelche Diagnosen.

Nerd Untergang fand es »Way Cool«.

Paul half unter protestierendem Kopfschütteln mit, bis die Bude leer war. Spitzenreiter bei den Diagnosen waren »Bitte Narkose« und »Kein Plan«.

»Die sagten alle, sie bräuchten eine Diagnose für Pass und Pony«, verteidigte sich Celia. »Die hätten mich geprügelt, wenn ich nicht unterschrieben hätte.«

Nerd lachte überheblich.

»Ihr solltet mehr fernsehen. Also. Man braucht eine Diagnose, in der Szene heißt es Pass, um einen Chip zu kriegen, das Pony. Damit kriegt man dann Substanzen, also Drogen, Stoff, alles, was gut ist.«

»Legal?«, staunte Paul.

»Klar, keine Prohibition mehr, kein organisierter Drogenhandel. Die Hälfte der Leute auf der Straße zugedröhnt, legal. Ich sag doch, nichts wie raus hier, rettet die Menschheit.«

»Wovon spricht der junge Mann?«

Paul erzählte alles, etwas haspelig.

Isis zeigte Nerd ihr Ultraschallbild und fuhr ihn an.

»Eine Sektenkolonie? Seid ihr irre? Mein Kind bleibt hier.«

Der nahm hektisch zwei Pillen ein. »Ist gegen ADHS, Methylphenidat, auch eine Droge. Glückwunsch übrigens wegen des Bildes. Die Kleine nehmt ihr ganz entspannt mit. Ihr habt es einfach ruhig und schön auf Soft Machine. Lauter interessante Leute.«

Paul stellte sich die Geburt seines Kindes in einem Raumschiff vor.

»Also wir werden in einem Bunker eingesperrt und, wenn alles vorbei ist, spielen wir Adam und Eva.«

»Blödsinn, wie gesagt. Meine Assistentin wird euch alles vorbeibringen«, widersprach Nerd überfordert, während er mit zappelnden Fingern auf die Wirkung der Pillen wartete. Auf dem Nachhauseweg berichtete Isis die üblichen Infos über den zweiten Monat und alles, was an Untersuchungen jetzt zu erwarten war. »Und wir gehen nirgendwohin! Ich suche jetzt einen Kitaplatz. Und du gehst nochmal in den Dreamizer zum boostern. Bist fast schon wieder der kaltschnäuzige alte Paul.«

Vor der Haustür stand eine junge Frau, Anfang 20, Shorts, Tattoos mit Space Motiven.

»Ich bin Mall Dlacia, komme wegen der Testphase Soft Machine. Boarding morgen um 7 Uhr. Natürlich p. m., klar? Bitte eine Woche einplanen. Weitere Daten schick ich an Herrn Paul Dirac. Korrekt?«

»Und Frau Bzikot, Isis, bitte. Ich will es persönlich in den Müll klopfen.«

»Die Lady ist nicht gelisted.«

Isis sah messerscharf an ihr vorbei, zischte zu Paul:

»Du nimmst uns mit! Also du tust so, als ob.«

Paul nickte gehorsam.

»Nope«, kam von Mall, »sorry. Frau und Kind kann man nicht retten. Sie wissen doch, Zerreiß-Dilemma.«

Es folgte ein Giftschlangen-Staring Contest. Isis sah Mall mit Blicken wie ein Diamantbohrer an. Die Hände führten dabei hoch angespannte Mini-Bewegungen aus, die, wenn erlaubt, Prügel geworden wären. Ihr Mund wollte dauernd unfassbar Beleidigendes herausschreien. Mall ihrerseits biss sich die Lippen blutig, und drehte mit einem Ruck den Kopf weg.

»Kann man wohl retten«, schnaubte Isis wie eine Löwin vor dem Würgebiss. Wirkte überzeugend.

»Okay, ich schau, was ich tun kann.« Mall sah pro forma in ihren Laptop. »Ah, cool, da ist, glaube ich, gerade ein Platz frei geworden.«

»Super, nehmen wir.« Isis in einem Ton, als habe sie Mall gerade vom elektrischen Stuhl begnadigt.

»Mich gibt es aber mehrmals, unendlich oft, ein Platz reicht nicht«, wandte Paul plötzlich ein. Er wusste, dass er ablehnen musste.

»Streichen Sie uns.«

»Oh nein, kein Problem«, leuchteten Malls Augen. »Sie sind eine Bubble Person.«

»Dieser Irrsinn mit Paul-Schaum? Das kennen Sie auch?«

»Ja. Copyright darauf hat diese KuM. Voll gaga, aber genial. Ich schreib meine Masterarbeit über Bubble-Personen. Also, ich will beweisen, dass man eine Person wie eine Partitur zerlegen kann und remixen wie einen Track. Als ob jede Version in irgendeinem eigenen Universumsbubble leben würde. Aber egal, wir sehen uns dann. Überredet?«

»Und wohin soll Soft Machine gehen?«, verstellte ihr Paul den Weg.

»Vorerst nirgendwohin. Ist nur ein Test.« Malls Mimik verriet, dass das bestenfalls ein Bruchteil der Wahrheit war. Sie klappte ihren Laptop zu, sah nervös hin und her, druckste rum.

Ein »Was is?«-Blick von Isis löste den Block.

»Okay, da wär schon was. Ich könnte auch mitkommen, also als reguläre Passagier in, wenn ihr beide mich, also, ey Scheiße, wenn ihr mich adoptieren wollt.«

Und dann schoss sie schnell nach:

»Ich würde mich auch um die kleine Schwester kümmern, oder Bruder.«

Dabei deutete sie auf Isis Bauch.

»Ich bring morgen die Papiere gleich mit.«

Damit drehte sie eine Pirouette und war weg.

Isis blickte völlig ratlos: »Hab ich zugesagt? Müssen wir hier weg? Wird es hier gefährlicher als dort, wo auch immer?«

## Soft Machine

Das Areal des Projektes Soft Machine lag in der Nähe des Ostbahnhofes neben dem Riesenrad. Ein klotziger dysfunktionaler Glasbau, keine Ähnlichkeit mit einem Raumschiff oder Weltraumbahnhof. Sollte ursprünglich mal ein extra schickes Konzerthaus werden als Nachfolge für den Gasteig, wurde dann aber eine Bauruine. Halbe Milliarde in den Sand gesetzt, diese Münchner. Unheimlich, wie dieser öde Kubus Ungewissheiten und Phantasien magisch anzog. Ein erster Blick rundum zeigte Ankömmlinge aus allen Himmelsrichtungen, die mit stetigem Schritt auf das Eingangstor Gasteig HP 8 zutrabten. Kurzes Hin- und Herruckeln des Rollkoffers, ein ungewisser Blick zurück.

Ungeheuer und Mall kamen aus dem Gebäude. Mall verteilte Handys an die Leute. Ungeheuer steuerte vorbei an allen auf Paul und Isis zu. Er strich sich unsanft stereotyp über die Haare und schoss los, ohne vom Handy aufzusehen:

»Russland hat die Ukraine angegriffen. Dieser Putin wird das Land übernehmen. Und das ist nur der Appetizer für Europa. Das wird der Dritte Weltkrieg.«

Paul ergänzte trocken »Der Vierte, Atomkrieg.«

»Kannst wetten. Putin und Lawrow und die Oligarchen sind bekennende Stalinisten. Sie wollen den Genozid aller Nicht-Russen, speziell aller Deutschen, und territoriale Ergänzung. Also wir müssen los.«

Paul griff nach seinem Handy, es hatte aktuellen Empfang. Es gab Streaming von Nachrichten, eine Sondersendung zum Krieg bis zu Listen von bisher geheimen Schutz-Bunkern für die Münchner Bevölkerung und detaillierten Anweisungen für den Ernstfall. War Paul der Einzige, der das wusste? Um ihn nur völlig entspannte Probanden. Keine Sitzplätze. Die Leute hockten sich auf ihre Koffer.

»Tod und Geburt, das ist mein Fachgebiet«. Isis hatte auf Pauls Handy mitgekuckt. »Das hier wird definitiv kein Test. Wo schicken die uns hin? Dahin, wo es Handys gibt?«

Paul sah um sich wie ein ruckartig den Kopf bewegendes Eichhörnchen. Er erwartete ein notfallmäßiges Schließen der Türen, Schotten dicht, dann eine donnernde autoritäre Stimme, Rede zur Rettung der Menschheit:

»Save Mankind, ihr seid die Auserwählten!«

Aber auf den großen Screens erschienen nur Details über Kabinenbelegung, Catering, Chips für Waschautomaten. Ungeheuer checkte dazu passend Türschlösser und Schilder, wirkte ganz normal fokussiert. Die Leute gruppierten sich langsam in einem Kreis um Paul. Mit den Füßen abgestimmt zum Kapitän ernannt. Paul empfand die Spannung, die im Horrorfilm kurz vor dem Auftauchen des Monsters vor dem designierten Opfer aufgebaut wird.

Nicht das Monster, aber Mall hüpfte auf sie zu, sprudelte los, fiebernd aufgeregt, mit einem riesigen Stapel Formulare.

»Alles schon ausgefüllt, Papa, ah und Mama. Heirat und Adoption.«

Mall wollte mit Nachnamen Freud heißen. Sie hatte auch eine Identifikation per Video-Telefonat mit dem Standesamt geplant. Paul sah gerade alles flüchtig durch und unterschrieb, war ja alles egal, als die Standesbeamtin auf dem Telefon der Garderobe anrief. Paul hörte ihre Stimme und erkannte sofort, dass es Frau Schmotzka war, die sich riesig über das Wiederhören freute. Der Klang ihrer Stimme strahlte wie radioaktiv, sie blieb nur mit Mühe sachbezogen. Doch wieder im Amt? Verräterin?

»Sie müssen mir verzeihen, Herr Paul, das mit dem Mind-Check. Ich war vorübergehend suspendiert.« Dann fuhr sie aber ganz amtlich fort, es gebe da ja doch die Angelegenheit im 4000er Bezirk.

»Kleiner Spaß« unterbrach sie sofort ihre kurze, strenge Phase und lachte leise. Sie sei übrigens regelmäßig in der besagten Praxis tätig. »Ich sag denen auch nicht, was Sie jetzt machen, Schweigepflicht.«

»Auf Seite 3 unten rechts bitte ankreuzen, ist gelb-grün markiert.«

Paul musste schwer an sich halten, um nicht nachzubohren, wie es denn Annabelle und Eva gehe. Frau Schmotzka wirkte völlig locker, keine Spur von Zwang mehr.

»Dann kriegst du auch noch eine Stiefmutter und ein Stiefschwesterchen«, meinte sie zu Mall. »Mein Glückwunsch an alle. Das ist jetzt das Mindeste was ich für meine Wohltäter tun kann.«

Es ging alles glatt. Papa und Mama bekamen Küsschen von Mall. Frau Schmotzka hörte den Schmatz und beendete den Anruf, nachdem sie die Nummer von Pauls Ausweis noch dreimal kontrolliert hatte. Doch Zwangsrestchen. Ungeheuer hatte seine Kontrolltour beendet und landete mit einer Checkliste bei Paul. Er hielt ihm ein Brett mit dem Papier draufgeklemmt hin.

»Vorlesen, bitte, Sie sind der Capitän Secretary.«

Paul las die Überschrift »Soft Machine, Hin- und Zurück-Mission« und wollte den Fetzen sofort zurückgeben.

»Nicht nachdenken, Chef. Einfach nur vorlesen wie eine Gute- Nacht-Geschichte.«

Ungeheuer war so fuchtelig mit seinen Bewegungen, dass er Paul fast ohrfeigte. Die Mittagsdosis Methylphenidat war fällig. Paul las, allerdings nur für sich.

»Liebes Team. Sie fragen mit Recht, was das hier ist. Sie, also wir sind das Projekt Soft Machine, die Mission zur Überwindung des A.H.E., dem Anti Humanen Extrem, das unsere Gesellschaft gerade zu übernehmen droht.«

»Los, komm schon Captain, laut!«, hetzte Ungeheuer und zupfte sich heftig an der Backe.

Paul wurde nur ein wenig lauter.

»Unser Ziel ist kein Ort, sondern eine Entwicklung. Wir werden ein selbstlernendes, selbstregulierendes System. Wir werden die Guten.«

Paul blickte kaum auf. »So ein Mist.«

Ein Passagier sah Paul über die Schulter, der musste sich auf die Zehen stellen, weil er viel kleiner war als Paul.

»A Schaaß, auch meine Meinung. Aber schauns auf die Bildschirme. Müssens des zeig'n? Ich weiß ned.«

Ösi-Akzent. Paul drehte sich um. Die mangelnde Körpergröße des Herrn ließ den Blick frei auf die Screens. Man sah gerade eine Szene am Freizeitufer der renaturierten Isar. Hunderte von Leuten saßen im Gras, am Ufer. Eine Frau tanzte, tobte hin und her wie ein Molekül bei 200 Grad zwischen zwei Männern, mit denen sie kollidierte. Wie als Reaktion einer Zündung schlug ein Typ explosionsartig einen kleineren Rivalen nieder und drosch auf sein Gesicht ein. Die meisten Zuschauer tranken gemütlich weiter ihr Bier. Zwei Mutige versuchten, allerdings erst nach einigen Minuten, den konstant zuschlagenden Täter vom Opfer wegzuzerren. Nahaufnahme Blut und zerschmettertes Gesicht. Sinnloses Geschrei der Frau im Derwischtanz. Der Ösi hatte eine verboten bunte Krawatte auf tristgrauem schäbigen Anzug.

»Was braucht ma des?«

Ungeheuer trommelte beiden auf die Schulter.

»Hey hey hey. Das ist draußen. Das ist der Grund der Mission. Das kommt hier nicht rein. Mann, ich glaub es nicht!«

Ösi drängte Ungeheur sanft weg.

»Mein junger Hektiker, das ist doch a Palawatsch. Gestatten, Professor Perseus Qualtinger, Antropofuturologe. Wir spielen die Guten, oiso den Schlagobers, das Sahnehäubchen. Die Oberen wollen von uns lernen, oiso aus uns. Das Murmeltierkonzept. Kleine Gruppe, Inzucht, und nur die Besten kommen weiter. Wird aber ned lang herhalten. Wir werden sterben wie die Fruchtfliegen. Und dann werd'n ma aufgschnitten und analysiert. Sehr g'schpassig.«

Noch bevor Paul ihn fragen konnte, warum er dann hier sei, lieferte Professor Qualtinger die Erklärung.

»Ich bin todkrank, wead boid de Patsch'n Strecken. Bin nur aus Interesse da, außerdem ned mehr zeugungsfähig, verstehn's?«

Da rumpelte es, so wie wenn die Müllabfuhr die schweren Tonnen rollt, und dann wackelten Koffer, Menschen, Chipstüten in der Hand. Die Screens leuchteten wie ein Blitz auf, wurden aber sofort schwarz. Ist das Nichts schwarz?

»Wir starten«, schrie jemand. Begleitendes Rumoren, ein paar »Iiis!!!«. Das Rumpeln wurde dumpfer. Isis schmiegte sich eher besitzergreifend als hilfesuchend an Paul. Mall saß daneben und starrte auf ihre pinken Fingernägel. Ungeheuer fotografierte die Reaktion der Leute. Der Konzertsaalkubus bewegte seine Wände wie ein Behälter, der zu idealem Packmaß gefaltet wird. Der Raum wurde von allen nach außen weisenden Raumteilen befreit, auf den kompakten Kern reduziert. Bilder auf den Screens zeigten den Vorgang von der Außenwelt. Eingangsportal, Fluchttreppen, Auffahrrampen, Balkone, Seitenflügel, alles weg. Nicht sichtbar, aber im Magen und Gleichgewichtsorgan spürbar, bekam der Boden eine leichte, aber zunehmende Schräge. Kinder kreischten, Gegenstände kugelten nach unten. Wer hob da an oder senkte ab? Alle Schreie nach Hilfe gingen unter in einem betäubenden Rotorengeräusch. Ja, Hubschraubergeräusch. Man sah nichts, aber es ging nach oben. Der Boden stabilisierte sich mit stetigem Fahrstuhlgefühl in Pauls Bauch. Perseus überschrie den Hubschrauber- und Paniklärm.

»Wenn die Weiberl und Manderl zu früh merken, dass sie nicht mehr rauskommen könnan und auch gar ned sollen, des wäre eine ungute G'schicht. Tuns was!«

Eine junge Frau erlitt eine Panikattacke. Sie atmete zu schnell, hielt verkrampft die Hand ihres Mannes und wehrte mit der anderen alle Hilfe ab, weil ihr ja in dieser Angst niemand helfen konnte. Aber sie zog alle Blicke und Mitgefühl auf sich. Nur wenige blickten auf den Screen. Man hätte dort eine jubelnde Menge vor dem Berliner Reichstag gesehen. Schnitt nach innen. Kanzlerin Schickelgruber dankte ab. Ein Typ mit feinem blauen Slim-Fit-Anzug hob sie zur Seite wie sportliches Wegwerfen beim Eiskunstlauf.

»Dank an meine Vorgängerin.« Verächtliches Lachen. Mundwinkel wieder nach unten. »Es ist so weit. Lasst uns unser neues Land feiern. Ihr sollt euch frei entfalten, alle eure gesunden, normalen Eigenschaften.«

Es ging weiter mit Ausmisten von bornierten Sturschädeln, Buntfarbigen, Ausweichlingen und Andeutungen, wie das gehen würde.

Perseus schien mit geheimen Kenntnissen ausgestattet wie sein Namensgeber.

»NAHE, Neue Partei der Alternativen Humanen Evolution, vulgo, also in anderen Worten, Anti Humanes Extrem. Das haben die lässig einpapierlt. Aber ein bissele steckt es in uns allen drin, das A.H.E. Deshalb mag das sogenannte Volk solche Reden. Und man kriegt es nicht aus den Hirnen raus, so wie ein Rotweinfleckerl.«

Und dann sah der neue Parteichef nach oben. Sah er den abgehobenen Kubus?

»Flucht ist zwecklos«, rief er laut, von Klatschen des Plenarsaals untermalt. Und dann die Auflösung dieser Warnung. Der Rotorenlärm wurde übertönt vom Donner von Miltitärflugzeugen. Man sah sie auf dem Screen von außen. Sie bedrängten den oder die Hubschrauber, wollten sie zur Landung zwingen. Unter dem Schiff geschätzt bereits 500 Meter tief die Stadt. Pauls Gedanken flitzten herum wie ein Gummiball, der sein Hüpfpotential verpulvert hat und bald irgendwo unter der Couch landet.

»Tun's was!« Ja, was sollte er tun?

Isis war mit Übelkeit beschäftigt. Mall streichelte die Panikpatientin. Ungeheuer zeigte Paul auf seinem Gerät die GPS-Position des Schiffes mit einer scheinbar unpassend coolen Mine.

»Alles nach Plan.«

Aber seine Coolness transformierte sich sofort in panisches Entsetzen.

»Fuck, Fuck! Wir müssen übertreten. Captain, nicht abarschen, Sie müssen initiaten! Den Knopf drücken!«

Man sah von schräg oben die Flaggen des Atto-Nano-Marktes. Unter dem Druck der Jagdbomber verringerte sich die Höhe? Sollten die Hubscharuber landen? Ein Bomber jagte auf das Schiff zu, als wolle er einen Frontalcrash riskieren. Die Passagiere schrien und hielten die Hände über dem Kopf, die Kinder staunten lautlos. Der Bomber hatte wohl einen der Transporthubis getroffen. Der sackte ab, das Schiff bekam Schräglage und verlor schnell an Höhe. Der Druck der Rotoren wirbelte Gegenstände von der Straße. Eltern vor dem Markt starrten nach oben, hielten ihre Kinder zwischen den Beinen, bedeckten ihren Kopf mit den gekauften Elektrogeräten. In Pauls Bewusstsein schoss der zigfach erlebte Übertritt nach 4000. Wie toll reibungslos und selbstverständlich das im Atto-Nano-Markt gegangen war. Das musste doch auch jetzt funktionieren. Schief und wackelnd wie in der Trambahnkurve spannte Paul sich an. Er fiel fast hin, weil der Boden immer weiter kippte. Das Schiff nahm Fahrt nach unten auf. Passagiere wackelten oder stürzten zu Boden. Im Wirbel der Schwerkraft drehte sich Paul um. »Isis, Mall, hierher.« Er würde Frau und Kind retten, entgegen dem Zerreiß-Dilemma. Paul, der Held, der Retter der Mission. Wie die Bronzestatue eines männlich verkitschten Kriegers stand er da. Er musste doch nur ganz kurz an nichts denken, wie vor dem Riss an der Tür. Einfach in die Situation hineinkriechen. Gedanken-Stopp, Seele frei, Magie marsch. Und sofort wieder Augen auf. Waren sie überhaupt zu gewesen? Hatte er nichts gedacht? Es ruckelte ganz kurz wie bei einem Luftloch im Jet. Stille, alles ruhig. Er wollte triumphierend um sich sehen, stand aber wohl ziemlich verkrampft da. Mall kommentierte seine Haltung sehr prosaisch mit: »Musst du aufs Klo?«

Ungeheuer sah in tiefer Ehrfurcht zu Bronze-Paul auf wie zu einem Superstar.

»Wow, last second Take Off, Super-Respekt Captain.«

Isis stützte sich auf den kleinen Perseus wie auf eine Krücke. Der war stolz, der »Gnädigen Frau« helfen zu können.

Ruhiges Hubschraubergeräusch. Keine Bomber, klarer Himmel, langsamer Sinkflug auf den Parkplatz des Super-Markts, der den Atto-Nano-Markt beinhaltete. Eine sanfte Landung. Nur ein paar PKW wurden geschrammt, kein Personenschaden. Und der Kubus war schon in der Rückverwandlung. Man rappelte sich auf. Alle drängten sich um Paul herum und redeten durcheinander von »Es reicht«, »Wir steigen aus« bis zum bayrischen »Des werd gerichtsmassig«.

Das große Portal öffnete sich, als wäre nichts gewesen. Paul verkürzte seine große Rede auf:

»Bitte, da ist der Ausgang.«

Aber Ungeheuer und Qualtinger traten ihm heftig entgegen. Ungeheuer brüllte über die Bord-Lautsprecher:

»Bleiben Sie ruhig auf Ihren Plätzen. Gehen Sie auf keinen Fall nach draußen. Der Kapitän wird Sie instruieren. Passen Sie auf die Kinder auf.«

Er übergab Paul unsanft heftig das zweite Blatt der Rede.

»Jetzt aber rasch, Super-Meister!«

Ein kleiner Junge wollte an Paul vorbei raus, weil sein Ball durch die Tür hinausgerollt war. Seine Mutter hielt ihn mit derbem Griff zurück. Der Junge schrie, riss sich los, und lief dem Ball nach.

»Oh Shit«, schrie Ungeheuer.

Paul las wieder unwillig leise für sich, wurde aber von Wort zu Wort lauter.

»Liebes Team. Wir sind leider nicht zu Hause. Diese Welt da draußen ist zwar unsere Rettung, aber auch unser Gefängnis. Jeder Schritt aus unserem Schiff, tun Sie ihn bitte nicht, ändert Ihr Schicksal radikal. Das Ergebnis reicht vom langen Leben bis zu seinem vorzeitigen Ende. Und niemand und nichts kann es vorhersagen.«

Von wegen Gehorsam. Alle Passagiere marschierten trotzig aufgebracht hinter dem Jungen her. Dessen Ball hoppelte davon, auf und ab, er schien keine Energie zu verlieren. Der Bub, noch keine 3 Jahre, rief vergnügt »Ball, Ball!«. Und er jauchzte, als der Ball bei jedem Aufhüpfen die Farbe wechselte. Rot, gelb, bunt. Gerade dotzte er gegen einen SUV auf dem Parkplatz, wechselte die Farbe auf leuchtend rot wie die des Autos. Die Mutter lief hinter dem kleinen Racker her. Der Ball sprang zu heftig für den Jungen, um ihn fangen zu können. Mit leeren Armen stand er da, nicht wissend, ob es zum Lachen oder zum Quietschen war. Ungeheuer und Perseus versuchten mit derben Worten und Körpereinsatz, die Leute zurückzuhalten. Ungeheuer erhielt Knüffe, Perseus wurde zu Boden gedrückt. Die Kunden des Atto-Nano-Marktes trauten dem Frieden nicht, und hielten weiten Abstand. Viel Platz. Also fing die Mutter des Ausreißers den Zauber-Ball beim Hochspringen mit beiden Händen, presste ihn an die Brust und wollte ihn gerade ihrem Sohn zuwerfen.

»Huups, mein Kleiner.«

Kein mein Kleiner mehr. Weg war der Schlingel. Die Mutter starrte in die Richtung, wohin nun der Ball sprang. Tok, tok, tok. Ein kleines Mädchen stand plötzlich da und fing ihn. Stolz lief es auf die Mutter des Jungen zu. Steif und starr brachte diese nur ein gehauchtes »Oh« heraus, als das Mädchen in ihre Arme lief und hochgehoben werden wollte. Das Mädchen schien seine Mutter wohl zu kennen. »Mama, der Mann hat meinen Ball weggenommen.« Sie sah dabei Paul an, der die Hände von sich streckte von wegen »Ich doch nicht«, dann aber hinaus startete, um den Jungen zu finden. Ungeheuer und Qualtinger, der sich wieder hochgerappelt hatte, schrien und versuchten Paul quasi am Trikot zu packen.

Aber Paul schlängelte sich vorbei wie der Stürmer durch die Verteidiger, schubste Mutter und Tochter in die Sicherheit zurück. Übermütig wie zur Feier eines Fußballtors drehte er eine Runde. Er spürte den öligen Duft des Parkplatzes. Krähen flogen auf. Und mit abruptem Übergang fühlte sich das Laufen für Paul an, wie wenn man im vier Grad kalten Wasser ein paar Sekunden schwimmt. Angespannt, bibbernd, spürte er nur den Wunsch, ans warme Land zu kommen. Er war so mit der Kälte beschäftigt, dass er an nichts anderes denken konnte. Für ihn war alles nur taub, alles ruhig in ihm, kein Gebrabbel. Kein lästiges Nachdenken. Sonst hätte er gespürt, dass wie ein Schluckauf in ihm alle tausendstel Sekunden völlig gegensätzliche Gedanken und Gefühle hochschnellten. Ganz im Gegenteil schien es Paul, als würden seine Sinneseindrücke wie ein zu langsamer Cartoon fließen, so dass er die einzelnen gezeichneten Bilder unterscheiden konnte. Super-Zeitlupe, Einzelklicks. Ein Auf- und Abschwirren wie das Stimmen einer Gitarre. Und dann doch endlich der reine Akkord. Paul frisch getuned, selbstbewusst im Einklang mit sich, kehrte zur Tür zurück. Am Strafraumrand der Türschwelle stand Isis, mit den Händen in die Hüfte gestemmt, eine Schiedsrichterin mit der roten Karte. Und diese Isis war ja jetzt seine Frau. Frau? Paul? Isis? Naja, sie wollte es zumindest sein.

Paul sprach kühl zu sich:

»Was kuckt die so? Habe ich ihr Versprechungen gemacht? Doch nicht, oder?«

Paul, also dieser neu getunte Paul, mochte nämlich keine

molligen Frauen. Isis war aber mollig und sie war schwanger. Und dieser Paul mochte auch keine Kinder. Dieser Paul. »Fette Kuh!«, sagte er sich, dachte er sich, ganz ohne Skrupel. Das war sein Stil. Nicht neu, nein, so war er immer gewesen und würde es auch bleiben. Man ändert sich ja nicht einfach so bei einem Spaziergang auf dem Atto-Nano-Markt-Parkplatz. Man ist schließlich einzigartig und keine Schaumblase. Paul hatte jetzt Wichtiges zu tun.

Ungeheuer schickte ihm einen Text aufs Handy. Was wollte dieser lästige Hiwi? Der war seit dem Mordfall im WG-Garten schon hinter ihm her. Und jetzt? Der Text war auch noch unverschämt:

»Hey Mr. Super-Captain, bitte umgehend an Bord kommen.«

»Was bildete der sich ein?«, fletschte Paul die Zähne. Aus dem Markt lief ein kleines Mädchen auf ihn zu, hinter ihr die Mama.

»Eva, nicht so schnell, Papa läuft nicht mehr weg.«

»Jamais-vu ist das Fach-Wort für das Gegenteil von Déjà-vu.

Der Betroffene hat den Eindruck, jemanden oder etwas nicht zu kennen, das ihm doch vertraut ist. Paul hielt das fremde Mädchen, das in seine Arme wollte, von sich weg. »Eva, blöder Name«, dachte er.